GABRIELE GOSLICH

Flammender Himmel über Köln

PANIK AM RHEIN Köln, Mai 1910: Während die Menschen den gefürchteten Halleyschen Kometen beobachten, macht Anna Ostheim eine grausige Entdeckung: Ihr Geliebter, der Immobilienhändler Robert Fischer, und die Fernsprechgehilfin Brunhild Stolte liegen erstochen in einem einsamen Haus im Ursulaviertel. Ein Abschiedsbrief weist auf einen Doppelselbstmord hin, aber fremde Fußspuren und ein Fingerabdruck in Kerzenwachs lassen ein Verbrechen vermuten. Kriminalkommissar Martin Ehrmanns nimmt die Ermittlungen auf, unterstützt von Kriminalschutzmann Franz Lindau und Revierschreiberin Gerda von Bienemann. Was bedeuten die rätselhaften Pflanzenreste in der Hand der toten Fernsprechgehilfin und im Koffer ihrer verschwundenen Kollegin? Eine weitere Leiche wirft neue Fragen auf. Als Ehrmanns schließlich die entscheidende Spur entdeckt, gerät er in einen tödlichen Hinterhalt.

© privat

Gabriele Goslich wurde 1954 in Düren bei Köln geboren. Sie promovierte an der RWTH Aachen mit einer Arbeit über Karl Jaspers. Nach ihrem Dienst als Lehrerin und Rektorin an verschiedenen Grundschulen in Nordrhein-Westfalen und als Fachleiterin für das Fach Deutsch im Rahmen der zweiten Lehrerausbildung widmet sie sich nun als freie Autorin dem Schreiben von historischen Geschichten und Kriminalromanen. Seit 2001 erscheinen alljährlich Erzählungen der Autorin im Jahrbuch des Eifelvereins. Gabriele Goslich ist Mitglied der »Mörderischen Schwestern«, einer Vereinigung deutschsprachiger Krimiautorinnen. »Flammender Himmel über Köln« ist ihr erster Roman.

GABRIELE GOSLICH
Flammender Himmel über Köln

Historischer Kriminalroman

GMEINER

Die automatisierte Analyse des Werkes, um daraus Informationen insbesondere über Muster, Trends und Korrelationen gemäß § 44b UrhG (»Text und Data Mining«) zu gewinnen, ist untersagt.

Immer informiert

Spannung pur – mit unserem Newsletter informieren wir Sie regelmäßig über Wissenswertes aus unserer Bücherwelt.

Gefällt mir!

Facebook: @Gmeiner.Verlag
Instagram: @gmeinerverlag

Besuchen Sie uns im Internet:
www.gmeiner-verlag.de

© 2024 – Gmeiner-Verlag GmbH
Im Ehnried 5, 88605 Meßkirch
Telefon 07575/2095-0
info@gmeiner-verlag.de
Alle Rechte vorbehalten
1. Auflage 2024

Herstellung: Mirjam Hecht
Umschlaggestaltung: U.O.R.G. Lutz Eberle, Stuttgart
unter Verwendung eines Bildes von: © "https://commons.wikimedia.org/wiki/File:General_view,_by_moonlight,_Cologne,_the_Rhine,_Germany-LCCN2002714083.jpg. Stadtplan auf Innenklappen: Universitäts- und Stadtbibliothek Köln, Signatur: RHEKT71"
Druck: GGP Media GmbH, Pößneck
Printed in Germany
ISBN 978-3-8392-0591-4

Samstag,
7. Mai 1910

1. Kapitel

Da stand er zum ersten Mal deutlich sichtbar über dem Rhein: der Komet, der Unglücksbote. In wenigen Tagen würde sein riesiger Schweif den Erdball durchkreuzen und alles Leben auslöschen. Jetzt beleuchtete die kosmische Fackel am Nachthimmel die dunklen Gassen der alten Stadt.

Trotz der späten Stunde drängten sich Einheimische und Touristen in den Straßen, standen in Trauben vor überfüllten Kneipen und Lokalen. Anna ließ sich schieben und stoßen. Eine Wolke aus Schweiß, Tabak, Alkohol und Kölnisch Wasser lag in der Luft.

Am Dom teilte sich die Menge, flutete nach rechts und links, blieb hinter ihr zurück. Das Stimmengewirr wurde leiser und verebbte langsam, ihr Herzklopfen nahm zu. Bald würde sie in Roberts Arme sinken, endlich glücklich sein.

Nach einer Ewigkeit kam das Haus in Sicht. Doch wo steckte er? Warum lief er ihr nicht entgegen? Wartete er im Gebäude auf sie? Die Fensterläden waren zurückgeklappt, die Haustür angelehnt. Sie zögerte. Diese unheimliche Stille dadrinnen! Sie spürte, wie sich ihre Nackenhaare aufstellten.

Anna verstand selbst nicht, warum sie die Tür weiter aufzog und eintrat. Sofort nahm ihr ein unangenehmer Geruch den Atem, süßlich mit einem Hauch von Metall. Sie blieb wie angewurzelt stehen, starr vor Schreck.

Langsam weiteten sich ihre Pupillen, gewöhnten sich an das Dämmerlicht. Bis sie sah, was hier geschehen war. Ihre Lippen öffneten sich zu einem stummen Schrei.

Da durchbrach ein Geräusch die Totenstille. Schritte, die sich näherten. Endlich löste sich ihre Erstarrung. Sie schlich zu dem Tisch hinter den reglosen Körpern, bückte sich, verbarg sich. Eine dunkle Gestalt füllte den Türspalt, kam auf sie zu, ohne sie zu bemerken.

Der Eindringling hockte sich vor die Toten. Jetzt! Anna schnellte hoch, stieß den Tisch um, der krachend auf den Unbekannten fiel. Mit sechs Schritten sprintete sie zur Tür, riss sie auf, hechtete ins Freie.

Sie hetzte durch die verwinkelten Straßen, beschleunigte, rang keuchend nach Luft, wurde immer schneller. Die Gegend um den Dom kam näher, aber auch das Stampfen schwerer Stiefel hinter ihr auf dem Kopfsteinpflaster.

Endlich hatte sie die belebte Marzellenstraße erreicht. Auf Höhe des Gymnasiums musste sie die Fahrbahn überqueren, um schnell in die Bahnhofstraße und weiter am Dom vorbei zum Rheinufer zu gelangen. Im Laufen versuchte sie, einen günstigen Zeitpunkt zu erwischen. Da, zwischen der Pferdedroschke und dem Automobil konnte sie wechseln!

Ein plötzliches ohrenbetäubendes Hupkonzert und gleich darauf das schrille Quietschen von Bremsen ließ sie zusammenzucken, bevor sie das Trottoir erreichte. Trotzdem wagte sie es nicht, ihren Lauf zu stoppen und einen Blick auf die Straße schräg hinter ihr zu werfen. Die panische Furcht vor dem Verfolger trieb sie weiter. Der hatte die Morde begangen, das spürte sie.

Sie war fast zu Hause. Vor dem alten Fachwerkhaus auf dem Buttermarkt schaute sie sich unauffällig um. Die Wolken hatten sich wieder vor die Himmelskörper geschoben. Auf der anderen Straßenseite zogen ein paar grölende Nachtschwärmer vorbei. Langsam rumpelte eine Kutsche über das Pflaster. Einen Augenblick lang sah sie ihr nach. Dann hob sie die rechte Hand, um den Hausschlüssel ins Türschloss zu stecken.

In diesem Moment packte jemand von hinten ihr Handgelenk. Eine Klaue drückte zu, der Schlüssel fiel klirrend zu Boden. Der Mund an ihrem Ohr stieß bei jedem Atemzug eine Dunstwolke aus Nikotin, Bier und Bratenfett aus.

»Na, Fräuleinchen, so allein in der Nacht?«, flüsterte eine heisere Stimme. »Kommen wir zwei zusammen?«

Blitzschnell fuhr ihre freie Hand in die Tasche ihrer Bloomers, umschloss den Griff des Messers, zog es aus der Hülle und stach rückwärts zu. Die Klinge drang in den linken Arm des Angreifers ein. Sofort zog Anna die Stichwaffe wieder heraus. Der Mann gab sie augenblicklich frei, schreiend vor Schmerz und Wut.

»Su e *Horeminsch!*«, keuchte er.

Anna hatte unterdessen den Schlüssel aufgehoben. Ungehindert öffnete sie die Haustür, stürzte hinein, schlug die Tür zu und sperrte zur Sicherheit von innen ab. Schwer atmend lehnte sie sich gegen das Holz und horchte, zur Salzsäule erstarrt und doch bis in die Haarspitzen angespannt. Hatte er sie vorhin eine Hure genannt? Was wusste er über sie?

Die Flüche und Verwünschungen des Mannes wurden leiser, verstummten. Dann erst bemerkte sie die blutige Waffe in ihrer Faust.

»Danke, Nora«, flüsterte sie aus tiefstem Herzen. Ihre Freundin war die zweite Vorsitzende des Kölner »Vereins zur Verbesserung der Frauenkleidung«. Die weiblichen Mitglieder trafen sich regelmäßig, um neue Schnittmuster für gesunde Reformkleidung auszutauschen. So vermied man enge Korsettschnürungen, die die Atmung einschränkten und die inneren Organe schädigten. Auch modische schmale »Humpelröcke«, die nur Trippelschritte erlaubten, wollte man nicht länger tragen.

Mehr Wert legte Anna aber auf das wöchentliche Training mit dem Messer, um zudringliche und gewalttätige Männer abzuwehren. Denn die Richter gaben stets den Frauen die Schuld für Belästigungen oder Missbrauchshandlungen, indem sie ihnen Unsittlichkeit vorwarfen.

Anna stand jetzt im Vorhaus, wo ihr Mann, ein Immobilienmakler, tagsüber seine Kunden empfing. Im fahlen Licht der Straßenlaterne, das durch die Fensterfront drang, entzündete sie eine bereitgestellte Petroleumlampe. Blut war auf die Kacheln getropft, Spuren ihres nächtlichen Ausflugs. Ein Blick zur Wanduhr bestätigte die vorgerückte Zeit. Sie musste handeln!

Schnell legte sie das Messer ab. Am Spülstein gegenüber dem Aufgang zum Kontor fand sie ein frisches Tuch, mit dem sie die verräterischen Blutspuren gründlich entfernte. Als sie wenig später erneut Richtung Treppe eilte, blieb sie abrupt stehen.

Sie hatte etwas Ungewöhnliches bemerkt. Ihr Blick wanderte nach links zu dem wuchtigen Schreibtisch, fixierte den Schrank dahinter. Die mittlere Schublade stand halb offen.

Atemlos schlich sie näher. Das Fach war immer verschlossen, solange sie hier im Haus wohnte. Ihr Mann Wilhelm hielt penibel Ordnung. Nie würde er vergessen, seine wichtigen Unterlagen zu sichern.

Sie trat hinter den Schreibtisch. Vorsichtig zog sie die Lade weiter auf. Zuoberst lag ein nachlässig aufgerissener Briefumschlag, aus dem teures Büttenpapier hervorlugte. Ungläubig starrte sie auf den Absender, las zweimal den Aufdruck. Er stammte von dem Immobilien- und Hypothekengeschäft Robert Medard Hai.

Sofort kamen die verdrängten Bilder wieder. Ihr Geliebter Robert, der auf dem Boden lag, starr und still neben der Frau in der Blutlache. Wilhelm hatte einen Brief von ihm erhalten und diesen achtlos in die Schublade geworfen. Aus Wut? Hatte Robert sie verraten? Sie waren glücklich gewesen, hatten Pläne für die Zukunft geschmiedet. Hatte sie sich denn so geirrt? Wilhelm konnte jeden Moment zurückkehren. Aber etwas zwang Anna, nach dem Brief zu greifen, ihn mit flinken Fingern aus dem Umschlag zu ziehen. Vorsichtig hielt sie ihn fest, zog die Petroleumlampe näher zu sich heran und überflog den Inhalt.

Annas Verstand weigerte sich zu begreifen, was sie las: Wilhelm schuldete ihrem toten Liebhaber 30.000 Reichsmark! Eine Hypothek auf ihr Haus, die Robert jetzt zurückforderte. Sie sank auf einen Stuhl, fassungslos.

Da, Geräusche an der Tür! Jemand fummelte umständlich am Schloss herum. Wilhelm!

Zum Glück hatte sie die Haustür abgeschlossen. So blieb ihr genügend Zeit, den Brief zurückzulegen und die Treppe hinaufzuhasten.

Wenig später torkelte ihr Ehemann polternd nach oben in die Küche, um sich wie üblich einen Nachttrunk einzuschenken. Anna zog in ihrem gemeinsamen Schlafzimmer in Windeseile die wadenlange Schoßjacke und die Hosenkombination für Radlerinnen aus. Sie befreite sich von ihrem Mieder, schlüpfte aus ihren Turnschuhen und verstaute alles in einem begehbaren Wandschrank. Dann löste sie ihr Haarband und nahm sämtliche Spangen und Klammern aus ihrer Frisur. Ihre entfesselten rostbraunen Locken fielen bis zur Taille herab, umrahmten ihr fein geschnittenes Gesicht mit der zarten Haut. Ihre Schönheit war das einzige Kapital, das sie in die Ehe mit Wilhelm eingebracht hatte. Anna streifte das durchsichtige lange Nachtgewand aus Seide über, das ihrem Mann so gefiel, bürstete ihr Haar, verkroch sich bis zur Nasenspitze in die weichen Daunen und wartete. Nach dem Tod der ersten Frau Ostheim hatte Anna zunächst im Haushalt ausgeholfen, aber schnell Wilhelms Herz erobert. Nach dem Trauerjahr hatten sie geheiratet. Sein Sohn Siegfried brauche wieder eine Mutter, hieß es offiziell, wenig glaubhaft bei einem so geringen Altersunterschied zwischen Stiefsohn und Stiefmutter. Nur sechs Jahre trennten die beiden.

Seitdem war Anna an einen alternden Mann mit Bauchansatz und schütterem Haar gebunden, der vertrank und verspielte, was sie zu besitzen vermeinte: ein Heim, eine Familie und ihr Vertrauen in den Menschen, der ihr ein anderes Leben versprochen hatte.

Die Treppenstufen knarrten unter schweren Schritten. Jetzt kam er gleich.

»Guten Abend, Schönheit!« Wilhelm Ostheim hielt

seine Petroleumlampe hoch, sodass sie hin und her schwankte.

»Haast schon auf mich gewartet … Waarum iist denn die Haustüür abgeschlossen?«, lallte er.

»Wegen Siegfried!«, log Anna. »Der Junge hat zu lernen, nicht zu feiern.«

Vor ihrem unerlaubten Ausflug in das Kölner Nachtleben hatte sie oben in der Dachkammer aus dem offen stehenden Fenster geschaut und dabei den Fluchtweg ihres Stiefsohns entdeckt. Er war an einem dicken Seil in den Hof hinuntergeklettert, das er an dem Kranbalken unter dem rückwärtigen Dach befestigt hatte. Von dort konnte er bis zu dem angrenzenden Grundstück auf dem Rothenberg gelangen. Dort hatte sein Freund Johann Konrady ihm vermutlich wie immer geholfen, über die Straße zu entweichen. Später würde er auf dem gleichen Weg zurückkehren.

»Braver Junge«, murmelte Wilhelm. Dann zog er sie an sich.

Sie ließ es über sich ergehen.

In der Nacht raubten ihr die grausigen Bilder den Schlaf: Robert, der sie blickleer anstarrte, und Brunhild, ihre beste Trainingspartnerin. Mit dem Messer konnte die keiner schlagen. »Zauberkämpferin« hatte Nora sie genannt. Sie schauderte. Was war da nur geschehen?

Sonntag,
8. Mai 1910

2. Kapitel

Polizeiwachtmeister Gustav Schänzler vom sechsten Polizeirevier saß in seiner Zweizimmerwohnung in der Johannisstraße. Vor ihm auf dem Küchentisch lag der Brief, den am Nachmittag jemand unter seiner Wohnungstür hindurchgeschoben hatte. Zu diesem Zeitpunkt hatte er in der Eckkneipe seinen dreißigsten Geburtstag gefeiert, mit *Ähzezupp* und ein paar Lokalrunden. Er grinste. Bald würde er hier ausziehen und in den Süden reisen. Er Glückspilz!

Den Brief hinter dem Türschlitz hatte er sofort gefunden. Er steckte wie verabredet in einem Umschlag ohne Absender. Schänzler las den Text beim Schein seiner Petroleumlampe:

Schlag elf Uhr am Sonntagabend verlässt du die Wohnung und marschierst schnurstracks zur Hohenzollernbrücke. Du betrittst sie über die Treppe, gehst auf dem Fußgängerweg bis zur Mitte. Dort erhältst du dein Geld. Nach dem Lesen verbrennst du diese Botschaft im Ofen.

Sein Auftraggeber hatte vorgesorgt, damit sein kleiner Nebenverdienst unentdeckt blieb. Deshalb trafen sie sich nachts auf der neuen menschenleeren Brücke, die noch nicht fertig gebaut war.

Die Glocke am Dom schlug halb elf Uhr. Zunächst verbrannte er die letzte Anweisung samt Briefumschlag im Ofen. Er trank heiße Milch und aß einen Kanten Brot mit Rübenkraut, bevor er zur Tarnung seine Wachtmeisteruniform anzog.

Punkt elf Uhr schnappte er sich seine Sturmlaterne und verließ sein Quartier im vierten Stock. Im ganzen Haus herrschte Totenstille. Auf der zweiten Etage angelangt hörte er, wie sich oben eine Tür öffnete. Vermutlich der Nachtportier aus der Wohnung neben ihm, der zum Dienst ins Domhotel aufbrach. Zügig weiter, ehe ihn jemand entdeckte!

Am Ende der Johannisstraße bog er in die Kostgasse ab – und zuckte zusammen. Eine Gestalt lief auf der gegenüberliegenden Seite vom alten Ufer aus mit schnellen Schritten an dem Verwaltungsgebäude der Eisenbahn entlang. Kommissar Ehrmanns!

Schänzler hatte sich in den Nebentrakt eines großen Wohnhauses gedrückt. Einen Moment lang überlegte er. Jetzt wäre die Gelegenheit, dem Kriminalbeamten von seinen Beobachtungen gestern Abend zu berichten. Aber er entschied sich dagegen. Weil er seine Dienstuniform trug. Ehrmanns würde ihn fragen, was er hier zu suchen hätte, so weit außerhalb seines Bezirks. Fiel ihm dazu eine Ausrede ein?

Dann war die Gelegenheit vorbei. Wenigstens hatte der Kommissar ihn nicht gesehen.

Die Kostgasse lag wieder verlassen im spätabendlichen Schlummer. Die Himmelslichter verbargen sich unter einer dicken Wolkendecke. In der kleinen Gasse hatte die Stadtverwaltung die Straßenbeleuchtung auf das Allernötigste beschränkt. Schänzler musste seine Sturmlaterne anzünden.

Am Ende der Gasse drehte er sich um. Täuschte er sich oder wich ein Schatten in die Johannisstraße zurück? Hatte Ehrmanns ihn etwa doch entdeckt? Unsinn! Der würde sich nicht anschleichen. Der Kommissar wäre zu ihm herübergekommen und hätte ihn ausgefragt.

Schänzler löschte sicherheitshalber seine Laterne und wartete. Hin und wieder lugte er in die Gasse. Keine Menschenseele zu sehen! Nachdem es halb zwölf Uhr nachts geschlagen hatte, wagte er, seinen Weg fortzusetzen.

Diesmal blieb er unbehelligt. Er hastete an der Breitseite eines weiteren, neu gebauten Bürokomplexes für den Eisenbahnfiskus vorbei zum Kaiser-Friedrich-Ufer. Die neue Brücke lag vor ihm. Der Ort ihres Treffens war passend gewählt. Nach dem schweren Unglück beim Bau der Eisenbahnbrücke zwischen Poll und Bayenthal hatte man hier auf Nachtarbeiten verzichtet. Er befand sich auf einem völlig verlassenen Gelände.

Zurzeit wurden Eisenbahnschienen und Telephonkabel auf der Brücke verlegt. Der Treppenaufgang für die Fußgänger konnte schon betreten werden. Oben angekommen gelangte Schänzler auf der Straße für Fahrzeuge und Fußgänger ungehindert bis zur Mitte der unfertigen Brücke. Niemand da! Hatte sich sein Auftraggeber zu dieser späten Stunde wieder davongemacht?

Er stellte seine Sturmlaterne ab. Sein Blick wanderte über den Rhein zum Ufer zurück.

Der aufkommende Wind wühlte das Wasser auf. An den Landungsplätzen der Köln-Düsseldorfer Dampfbootgesellschaft am Ley-Stapel schaukelten ein paar vertäute Ruderboote.

Der Wind wurde stärker, wurde zum Sturm. Er peitschte das Wasser auf, ließ es gegen den mittleren Brückenpfeiler klatschen. Der Polizeiwachtmeister sah den schäumenden, tanzenden Wellen zu, dem ungezügelten Element, das sich mit aller Kraft seinen Weg durch das Flussbett bahnte. Er stellte sich auf die Fußspitzen, um besser sehen zu können.

Der plötzliche Angriff ließ ihm keine Möglichkeit zur Abwehr. Jemand packte seine Beine von hinten, hob ihn hoch und hievte ihn mit Schwung über die Brüstung.

»Wer ... wer«, japste er. Es gelang ihm, sich von außen am Geländer festzukrallen. Ein Gesicht beugte sich zu ihm hinab, sah zu, wie er immer schwächer wurde, heftig um Atem ringend in seiner schweren Uniform, hochrot, am ganzen Körper zitternd. Eine Eisenstange schob sich durch die Streben des Brückengeländers, schlug gegen seine Arme, traf seinen Kopf.

»Du?«, keuchte er fassungslos. »Was ... tust du da? Ich ... kann doch ... nicht schwimmen!«

»Weiß ich!«, zischte die Gestalt über ihm. »Fahr zur Hölle!«

In diesem Moment ließ Schänzler los. Er plumpste in die Tiefe wie Fallobst. Die Fontäne beim Aufprall war das Letzte, was er hinterließ. Die reißende Flut nahm ihn in sich auf und gab ihn nicht mehr frei. Er trieb fort wie ein Stück Totholz, weg von seinen Freunden und seiner Heimatstadt, die er lebend nie verlassen hatte.

Die Gestalt auf der Brücke ergriff die abgestellte Sturmlaterne und verschwand. Jetzt erinnerte nichts mehr an Polizeiwachtmeister Gustav Schänzler.

Montag, 9. Mai 1910

3. Kapitel

Schwere Wolken hatten sich vor die Himmelskörper geschoben. Dunkle Wellen klatschten gegen die Kaimauer, unaufhörlich, ein ewiger Rhythmus von Auf und Ab. Lief da nicht eine Gestalt über das unebene Pflaster der Hafengasse mit gerafftem Rock, hüpfend, singend, völlig schwerelos trotz der roten Absätze, die immer wieder in die schmalen Rillen und Untiefen der grob behauenen Steine gerieten? Gleich würde sie stürzen, hinschlagen, ihre zarten Knie und Hände ein einziger blutiger Matsch! Hatte er sie im Stich gelassen?

Das Klatschen wurde lauter, dröhnte in seinen Ohren. Er wurde gepackt, geschüttelt. Der Arm ließ ihn nicht los …

»Aufwachen, Herr Kommissar!«, rief eine weibliche Stimme, die ihn schlagartig weckte.

»Greta«, murmelte er. Er blinzelte.

»Ich bin nicht Ihre Greta oder Luisa oder wie sie sonst alle heißen. Mein Name ist Fräulein von Bienemann. Wachen Sie endlich auf! Es ist etwas geschehen!«

Kriminalpolizeikommissar Martin Ehrmanns fuhr hoch.

»Fräulein Bienemanns! Was haben Sie hier in meinem Schlafzimmer zu schaffen?«

Jetzt hatte er die Augen weit aufgerissen. Die Morgensonne fiel durch die offenen Fenster ein, tauchte das Zimmer in taghelles Licht.

Mit einem theatralischen Schwung beförderte seine Zugehfrau ihre Linke in die Untiefen ihrer Schürze und zog eine uralte Taschenuhr heraus, die schon weitaus bessere Tage gesehen hatte. »Gleich sechs Uhr!«, verkündete sie tadelnd. »Ihre Dienstzeit beginnt in fünf Minuten!«

»Ich hatte Sie etwas gefragt«, wiederholte Ehrmanns mit gefährlichem Unterton.

»Ein Notfall! Kriminalschutzmann Lindau hat sich ja nicht getraut, zu Ihnen hochzukommen. Da hat er lieber mich geschickt, der Feigling.«

Sie balancierte einen Stapel blütenweißer Hemden auf dem rechten angewinkelten Arm. Ihre Last kam ins Trudeln und drohte, in den Staub der Holzdielen neben seinem Bett zu fallen.

»Aufpassen!«, schrie der Kommissar entsetzt.

»Ist das alles, was Ihnen dazu einfällt?« Sie legte den Stapel auf der Kommode neben Ehrmanns Bett ab. »Ein Notfall, habe ich gesagt. Es geht um Leben und Tod, nein, gar nicht wahr, nur um Tod! Zwei Leichen!«

»Was reden Sie denn da?« Der Kommissar war plötzlich hellwach.

»Zwei Tote! Das hat Kriminalschutzmann Lindau gesagt, unten im Kommissariat, am Fernsprecher. Mehr weiß ich auch nicht. Nur, dass ich Sie holen soll. Es sei dringend.«

»Danke, Fräulein Bienemanns! Wenn Sie sich nun bitte entfernen würden.«

»Bienemann!«, rief die kleine Frau empört und fuhr sich durch ihr kurzgeschnittenes Haar. »Wie oft muss ich denn noch wiederholen, dass ich Bienemann heiße, Mann, ohne s!«

»In Ordnung. Aber gehen Sie jetzt bitte, Fräulein Bienemann!«

»Von Bienemann! Schon gut. Wird gemacht. Es ist ja nicht so, als ob ich nichts zu tun hätte. Übrigens, Ihr Frühstück steht in der Küche. Zwei-Minuten-Tee, Rührei, gute Butter und knusprige Brötchen ...«

»Sofort!«, donnerte Ehrmanns aus Richtung seiner Bettstatt.

»Ich bin ja schon weg!«, rief Gerda von Bienemann. »Bis morgen dann, Herr Kommissar.«

Wenigstens hat sie die Tür nicht zugeknallt, murmelte er, entsetzt über seinen eigenen Gedanken. Was bildete sich das Frauenzimmer ein? Nahm sich heraus, hier einzudringen und sich ihm in seiner intimen, schutzlosen Position zu nähern! Ihm, Kriminalpolizeikommissar Ehrmanns, ihrem Arbeitgeber!

Er stöhnte. Seine alte Zugehfrau, Fräulein Hammerfeld, die er von seinem Vorgänger übernommen hatte, hieß eines Tages Frau Richterich. Nach einem halben Jahr kündigte sie unerwartet. Ihr Mann hatte etwas dagegen, dass sie bei fremden Leuten putzte und wusch. Wenigstens hatte sie ihm auf seine inständige Bitte hin Ersatz geschickt, eine Nachbarin, die dringend eine neue Arbeitsstelle suchte.

Gleich am nächsten Tag war Gerda von Bienemann bei ihm erschienen, verarmter Adel, mit frischen Brötchen zum Einstand, diese winzige Person mit dem ständig verwuschelten Blondschopf.

Seitdem schwirrte sie um ihn herum, zupfte ihm Flusen vom Anzug, zeigte mit dem Finger auf alles, was nicht ihren Vorstellungen entsprach, von verschrumpelten Äpfeln in der Vorratskammer bis zu achtlos entsorgtem Papier und fleckigen Türklinken ... Warum hatte er sich nicht schon längst jemand anders ausgesucht? Ein Fräulein Hammerfeld Nummer zwei, die unauffällig ihre Arbeit verrichtete ohne störende, ja, bissige Bemerkungen, ungebetene Kommentare, das ganze Gewusel drum herum? Er wusste es nicht.

Ein Blick auf seine goldene Savonette-Taschenuhr neben seinem Bett ließ ihn hochschrecken. Taghell! Er hatte verschlafen und unten im Kommissariat wartete sein Revierschreiber auf ihn.

Nachdem er sich gewaschen und rasiert hatte, wählte Ehrmanns eins der zahlreichen blütenweißen Hemden mit extravagant hohem Kragen, den er umgeschlagen mit einer schmalen, farblich dazu passenden Seidenkrawatte zu tragen pflegte. Sein dreiteiliger Anzug bestand aus dunkelblauem Wollmusselin. Ergänzt wurde die sachliche Eleganz seiner Garderobe durch tadellos gewienerte schwarze Halbschuhe Marke »Herz« aus der Schildergasse. Ein letzter Blick auf seine Savonette, bevor er sich eine Etage tiefer ins Kommissariat begab.

Nach dem Abitur an einem Gymnasium seiner Heimatstadt Düren, seinem Militärdienst und einem zweijährigen Lehrgang als Kommissaranwärter in Berlin bei Kriminalkommissar Ernst Gennat hatte man Ehrmanns vor drei Jahren zum Kriminalpolizeikommissar des zweiten Bezirks in der Altenberger Straße 5 ernannt. Hier wohnte er im ersten Stock über den Diensträumen, wo er im Bedarfsfall jederzeit zur Stelle war.

»Guten Morgen«, begrüßte er Franz Lindau zehn Minuten später. »Ist sie weg?«

Der Revierschreiber wurde rot. »Es ist etwas geschehen und ich dachte …«

»Ist Fräulein von Bienemann gegangen?«, wiederholte der Kommissar geduldig seine Frage.

»Jawohl, Chef, eben ist sie zur Tür hinaus.«

»Dann kann ich ja offen mit Ihnen reden«, stellte Ehrmanns fest. »Wenn es in unserem Beruf um Notfälle geht, um Leben und Tod, wünsche ich, sofort informiert zu werden. Ich betone: *sofort!* Ganz gleich, ob am Tag oder mitten in der Nacht. Von *Ihnen*, nicht von meiner Zugehfrau! Es spielt auch keine Rolle, wo ich gerade bin. Wenn Sie mich nicht schnell genug ausfindig machen können, rufen Sie Inspektor Frauenburg im Präsidium an. Haben Sie das verstanden?«

»Jawohl, Herr Kommissar«, bestätigte Lindau. »Was ich sagen wollte …«

»… das teilen Sie mir oben in meiner Dienstwohnung mit«, ergänzte Ehrmanns. »Ich weiß nicht, ob es Ihnen schon aufgefallen ist, aber Sie sind zu dünn! Wenn Sie nicht ausreichend essen, können Sie in unserem Beruf nicht bestehen. Oder wollen Sie hierbleiben, Berichte schreiben, aus dem Fenster gucken und sich langweilen?«

»Ich hoffe doch, dass Sie mich mitnehmen …«

»Dann kommen Sie, Fräulein von Bienemann hat oben ein nahrhaftes Frühstück angerichtet.«

»Aber die Leichen …«

»Tote haben Zeit, eine ganze Ewigkeit lang.« Ehrmanns hatte schon die Verbindungstür geöffnet und winkte Lindau, ihm zu folgen. »Um die kümmert sich der zuständige Kreisarzt oder der Gerichtsarzt. Wir sind für die Lebenden da. Damit diese Aufgabe erfolgreich bewältigt werden kann, müssen wir bei Kräften sein.«

Mittlerweile waren sie in Ehrmanns Küche angelangt.

»Greifen Sie zu«, befahl der Kommissar seinem Untergebenen.

Lindau ließ sich nicht länger bitten. Nach dem üppigen Frühstück sagte Ehrmanns:

»Jetzt zu Ihrem Anzug. Zu alt, zu groß, zu verknittert! Die Menschen werden Ihnen den Ermittler nicht abnehmen. Was meinen Sie denn, warum unser Polizeipräsident Carl von Weegmann eine Uniform trägt, die übersät ist von Ehrenabzeichen? Ist er deshalb ein besserer Polizist als wir?«

»Ich weiß nicht …«, murmelte Lindau.

»Er ist überhaupt kein Polizist«, beantwortete Ehrmanns seine eigene Frage. »Der Mann ist von Adel, hat eine höhere Schulbildung genossen und kann standesgemäß repräsentieren. Das alles befähigt ihn, die gesamte Kölner Polizei zu führen. Folgen Sie mir in mein Ankleidezimmer.«

Dort hing ein blauer Anzug an einem stummen Diener, der schon allein wegen seiner Konfektionsgröße nicht zu Ehrmanns Garderobe gehören konnte.

»Aus dem Kleiderfundus. Die kleinste Größe, die sie vorrätig hatten. Probieren Sie ihn einmal an.«

Lindau schaute zu seinem Vorgesetzten hinüber, ungläubig. Die Situation schien ihm immer weniger zu behagen, schließlich hatten sie das Telephonat von vorhin noch nicht besprochen.

»Bitte schön!« Ehrmanns hielt ihm den Bügel mit dem Anzug hin. »Und beeilen Sie sich, wir stehen vor wichtigen Ermittlungen. Unten finden Sie noch einen Staubmantel und einen Homburg. Der Hut wird Ihnen zu groß sein, aber ein verschattetes Gesicht wirkt mysteriös. Bleiben Sie immer einen Schritt hinter mir, dann nimmt man Ihnen den Assistenten ab.«

Zurück im Kommissariat beugte sich Ehrmanns gespannt vor. »Nun, was wollten Sie mir mitteilen?«

»Vorhin hat hier eine unbekannte weibliche Person angerufen. Sie hat in einem leer stehenden Haus in der Ursulagartenstraße zwei Tote entdeckt. Im Ursulaviertel!«

Der Kommissar bedauerte zutiefst, nicht selbst mit der Unbekannten gesprochen zu haben. Lindau hatte nicht nach der Nummer der Anruferin gefragt. Jetzt war es zu spät, um Rückfragen an das Fernsprechamt zu stellen. Dort wurden für statistische Zwecke nur die Anzahl und Länge der Telephonate gespeichert. Ehrmanns vermutete, dass die Frau von einem öffentlichen Münzfernsprecher aus angerufen hatte, um anonym zu bleiben. Neben ihrem Namen hätte er gerne mehr Informationen zu ihrem Fund aus der Unbekannten herausgekitzelt. Er seufzte. Ein fähiger Revierschreiber, dieser Lindau, aber für eine erfolgreiche Ermittlung fehlte ihm noch die Erfahrung.

Nachdem Ehrmanns den zuständigen Kreisarzt informiert hatte, schnappte er sich den Ermittlungskoffer, der immer fertig gepackt neben seinem Schreibtisch stand, und stürmte hinaus, dicht gefolgt von dem neu eingekleideten Lindau. In den frühen Morgenstunden hatte es kräftig geregnet. Die Straßen wirkten wie frisch geputzt.

Das Wasser hatte sich zu Pfützen gestaut, aber die Frühlingssonne gewann schon an Kraft. Bald würde alles verdunstet sein.

Die Ursulagartenstraße führte in einem Bogen um den hinteren Teil der Ursulakirche herum, wurde dann breiter und mündete in die Eintrachtstraße. Die unbekannte Anruferin hatte Lindau als Fundort einen einsamen Flachbau neben einer Baulücke ohne direkte Nachbarschaft genannt. Das kleine Haus sah verlassen aus, hatte aber offene Fensterläden. Hausnummer und Namensschilder fehlten.

Kreisarzt Dr. Reuter befand sich schon am Ort des Geschehens. Seine Kutsche stand vor dem Gebäude. Zwei junge uniformierte Polizeischutzmänner vom sechsten Revier näherten sich, um den Straßenabschnitt abzusperren. An den Fenstern des dreistöckigen Hauses schräg gegenüber tauchten die ersten Anwohner auf, die sich das Spektakel nicht entgehen lassen wollten. Diese Leute hatten direkte Sicht auf das kleine Anwesen, vor dem die Polizeibeamten stehen blieben. Wenn die Anruferin recht hatte und das Haus vor ihnen zwei Leichen barg, mussten die Menschen von gegenüber als wichtige Zeugen befragt werden.

Beim Eintreten schlug den Kriminalbeamten der Gestank von getrocknetem Blut und beginnender Verwesung entgegen. Der Kreisarzt hatte die Haustür unverschlossen vorgefunden. Die Fensterläden hatte er zurückgeklappt. Er empfing den Kommissar mit Handschlag und schaute dann fragend hinter ihn.

»Mein Kollege Franz Lindau«, stellte Ehrmanns seinen Begleiter vor.

»Sehr erfreut!«, begrüßte ihn Dr. Reuter. »Neu im Dienst?«

»Wie man's nimmt«, sagte der Schreiber mit gequältem Lächeln.

Gleich kommt ihm das Frühstück hoch, dachte Ehrmanns ärgerlich. Er stöhnte. Laut sagte er:

»Der Inspektor hat mir Verstärkung zugeteilt. Ich musste den vierten Bezirk vertretungsweise mit übernehmen. Doppelte Arbeit!«

»Sieht nicht gut aus für Ihren Kollegen dort«, meinte Dr. Reuter ernst. »Schwerer Fall von Diphtherie. Liegt jetzt schon drei Wochen in der Lindenburg. Keine Besserung in Sicht.«

»Bedauerlich, aber lassen Sie uns zu den Leichenfunden zurückkehren.«

Die bewegungslosen Körper eines Mannes und einer Frau lagen auf dem Rücken vor einem kleinen, mittelhohen Tisch. Über einer Stuhllehne hing eine Anzugjacke, die wohl dem dunkelhaarigen Toten mit den ergrauten Schläfen gehörte, dessen trübe blaue Augen an die Decke starrten. Aus seiner blutbesudelten Weste ragte ein Jagdmesser mit Hirschhorngriff, auf dem der Name »Schäng« eingeritzt war.

Die Frau neben ihm war jung und schlank. Sie hatte aschblondes, schulterlanges Haar. Ehrmanns schätzte ihr Alter auf zwanzig Jahre. Die Tote trug ein blaues Jackenkleid und braune Stiefel. Auf der linken Seite zeichneten sich in Brusthöhe zwei Messerstiche durch den Stoff ihres Kleides ab. Getrocknetes braunes Blut hatte sich um die Toten herum gesammelt. Überall wimmelte es von Larven und Maden.

Bei näherem Hinsehen entdeckte Ehrmanns etwas, was ihn elektrisierte: Abdrücke von einem rechten und einem linken Vorderfuß unter dem Tisch, die von dort aus, immer schwächer werdend, Richtung Tür führten. Das erforderte gleich eine genaue Untersuchung. Wahrscheinlich stammten sie von der unbekannten Anruferin, die die Leichen gefunden hatte. Oder könnten das etwa die Fußspuren des Mörders …

»Entschuldigung«, murmelte Lindau mit gepresster Stimme. »Ich habe draußen etwas beobachtet. Vielleicht ist es wichtig.«

»Dann gehen Sie nur«, erlaubte ihm Ehrmanns mit einem flüchtigen Lächeln. »Wir kommen hier schon alleine zurecht.«

Mit ein paar Sätzen spurtete Lindau an die frische Luft.

»Was hat er denn?«, fragte Dr. Reuter erstaunt.

»Er ist ein genauer Beobachter«, log Ehrmanns mit gespielt ehrfürchtigem Unterton. »Sobald er in der Umgebung eines Verbrechens etwas bemerkt hat, kann ihn nichts mehr aufhalten. Der Instinkt des Ermittlers, verstehen Sie?«

»Ach ja?«, meinte der Kreisarzt zweifelnd. »Wir wissen doch noch gar nicht, ob das hier überhaupt ein Tatort ist! Auf dem Tisch liegt ein Abschiedsbrief, den ich eben überflogen habe. Klingt nach erweitertem Selbstmord. Der Mann hat zuerst seine Freundin und dann sich selbst erstochen.«

»Keine Beeinflussung«, entgegnete Ehrmanns scharf. »Kehren wir zu den Leichen zurück. Was können Sie dazu sagen?«

»Wie Sie meinen«, bemerkte der Kreisarzt widerwillig. »Aber bitte, Sie sind der Ermittler.«

»Ich höre«, sagte Ehrmanns ungeduldig.

»Ein Mann, um die fünfzig Jahre alt, und eine junge Frau um die zwanzig«, kommentierte der Kreisarzt zögernd. »Beide im gleichen Zustand. Die Leichenstarre hat sich weitgehend gelöst. Demnach sind sie zwischen vierundzwanzig und achtundvierzig Stunden tot. Ganz genau kann ich das nicht sagen. Wie Sie wissen, ist das abhängig von Raumtemperatur und Beschaffenheit der Körper. Außerdem habe ich die Toten nicht obduziert.« Er verzog das Gesicht.

»Natürlich weiß ich das«, versicherte Ehrmanns in einem Ton, der seine Gesprächspartner normalerweise in Habachtstellung versetzte. »Aber kommen wir zur Todesursache. Was können Sie nach dem ersten Augenschein dazu sagen?«

»Tod durch innere und äußere Blutungen. Lunge oder Herz wurden getroffen, vielleicht sogar beide Organe. Die Frau hat zwei Einstiche im linken Brustbereich, der Mann einen, wie Sie sehen. Höchstwahrscheinlich ist die weibliche Person mit dem gleichen Messer erstochen worden wie die männliche. Das kann aber erst durch eine genaue Untersuchung geklärt werden, wenn das überhaupt erforderlich ist.«

Immer dasselbe! Diese Kreisärzte hielten sich für bessere Kriminalisten auf Gebieten, von denen sie nichts verstanden. Wenn das kein erweiterter Selbstmord war, würde er sofort den Gerichtsarzt in der Lindenburg anrufen.

»Hören Sie schwer? Ich habe Sie etwas gefragt!«, rief Dr. Reuter jetzt nah an Ehrmanns Ohr.

»Ob das Messer entfernt werden soll?«, rief der Kommissar, der meinte, Ähnliches gehört zu haben. »Einen Moment noch, ich muss erst Photographien anfertigen.«

Der Kreisarzt verdrehte die Augen und schaute ungeduldig auf seine Taschenuhr. Ehrmanns öffnete seinen Ermittlungskoffer und entnahm ihm seine Handkamera von der Berliner Firma Stegemann. Eine leichte, kompakt konstruierte und unauffällige Plattenkamera, die auch ohne Stativ scharfe Bilder produzierte. Als er näher an die Toten herankam, wich Dr. Reuter zurück.

»Jetzt übertreiben Sie aber, Ehrmanns«, knurrte er.

Der Kommissar blieb unbeeindruckt. Er photographierte die beiden Toten von verschiedenen Seiten, einzeln und zusammen, außerdem die Fußabdrücke unter dem Tisch und im Raum, die er vorhin entdeckt hatte.

»Ich gehe davon aus, dass Sie den Griff des Messers nicht angefasst haben, Dr. Reuter?«, richtete er sich dann erneut an den Kreisarzt.

»Selbstverständlich nicht, Sie kennen mich doch«, versicherte der säuerlich.

Ehrmanns nickte. Er bestäubte den Griff mit hellem Puder und drückte eine dunkle, leicht klebende Folie darüber, presste nach. Dann zog er sie mit äußerster Vorsicht ab und verstaute die einzelnen Streifen in einem dafür vorgesehenen Kasten mit eingebauten Fächern.

»Wiener Folie«, erklärte er dem ungeduldig wartenden Arzt. »Ein neues Verfahren zur Abnahme und Fixierung von Fingerabdruckspuren. Ist zum Patent angemeldet. Auf der Innenseite können sich die hellen Papillarlinien des Spurenverursachers abzeichnen. Die werden später im Labor photographiert und vergrößert. Damit ist es jetzt möglich, die abgenommenen Fingerspuren mitzunehmen.«

»Der Schnickschnack interessiert mich nicht die Bohne. Soll ich die Leichen abtransportieren lassen?«

»Machen Sie nur, ich schaffe das nun allein. Vielen Dank auch für Ihre Expertise«, antwortete der Kommissar ironisch.

Der Kreisarzt beeilte sich, nach draußen zu kommen. Ehrmanns atmete auf. Jetzt hatte er freie Bahn.

Er nahm den Toten die Fingerabdrücke ab. So konnte er später feststellen, ob ein Fremder den Griff des Messers in der Hand gehalten hatte. Die Leichen wiesen keine Schnitte zur Abwehr eines Messerstechers auf. Trotzdem hatte er das dumpfe Gefühl, dass hier ein Gewaltverbrechen geschehen war.

Zum Glück konnte er die kalten, leblosen Gliedmaßen der Toten nach der Lösung der Leichenstarre wieder bewegen. Die rechte Hand der jungen Frau bereitete ihm Schwierigkeiten. Sie umklammerte etwas, das Ehrmanns erst freilegen konnte, nachdem er mühsam jeden einzelnen Finger zurückgebogen hatte. Merkwürdige bräunlich schwarze Krümel und dunkle Stiele kamen zum Vorschein. Trockenobst- oder Pflanzenreste, die er vorsichtshalber in einen Metallbehälter für Fundsachen schüttete.

Dabei hatte er die ekelerregenden Sektionen im Pathologischen Institut der Lindenburg vor Augen. Bei ihrer Arbeit waren die Ärzte dem direkten Hautkontakt mit Organen ausgesetzt, die sie aus den Körperhöhlen entnahmen. Dazu gehörte auch das Öffnen und Säubern des Darms, bevor sie die Leichen wieder vernähten und abschließend reinigten. Bei diesem Gedanken wurde es selbst dem hartgesottenen ehemaligen Feldwebel flau im Magen.

In seiner jetzigen Situation kam ihm zugute, dass er die Technik der Handreinigung von diesen Totenärzten, wie er sie nannte, genau abgeschaut hatte. Er nahm den Beutel mit den Wasch- und Desinfektionsmitteln aus seinem Koffer und begab sich auf die Suche.

Im angrenzenden Raum fand Ehrmanns ein großes Becken mit fließendem Wasser, was er in dem leer stehenden Haus nicht erwartet hatte. Ein alter Schrank, ein paar Stühle und ein funktionsfähiger Herd wiesen darauf hin, dass er sich im Küchenbereich befand. Er reinigte die Hände mit reichlich Seifenspiritus, rieb sie mit Chlorkalk ein und spülte sie gründlich mit Wasser ab. Jetzt waren hoffentlich alle Krankheitserreger abgetötet.

Anschließend lief Ehrmanns durch die übrigen Räume des Flachbaus. Auf der linken Seite gab es ein englisches Wasserklosett und ein Waschbecken, ebenfalls mit fließendem Wasser. Was für ein Luxus! Dahinter führte eine Tür in ein kleines, leergeräumtes Zimmer. Von den Wänden bröckelte der Putz. In dem größeren Raum auf der gegenüberliegenden Seite stand ein bezogenes Himmelbett, wie geschaffen für ein heimliches Stelldichein. Neben dem Bett lag auf einem Stuhl eine braune Handtasche, die vermutlich der Toten gehörte. Sie enthielt einen Lippenstift, ein Puderdöschen, ein Taschentuch, ein Fläschchen 4711 Parfum und einen Schlüsselbund mit zwei Schlüsseln. Außerdem fand sich ein Personalausweis auf den Namen Fräulein Brunhild Stolte, wohnhaft in Köln, Kastellsgäßchen 9. Ehrmanns nahm die Handtasche an sich.

Zwischen den beiden bodentiefen Fenstern dieses Raumes war eine Tür eingelassen, durch die der Kommissar in einen verwilderten Garten mit hochgeschossenem Gras und einigen Büschen gelangte. Ein gerader, von Unkraut überwucherter Kiesweg führte zu einem kleinen, kompakten Gartentor in der hohen Mauer mit spitzer Stacheldrahtkrone, die das Haus halb umgab und Sichtschutz nach außen bot. Hier schien in letzter Zeit niemand durchgegangen zu sein.

Ehrmanns rüttelte an dem Törchen. Abgeschlossen! In der Tür steckte ein seltenes Protectorschloss, das er bisher nur von Schließfächern oder Tresoren kannte. Mit einem Dietrich ließ sich so ein Hochsicherheitsschloss nicht knacken.

Von St. Ursula schlug es die halbe Stunde. Höchste Zeit, sich endlich den Abschiedsbrief anzuschauen, der Dr. Reuter zu der Annahme eines erweiterten Selbstmordes bewogen hatte. Er war auf einer Adler-7-Schreibmaschine getippt und von dem Immobilien- und Hypothekenhändler Robert Medard Hai handschriftlich unterschrieben worden. Ehrmanns las das kurze Schreiben:

An die Mitglieder der Familie Robert Medard Hai
Ihr Lieben!
Bald wird der Erdball in den riesigen Schweif des Kometen geraten. Dann ist das Ende der Welt gekommen. Die gesamte Menschheit wird sterben. Meine Liebste, Gefährtin der letzten Tage, wird mich zuvor in den Tod begleiten. Mutig und frei war unser Leben. Dem Ende werden wir selbstbestimmt entgegengehen.
Genießt die restliche Zeit, seid umarmt und geküsst!
Euer Robert

Das Immobiliengeschäft Hai kannte man in Köln. Der Händler besaß ein Dutzend große Zinshäuser und Villen, die er vermietete oder gewinnbringend verkaufte. Seltsam, dass ein knallharter Geschäftsmann wie dieser Robert Hai so hilflos der allgemeinen hirnlosen Furcht vor dem nahenden Weltuntergang verfallen war! Auch der Name »Schäng« auf dem Griff des Jagdmessers gab ihm Rätsel auf. Ehrmanns beschloss, bei der Familie des Toten nachzufragen, ob Robert Hai eine solche Waffe besessen hatte.

Wo befanden sich wohl die persönlichen Gegenstände des Immobilienhändlers? Ob er in der Anzugjacke des Toten etwas finden würde?

Einige Augenblicke später hatte Ehrmanns Gewissheit: Er entdeckte einen Ausweis auf den Namen Robert Medard Hai und ein Portemonnaie mit ein paar Geldscheinen in der Innentasche der Jacke. Schlüssel waren nicht dabei.

Draußen bewegte sich etwas. Die Leichenträger betraten das Haus und fragten nach, wohin sie die beiden Toten bringen sollten.

»Zu Professor Frost ins Pathologische Institut der Lindenburg«, befahl Ehrmanns. »Vielleicht ist eine Sektion erforderlich.«

Dem Leiter der Pathologie würde es nicht gefallen, dass er ihm zusätzliche Arbeit zumutete, aber nur so ließen sich die genauen Todesumstände bestimmen. Ehrmanns gab den Trägern eine entsprechende Notiz mit und entließ sie mit der dringenden Bitte, sich mit dem Transport zu beeilen.

Der Kommissar schaute ihnen hinterher, in Gedanken versunken. Im nächsten Augenblick stutzte er. Da vorne hatte er etwas entdeckt: einen gelblichen Fleck, den er vorhin gar nicht bemerkt hatte! Ein Wachstropfen! Stammte er von einer Kerze, die jemand durch den Raum getragen hatte? In seiner Berliner Zeit bei Kriminalkommissar Ernst Gennat hatte Ehrmanns von einem Einbruch gehört, bei dem der Eindringling jegliche Fingerspuren vermieden hatte – bis ihm beim Verlassen des Hauses geschmolzenes Kerzenwachs von seiner Lichtquelle über einen Finger gelaufen und dann auf den Boden getropft war. Darin hatte ein Abdruck seines Zeigefingers gesichert werden können. Dieses Indiz hatte ausgereicht, um den Täter zu identifizieren und schließlich zu verurteilen.

Vielleicht hatte er es hier mit einem ähnlichen Fall zu tun! Aufgeregt stürmte Ehrmanns zu seinem Ermittlungskoffer, entnahm ihm seine Lupe und einen Beutel für Fundstücke. In der Küchenschublade fand der Kommissar, was er suchte, in Gestalt eines Tortenmessers. Damit ließ sich die Wachsspur vorsichtig vom Boden lösen. Mit Hilfe der Lupe entdeckte er tatsächlich einen verwischten Teilabdruck, aber keine brauchbare Spur. Schade! Der Wachsabdruck wanderte dennoch in seinen Ermittlungskoffer.

Erst jetzt fiel ihm auf, dass Lindau sich noch immer draußen aufhielt. Der war vor dem Anblick und dem Geruch der Toten geflüchtet! Die offizielle Arbeit seines Revierschreibers sah natürlich Ermittlungen von Verbrechen und damit auch eine Konfrontation mit unappetitlichen Leichen nicht vor. Dennoch hatte Ehrmanns ihn auf seinen eigenen Wunsch hin mitgenommen. Wenn er Lindau an der Aufklärung von Verbrechen beteiligte, musste der sich aber auch an die unangenehmen Bereiche dieser Arbeit gewöhnen. Das sollte sofort geklärt werden!

Auf der Straße kam der Kriminalschutzmann auf ihn zu. »Ich habe die Bewohner des Hauses gegenüber befragt, ob ihnen in den letzten beiden Tagen hier etwas aufgefallen ist«, berichtete er.

Ehrmanns starrte ihn an.

»Sie haben doch gesagt, dass Sie und Dr. Reuter alleine zurechtkommen«, meinte Lindau verunsichert. »Da habe ich mir gedacht, dass wir uns die Arbeit ja auch teilen können.«

»Es geht hier nicht um Dr. Reuter und mich«, entgegnete Ehrmanns ernst. »Sondern um Sie! Wie soll ich Sie demnächst einsetzen? Als Schreiber? Oder wollen Sie langsam die tägliche Ermittlungsarbeit kennenlernen, auch wenn es widerwärtig wird?«

»Ich hoffe doch, dass Sie mich weiterhin zu Außenterminen mitnehmen«, murmelte Lindau kleinlaut.

»Als Ermittler müssen Sie auch Tote begutachten, die schrecklich zugerichtet sind. Da können Sie nicht fortlaufen und sich nachher mit Arbeitsteilung herausreden!«

»Ich musste mich übergeben. Schließlich waren das meine ersten Leichen«, erklärte Lindau. »Außerdem hatte ich den Magen zu voll von dem guten Frühstück …«

»Wer hat Sie eigentlich damit beauftragt, hier alleine eine ausgiebige Befragung zu veranstalten?«, bohrte Ehrmanns mit scharfem Unterton nach. »Ich kann mich nicht daran erinnern, das veranlasst zu haben. Wenn Sie schon eigenmächtig Anwohner befragt haben, berichten Sie mir jetzt das Wichtigste.«

»Jawohl, Herr Kommissar«, sagte Lindau dienstbeflissen. »Die Frau Bunte …«

In diesem Moment läuteten die Glocken von St. Ursula die achte Stunde ein.

»Um Punkt neun Uhr beginnt die Besprechung bei Inspektor Frauenburg in der Krebsgasse«, rief Ehrmanns erschrocken. »Da muss ich pünktlich sein! In der Ursulastraße ist eine Droschkenhaltestelle. Kommen Sie. Während der Fahrt unterhalten wir uns weiter.«

Er schnappte sich seinen Ermittlungskoffer und lief los.

4. Kapitel

In sportlichem Tempo eilte der Kommissar um die Kirche herum Richtung Ursulastraße. Lindau folgte in gehörigem Abstand.

Schon von Weitem sah Ehrmanns, dass sich eine Droschke vom Stadtzentrum aus näherte, die von einem elegant gekleideten älteren Herrn mit Zylinder erwartet wurde.

»Einsatz!«, schrie Ehrmanns in vollem Lauf. Mit der freien Linken fischte er in den Tiefen seiner Manteltasche nach der Dienstmarke.

Er stoppte jäh, als der Herr sich zu ihm umdrehte und mit dem Kopf schüttelte.

»Du willst mir doch nicht etwa die Droschke vor der Nase wegschnappen, Martin? Wie wäre es, wenn du etwas besser auf die Zeit achten würdest? Besitzt du nicht eine Taschenuhr, die dir genau anzeigt, was die Stunde geschlagen hat?«

»Ich ... äh ...«, stotterte Ehrmanns verlegen. »Guten Tag, Professor Frost! Was machen Sie denn hier?«

»Das könnte ich dich fragen, Martin«, entgegnete Carl Frost streng. »Bin ich dir neuerdings Rechenschaft schuldig?«

Vor seiner Beförderung zum Kommissar hatte Ehrmanns zunächst ein Praktikum bei Professor Frost im Pathologischen Institut der Lindenburg absolviert. Frost und seine Assistenzärzte übten eine Doppelfunktion aus: Als Pathologen untersuchten sie die Todesursachen von verstorbenen Patienten und als vereidigte Gerichtsärzte obduzierten sie gewaltsam Getötete im Dienste der Aufklärung von Verbrechen. Im Seziersaal trennte sich schnell die Spreu vom Weizen. Wer zweimal wegen Übelkeit den Saal verließ oder sogar in Ohnmacht fiel, wurde in eines der zahlreichen Büros im Polizeipräsidium abgeschoben.

Ehrmanns hatte sich bei der Untersuchung der Toten als überaus gelehrig erwiesen. Der Professor duzte ihn schon nach der zweiten Sektion und wollte ihn am Ende des Praktikums sogar zu einem Medizinstudium überreden. Der ewige Leichengeruch war dem jungen Praktikanten dann doch zuwider gewesen, und so hatte Frost ihn an die Kriminalpolizei verloren. Aber hin und wieder forderten die Toten den Leichenarzt und den Kommissar auf, gemeinsam nach der Wahrheit zu suchen.

»Ich komme gerade von einem Haus in der Ursulagartenstraße, wo zwei Leichen gefunden wurden«, erklärte Ehrmanns. »Inneres und äußeres Verbluten durch Messerstiche. Keine Abwehrverletzungen, dafür ein Abschiedsbrief. Aber mein Gefühl sagt mir, dass wir doch an einem Tatort gewesen sind. Ich habe die beiden Erstochenen mit einem Vermerk zu Ihnen in die Lindenburg geschickt, Professor Frost.«

»Aber Martin, du kannst mir doch nicht den ganzen Keller mit deinen Leichen zustopfen! Du glaubst nicht, was uns jetzt jeden Tag an Toten jeglicher Art wegen der allgemeinen Kometenfurcht geliefert wird. Es ist ja eine regelrechte Massenhysterie ausgebrochen! Wir kommen mit dem Sezieren gar nicht mehr nach.«

»Mit dem Unterschied, dass sich keiner von denen erstochen hat, stimmt's?«, entgegnete Ehrmanns. »Wer dem Kometen entkommen will, vergiftet sich, vorzugsweise mit Alkohol, erhängt sich oder springt in den Rhein. Harakiri habe ich in dem Zusammenhang noch nie erlebt.«

»Ich auch nicht«, gab Carl Frost zu. »Aber du hattest es doch eilig. Musst du ins Präsidium?«

»Ja, um neun Uhr ist Besprechung beim Inspektor.«

»Dann will ich mal nicht so sein«, sagte der Professor großzügig. »Steig ein!«

In diesem Moment traf Lindau laut keuchend an der Droschkenhaltestelle ein.

»Da sind Sie ja endlich!«, rief Ehrmanns tadelnd. »Wir wären beinahe ohne Sie abgefahren.«

»Wer ist denn der junge Mann, der hinter dir herhetzen muss wie ein Hund?«, fragte Frost.

»Das ist mein Assistent Franz Lindau«, stellte Ehrmanns vor.

»Assistent? Du meinst wohl Revierschreiber«, korrigierte ihn der Professor. »Aber wie auch immer, wir fahren über die Krebsgasse zur Lindenburg«, fuhr er laut in Richtung des Kutschers fort, der die beiden Reiseziele wiederholte.

»Das habe ich Ihnen noch nicht gezeigt«, stellte Ehrmanns unterwegs fest und überreichte dem verdutzten Lindau das Abschiedsschreiben von Robert Hai. »Ich glaube allerdings nicht, dass es sich hier um einen erweiterten Selbstmord handelt.«

»Welcher Kreisarzt hat denn deine Leichen untersucht?«, wollte Frost wissen, als sie rechts in die Marzellenstraße abbogen.

»Dr. Reuter natürlich! Der ist doch für das gesamte Ursulaviertel zuständig, somit auch für die Toten aus der Ursulagartenstraße.«

»Der Reuter also«, murmelte Frost.

»Warum? Kennen Sie ihn?«, fragte Ehrmanns erstaunt.

Der Totenarzt antwortete nicht. Er starrte vor sich hin.

»Herr Professor! Ist Ihnen nicht gut?« Der Kommissar packte den Mediziner besorgt am Arm.

Lindau hatte sich ebenfalls vorgebeugt. Frost war fast so bleich geworden wie die Toten auf dem Seziertisch.

»Ach, nichts«, murmelte er. »Eine kleine Schwäche.« Er atmete tief durch.

Stille. Nur das Pferdegetrappel war zu hören. Eine Elektrische klingelte, Hupen von Kraftwagen antworteten in unterschiedlicher Lautstärke und Tonlage. Als sie durch die Langgasse rumpelten, wagte Lindau zu fragen, was er erledigen solle, während Ehrmanns im Präsidium weilte.

Der Kommissar überlegte einen Moment lang.

»Erkundigen Sie sich im Kastellsgäßchen 9 nach einer Brunhild Stolte, das ist die letzte Adresse der Toten gewesen, die in der Ursulagartenstraße neben dem Immobilienhändler Robert Hai lag. Aber bitte, gehen Sie zu Fuß. Sie sind noch jung und müssen sich unbedingt im Laufen üben. Sonst können Sie keinen Verbrecher schnappen, wenn's drauf ankommt.«

»Krebsgasse!«, rief der Kutscher in diesem Moment und blies mit aller Kraft in sein Signalhorn, um seinen Worten Nachdruck zu verleihen. Die Droschkentür sprang auf und die beiden Kriminalbeamten kletterten

43

in Windeseile heraus. Ehe der Schlag sich wieder schloss, rief Professor Frost Ehrmanns hinterher:

»Beim nächsten Mal muss der Staatsanwalt entscheiden, ob die Leichen bei uns aufgeschnitten werden! Deine Eigenmächtigkeiten könnten schlimme Folgen für alle Beteiligten haben, Martin!«

Ehrmanns eilte auf das Hauptportal des Polizeipräsidiums zu. Ein kleiner Mann verstellte ihm den Weg.

»Martin!«, rief der Zwerg erfreut. »Gut, dass ich dich treffe! Bis zur Besprechung haben wir noch vierzig Minuten. Da können wir schnell im ›Alten Präsidium‹ einen Happen essen gehen.«

»Ich habe gut gefrühstückt, Toni«, sagte Ehrmanns säuerlich. Dumm nur, dass in diesem Moment sein Magen laut und vernehmlich knurrte.

»Na also!«, rief Kriminalpolizeikommissar Toni Marsberg vergnügt. »Wusste ich doch, dass so ein langer Kerl wie du immer eine Kleinigkeit vertragen kann.«

Jetzt blieb ihm nichts anderes übrig, als mit seinem ehemaligen Mentor einen *Halven Hahn* essen zu gehen.

Es war bekannt, dass Marsberg mit allen Mitteln versuchte, sich bei Inspektor Frauenburg einzuschmeicheln. Ob er seinen einstmaligen Praktikanten durch ein paar Gläser Bier in der anschließenden Besprechungsrunde ausschalten wollte? Dabei strebte Ehrmanns gar nicht nach Höherem. Er fühlte sich dazu berufen, das Verbrechen an der Front zu besiegen.

Um exakt 8.25 Uhr trafen sie im »Alten Präsidium« in der Schildergasse 84 ein. Wie der Name des Restaurants andeutete, hatte an dieser Stelle bis Ende der Vierzigerjahre des vorigen Jahrhunderts das Kölner Polizeipräsidium gestanden.

»Neulich rief mich eine Aufseherin vom Fernsprechamt an«, begann Marsberg nach einem herzhaften Bissen in seinen *Halven Hahn.* »Ein Fräulein vom Amt wird vermisst, eine Adele Merzfeld!« Sein Gesicht nahm diesen wichtigtuerischen Ausdruck an, den Ehrmanns so an ihm hasste.

»Ich bin natürlich sofort zu ihr nach Hause gefahren. Sie wohnt bei einer Freundin im Kastellsgäßchen 9, die auch im Fernsprechamt arbeitet. Am Tag ihres Verschwindens, einem Sonntag, wollte sie mit einem unbekannten Verehrer tanzen gehen. Merkwürdigerweise stand ein fertig gepackter Koffer in ihrer Kammer, den sie nicht abgeholt hat.«

»Was habt ihr denn in dem Gepäck von Fräulein Merzfeld gefunden?«, fragte Ehrmanns mit erwachendem Interesse.

»Kleidungsstücke, Unterwäsche, ein Paar Schuhe und etwas, mit dem ich nichts anfangen kann. Vertrocknete Pflanzenreste, zu einem kleinen Strauß gebunden. Der Form nach könnten es Narzissen sein, aber die Farbe passt nicht dazu.«

Ehrmanns starrte ihn an. Dann öffnete er wortlos seinen Untersuchungskoffer, den er neben sich abgestellt hatte, und zeigte dem Kollegen die geborgenen bräunlich schwarzen Krümel aus der Hand der Toten in der Ursulagartenstraße.

»Ja, so sahen sie aus, die vertrockneten Pflanzen!«, rief Toni Marsberg aus. »Wo hast du die denn her?«

»Von einer Toten«, erklärte Ehrmanns ernst. »Ihr

Name ist Brunhild Stolte. Sie wohnte im gleichen Haus wie das vermisste Frauenzimmer.«

Sie hatten es rechtzeitig ins Präsidium geschafft, wissend, dass Inspektor Frauenburg Unpünktlichkeit hasste. »Wer zu spät kommt, stiehlt meine Lebenszeit«, pflegte er zu sagen. »Den lasse ich demnächst auch warten – auf seine Beförderung.«

Für den Bau des Polizeipräsidiums wurde die Krebsgasse um zehn Meter verbreitert und zu einer Hauptverkehrsader der inneren Stadt ausgebaut. Das Gebäude stand auf dem Grund eines ehemaligen Klarissenklosters, das zur Zeit der französischen Herrschaft im Jahre 1798 zu einem Frauengefängnis und 1802 schließlich zu einem Arresthaus umgestaltet worden war. Zum Andenken an die Unternehmer dieses Umbaus, den Blechschläger Alexander Hittorff, genannt der »Blecherne Alexander«, und den Maurermeister Butz, bezeichnete der Kölner Volkswitz die Haftanstalt als »Bleche Botz«. Der gleiche Name wurde für das Klingelpütz-Gefängnis verwendet. Die Grabplatte der Äbtissin im Hinterhof des Präsidiums und ein paar Haftzellen im Parterre erinnerten an die bewegte Geschichte des Gebäudes.

Der Sitzungssaal im ersten Obergeschoss gleich hinter der Bücherei garantierte eine gediegene Gesprächsatmosphäre. Trotzdem bevorzugte Inspektor Frauenburg die Modellkammer direkt unterhalb der Zinnen des mächtigen Turms im romanischen Stil, der an der Schnittstelle von Schildergasse und Krebsgasse hoch über dem Polizeigebäude in den Himmel ragte. Von hier aus schaute die handverlesene Phalanx gegen das Verbrechen auf die Türme und Dächer der rasant wachsenden Metropole, bewacht von Charon, dem Höllenfährmann, einem Nachtwächter mit Laterne und Hund und der Replik eines steinernen Schildträgers.

Nach kurzer Einführung rief Frauenburg die Kommissare der einzelnen Bezirke auf und hörte sich ihre Berichte über die Vorfälle der vergangenen Woche an. Gaunereien, Diebstähle, verschwundene Personen, räuberische Erpressung und Verstöße gegen die Sittlichkeit waren die Schattenseiten der Kölner Gesellschaft, die sich in der nächsten Stunde vor dem aufmerksamen Zuhörer ausbreiteten. Zum Schluss entließ er seine Männer in die neue Arbeitswoche. Bis auf Ehrmanns.

»Kommen Sie mit in mein Büro, Kommissar«, sagte er in ernstem Ton. »Was Sie mir gerade über die Vorkommnisse im vierten Bezirk erzählt haben, gefällt mir nicht.«

Ehrmanns folgte seinem Chef mit mulmigem Gefühl in das zweite Obergeschoss. Frauenburg teilte seinen Verdacht, das spürte er.

In Raum 202, dem Vorzimmer des Inspektors, herrschte rege Betriebsamkeit. Fünf Inspektionsschreiber bemühten sich, Berge von Berichten abzuarbeiten. Sie traktierten mit Wucht ihre neuen Adler-7-Schreibmaschinen. Frauenburg wollte die Doppeltür seines Büros von innen schließen, als ihm der Bürovorsteher hinterherrief:

»Ein Anruf aus der Lindenburg! Professor Frost wünscht, mit Ihnen zu sprechen. Er lässt sich nicht abweisen!«

»Ich komme«, sagte der Inspektor. Er verschwand im Vorzimmer.

Ehrmanns hatte sich mittlerweile hingesetzt. Oft war er nicht ins »Allerheiligste« zitiert worden, wie die Kollegen das Büro des Inspektors nannten. Hier fehlten die Insignien der Macht. Perserteppiche, Kunstdrucke oder Ölgemälde suchte man vergeblich. Stattdessen warteten auf den Bücherregalen an der linken Längsseite die Werke von Sir Arthur Conan Doyle sowie Lehrbücher über Methoden der Kriminalistik, Daktyloskopie, Psychologie und Pathologie auf den geneigten Leser. Darüber mahnte eine Wanduhr den Inspektor und seine Besucher, keine Zeit zu verschwenden. Davor stand ein großer gezimmerter Tisch mit einzelnen Akten. An der hinteren Wand thronte ein bronzener Buddha auf einem Podest.

Ehrmanns schaute aus dem Fenster auf die Krebsgasse hinunter. Auf dem Trottoir herrschte reger Betrieb. Frauen mit riesigen Hüten liefen Richtung Schildergasse und Hohe Straße, wo Cafés zum Verweilen und Geschäfte zum Einkaufen einluden. Ein Fuhrwerk passierte die Einfahrt des Polizeigebäudes. Die Pferde wurden zum Stall gebracht, der an den Hinterhof anschloss.

Ob Lindau im Kastellsgäßchen Erfolg hatte? Der mysteriöse Fund in dem gepackten, aber nicht abgeholten Koffer von Fräulein Merzfeld hatte offensichtlich nicht nur ihn, sondern auch Frauenburg beunruhigt. Waren das die gleichen Pflanzen wie die Reste in der Hand der Toten? Bestand eine Verbindung zwischen den beiden Frauen? Wo befand sich Fräulein Merzfeld jetzt? Schwebte sie in Gefahr?

5. Kapitel

Lindau lief durch die Schildergasse. An deren Ende bog er links in die Hohe Straße ab. Die traditionelle Zentralachse der Stadt hatte sich von einer reinen Wohnstraße zu einem überaus belebten Zentrum mit Restaurants, Konzertlokalen und neumodischen Lichtspielhäusern entwickelt. Touristen und Geschäftsleute beherrschten die Szenerie, an arbeitsfreien Tagen flanierten hier aber auch die Kölner Bürger.

Als Revierschreiber folgte Lindau preußisch genau festgesetzten Dienstzeiten. Seine Arbeit begann um sieben Uhr morgens und endete um sieben Uhr abends. Nur montags musste er schon um sechs Uhr zur wöchentlichen Besprechung mit seinem Chef antreten. Sonntags- und Nachtdienstzeiten waren nicht vorgesehen. Zu seinen Aufgaben gehörte es, Berichte zu schreiben, die der zuständige Kommissar ihm diktierte. Später musste er sie dann sauber und möglichst fehlerfrei auf der Schreibmaschine abtippen. Mit der Aufklärung von Verbrechen hatte das nichts zu tun. Die stupide Arbeit seines Postens hasste er zutiefst. Er empfand sie als eine Beleidigung für seinen Verstand, der es liebte, Rätsel zu lösen. Auf der Polizeischule hatte er gelernt, dass man als Polizist für Gerechtigkeit sorgen musste. Deshalb war es auch so wichtig, diejenigen, die gegen das Gesetz verstießen, zu fassen und sie einer angemessenen Strafe zuzuführen. Sein Chef gab ihm mit seiner unkonventionellen Art die Chance dazu: Er durfte an der Ermittlungsarbeit teilnehmen. Hin und wieder schrieb der Kommissar seine Berichte sogar selbst und trug seinem Kriminalschutzmann Rechercheaufgaben auf. Allerdings musste Lindau bescheiden bleiben. Der Kommissar wollte immer das letzte Wort haben, wegen seiner Verantwortung, wie er zu sagen pflegte.

Die Aufträge abseits der langweiligen Schreibarbeiten brachten allerdings unregelmäßige Arbeitszeiten mit sich. Aus diesem Grund hatte sich Lindaus Vorgänger in den Innendienst versetzen lassen. Lange hatte man einen Nachfolger gesucht, bis Lindau aus der Polizeischule gekommen war und gerne bereitgestanden hatte.

Seine Arbeit bei Ehrmanns stellte ihn zufrieden. Nur der Lohn als Revierschreiber reichte hinten und vorne nicht. Mit vier Kindern war der Lebensunterhalt teuer. Er empfand Mitleid für seine Frau Berta, wenn sie neben der Kinderversorgung und dem Einkaufen, Kochen und Putzen einmal in der Woche die große Wäsche erledigen musste. Dann half ihr zwar Michael, ihr ältester Spross, am frühen Morgen beim Schleppen des Waschwassers, denn sie hatten in der Wohnung keine Wasserquelle. Doch danach musste er zur Schule gehen und Berta stand allein vor dem Kessel auf dem Küchenherd. Ganz dicke Beine und raue Hände hatte sie dann am Abend von dem stundenlangen Stehen und Schrubben. Wie gerne hätte Lindau ihr für diese anstrengende Arbeit eine Zugehfrau an die Seite gestellt, aber das konnte sich die Familie nicht leisten.

Lindau beeilte sich, über die Obermarspforten in das kleine, schmale Kastellsgäßchen zu gelangen. Wie in vielen Wohnstraßen der Altstadt wimmelte es auch hier von spielenden Kindern aller Altersklassen. Ein paar Meter weiter hatte ein Drehorgelmann Halt gemacht. Er spielte das traurige Lied vom Bergmann, der unter Tage geblieben war. Schon bei den ersten Tönen öffneten sich die Fenster der umliegenden Häuser und viele Daheimgebliebene, Frauen und alte Leute, sangen mit. Die in Papier gewickelten Pfennige flogen dem Musiker in die hingehaltene Mütze. Ein Wurfgeschoss war von seiner Bahn abgekommen und vor Lindaus Füßen gelandet. Geschickt hob er es auf und warf es dem Orgelmann zu, der sich mit einem Diener artig bedankte.

Endlich stand Lindau vor seinem Zielobjekt, einem altersgrauen, typisch rheinischen Dreifensterhaus von sechs Metern Breite. Wer dort wohnte, ließ sich von außen nicht feststellen. Wie bei alten Gebäuden üblich gab es keine Namensschilder an der Haustür. Im Parterre bot ein Kolonialwarenhändler seine Güter feil.

»Sie wünschen?«, fragte der Mann hinter der langen Verkaufstheke.

»Kriminalpolizei«, begann Lindau und zückte seine Dienstmarke. »In diesem Haus wohnt ein Fräulein Brunhild Stolte. Vielleicht kennen Sie das Frauenzimmer näher und können mir etwas zu ihm berichten.«

»Warum interessiert sich denn die Polizei für die Brunhild?«, stammelte der Händler erschrocken. »Ist etwas passiert?«

»Das darf ich Ihnen nicht sagen«, wiegelte Lindau ab. »Aber wer das Fräulein so vertraut wie Sie beim Vornamen nennt, kann mir bestimmt Auskunft über es geben.«

»Brunhild Stolte wohnte im dritten Stock«, begann der Händler zögernd. »Ich habe sie seit Ende März nicht mehr gesehen, dabei war sie zuvor eine gute Kundin. Jeden Morgen kaufte sie frische Brötchen und die Tageszeitung bei mir, außerdem Petroleum und was man sonst so braucht. Dann hat sie sich allerdings verändert. Sie konnte sich plötzlich teure Kleidung leisten und verhielt sich nicht mehr so still und zurückhaltend wie früher. Ruth Sieberdt, das schnippische Ding aus dem zweiten Stock, meinte schon, dass sie vielleicht in der Goldgasse anschaffen gehen würde. Aber ich glaube das nicht. Üble Nachrede! Brunhild Stolte würde sich niemals an Männer verkaufen! Als sie das letzte Mal bei mir eingekauft hatte, sagte sie, dass sich bald alles ändern werde. Dann könne sie diesem Haus, Ruth Sieberdt und ihrer miesen Beschäftigung im Fernsprechamt für immer den Rücken kehren. Das Gleiche hat sie Adele Merzfeld erzählt, die bei Fräulein Sieberdt gewohnt hat. Jedenfalls war die sich relativ sicher, dass Fräulein Stolte nicht wiederkommen würde, als sie plötzlich aus ihrer Wohnung im dritten Stock verschwand.«

»Wusste dieses Fräulein Sieberdt auch von den Zukunftsplänen der Stolte?«, fragte Lindau.

»Die doch nicht, die zänkische Xanthippe!«, rief der Händler aus. »Mit der haben die anderen Frauenzimmer zuletzt gar nicht mehr geredet. Die Merzfeld ist zuletzt vor ihrer ehemaligen Freundin in die leere Wohnung von Fräulein Stolte geflüchtet. Das kann ich gut verstehen. Als sie noch mit der Sieberdt zusammengewohnt hat, gab es häufig Streit. Das hörte man sogar hier im Laden und in unserem Lager im ersten Stock. Wie kann man nur so unbeherrscht sein? ›Alles nimmst du mir weg, du Hexe!‹, hat Fräulein Sieberdt geschrien, als die beiden das letzte

Mal gemeinsam bei mir im Laden waren. Da ging es um den Rest Kuchen, den Adele Merzfeld kurz zuvor gekauft hatte, für sich und einen ihrer Gäste.«

»Sie haben Brunhild Stolte das letzte Mal Ende März gesehen«, warf Lindau ein. »Ist sie denn dann ausgezogen? Sie sprachen vorhin davon, dass die Merzfeld in ihre leere Wohnung gezogen ist.«

»Richtig«, bestätigte der Kaufmann. »Ihre Wohnung hat das Fräulein Adele übernommen. Aber auch die ist vor zwei Wochen verschwunden. Jetzt wohnt nur noch die Sieberdt hier im Haus auf der zweiten Etage.«

»Habe ich das richtig verstanden, dass Fräulein Stolte beim Fernsprechamt beschäftigt ist?«, fragte Lindau nach.

»Das stimmt! Alle drei Frauenzimmer arbeiten im Vermittlungssaal des Kaiserlichen Stadtfernsprechamts in der Cäcilienstraße. Die Stadt Köln hat die Wohnungen im zweiten und dritten Stock gemietet, um den Beamtinnen dort eine preisgünstige Unterkunft zu bieten.«

Lindau bedankte sich für die Auskünfte. Der Händler, der für den auswärtigen Hauseigentümer nach Ladenschluss bei Bedarf notwendige Reparatur- und Wartungsarbeiten durchführte, gab dem Kriminalbeamten einen Wohnungsschlüssel für die leere Wohnung im dritten Stock mit, damit der sich umsehen konnte. Die Rückgabe eilte nicht, es hing noch ein Ersatzschlüssel am Schwarzen Brett.

Die Luft im Flur roch muffig nach einer Mischung aus Zwiebeln und Tabak, etwas abgemildert durch eine schwache Note 4711. Zum Warenlager des Händlers im ersten Stock führte eine breite Treppe mit flachen, ausgetretenen Stufen. Dann wurde das Treppenhaus von einem runden, bis zum Dach reichenden Balken abgelöst, um den sich eine enge, steile Wendeltreppe wand. Anstelle eines Geländers diente ein herabhängendes, dickes Seil zum Festhalten und Hochziehen.

Kleine, wendige Menschen wie Lindau kamen hier schnell voran. Außerdem kannte der Kriminalbeamte diesen Aufstieg von seinem eigenen Zuhause. Nur das Türschloss im dritten Stock erwies sich als etwas sperrig. Er stocherte einige Zeit mit dem Schlüssel darin herum, bis die Wohnungstür endlich aufsprang.

Ein freundlicher Raum mit weiß gestrichenen Wänden empfing ihn. Auch hier roch die Luft abgestanden, aber der unangenehme Zwiebelgestank blieb im Treppenschacht zurück, sodass ihn nur noch der herbe Geruch nach Herrenparfüm und Tabak umfing. Die Möblierung war gediegen und alt: ein solider Kleiderschrank aus Eichenholz, daneben ein großer Spiegel mit schon ein wenig blind gewordenem Glas, in der Ecke ein gezimmertes Bett, in das die vier Kinder von Lindau bequem hineingepasst hätten. Der Tisch an den beiden Fenstern zur Straße hin mit den sechs Stühlen und der Petroleumlampe gehörte zum üblichen Mobiliar.

Ein Gegenstand stach sofort ins Auge: die Adler 7 auf dem Tisch. Auf einer solchen Schreibmaschine hatte jemand den Abschiedsbrief getippt, den Ehrmanns ihm in der Droschke gezeigt hatte. War er etwa hier geschrieben worden, von wem auch immer? Das Farbband fehlte. Sein Chef sollte die Maschine begutachten.

Im Kleiderschrank entdeckte er ein Jackenkleid, einige Blusen und Röcke und ein paar Stiefel. Gebraucht, aber noch tadellos in Schuss, dachte Lindau. Wer solche Kleidungsstücke zurückließ, konnte es sich entweder leisten oder hatte die Wohnung überstürzt verlassen.

In der kleinen Küche gab es einen Spülstein. Ansonsten war der Raum bescheiden eingerichtet mit einem Herd, neben dem auf einem Brettergestell Steinguttöpfe und Kochkessel standen. An der Wand über dem Küchenherd hing eine Holzleiste mit einigen Kochlöffeln und einem eisernen Schürhaken zum Anstochern der Glut im Ofen. Ein kleiner Tisch mit zwei Stühlen rundete die Einrichtung ab.

Wie immer schaute er noch schnell in den Herd, den einzigen Wärmespender der Wohnung. Das hatte er sich angewöhnt, nachdem bei seinen Eltern einmal aus Nachlässigkeit ein Schwelbrand ausgebrochen war. Befanden sich keine Glutherde mehr in der Asche? Er stocherte vorsichtig mit dem Schürhaken darin herum. Der schwache Tabakgeruch wurde intensiver. Dann entdeckte er die Reste einer Zigarre. Er schnupperte daran. Den würzigherben Geruch kannte er! Eine Havanna Habanos, die sein Schwiegervater Carl Jakobs bei besonderen Anlässen zu rauchen pflegte. Importware aus dem Hause Peter Haubrich in der Gereonstraße, kein Produkt der Kölner Tabakfabrik für den Vierten Stand. Wer diese edle Zigarre paffte, galt als klug und mächtig, hatte er mal gehört. Vielleicht traf das auch auf den unbekannten Gast von Fräulein Merzfeld zu, der den letzten Kuchen des Krämerladens unten im Haus verspeist hatte?

Von St. Martin schlug es zehn Uhr. Er hatte keine Lust, ins Kommissariat zurückzukehren und langweilige Berichte zu schreiben. Ehrmanns wurde sicher noch einige Zeit im Präsidium festgehalten. Da könnte er sich doch in dem neuen Schmuckgeschäft in der Schildergasse nach Sonderangeboten für seine Berta umsehen. Die hatte eine kleine Freude verdient bei all ihren Pflichten im Haushalt und mit den Kindern. Hoffentlich wurde er bald zum Kriminalwachtmeister befördert. Sonst musste seine Familie sich noch mehr einschränken. Berta war wieder schwanger.

6. Kapitel

»Ihr Paar in der Ursulagartenstraße wurde ermordet.«
Ehrmanns schrak zusammen. Er saß mit dem Rücken
zur Tür und hatte Inspektor Frauenburg nicht kommen
hören. Einen Moment lang herrschte Stille.

»Professor Frost von der Lindenburg hat gerade angerufen«, sagte der durchtrainierte Fünfziger aus Nieder-
schlesien mit dem zurückgebürsteten Haar und einem
imposanten Schnäuzer ernst. »Er hat die beiden Erstochenen sofort obduziert und Proben von Blut, Urin und
Mageninhalt per Eilboten an die Sachverständigen für den
Landgerichtsbezirk Köln geschickt. Die führen chemisch-
technische Untersuchungen für Mordermittlungen durch.
Dr. Böhler hat tatsächlich Kaliumbromid gefunden!«

»Was bedeutet das?«, fragte Ehrmanns verwirrt. Che-
mie hatte in der Schule nicht gerade zu seinen Lieblings-
fächern gezählt.

»Bromid ist in Carbromal enthalten«, erklärte der
Inspektor geduldig. »Das kennen Sie unter dem Namen
Adalin, dem geruchs- und geschmacklosen Schlaf- und
Beruhigungsmittel. Damit betäuben sich die Menschen
bekanntlich wegen ihrer zunehmenden Kometenangst.
Das Mittel ist in Apotheken zwar frei verkäuflich, im Körper der Toten aber in einer ungewöhnlich hohen Kon-
zentration vorgefunden worden, die jeden Menschen für
mehrere Stunden handlungsunfähig macht. Hai und Stolte

waren jedenfalls nicht mehr in der Lage, sich selbst und andere zu erstechen. Die Herzstiche, die den Tod der beiden verursacht haben, müssen das Werk einer dritten Person gewesen sein. Das Jagdmesser, das in der Brust des Toten steckte, ist übrigens die Tatwaffe. Die Klinge passt eindeutig zum Stichkanal seiner Wunde. Auch die Frau wurde mit diesem Messer erstochen.«

Der Inspektor hatte sich Ehrmanns gegenüber gesetzt. Er beugte den Kopf vor. Zwei stahlblaue Augen fixierten ihn.

Eine Verhörsituation, dachte Ehrmanns erschrocken.

»Wer hat Professor Frost dazu veranlasst, die Sektionen durchzuführen?«, fragte Inspektor Frauenburg verärgert. »Der Staatsanwalt war es nicht!«

Ehrmanns wandte seinen Blick ab und packte sich an die Nase. Er konnte nicht verhindern, dass er rot wurde.

»Sie also! Schon wieder! Wann hören diese Eigenmächtigkeiten endlich auf?«, rief der Inspektor erbost.

Ehrmanns wollte etwas sagen, brachte aber nur ein undeutliches Gemurmel heraus.

»Seien Sie froh, dass der Professor selbst das Gefühl hatte, dass etwas mit den Toten nicht stimmen könnte. Er hat wohl auch kein Vertrauen zu dem Kreisarzt, der die Leichen untersucht hat, dieser … dieser Doktor, wie heißt er noch gleich?«

»Reuter. Dr. Oskar Reuter.«

»Die Sache ist für Sie wegen der Befunde von Professor Frost noch einmal glimpflich ausgegangen. Aber für die Zukunft verbiete ich Ihnen diese Amtsanmaßung, haben wir uns verstanden?«

»Jawohl, Herr Inspektor«, murmelte Ehrmanns kleinlaut.

»Wenn Sie demnächst an einem Tatort das Gefühl haben, es könnte sich um Mord handeln, möchte ich sofort informiert werden. *Ich* entscheide dann, ob der Staatsanwalt eingeschaltet wird oder nicht. Sie halten sich da raus!«

»Jawohl, Herr Inspektor«, wiederholte Ehrmanns. Ihm war bewusst, dass sich auch der Professor über die Vorschriften hinweggesetzt hatte. Er hätte die Leichen nicht ohne Anordnung des Staatsanwalts sezieren dürfen. Aber eine solch einflussreiche Persönlichkeit wie Frost würde der Inspektor niemals rügen.

»Zurück zu dem Doppelmord«, fuhr Frauenburg fort. »Ich stelle fest, dass der Täter äußerst perfide vorgegangen ist. Er hat einen erweiterten Selbstmord vorgetäuscht und dabei die allgemeine Kometenangst als Motiv bewusst ausgenutzt. Außerdem hat er angenommen, dass die Ärzte und die ermittelnden Polizeibeamten momentan so überlastet sind, dass sie sich mit dem Augenschein begnügen und schnell zur Tagesordnung übergehen. Wir haben es mit einem gerissenen, skrupellosen Mörder zu tun.«

»Aber er hat zwei Fehler gemacht«, wagte Ehrmanns einzuwerfen. »Auf dem Messergriff hat er vielleicht sogar seinen Namen hinterlassen: Schäng.«

»Meinen Sie wirklich, dass der Täter so dumm ist?«, entgegnete Frauenburg. »In Köln wohnen unzählige Männer mit dem Vornamen Hans, die sich Schäng nennen. Kommen Sie bloß nicht auf die Idee, dass das Verbrechen mit dem Hänneschen-Theater in Verbindung steht. Sie wollen sich doch nicht den stellvertretenden Oberbürgermeister Konrad Adenauer zum Feind machen, der bekanntlich ein großer Freund der Kölner Puppenspielkunst ist!«

Martin Ehrmanns wurde rot.

»Sie sehen, wie schwierig solche Indizien zu deuten sind«, fuhr Frauenburg fort. »Vor allen Dingen müssen Sie ausschließen, dass der Mörder ein Messer aus Hais Besitz benutzt hat. Danach sehen wir weiter. Aber Sie haben von *zwei* Fehlern gesprochen!«

»Der Täter hat dieses Schreiben hinterlassen. Einen angeblichen Abschiedsbrief.«

Ehrmanns öffnete seinen Koffer und fischte den Briefbogen heraus, den er neben den Toten gefunden hatte.

»Geben Sie her!« Frauenburg streckte fordernd seinen Arm aus.

»Nicht sehr aussagekräftig«, stellte er nach der Lektüre des Schreibens lakonisch fest. »Wie sollen wir denn von dem Brief auf den Täter schließen? Das Papier könnte auf Fingerspuren untersucht werden, aber mittlerweile hat alle Welt es angefasst und gelesen, ich, Sie, dieser Kreisarzt und weiß Gott wer noch. Unser Mörder wird bestimmt grobe Handschuhe getragen haben, die in jedem Kaufhaus feilgeboten werden.«

Die Stimme des Inspektors klang immer noch verärgert. Dennoch versuchte Ehrmanns einen letzten Vorstoß.

»Der Brief wurde offensichtlich auf einer Adler-7-Schreibmaschine getippt. Vielleicht können wir durch die Abnutzung der Typen etwas herausfinden?«

»Was sollen wir denn da feststellen?«, entgegnete Frauenburg unwirsch. »Seit zehn Jahren steht die Adler 7 in jedem Büro. Auch hier im Präsidium und in den Kommissariaten wird sie benutzt, wie Sie wissen. Sogar ich selbst schreibe zu Hause auf so einer ausgedienten Maschine. Sollen wir jede dieser Schreibmaschinen mit der Schrift hier auf dem Blatt abgleichen? Der Brief kommt nach oben in die Asservatenkammer.«

Schade, dachte Ehrmanns. Jetzt hatte er ein wichtiges Beweisstück verloren.

»Aber dennoch haben Sie uns etwas Nützliches mitgebracht«, fuhr Frauenburg versöhnlicher fort. »Sie haben ja vorhin berichtet, dass Sie Tatortphotos angefertigt und die Fußabdrücke von Hai und Stolte und die einer dritten Person gesichert haben. Außerdem haben Sie Fingerspuren auf dem Jagdmesser abgezogen. Damit lässt sich vielleicht etwas anfangen, ebenso mit dem Wachstropfen, den Sie entdeckt und geborgen haben. Auch die Gegenstände aus dem Besitz der Toten könnten uns weiterhelfen. Nur merkwürdig, dass die Schlüssel des Mordhauses nicht auffindbar sind. Sagten Sie nicht, das Türschloss sei unversehrt gewesen?«

»Richtig«, bestätigte Ehrmanns. »Der Kreisarzt hat die Haustür, durch die vermutlich der Mörder entwichen ist, unverschlossen vorgefunden. Es gab zwar einen rückwärtigen Fluchtweg über den Garten, aber die Gartenmauer ist mehr als zwei Meter hoch und zusätzlich mit Stacheldraht bewehrt. Außerdem ist das Gartentor in der Mauer mit einem seltenen Protectorschloss gesichert, das versperrt war, als wir zum Tatort kamen. Hier ist sicherlich niemand durchgekommen, es sei denn, die Person hatte einen passenden Schlüssel. Umso wichtiger, dass wir Zeugen finden, die zur Tatzeit vor dem Haus etwas beobachtet haben.«

»Ihren Koffer samt Inhalt lasse ich in die Asservatenkammer bringen«, kündigte Frauenburg an. »Was nicht gebraucht wird, bekommen Sie zurück. Mit der Spurensicherung bin ich zufrieden. Ihr Lehrgang in Berlin beim Kollegen Gennat hat sich ausgezahlt!«

Die Miene des Inspektors wurde ernst.

»Bei der Sache mit den Pflanzenresten im Koffer der verschwundenen Adele Merzfeld habe ich ein ungutes Gefühl«, stellte er fest. »Wenn Kommissar Marsberg seine Probe abgegeben hat, werde ich sie zusammen mit der Ihrigen dem Staatsanwalt für das Labor übergeben. Vor dem Hintergrund des gewaltsamen Todes von Fräulein Stolte wird vielleicht eine chemisch-technische Untersuchung dieses Spurenmaterials durch einen vereidigten Sachverständigen angeordnet. Wenn die Proben vom gleichen Pflanzentyp stammen, könnte das auf eine Verbindung der beiden Fälle hindeuten. Wir sollten jedenfalls nach dem Verbleib der Adele Merzfeld forschen. Leider fordert das Einwohnermeldeamt bei Wohnungswechseln keine Ummeldung an, was das Aufspüren des Fräuleins erschwert.«

»Ich habe Kriminalschutzmann Lindau losgeschickt, damit es schneller geht«, erklärte Ehrmanns. »Er hört sich im Kastellsgäßchen um, wo nicht nur Adele Merzfeld, sondern auch das ermordete Fräulein Stolte zuletzt gemeldet war. Kommissar Marsberg hat zwar in der Wohnung der vermissten Merzfeld keine weitere Spur von ihr entdeckt, aber vielleicht haben die Nachbarn etwas mitbekommen.«

»Wollen Sie damit sagen, dass Sie Ihren Revierschreiber für Ermittlungsaufgaben einsetzen?«, fragte der Inspektor erstaunt.

»Franz Lindau ist sehr fähig«, versicherte Ehrmanns, der befürchtete, wieder getadelt zu werden.

»Ich möchte nicht erleben, dass er Ihnen auch noch wegläuft wie Ihr vorheriger Schreiber«, sagte der Inspektor mit Nachdruck.

»Lindau ist ganz anders!«, rief Ehrmanns verzweifelt aus. Für einen Moment herrschte Stille.

»Ihr Mitarbeiter ist ein unscheinbarer Mann«, meinte der Inspektor dann. »Was hat er denn gelernt?«

»Volksschulabschluss. Stipendium für die Polizeischule. Abschluss in Kriminalistik. War zuerst Schreiber des Syndikus der städtischen Handelskammer im Overstolzenhaus in der Rheingasse 8, kam schließlich als Revierschreiber im Rang eines Kriminalschutzmanns zu mir.«

»Und ist geblieben. Immerhin«, stellte Frauenburg fest. »Aber zurück zu den Mordfällen in der Ursulagartenstraße. Sie verwalten momentan zwei Bezirke und müssen einen Doppelmord aufklären. Das schaffen Sie nicht allein. Sie brauchen Verstärkung. Ich denke da an Kriminalkommissar Marsberg, Ihren ehemaligen Mentor, der Sie bestens eingearbeitet hat. In seinem fünften Bezirk ist es derzeit ziemlich ruhig, das haben Sie ja gerade selbst gehört. Kleine Diebstähle, Gaunereien, unser alltägliches Geschäft. Der einzige mysteriöse Fall, dieses verschwundene Fräulein Merzfeld, hat sich im Kastellsgäßchen ereignet, also in Ihrem zweiten Bezirk. Ich könnte mir vorstellen, dass Kommissar Marsberg, einer meiner besten Männer, mit Ihnen zusammen die anstehenden Aufgaben gut in den Griff bekommt.«

Ehrmanns starrte seinen Vorgesetzten an. »Nein!«, brach es aus ihm heraus.

»Ich wusste es!« Der Inspektor schlug mit der flachen Hand auf den Tisch. »Jetzt hören Sie mir einmal gut zu! Ihre Einstellung damals als Kommissar im zweiten Bezirk, meinem ehemaligen Bezirk, war riskant. Marsberg berichtete mir, dass Sie störrisch in der Zusammenarbeit sind. Sie neigen zu Alleingängen. Das ist im Ernstfall nicht nur gefährlich für Sie selbst, sondern auch hinderlich für die Verbrechensbekämpfung. Vier Augen sehen mehr als zwei. Wenn Kriminalbeamte Hand in Hand arbeiten, ist die Möglichkeit größer, dass sie dem Mörder am Ende einen Schritt voraus sind. Das gilt auch für einen Ermittler, der sich selbst für überaus genial hält.«

Ehrmanns schaute aus dem Fenster, peinlich berührt.

»Ich will ganz offen zu Ihnen sprechen«, fuhr Frauenburg ungerührt fort. »Auch ich dachte als junger Kommissar, schlauer zu sein als jeder andere. Eines Tages trieb in der Hafengegend ein Serienmörder sein Unwesen. Drei Frauen fielen ihm zum Opfer, darunter auch die Tochter einer angesehenen Kölner Familie. Niemand traute sich mehr vor die Tür. Der Verkauf von Waffen zur Selbstverteidigung blühte. Ich selbst war begeistert. Endlich hatte ich die Möglichkeit zu zeigen, was ich wirklich konnte!«

Ehrmanns schaute wieder seinen Vorgesetzten an, saß da mit vorgeneigtem Oberkörper und gespannter Aufmerksamkeit.

»Der Mörder ging durchdacht vor«, erzählte der Inspektor weiter, »aber er machte einen Fehler. Er wollte den Schmuck der getöteten Tochter aus reichem Hause einem Hehler verkaufen, der in Wirklichkeit mein Gewährsmann war. Der erkannte das auffällige Geschmeide, ließ sich zum Schein auf das Geschäft ein – und verriet mir die Identität des Mörders. Nun hatte ich ihn enttarnt. Ich ganz allein hatte das geschafft. Natürlich wollte ich ihm höchstpersönlich Handschellen anlegen. Jeder sollte sehen, wer das Hafenmonster besiegt hatte!«

Inspektor Frauenburg vergewisserte sich, dass Ehrmanns ihm weiter aufmerksam zuhörte. Dann fuhr er fort. »Ich bewaffnete mich und schlich zu dem Ort, wo er sich versteckte. Aber es gelang ihm, mich zu täuschen und in seine Gewalt zu bringen. Als er gerade zum tödlichen Schlag ausholte, fiel ein Schuss aus dem Revolver meines Kollegen vom Nachbarbezirk. Auch er hatte den Fehler des Mörders bemerkt, der sich mittlerweile auf seinem Gebiet aufhielt. Diesem Umstand verdanke ich mein Leben. Mein Lebensretter hat bis heute niemandem erzählt, was wirklich geschehen ist. So sind wir beide befördert worden, denn wir hatten ja angeblich zusammen das Hafenmonster zur Strecke gebracht. Mein Kollege ist heute Polizeirat, ich bin Kriminalinspektor. Aber eigentlich wäre ich tot!«

Ehrmanns konnte nichts sagen, zutiefst beeindruckt vom Geständnis seines Vorgesetzten. Das erinnerte ihn an seine eigenen Worte, mit denen er am Morgen Lindau ermahnt hatte: *Wenn es in unserem Beruf um Notfälle geht, um Leben und Tod, wünsche ich, sofort informiert zu werden. Ich betone: sofort! Ganz gleich, ob am Tag oder mitten in der Nacht.*

»Sie haben sicherlich verstanden, warum ich Ihnen das alles erzählt habe«, holte ihn der Kriminalinspektor aus seinen Gedanken zurück. »Hoffentlich haben Sie begriffen, was ich vorhin mit ›partnerschaftlicher Zusammenarbeit‹ gemeint habe. Wenn Sie nun ein solches gemeinschaftliches Ermitteln mit Kommissar Marsberg ablehnen, weil er als Ihr ehemaliger Mentor um Ihre Fehler weiß, bleibt nur noch Kriminalschutzmann Lindau übrig. Wie Sie Ihren Mitarbeiter beschrieben haben, scheint er trotz seiner dürftigen Schulbildung Potenzial zu besitzen.

Lindau ist Ihr Untergebener, Ihr Schreiber. Sie sind gewohnt, ihm Befehle zu erteilen. Sind Sie trotzdem gewillt, sich seine Gedanken und Ideen nicht nur anzuhören, sondern sie auch anzuerkennen? Sind Sie bereit, Franz Lindau im Ernstfall Ihr Leben anzuvertrauen?«

»Ja«, sagte Ehrmanns spontan.

»Dann entbinde ich Lindau von seinen Aufgaben. Niemand kann gleichzeitig ermitteln und im Büro sitzen, eingehende Ferngespräche annehmen, Rat suchende Bürger empfangen und Berichte schreiben. Als Ersatz schicke ich Ihnen einen jungen Büroassistenten aus meinem Vorzimmer, der weiß, dass Sie ihn am Ende beurteilen werden. Davon hängt seine Festeinstellung ab.«

»Danke für Ihre Unterstützung«, sagte Ehrmanns.

»Dafür erwarte ich, dass der Doppelmord in der Ursulagartenstraße so schnell wie möglich aufgeklärt wird«, verlangte Frauenburg mit strengem Blick in Richtung seines Kommissars. »Ich möchte nicht erleben, dass uns die Schmierer von der Presse, vor allem dieser Schönebeck vom Kölner Stadt-Report, öffentlich als unfähig beschimpfen. So etwas stärkt das Selbstbewusstsein der Verbrecher und schwächt das Vertrauen der Bürger in die Kriminalpolizei.«

»Aber der Stadt-Report bringt auch informative Nachrichten«, sagte Ehrmanns schnell. »Nächsten Mittwochabend gibt es um halb neun Uhr im großen Saal der Lesegesellschaft in der Langgasse einen Lichtbilder-Vortrag von Professor Dr. Gravelius über den Halleyschen Kometen.«

»Das ist doch schon lange bekannt«, entgegnete der Inspektor. »Dieser Forscher ist ein Astronom von Format. Je mehr Kölner seine Veranstaltung besuchen, desto weniger gutgläubige Menschen fallen den falschen Propheten zum Opfer. Ich werde auch dort sein. Ich kann Ihnen Karten besorgen, wenn Sie möchten.«

»Dann hätte ich gerne vier Stück, für Lindau, meine Person und zwei Kollegen von der uniformierten Polizei in der Altenberger Straße 3.« Seinem Schreiber würde es zwar gar nicht gefallen, am Mittwochabend eine Sonderschicht zu schieben, aber als Ermittler musste er sich nun regelmäßig bei Frauenburg sehen lassen.

Der Inspektor ging an seinen Schreibtisch und entnahm einem Kästchen drei Eintrittskarten.

»Mehr habe ich leider nicht«, erklärte er. »Aber für Sie und Lindau reicht es. Dann können wir in der Pause eine Lagebesprechung abhalten und das Angenehme mit dem Nützlichen verbinden. Jetzt muss ich Sie bitten zu gehen. Meine Zeit ist begrenzt und gleich habe ich eine Sitzung mit dem Polizeipräsidenten.«

Das Gespräch mit seinem Vorgesetzten war nun doch noch glimpflich abgelaufen. Als Ehrmanns durch das Vorzimmer lief, schaute er auf die Armee der Sekretäre, die sich auf engem Raum gegenübersaßen und ihre Schreibmaschinen traktierten. Ihm fiel eine junge, schmale Person in der hinteren Reihe auf, die von einem älteren Kollegen überwacht wurde. Ob es sich dabei um den Büroassistenten handelte, der ab morgen in die Altenberger Straße 5 abkommandiert wurde? Er war gespannt!

7. Kapitel

Wenig später lief Ehrmanns durch die Schildergasse Richtung Hohe Straße. Als er an dem Gebäudekomplex vorbeikam, in dem sich der Welt-Kinematograph befand, entdeckte er Lindau. Sein neuer Partner stand vor den Auslagen eines Juweliers. Was suchte er denn da? Die Schmuckstücke waren doch viel zu teuer für einen Kriminalschutzmann!

Der Kommissar schlich sich ganz nah an seinen Revierschreiber heran und rief dann:

»Was stehen Sie denn hier herum? Warum sind Sie nicht im Einsatz?«

Lindau fuhr herum und starrte in das Gesicht seines Vorgesetzten. »Ich ... ich kam gerade vom Kastellsgäßchen und da ... da dachte ich ...«, stotterte er und wurde rot.

Hoffentlich habe ich keinen Fehler gemacht, als ich dem Inspektor Lindau als Ermittler vorgeschlagen habe, dachte Ehrmanns. Sein Schreiber wirkte verunsichert. Vielleicht sollte er nicht so hart mit dem jungen Mann umgehen.

»Schöne Schmuckstücke, nicht wahr?«, meinte der Kommissar mit einem bemühten Lächeln.

»Ich wollte wirklich sofort weiter ...«, begann Lindau.

»Wir sollten keine Zeit verschwenden«, sagte Ehrmanns streng, korrigierte sich aber sofort. »Ich schlage vor, dass wir gemeinsam das Büro des Mordopfers Robert

Hai aufsuchen. Das befindet sich ja hier im Haus auf der zweiten Etage!«

»Mordopfer?« Lindau schaute ihn mit großen Augen an.

»Ach so, das wissen Sie ja noch gar nicht«, stellte Ehrmanns fest. »Ich habe gerade von Inspektor Frauenburg erfahren, dass die beiden Toten in der Ursulagartenstraße zuerst mit Adalin ruhiggestellt worden sind und dann erst von einer dritten Person erstochen wurden. Das Tatmesser mit dem eingeritzten Namen »Schäng« in der Brust des Getöteten könnte dem Mörder gehören. Nach dieser Person suchen wir. Übrigens habe ich eine gute Nachricht für Sie: Ab sofort ermitteln wir zusammen. Den Schreibkram im Büro wird ab morgen ein Sekretär von Inspektor Frauenburg erledigen.«

Lindau schaute ihn ungläubig an. »Warum das denn?«, flüsterte er.

»Das haben Sie mir zu verdanken!«, behauptete Ehrmanns stolz. »Freuen Sie sich denn nicht?«

»Doch, natürlich«, sagte Lindau schnell. »Aber ich kann es noch gar nicht glauben!«

»Befehl von oben«, entgegnete Ehrmanns. »Eigentlich sollte uns ja Kommissar Marsberg als Verstärkung zugeteilt werden. Aber ich habe Sie vorgezogen. Jetzt erweisen Sie sich dieser Wahl auch würdig und kommen Sie mit!«

»Ich weiß nicht ...«, meinte Lindau.

Ehrmanns wurde ungeduldig. »Kommen Sie endlich!«, rief er und zog seinen neuen Partner am Ärmel. »Wir müssen weiterermitteln. Zeit ist Geld!«

Auf dem Weg zur zweiten Etage erklärte er Lindau, dass dessen neue Tätigkeit einen Sondereinsatz am Mittwochabend erforderte. Dann nämlich würde der Vortrag über den Kometen in der Lesegesellschaft stattfinden. In der Pause käme es dann für ihn zu einem ersten Gespräch mit Inspektor Frauenburg. Als Ehrmanns Lindau ansah, ärgerte er sich. Wieder dieser unwillige Blick!

»Ich kann mir vorstellen, dass Ihr Sondereinsatz eine Gehaltszulage zur Folge haben könnte«, fügte er deshalb schnell hinzu.

Schlagartig hellte sich Lindaus Miene auf. Na also! Wenn er mit Nebelkerzen um sich warf, hatte er meistens Erfolg.

Vor dem Immobilien- und Hypothekengeschäft Robert Medard Hai & Sohn überprüfte Ehrmanns noch einmal die Haltung seines Mitarbeiters und Partners.

»Kopf hoch und Rücken durchdrücken!«, befahl er. »Sonst glaubt man Ihnen den Ermittler nicht, das wissen Sie doch! Da können Sie noch so teure Anzüge tragen. Außerdem sollten Sie laut und deutlich sprechen, am besten in tiefer Stimmlage, aus dem Bauch heraus.«

»Ich gebe mir Mühe«, versprach Lindau unsicher. Er schaute skeptisch seinem Vorgesetzten zu, der gegen die Bürotür des Immobilienhändlers hämmerte.

»Herein!«, rief eine weibliche Stimme, die den beiden Beamten seltsam vertraut vorkam. »Es ist offen!«

Ehrmanns betrat den Bürotrakt – und blieb so abrupt stehen, dass ihm der nachfolgende Lindau in die Hacken trat.

»Fräulein B... äh, von ...«, stammelte er.

Die kleine Person am Empfang schüttelte unmerklich den Kopf und ließ ihn verstummen.

Sie sah vollkommen verändert aus. Wo waren die verwuschelten Haare, die grobe Schürze, die Holzpantinen? Stattdessen adrett gescheiteltes blondes Kurzhaar, eine blütenweiße Uniform mit glänzenden Knöpfen und Litzen, die sie bestimmt selbst wusch und pflegte. Das kecke, schief aufgesetzte weiße Hütchen mit der kleinen Feder verriet ihre wahre Natur.

»Darf ich vorstellen: Das ist Fräulein von Bienemann, die Vertretung unserer schwangeren Empfangsdame. Sie ist neu hier«, ertönte die Stimme eines großen, jungen, gut aussehenden Herrn im Gesellschaftsanzug, der aus dem angrenzenden Büro herausgetreten war. »Mit wem haben wir das Vergnügen?«

»Kriminalpolizei!«, rief Ehrmanns und zückte seine Dienstmarke.

Fräulein von Bienemann schüttelte wieder ihren Kopf, dieses Mal in ungläubigem Erstaunen.

»Ach so, Sie kommen sicherlich wegen des Seniorchefs Robert Hai«, sagte der junge Mann. »Wer hat Sie denn informiert, dass er verschwunden ist? Mein Name ist Ludwig Hai, der Juniorchef. Treten Sie bitte näher.«

Er wies in den Raum hinter sich, dessen spartanische Einrichtung einen Kontrast zu dem eleganten Entrée mit seinen bequemen Fauteuils und dem mächtigen Empfangstresen aus edlen Hölzern bildete. Vier grob gezimmerte Holzstühle standen um einen runden Tisch herum. Der wurmstichige Aktenschrank in der Ecke ergänzte die zusammengewürfelte Möblierung. Den einzigen Luxus stellte das elektrische Licht dar, das aus zwei Glühbirnen in einem schlichten runden Lampenschirm von der Decke auf sie herabschien.

»Wo haben Sie denn den Chef gefunden?«, fragte Ludwig Hai neugierig. »In welcher Unterkunft hat er sich versteckt und was hat er gesagt?«

Ehrmanns wurde ernst. »Wir haben Robert Hai tot aufgefunden.«

Ludwig Hai starrte die beiden Ermittler an. »Was sagen Sie da? Tot? Der Senior ist tot? Das kann nicht wahr sein! Am vergangenen Samstag hat er doch frühmorgens noch in seinem Büro gesessen und gearbeitet!«

Ludwig Hai schien ehrlich betroffen. Wenn diese Reaktion gespielt ist, hat er gut geübt, dachte Ehrmanns und gab ihm einen Moment, um sich zu sammeln, bevor er fragte: »Wann haben Sie Ihren Vater zuletzt gesehen?«

»Er ist am vergangenen Samstag kurz nach acht Uhr morgens wie immer zur Post gefahren, um einen Stapel Briefe aufzugeben. Danach war er bis zwölf Uhr mittags im Büro. Als er am Nachmittag nicht wie gewohnt von seiner Stammkneipe ›Im Hirschen‹ in der Cäcilienstraße zurückkehrte, haben wir uns Gedanken gemacht. Er blieb verschwunden, auch über Nacht. Am nächsten Morgen haben wir unsere Hausdetektei angerufen, damit sie ihn sucht. Berg & Jäger in der Marzellenstraße. Leider haben wir dort am Sonntag niemanden erreicht.«

»Ungewöhnlich, sofort eine Detektei zu beauftragen, wenn der Vater nicht heimkommt«, meinte Ehrmanns verwundert. »Warum haben Sie ihn nicht erst einmal selbst gesucht?«

»Sie kennen den Drohbrief nicht, der am Freitag an unsere Privatadresse geschickt wurde. Ein Anschreiben mit Ultimatum. Eine Todesdrohung!«

»Warum sind Sie dann nicht sofort zur Polizei gegangen?«, fragte Ehrmanns erstaunt. »Dafür ist die Kriminalpolizei doch da!«

»Der Senior hat den Brief nicht ernst genommen«, berichtete Ludwig Hai. »Kam laut lachend aus seinem Büro und fächelte sich damit Luft zu. Ob ich den Witz des Tages lesen wolle, hat er mich gefragt. Ich fand das Schreiben gar nicht witzig, habe ihn angefleht, sofort etwas zu seinem Schutz zu unternehmen. ›Du Hasenfuß‹, war sein Kommentar.«

»Hatte Ihr Vater Feinde?«, bohrte Ehrmanns weiter.

Ludwig Hai stöhnte. »Der Senior hatte viele Schuldner. Einige von ihnen konnten am Ende ihren Verbindlichkeiten nicht mehr nachkommen. Der Chef hat dann ihre Häuser und Grundstücke versteigern lassen oder selbst erworben und vermietet. Damit hat er sich Feinde gemacht, die ihm manchmal solche Drohbriefe schickten.«

»War Ihr Vater Jäger?«, wollte Ehrmanns wissen.

»Ja, in seiner Freizeit nahm er gelegentlich an Jagden teil«, bestätigte Ludwig Hai. »In letzter Zeit kam er allerdings nicht mehr dazu. Warum fragen Sie das?«

»Wer wusste davon?«, erkundigte sich der Kommissar statt einer Antwort.

»Alle Bekannten, die ebenfalls Jäger sind«, erklärte Hai.

»Wie sehen denn die Jagdmesser Ihres Vaters aus?«

»Wie die anderen Genickfänger auch«, antwortete Hai. »Scharfe Klinge, Hirschhorngriff. Wollen Sie mir nicht erklären, warum …«

»Hat Ihr Vater etwas auf den Griffen seiner Messer eingeritzt?«, fragte Ehrmanns, ohne auf Hais Frage einzugehen. »Oder hat er sie von einem Bekannten oder Freund übernommen, der Schäng heißt?«

»So genau habe ich mir die Messer nicht angesehen«, gestand der Junior. »Ich bin kein Jäger. Aber fragen Sie doch meine Mutter. Zu Hause am Deutschen Ring liegen vielleicht noch einige Jagdmesser von ihm herum.«

»Sie haben unterschiedliche Büroräume?«, schaltete sich Lindau mit einer neuen Frage ein.

»Dieser Raum war früher das Wartezimmer für die Bürger, die eine Wohnung in einem unserer Zinshäuser mieten wollten«, erklärte der Juniorchef. »Vor Kurzem wurde es mein Büro. Ich habe es in dem pompösen Etablissement des Seniors nicht mehr ausgehalten. Die Kundschaft wird dort regelrecht eingeschüchtert. Solche Geschäftspraktiken sind mir zuwider.«

»Aha«, sagte Ehrmanns nachdenklich. »Aber zurück zu meiner Frage: Sie hätten ja auch später zur Polizei gehen können, als Sie und Ihre Familie befürchten mussten, dass die Drohung in dem Schreiben von Unbekannt wahr gemacht werden könnte.«

»Wir sind wohl schon zu oft da gewesen«, meinte Ludwig Hai verlegen. »Jedenfalls werden wir nicht mehr zu Kommissar Marsberg vorgelassen. Er sei nicht da, sagte uns sein Schreiber, dabei haben wir ihn in seinem Büro laut husten hören.«

Das meinte sein Kollege also mit »Arbeitsminimierung«, dachte Ehrmanns kopfschüttelnd. Hartnäckige und lästige Ratsuchende wurden einfach abgewiesen!

»Deshalb wenden wir uns direkt an unsere Detektei Berg & Jäger«, fuhr der Juniorchef fort. »Dort stellt man keine Fragen und macht sich an die Arbeit, schnell und diskret.«

»Herr Hai«, übernahm Lindau in höflichem, aber bestimmtem Ton. »Ihr Vater ist in der Ursulagartenstraße Nummer 32 tot aufgefunden worden. Gehört ihm das Gebäude?«

Ludwig Hai stieß einen Schreckenslaut aus. »Ja. In diesem Haus würden ihn die tödlichen Folgen seiner Pflichtverletzung ereilen. Das wurde in dem Drohbrief angekündigt, den ich in seinem Büro gefunden habe, zusammengeknüllt neben dem Papierkorb. Wenn Sie den Brief einsehen möchten, finden Sie ihn in der Detektei Berg & Jäger. Meine Mutter hat ihn vorhin dort abgegeben.«

Glück gehabt, dachte Ehrmanns. Fräulein von Bienemann hätte den Papiermüll sofort weggeworfen und unwiederbringlich entsorgt. Sie hasste Unordnung.

»Sagt Ihnen der Name Brunhild Stolte etwas?«, setzte Lindau die Befragung fort. »Wir haben dieses Fräulein tot neben Ihrem Vater vorgefunden.«

»Nein«, antwortete der Junior. »Vielleicht eine seiner zahllosen Gespielinnen. Er redete nicht darüber. Für einen erfolgreichen Geschäftsmann gehört es wohl dazu, möglichst viele Geliebte zu haben. In seinen Kreisen ist das geradezu verpflichtend. Je mehr, desto besser.«

»Wo waren Sie denn am Samstag, nachdem Ihr Vater zu seiner Stammkneipe aufgebrochen ist?«

»Um sechs Uhr hat mich unser Chauffeur vom Büro nach Hause gefahren, wo ich eine Stunde später mit Mutter ein Gartenfest eröffnet habe«, berichtete Hai. »Um halb neun Uhr habe ich mich zu meinem Onkel Heinrich Hai in die Johannisstraße fahren lassen, wo ich bis nach Mitternacht geblieben bin.«

»Herzlichen Dank für Ihre Auskünfte«, sagte Ehrmanns freundlich. »Wir bitten Sie um Verständnis, dass wir Ihre Familie aufsuchen müssen.«

»Meine Mutter wird nach ein Uhr vom Mittagessen bei ihrer Freundin zurückerwartet. Wir wohnen am Deutschen Ring Nummer 33.«

»Danke, Herr Hai. Wir bleiben in Kontakt. Wenn Ihnen sonst noch etwas einfällt, rufen Sie uns bitte an. Kommissar Ehrmanns und Sonderermittler Lindau, Altenberger Straße 5, Fernsprechnummer 42.«

»Fräulein von Bienemann führt Sie hinaus«, sagte der Junior in Richtung Empfang.

Die Zugehfrau kam hinter ihrem Tresen hervorgeschossen.

»Was machen Sie denn hier?«, flüsterte Ehrmanns ihr zu, nachdem Lindau vorausgegangen war. »Sie hätte ich an diesem Ort am allerwenigsten erwartet.«

»In meiner Situation muss ich nehmen, was sich mir bietet«, zischte sie zurück. »Von der Arbeit in der Altenberger Straße kann ich nicht leben.«

Der Kommissar war verblüfft. Darüber hatte er noch nie nachgedacht.

8. Kapitel

Draußen auf dem Flur zückte Ehrmanns seine Savonette. »Noch nicht einmal zwölf Uhr«, stellte er fest. »Auf zur Detektei Berg & Jäger! Aber vorher könnte ich eine Kleinigkeit essen. Auf dem Weg gibt es ein nettes Restaurant in der Kreuzgasse, ganz versteckt in der dritten Etage eines Hauses. Da kann man am Mittag eine leckere *Ähzezupp* bekommen.«

Lindau musste lächeln. Die kölsche Bezeichnung für Erbsensuppe passte nicht zu seinem zugezogenen Chef. »Ist das Lokal teuer?«, fragte er dann zögernd. »Ich weiß nicht, wie hoch die Zulage …«

»Ich lade Sie natürlich ein«, unterbrach Ehrmanns ihn. »Das ist mein kleiner Beitrag zu einer guten Zusammenarbeit.«

Sie hatten mittlerweile die Kreuzgasse erreicht, benannt nach dem ehemaligen Kloster der Kreuzbrüder. Einige Knaben der höheren Klassen verließen schwatzend und lachend das städtische Realgymnasium. Zwei Herren und eine Dame, vermutlich Schauspieler, passierten am Ende der Straße den Haupteingang des Schauspielhauses. Ihm gegenüber auf der rechten Seite befand sich das von Ehrmanns vorgeschlagene Restaurant.

»Haben Sie am Haus Nummer 6 das Hinweisschild ›Büro des Vereins zum Schutz gegen schädliches Kreditgeben‹ gesehen?«, fragte Lindau zwischen zwei Löffeln seiner Suppe. »Das erinnert mich daran, dass viele Wohnungssuchende immer noch von Geschäftsleuten vom Format eines Robert Hai übers Ohr gehauen werden. Ein klassisches Mordmotiv!«

»Deshalb hat er ja Drohbriefe erhalten, den letzten sehr wahrscheinlich von seinem Mörder«, meinte Ehrmanns. »Was haben wir denn noch im Büro von Hai erfahren? Damit meine ich nicht, dass Fräulein von Bienemann dort als Empfangsdame arbeitet«, fügte er grinsend hinzu.

»Der Juniorchef und sein Vater konnten es nicht gut miteinander«, überlegte Lindau. »Sie hatten ein distanziertes Verhältnis zueinander. Der junge Hai spricht ja immer vom Chef oder Senior, wenn von seinem Vater die Rede ist, wirft ihm vor, großspurig und leichtsinnig zu sein und seine Kundschaft einzuschüchtern. Der alte Hai scheint ein klassischer erfolgreicher Geschäftsmann gewesen zu sein, eiskalt und geldgierig. Mit dem Immobiliengeschäft der Firma kennt sich der Filius merkwürdigerweise nicht aus. Das ist ihm so zuwider, dass er sogar aus dem gemeinsamen Büro in das ehemalige Wartezimmer der armen Mieter seines Vaters gezogen ist. Während Sie mit Fräulein von Bienemann gesprochen haben, konnte ich einen Blick in den Raum des Seniors werfen. Die Tür stand einen Spalt auf. Holzvertäfelung, Kronleuchter, Fauteuils wie im Empfang.«

»Ludwig Hai scheint das genaue Gegenteil seines Vaters zu sein«, meinte Ehrmanns. »Das hat ihm der Seniorchef ja vorgeworfen. Er hat seinen Sohn einen ›Hasenfuß‹ genannt, als der sich solche Sorgen wegen des anonymen Briefs gemacht hat. Aber warum ist er so besorgt um seinen Vater gewesen, wenn er andererseits auf die

Todesnachricht erstaunlich nüchtern reagiert hat? Sein Tod scheint ihn nicht sehr zu berühren. Da stimmt etwas nicht! Der junge Hai verschweigt uns etwas!«

»Woher wissen wir eigentlich, ob sich das ganze Theater mit dem Drohbrief wirklich so abgespielt hat?«, überlegte Lindau nachdenklich. »Doch nur von der Schilderung Ludwig Hais. Fräulein von Bienemann hat ja erst heute ihren Dienst bei dem Immobilienhändler begonnen, sie können wir nicht danach fragen. Kommt es Ihnen nicht merkwürdig vor, dass Ludwig Hai immer noch im Immobiliengeschäft seines Vaters arbeitet, obwohl ihm die Geschäftspraktiken des Seniors angeblich zutiefst zuwider sind? Ich an seiner Stelle hätte schon längst etwas anderes angefangen.«

»Es ist möglich, dass er die Firma nach seinen eigenen Vorstellungen führen wollte oder das viele Geld im Auge hatte, das im Geschäft seines Vaters steckt«, meinte Ehrmanns. »Wir müssen auf jeden Fall sein Alibi für den vergangenen Samstag überprüfen.«

Plötzlich fiel Lindau auf, dass der Ermittlungskoffer fehlte.

»Den hat der Inspektor an sich genommen«, erklärte Ehrmanns. »Aber das ist nicht schlimm. Von den wichtigen Spuren fertige ich mir immer einen zweiten Abdruck an!«

Er zog ein ganzes Papierpaket aus den Tiefen seiner Manteltasche, insgesamt sechs Blätter mit den Fußspuren der beiden Toten und den mysteriösen Spuren der unbekannten dritten Person.

»Wie Sie sehen, ist es wichtig, sich abzusichern«, sagte er augenzwinkernd. »Jetzt müssen Sie mir aber berichten, was bei der Befragung der Anwohner in der Ursulagartenstraße heute Morgen herausgekommen ist. Hat jemand am vergangenen Samstag etwas Ungewöhnliches an dem Haus bemerkt?«

»Nein, fast alle Leute waren damit beschäftigt, nach dem Kometen Ausschau zu halten. Im eigenen Garten oder auf den Rheinwiesen. Da haben sich viele getroffen und ordentlich gefeiert. Der Himmelskörper hat sich ja am Samstag zum ersten Mal in seiner vollen Schönheit gezeigt. Nur zur Geschichte des Mordhauses habe ich etwas erfahren. Nach dem Tod des letzten kinderlosen Besitzers hat dessen Neffe das Häuschen geerbt. Der brauchte dringend Geld und ließ es versteigern. Die Firma von Robert Hai bekam den Zuschlag – für das Mindestgebot. Anschließend wollte der Immobilienhändler das Gebäude zu einem Zinshaus aufstocken lassen. Nach dem tödlichen Unfall eines Arbeiters hat er dieses Vorhaben erst einmal aufgegeben und das Anwesen im ursprünglichen Zustand belassen.«

Als Nächstes teilte Lindau seinem Chef mit, was er im Kastellsgäßchen erfahren hatte.

»Interessant, dass alle drei Frauenzimmer beim Kaiserlichen Fernsprechamt gearbeitet haben!«, rief Ehrmanns aus. »Das Fräulein Adele Merzfeld scheint tatsächlich verschwunden zu sein, sie wird vermisst. Kommissar Marsberg hat einen Koffer mit ihrer Kleidung sichergestellt, in dem so ähnlich aussehende Pflanzenreste gefunden wurden, wie sie auch das tote Fräulein Stolte in der Hand hatte. Marsberg vermutet, dass beides Narzissen gewesen sein könnten, aber die bräunlich schwarze Farbe passt nicht dazu. Frauenburg hat vorsorglich alles der Staatsanwaltschaft für eine chemisch-technische Untersuchung übergeben.«

»Das könnten Totenblumen sein«, meinte Lindau. »Getrocknete Pflanzen haben keinen Lebenssaft mehr in sich und Schwarz ist die Farbe des Todes!«

»Woher wissen Sie das denn?«, fragte der Kommissar perplex.

»In Ihren Kreisen ist es wohl nicht üblich, die lieben Verstorbenen in ihren Häusern aufzubahren und von ihnen gebührend Abschied zu nehmen – bei uns schon! Früher war es Brauch, den weiblichen Toten einen Strauß getrockneter schwarzer Blumen in die Hand zu legen zum Zeichen, dass sie keine Frucht mehr tragen können. Heutzutage ist diese Form der Trauer aus der Mode gekommen. Meine Großmutter war die Letzte in unserer Familie, die so betrauert wurde.«

»Ich habe noch nie von diesem makabren Ritual gehört«, erwiderte Ehrmanns.

»Es stammt auch nicht aus dieser Gegend. Aber denken Sie daran, dass jedes Jahr Tausende Familien aus dem weiteren und näheren Umland auf der Suche nach Arbeit und Brot hierherziehen. Meine Großeltern gehörten auch dazu. Dann starb Großmutter auf tragische Weise bei der Geburt meines Vaters als junge Frau in Köln-Kalk an Kindbettfieber. Das ist jetzt über zwanzig Jahre her. Ich selber kenne das Trauern mit Totenblumen auch nur aus den Erzählungen des Großvaters.«

»Dann müssen wir jetzt im Adressbuch Blumen- und Trockenblumenhandlungen heraussuchen«, meinte Ehrmanns.

»Oder Beerdigungsinstitute«, schlug Lindau lachend vor. »Spaß beiseite: Blumen kann jeder färben! Das hat mir schon als Kind große Freude bereitet. Man stellt sie in ein Glas mit einem Gemisch aus Wasser und schwarzer Tinte und schneidet den Stiel mit einem scharfen Messer schräg ab, ohne die Schnittkante auszufransen. Nach mehreren Stunden, wenn sich die Blume mit der gefärbten Flüssigkeit vollgesaugt hat, ist die Blüte schwarz. Probieren Sie es aus. Sie werden vom Ergebnis überrascht sein.«

Ehrmanns hatte interessiert zugehört. Lindau lächelte zufrieden. Endlich konnte er einmal mit seinem Wissen die Ermittlungen voranbringen.

»Effektvoller wirkt die Blume in getrockneter Form«, fuhr er fort. »Das Schwarz wird erdiger, vergeht und zersetzt sich. Dann erinnert nichts mehr an die Schönheit und Leuchtkraft der duftenden, lebendigen Blüte. Ein Symbol des Todes.«

»Da kommt mir ein Gedicht des griechischen Dichters Homer in den Sinn«, sagte Ehrmanns nachdenklich. »Darin beschreibt er die Narzisse als wundervoll leuchtende und süß riechende Falle für die schöne Persephone. Das Mädchen war von der goldgelben Pracht der Blumen bezaubert, streckte beide Hände aus, um sie zu ergreifen. In diesem Moment öffnete sich die Erde und Hades, der Herrscher der Unterwelt, brach hervor. Die Jungfrau flehte um Erbarmen, doch sie wurde in seinen glänzenden Wagen gezerrt und in sein Reich gebracht.«

Jetzt war es Lindau, der gespannt zuhörte.

»Vielleicht ist auch die Wortbedeutung von Narzisse interessant für unseren Fall«, fuhr Ehrmanns fort. »Sie leitet sich von dem griechischen Begriff ›narkein‹ ab, was ›betäuben‹ bedeutet. Daher stammt das Wort ›Narkose‹. In Griechenland wächst eine weiße Narzisse, die tatsächlich einen sehr intensiven und betäubenden Geruch ausströmt.«

»Ich ahne, worauf Sie hinauswollen!«, rief Lindau aus.

»Der Täter hat die Toten in der Ursulagartenstraße zuerst mit Adalin narkotisiert, ehe er sie mit einem Herzstich ermordete und sozusagen ins Reich der Toten überführte. Aber er hat diese Methode bei beiden Opfern gewählt, obwohl nur das Fräulein Reste der Totenblumen in der Hand hatte.«

»Vielleicht ging es dem Täter nur um die Stolte«, überlegte Lindau. »Robert Hai wäre dann deshalb beseitigt worden, weil er den Täter zuvor gesehen haben könnte. Ich frage mich allerdings, warum ausgerechnet Fräulein Stolte getötet wurde und nicht eine der zahlreichen anderen Freundinnen Hais.«

»Diese Überlegungen zeigen nur zu deutlich, wie wenig wir über den Doppelmord wissen. Wir sollten planmäßig vorgehen, um endlich Licht in das Dunkel zu bringen. Machen wir eine Liste.«

Er nahm seinen Notizblock heraus und schrieb auf:

1. Den Drohbrief an Robert Hai in der Detektei Berg & Jäger abholen.
2. Befragung von Frau Hai in ihrem Haus am Deutschen Ring.
3. Im Fernsprechamt nach Brunhild Stolte und Adele Merzfeld fragen.
4. Ruth Sieberdt, die Kollegin, ehemalige Freundin und Mitbewohnerin von Adele Merzfeld, in ihrer Wohnung im Kastellsgäßchen aufsuchen.

»Da fällt mir ein, dass eine ältere Dame in der Ursula-gartenstraße nach zehn Uhr am vergangenen Samstag-abend einen Polizeiwachtmeister gesprochen hat«, sagte Lindau plötzlich. »Der soll anschließend das Mordhaus betreten haben.«

»Diesen Wachtmeister sollten wir schnellstmöglich befragen«, bemerkte Ehrmanns. »Er könnte ein wichti-ger Zeuge für das Verbrechen sein. Merkwürdig, dass er sich noch nicht gemeldet hat! Wo finden wir denn diese Dame?«

»In dem Gebäude dem Mordhaus gegenüber, eine Frau Hermine Bunte.«

»Da kommt viel Arbeit auf uns zu«, stellte Ehrmanns fest. »Wir sollten aufbrechen. Ich rufe uns eine Droschke.«

9. Kapitel

Sie kamen ohne größeren Verkehrsstau voran, obwohl es in der Kölner Innenstadt wie gewöhnlich vor Menschen und Fahrzeugen wimmelte. Die Detektei Berg & Jäger befand sich am Ende des ersten Straßenblocks der Marzellenstraße. Ein großes Schild sorgte dafür, dass niemand der Vorbeieilenden das Geschäft übersehen konnte. Der Kriminalkommissar kannte Konrad Berg von seiner Zeit als Feldwebel beim Kölner Bezirks-Kommando.

Die Einrichtung des Geschäftsraums der Detektei wirkte überraschend ärmlich: Schreibtische mit nicht dazu passenden, altersschwachen Stühlen, Fauteuils mit verblichenen Bezügen, ein alter Aktenschrank, dessen Klappe überstand, ein schmerbäuchiger Kohleofen außer Betrieb. Der Raum wurde von zwei herabhängenden Petroleumlampen beleuchtet. Ihre trüben Zylinder waren, wenn überhaupt, nur nachlässig gereinigt worden. Sie rußten, es stank und an der Zimmerdecke hatten sich hässliche Flecke gebildet.

»Martin, welche Freude, dich zu sehen!«

Ein großer, muskulöser Mann kam auf Ehrmanns zu. Gleich würde er ihn wie immer fast erdrücken.

»Wie schmal du geworden bist«, stellte der Riese mit in die Hüften gestemmten Armen fest. »Sorgen sie bei der Polizei nicht gut für dich? Ich habe es dir doch schon immer gesagt: Es geht nichts über ein erfolgreiches Privatunternehmen!«

Ehrmanns musste ihn zweifelnd angesehen haben, denn der Privatdetektiv beeilte sich zu erklären, dass die Einrichtung zu seinen beruflichen Tricks gehöre. »Wenn unsere Kunden denken, dass wir es nötig haben, zahlen sie nach einem Ermittlungserfolg mehr«, erklärte er mit fröhlichem Lachen. »Außerdem machen Finanzbeamte einen großen Bogen um mein Geschäft. Sie glauben, dass es hier nichts zu holen gibt.«

»Immer noch der alte Fuchs«, stellte Ehrmanns lächelnd fest. »Darf ich dir meinen Kollegen Franz Lindau vorstellen? Weshalb wir gekommen sind ...«

»Weiß ich doch längst«, unterbrach ihn der Detektiv. »Schrecklich, was dem armen Robert zugestoßen ist! Ludwig Hai hat mich gerade angerufen. Hier ist dieser Drohbrief. Den hat mir Frau Hai vorhin persönlich vorbeigebracht. Die anderen Drohungen und Erpressungen sind bereits aufgeklärt. Nimm ihn mit. Ich habe nicht viel Zeit. Du siehst ja, was hier los ist! Noch nicht einmal eine Mittagspause kann ich mir gönnen. Meine Sekretärin hat vor Kurzem überraschend gekündigt und etwas Neues in der Qualität ist leider noch nicht in Sicht.«

Aha, dachte Ehrmanns, deshalb also die nachlässige Lampenpflege! Erst jetzt entdeckte er eine neue Adler 7, nahezu ein Fremdkörper in der kargen Bürolandschaft.

Berg folgte seinem Blick. »Ja, wenn ich will, kann ich auch«, stellte er fest. »Auf dem alten Ding konnte ich so schlecht schreiben, dass es inzwischen ausgemustert bei mir zu Hause rumsteht. Ich bin sogar dabei, in einem Abendkurs meine Steno- und Schreibmaschinenkenntnisse aufzufrischen.«

»Im Zusammenhang mit der Mordtat in der Ursulagartenstraße müssen wir möglichst viel über zwei Frauenzimmer in Erfahrung bringen, Brunhild Stolte und Adele Merzfeld«, sagte Ehrmanns, einem plötzlichen Einfall folgend. »Fällt dir irgendetwas ein, was der Polizei dabei weiterhelfen könnte?«

»Die Stolte kenne ich nicht, aber vor ein paar Tagen war ein Bursche bei mir, ein Siegfried Ostheim. Diese Merzfeld ist seine Freundin. Neulich hat sie in dem Brauhaus ›Im Hirschen‹, wo er als Kegeljunge aushilft, ein Bändchen von Catull mit den ›Gedichten an Lesbia‹ liegen gelassen. Seitdem ist sie spurlos verschwunden. Siegfried hat mir das Fundstück anvertraut mit der Bitte, nach ihr zu suchen. Er ist äußerst besorgt. Er vermutet, dass ihr etwas Schlimmes zugestoßen sein könnte.«

»Interessant!«, rief Ehrmanns aus. »Den Catull muss ich mitnehmen. Mein Kollege Lindau wird dem jungen Ostheim auf den Zahn fühlen.«

»Er wohnt im Martinsviertel, Buttermarkt 51. Ich hole das Buch sofort aus dem Büro«, versprach Berg.

Ehrmanns fiel auf, dass sein volles Haar an den Schläfen leicht ergraut war.

»Das wurde vom Barbier eingefärbt«, erklärte der Detektiv. »So wirkt man seriös und hat bei den Damen mehr Erfolg. Probier's mal aus!«

Unglaublich! Berg war ja ein richtiger Filou! Ehrmanns sah sich um. »Wo ist denn dein Partner?«, fragte er neugierig.

»Ach der!« Der Detektiv winkte ab. »Auf den ist leider kein Verlass. Wie wär's mit dir? Die Stelle wäre sofort frei.«

»Gut zu wissen«, wiegelte Ehrmanns ab. »Aber ich bin zufrieden, bin auch meistens mein eigener Herr. Mit einem sicheren Einkommen.«

»Du weißt, was ich davon halte«, meinte Berg vielsagend. »Der Inspektor hat mir damals ein Angebot gemacht, bevor er dann auf dich zugegangen ist. Ich kenne eure Arbeitsbedingungen und muss sagen, dass ich sie nicht akzeptabel finde. Die ständige Bevormundung eines Vorgesetzten könnte ich nicht einen Tag lang ertragen. Außerdem gefällt mir euer Gehalt nicht im Geringsten.«

Der Kommissar schüttelte den Kopf. Berg schien sich nicht geändert zu haben. Er liebte seine Freiheit wohl immer noch über alles und war bereit, dafür einiges in Kauf zu nehmen.

»Wie wäre es mit einem Spieleabend bei mir zu Hause?«, fragte der Detektiv, als er Ehrmanns den Catull überreicht hatte. »Uns fehlt der dritte Mann beim Skat. Dann kannst du gleich sehen, wie weit man als Privatdetektiv kommen kann. Wir wohnen in einem schönen Patrizierhaus im Filzengraben, im Herzen der Altstadt. Mein Heim ist nicht so protzig wie die Villen der Reichen in der Neustadt oder in Lindenthal und Marienburg, aber dafür hat es Geschichte.«

»Mir genügt die Wohnung in der Altenberger Straße«, entgegnete Ehrmanns. »Du hast eben von *wir* gesprochen. Bist du denn verheiratet?«

»Natürlich! Meine Helene ist ein wahrer Schatz. Sie kocht wunderbar und geht arbeiten. Nur waschen und putzen will sie nicht. Das erledigt jemand anders. Bei mir beginnt der Arbeitstag nicht vor zehn Uhr und dauert bis sieben Uhr am Abend. Dann kommt auch Helene von ihrer Anwaltskanzlei nach Hause, wo sie als Stenotypistin arbeitet. Die Zugehfrau kann in der Zwischenzeit schalten und walten, wie sie will. Bezahlt wird, wenn sie alles zu unserer Zufriedenheit erledigt hat.«

»Ein Spieleabend bei dir klingt vielversprechend«, griff Ehrmanns die Einladung seines alten Kameraden auf. »Morgen Abend ab acht Uhr hätte ich Zeit. Aber kein Abwerben. Das ist zwecklos bei mir.«

»Ich sehe schon, beruflich kommen wir nicht zusammen. Trotzdem: herzliche Einladung morgen Abend, ohne Bedingungen und Hintergedanken!«

»Angenommen!« Ehrmanns schlug ein. »Ich freue mich.«

»Die Freude ist auf meiner Seite«, strahlte Konrad Berg.

»Dann also bis morgen im Filzengraben!«

10. Kapitel

»Sie haben gehört, was der Detektiv gesagt hat«, wandte sich der Kommissar an Lindau, als sie Bergs Büro verlassen hatten. »Auf zum Buttermarkt! Zeigen Sie diesem Siegfried Ostheim den Catull und hören Sie, was er dazu zu sagen hat! Danach schreiben Sie im Kommissariat die anstehenden Berichte. Anschließend können Sie Feierabend machen. Kleiner Ausgleich für Ihre Sonderschicht am Mittwochabend!«

Damit drückte er seinem Schreiber das Gedichtbändchen in die Hand und lief weiter, seiner Straßenbahn Richtung Nippes entgegen.

Nach kurzer Fahrt verließ der Kommissar die Elektrische hinter dem Eigelsteintor und marschierte auf den gepflegten Wegen des Deutschen Rings weiter, vorbei an einem großen Wasserbassin mit seinen Springbrunnen und den umgebenden Grünanlagen. Er setzte sich in der Mittagssonne auf eine freie Bank, zog den Drohbrief aus dem geöffneten weißen Briefumschlag ohne Briefmarke, auf dem Robert Hais Büroadresse in ungelenken Großbuchstaben prangte. Der Text bestand aus ausgeschnittenen Wörtern einer Tageszeitung. Ehrmanns versuchte, das zerknitterte Schriftstück etwas zu glätten, und fing an zu lesen:

»Letzte Warnung! Wenn Sie nicht sofort Ihrer
Pflicht nachkommen, werden Sie den nächsten
Abend nicht überleben!
Der Tod wird Sie in der Ursulagartenstraße ereilen.
Ich meine es ernst, todernst!«

Darüber also hatte sich der Immobilienhändler so köstlich amüsiert! Dennoch war die Drohung Wirklichkeit
geworden. Zufall?

Hinter der Einmündung der Clever Straße begann
Ehrmanns nach dem Wohnhaus der Familie Hai auf der
linken Seite zu suchen.

Robert Hai hatte sich einen vierachsigen, repräsenta-
tiven Bau im Stil der italienischen Renaissance errichten
lassen. Ins Erdgeschoss führte ein säulenumstandenes,
reich verziertes Portal. Der kleinere Dienstboteinein-
gang befand sich sicherlich auf der Hofseite, zu der man
durch die links daneben gelegene Einfahrt gelangte. Die
Empfangsräume und der behagliche Wohnbereich im
ersten Obergeschoss waren von außen durch aufwen-
dige Fensterrahmen und reiche Balustraden zu erkennen.
Auch im zweiten Geschoss gab es übergiebelte Fenster. Den Abschluss bildete das Drempelgeschoss mit
einem Fries. Hier befanden sich wohl die Kammern
der Dienstboten.

Der Kommissar atmete durch und zog an einem Seil,
das jenseits des Portals eine Glocke erklingen ließ. Minu-
tenlang rührte sich nichts. Er versuchte es nochmals.
Wenn Friedrich Hais Auskünfte stimmten, müsste die
Dame des Hauses schon vor einer halben Stunde eingetroffen sein. Endlich ertönte eine kräftige weibliche

Stimme, die nach Namen und Begehr des Eindringlings fragte.

»Ehrmanns, Kriminalpolizeikommissar!«, rief er. »Frau Hai erwartet mich.« Er ging davon aus, dass Berg die Hausherrin bereits über sein Kommen informiert hatte. Die eintretende Stille ließ den Kommissar am Erfolg seiner Mission zweifeln. Er überlegte schon, ob er es auf einem anderen Weg versuchen sollte, als das Portal zögernd geöffnet wurde. Ein Dienstmädchen in adretter blütenweißer Arbeitskleidung hieß ihn eintreten, nachdem es sich zuvor seinen Dienstausweis hatte zeigen lassen. Ehrmanns folgte der Bediensteten ein paar Marmorstufen hinauf in einen kleinen Vorraum. In die rückwärtige Wand war eine Tür eingelassen.

Das Mädchen klopfte. »Führ den Kommissar herein, Henriette!«, rief eine heisere Stimme, deren Besitzerin rauchend auf einem gepolsterten Stuhl mit Armlehne saß. »Und bring uns einen Kaffee!«

»Sehr wohl, gnädige Frau«, erwiderte die Dienstmagd mit einem Knicks. Dann ging sie an Ehrmanns vorbei und verschwand lautlos. Der Kommissar überlegte, wie sie jetzt wohl in die Küche gelangte. Durch die kleine Tapetentür, die er im Eingangsbereich an der Wand gesehen hatte? Dienstboten hatten ihre eigenen, diskreten Wege durch das Haus, damit sie ihrer Herrschaft nur bei Bedarf begegneten.

»Setzen Sie sich«, sagte die Dame und zeigte mit ihrer behandschuhten rechten Hand auf den Stuhl gegenüber. »Klara Hai, Ehefrau von Robert und Mutter von Ludwig. Sie sind also der Verkünder schlechter Nachrichten. Mein Mann ist tot und hat seine Hure mitgenommen. Pech für die Kleine, aber warum hat sie sich auch auf ihn eingelassen? Dummheit wird eben bestraft, meistens jedenfalls.«

Die Dame stieß einen Seufzer aus und zog an ihrer Nil.

Er betrachtete ihr Profil. Eine verblichene Schönheit mit vollem dunklem Haar, durchsetzt von Silberfäden, am Hinterkopf in Form gehalten von einem zarten Haarnetz. Ein edel geschnittenes Gesicht mit hohen Wangenknochen, aber ausgezehrt und mit papierener, gelblicher Haut. Ein viel zu schmaler androgyner Körper, verpackt in ein rotes Samtkleid, das sie noch blasser und zerbrechlicher erscheinen ließ.

»War Ihr Gatte Jäger?«, wollte Ehrmanns wissen.

Sie sah ihn erstaunt an. »Ich verstehe nicht …«, murmelte sie.

»Ich wüsste gerne, ob er ein oder mehrere Jagdmesser besessen hat«, fragte er nach. »Das ist wichtig für unsere Ermittlungen.«

»Ja, er hat als zahlender Gast an Treibjagden im Königsforst teilgenommen«, berichtete sie. »Er schätzte die Einsamkeit des Waldes, um Abstand von seinen aufreibenden Geschäften zu gewinnen. Ob er noch Jagdmesser besitzt, entzieht sich meiner Kenntnis. Hier habe ich keine gesehen.«

Einen Moment lang war es still in dem rauchgeschwängerten Raum. Ein Durchsuchungsbeschluss wäre jetzt hilfreich, dachte Ehrmanns.

Es klopfte. Die Tür wurde einen Spalt weit geöffnet.

»Es ist angerichtet, gnädige Frau«, verkündete Henriette.

»Danke«, rief Klara Hai in ihre Richtung. »Du kannst dich zurückziehen!«

Das Dienstmädchen verschwand geräuschlos nach dem obligatorischen Knicks.

»Ist sie nicht niedlich?«, schwärmte die Hausherrin mit Blick auf die geschlossene Tür. »Und so wohlerzogen! Henriette von Quiring, verarmter Adel. An der hat sich Robert die Zähne ausgebissen.«

Aha! Die gnädige Frau hatte Gegenmaßnahmen ergriffen, zumindest in ihren eigenen Gemächern. Gleichzeitig musste Ehrmanns an seine Zugehfrau denken. Auch so ein Fall, aber wesentlich präsenter und selbstbewusster. Er stöhnte.

Die Hausherrin war aufgestanden. »Folgen Sie mir bitte.«

Sie verließen das Raucherzimmer mit seinen vergilbten Seidentapeten und dem offenen Kamin durch eine hohe Tür. Sofort hatte Ehrmanns das Gefühl, wieder atmen zu können, unverbrauchte frische Luft. Sonnenlicht fiel in den Speisesaal, reflektiert von einem Wandspiegel gegenüber der Fensterfront.

Sie setzten sich an einen blank polierten Esstisch aus dunkel getöntem Glas, der auf einem handgeknüpften Teppich mit Blatt- und Blumenmotiven stand. Hier ließ es sich aushalten.

»Kommen wir zurück zum Tod Ihres Mannes, der Sie ja nicht zu erschüttern scheint«, begann Ehrmanns, nachdem er einen Schluck Kaffee genommen hatte.

»Kein Wunder bei den Drohbriefen, die er erhalten hat«, erwiderte Frau Hai. »Nein, der Tod meines Mannes berührt mich nicht. Wir haben uns längst auseinandergelebt.«

Er beugte sich vor. »Hat es Sie denn gar nicht gestört, dass er Sie ständig betrogen hat?«

»Ich gehe, wie gesagt, meine eigenen Wege.«

»Interessant, gnädige Frau«, sagte Ehrmanns leicht ironisch. »Dennoch wäre es außerordentlich hilfreich zu erfahren, wo Sie sich am Samstagabend aufgehalten haben.«

»Wir haben unsere Nachbarn zu einem Gartenfest eingeladen. Ich selbst, Ludwig und das Personal waren anwesend. Robert ist allerdings den ganzen Abend nicht erschienen. Ich musste mir für unsere Gäste eine Ausrede nach der anderen einfallen lassen. Als sich mein Mann am nächsten Morgen noch immer nicht blicken ließ, hat Ludwig mir einen anonymen Drohbrief gezeigt, den sie wohl zuvor im Briefkasten der Geschäftsstelle gefunden hatten. Deshalb war er also am Samstag so nervös, der arme Junge.« Sie verzog das Gesicht zu einem schiefen Grinsen.

»Und dann? Was haben Sie daraufhin unternommen?«, fragte Ehrmanns.

»Wir haben in der Detektei Berg & Jäger angerufen. Das ist unsere Hausdetektei«, berichtete Klara Hai. »Wir konnten natürlich niemanden erreichen. Sonntags wird ja nicht gearbeitet. Heute habe ich mich dann mit einer Freundin in der Marzellenstraße getroffen. Da habe ich Konrad Berg den Drohbrief übergeben und ihn gebeten, Robert aufzuspüren.« Sie lächelte. »Robert hielt ja nicht mehr viel von ihm. Er hatte sich schon nach einem anderen Detektiv umgesehen. Aber ich bin zufrieden mit seiner Arbeit. Fescher Kerl, der Konrad!«

Deshalb also seine neue Frisur, dachte Ehrmanns.

»Wie lange waren Sie denn mit dem Gartenfest beschäftigt?«, setzte er die Befragung fort.

»Um sieben Uhr am frühen Abend ging es los. Eingeladen hatten wir drei Ehepaare aus der Nachbarschaft, die von Waldenthals, die Lützels und die Söndgens. Das Fest endete gegen ein Uhr in der Nacht. So genau weiß ich das allerdings nicht mehr. Der Alkohol, Sie verstehen?« Klara Hai lächelte.

»Ich muss gleich noch Ihr Mädchen befragen«, sagte Ehrmanns. »Gibt es weiteres Personal?«

»Wir beschäftigen auch den Bruder von Henriette, Peter von Quiring, als Gärtner, Hausmeister, für unsere Familienkutsche und als Handlanger. Er müsste jetzt im Pferdestall sein.«

Ein Blick auf die Wanduhr sagte Ehrmanns, dass die Mittagszeit überschritten war. Schon nach zwei Uhr! Er erhob sich.

»Danke für alles, Frau Hai. Die Pflicht ruft. Wo finde ich die Kammer Ihres Mädchens?«

»Das ist schwierig zu erklären. Das Haus ist verwinkelt. Aber Henriette kann auch zu Ihnen kommen.«

Die Hausherrin zog an einer Glocke. Wenig später wurde die Tür geöffnet.

»Setz dich«, forderte sie das Dienstmädchen auf. »Der Kommissar wird dir einige Fragen stellen, die du wahrheitsgemäß beantworten musst.«

»Jawohl, gnädige Frau.« Das Mädchen machte ein erstauntes Gesicht, hatte wohl noch nie am Esstisch der Familie Platz nehmen dürfen.

»Ich lasse euch allein«, sagte Klara Hai.

Ehrmanns wartete, bis sich die Tür hinter ihr geschlossen hatte. Dann wandte er sich Henriette von Quiring zu.

»Seit wann sind Sie in Diensten der Familie Hai?«

Das Dienstmädchen musste kurz nachdenken. »Es kommen fast sechs Jahre zusammen«, sagte sie dann.

»Und Ihr Bruder Peter von Quiring? Wann ist er eingestellt worden?«

»Der ist schon länger hier«, sagte das Fräulein schnell. »Seit über einem Jahrzehnt. Er ist zwölf Jahre älter als ich. Nach dem tödlichen Kutschenunfall unserer Eltern hat er mir empfohlen, mich bei den Herrschaften Hai zu bewerben, weil eine Stelle frei geworden ist …«

»Wie ist Ihr Bruder Peter von Quiring denn hierhergekommen?«, fragte Ehrmanns.

Das Mädchen zögerte.

»Antworten Sie«, befahl der Kommissar.

»Er ist … ist …«, stotterte das Dienstmädchen.

»… der Liebhaber der gnädigen Frau. Ich weiß es, Fräulein. Sie brauchen nur zu nicken!«

Ein entsprechendes Zeichen mit dem Kopf machte seine Annahme zur Gewissheit.

»Weiter gehe ich davon aus, dass Sie von Frau Hai und nicht vom gnädigen Herrn eingestellt worden sind. Sie würden mir sicherlich nichts erzählen, was Ihrer Herrin schaden würde. Allerdings könnten Sie bei einer Falschaussage ins Gefängnis kommen. Berichten Sie wahrheitsgemäß, wen Sie am vergangenen Samstag wann hier gesehen haben!«

Das Dienstmädchen starrte ihn mit vor Schreck geweiteten Augen an, unfähig, etwas zu äußern.

Ehrmanns beobachtete sie schweigend.

»Die gnädige Frau war von sechs Uhr am Morgen bis in die Nacht hinein mit mir zusammen«, flüsterte sie so leise, dass er sie kaum verstehen konnte. Ihre Herrschaft sollte wohl kein Wort von dem mithören, was sie soeben ausgesagt hatte. Mit Sicherheit würde sie alles widerrufen, wenn sie es vor Zeugen wiederholen müsste.

»Fahren Sie fort«, forderte Ehrmanns sie etwas milder auf.

»Der junge Herr Ludwig ist um sieben Uhr morgens mit dem gnädigen Herrn von Peter in die Stadt gefahren worden«, berichtete das Mädchen, jetzt in normaler Stimmlage.

»Wann ist Herr Ludwig zurückgekommen?«, hakte Ehrmanns nach.

»Pünktlich um Viertel nach sechs Uhr abends, um mit Frau Hai die Gartenfeier zu eröffnen. Danach hat er mit meinem Bruder und mir zusammen die Gäste bedient und sich mit allen unterhalten. Die Stimmung wurde immer ausgelassener. Um halb neun Uhr hat Peter ihn in die Stadt gefahren. Das ist aber niemandem aufgefallen, weil die Geladenen tanzten oder den Kometen beobachteten, der vom Garten aus deutlich zu sehen war.«

»Wie lange hat das Ganze denn gedauert?«, fragte Ehrmanns.

»Um ein Uhr nachts sind die Gäste gegangen«, antwortete sie. »Ich war froh, weil …«

Sie verstummte.

»Ja?«, hakte der Kommissar nach.

»Einer der Gäste hat ständig versucht, mich an sich zu ziehen und zu küssen«, flüsterte das Mädchen und wurde knallrot. »Ich sage aber nicht, wer, auch wenn Sie mich einsperren«, fügte sie trotzig hinzu und warf den Kopf nach hinten.

»Das tut mir leid«, sagte Ehrmanns. »Wir gehen jetzt zu Ihrem Bruder.«

»Bitte sehr«, sagte Henriette von Quiring. Sie stand auf. Auch Ehrmanns erhob sich. Er folgte dem Dienstmädchen nach draußen. Wie vermutet ging es durch das Tor neben der Villa in einen großen Stall am Ende des Hofs.

»Dort hinten bei den Braunen steht mein Bruder!«

Ehrmanns atmete tief die Luft ein, die nach Heu, Dung und Äpfeln roch.

Das Mädchen hatte sich leise zurückgezogen und den Kommissar allein gelassen.

»Peter von Quiring?«, rief er, so laut er konnte. »Kriminalpolizei!«

Der Angesprochene drehte sich um. Groß, muskulös, volles, dunkel gelocktes Haar, ein wilder Vollbart, stahlblaue leuchtende Augen, der Inbegriff eines schönen Mannes. Was für einen Liebhaber hielt sich Frau Hai unter dem Dach ihres Gemahls! Dennoch schien die Dame nicht glücklich zu sein. Das hatte er in ihrem verlebten Gesicht gelesen.

»Wer sind Sie und was wollen Sie hier?«, fragte der Mann mit den vielen Aufgaben.

Ehrmanns sah eine starke Persönlichkeit mit gesundem Selbstwertgefühl vor sich, degradiert zum Befehlsempfänger, Haus- und Gartendiener, Faktotum, das zwar Aussehen und Titel eines Adeligen besaß, aber nicht die Mittel, um ein entsprechendes Leben führen zu können. Welche Tragik! Er schüttelte seine sentimentalen Empfindungen ab und besann sich auf dienstliche Notwendigkeiten.

»Ehrmanns, Kriminalpolizeikommissar«, sagte er betont sachlich. »Ihre Schwester hat mich auf Weisung Ihrer Herrin hierhergeführt. Ich nehme an, dass man Sie schon über den Mord an Ihrem Herrn Robert Hai unterrichtet hat.«

»Ja, hat man«, gab das Faktotum mit angenehm dunklem Timbre zurück. Von Quiring wartete ab. Eines der beiden Pferde, das er striegelte, wieherte vor Vergnügen. Er gab dem Braunen einen Apfel.

Ehrmanns betrachtete die Szenerie. Neben den Boxen stand die Familienkutsche, wie Frau Hai sie genannt hatte. Gar nicht verwunderlich, dass sich ein so reicher Mann wie der Immobilienhändler kein Automobil leistete. Ein nicht unerheblicher Teil der Kölner Bevölkerung hielt die Kraftwagen für eine vorübergehende Erscheinung.

Der Kommissar kam näher. »Ich habe ein paar Fragen an Sie, Herr von Quiring. Es geht dabei um den Samstag, an dem Ihr Dienstherr gestorben ist. Wo können wir am besten sprechen?«

Der Diener wies auf die Kutsche. »Da drinnen ist es bequem. Ich bin hier fertig. Kommen Sie bitte mit.«

Für Ehrmanns war es ein ungewohntes Gefühl, seinem Gegenüber körperlich unterlegen zu sein. Er versuchte, so sachlich wie möglich zu bleiben.

»Schildern Sie mir Ihren Tagesablauf am Samstag«, begann er, als sie sich wenig später in der Kutsche gegenübersaßen. Große, rundum verlaufende Fenster sorgten dafür, dass er seinen Gesprächspartner genau im Blick hatte.

»Ich habe wie immer mit der Familie Hai gefrühstückt«, begann von Quiring. »Die gnädige Frau legt Wert darauf.« Er lächelte. »Danach habe ich die beiden Herren ins Geschäft gefahren. Anschließend gab es hier viel zu tun. Um sechs Uhr am Abend habe ich Herrn Ludwig Hai vom Büro abgeholt. Er machte sich Sorgen um seinen Vater, der nicht kam, war ziemlich nervös, hat bei der Begrüßung der Gäste sogar gestottert.«

»Wie haben sich denn die anderen Teilnehmer der Feier verhalten?«, fragte Ehrmanns nach.

»Wie üblich. Sie kennen das sicherlich. Bei solchen Festen ist viel Alkohol im Spiel. Je später der Abend, desto lustiger die Gäste. Auch die Gastgeber werden dann immer lockerer.«

»Konnte man das von allen Anwesenden sagen?«, wollte Ehrmanns wissen.

»Ohne Ausnahme«, bestätigte von Quiring. »Besonders meine Schwester hatte darunter zu leiden. Ein älterer Gast stellte ihr ständig nach. Zum Schluss musste ich sogar deutlich werden. Nur der junge Herr hat sich nicht amüsiert. Die Feier dauerte gerade einmal eine Stunde, da wollte er von mir wieder in die Stadt gefahren werden. Ich bin dann zu Klara ... äh ... zur Gnädigen gegangen und habe ihr gesagt, dass sie Henriette jetzt auf ihr Zimmer schicken müsse, sonst würde ich ihren Sohn nicht fahren. Der *honorige* Gast wurde nämlich immer dreister.«

»Das hat mir Ihre Schwester gerade anvertraut«, bemerkte Ehrmanns.

»Henriette durfte gehen«, fuhr von Quiring fort. »Ich bin mit dem jungen Herrn zur Johannisstraße gefahren.«

»Wann genau haben Sie das Gartenfest verlassen?«, fragte der Kommissar.

Der Diener überlegte einen Moment.

»Das muss so gegen halb neun Uhr gewesen sein. Ich sollte nicht auf Herrn Ludwig warten und kehrte wieder zurück. Der lästige Besucher war mittlerweile vom Alkohol so benebelt, dass er nur noch lallen konnte. Aber eine Bedienung wurde nicht mehr benötigt. Man tanzte, beobachtete den Kometen durch ein Fernrohr oder bediente sich selbst. Henriette haben wir gegen ein Uhr wieder heruntergeholt, als die Gäste endlich aufbrachen und jede Hand zum Aufräumen gebraucht wurde. Irgendwann ist auch der junge Herr wiedergekommen.«

»Wann sind Sie denn dann zu Bett gegangen?«, fragte Ehrmanns den Diener in harmlosem Ton.

»Muss so gegen zwei Uhr in der Nacht gewesen sein«, gab von Quiring im gleichen Tonfall zurück.

»Aha«, sagte Ehrmanns und schaute auf seine Savonette. Gleich halb drei Uhr. Er würde bei den Gästen der Gartenfeier klingeln und sich dann davonmachen. So würde er es zeitlich schaffen, sein Abendprogramm einzuhalten. Eine brisante Gemengelage, in die er da hineingeraten war! In den nächsten Tagen blieb viel zu tun.

Ehrmanns traf alle Damen zu Hause an. Ihre Männer arbeiteten in den Büros. Inhaltlich sagten sie dasselbe aus. Es klang wie abgesprochen und auswendig gelernt.

Die Feier habe um sieben Uhr abends begonnen. Der Garten sei schön geschmückt gewesen, das Essen habe gut geschmeckt, der Moselwein sei süffig gewesen. Ja, die Hais und ihr Personal seien anwesend gewesen mit Ausnahme von Robert. Ludwig und den gut aussehenden Kutscher habe nach halb neun Uhr niemand mehr gesehen. Dafür habe man bei beginnender Dunkelheit endlich freie Sicht auf den Kometen und seinen gewaltigen Schweif gehabt. Schrecklich, dass Robert so grausam ermordet worden war! Das habe er weiß Gott nicht verdient, wo er doch immer so lustig und großzügig gewesen sei. Die arme Klara! Wer würde denn jetzt dem Ludwig im Geschäft helfen?

Ehrmanns atmete auf, als er in der Elektrischen Richtung Stadtzentrum saß. Er würde das alles morgen früh ausführlich mit Lindau besprechen müssen.

11. Kapitel

Um kurz nach halb zwei Uhr stand Lindau vor dem Fachwerkhaus der Ostheims. Es dauerte geraume Zeit, bis auf sein intensives Klopfen und Rufen hin eine attraktive junge Frau mit rostrotem Haar und einer Küchenschürze über einem derben Arbeitsanzug die Pforte öffnete.

»Betteln zwecklos«, murmelte sie, als sie den Fremden erblickte. Sie schickte sich an, die Tür wieder zuzuziehen, aber Lindau war schneller.

»Kriminalpolizei!«, rief er. Der Türspalt vergrößerte sich. Die Frau trat auf die Straße und schaute sich um, während der Kriminalbeamte sich an ihr vorbei ins Haus drängte.

»Sonderermittler Lindau vom Kriminalpolizeibezirk zwei. Ich muss mit Siegfried Ostheim sprechen.«

Er hielt der Frau seinen Dienstausweis vor die Nase. Zum Glück stand sein Rang nicht auf der Polizeimarke. Zufrieden sah Lindau, dass sein Auftritt Wirkung zu zeigen schien. Die Frau zuckte merklich zusammen.

»Hat mein Stiefsohn etwas angestellt?«, fragte sie unsicher.

Er runzelte die Stirn. Etwas an ihrer Stimme kam ihm bekannt vor. Er überlegte kurz. War sie ihm schon einmal begegnet? »Nein«, beruhigte er sie dann. »Eine Person, die er kannte, wird vermisst. Ich habe ein paar Fragen, das wäre es auch schon.«

»Dann kommen Sie mit«, sagte die Frau erleichtert. »Anna Ostheim mein Name.«

Lindau folgte ihr das Treppenhaus hinauf. Von dort aus führte die Hausfrau ihn in einen kleineren Raum am Ende des Flurs.

Gleich darauf hörte Lindau sie rufen:

»Komm zurück, du Schlingel! Hier ist die Kriminalpolizei! Wenn du nicht sofort hochkletterst, wirst du geschnappt und in den Klingelpütz gesperrt!«

Jetzt sah Lindau es auch: Am geöffneten Fenster vorbei hangelte sich ein Junge geschickt nach unten.

»Wird's bald?«, rief seine Stiefmutter. »Ich weiß zwar nicht, was du angestellt hast, aber du kommst sofort zurück! Der Kommissar hat wenig Zeit! Kommissar stimmt doch, oder?«, wollte sie mit Blick auf Lindau wissen.

»So ähnlich«, bestätigte der Kriminalbeamte lächelnd. Der geliehene Titel wirkte Wunder. Siegfried schien sich überlegt zu haben, dass es doch günstiger für ihn wäre, schnellstmöglich umzukehren.

»Wir sprechen uns noch!« Mit dieser letzten Drohung verließ Anna das Zimmer ihres Stiefsohnes, der nicht sehr beeindruckt von der Ankündigung zu sein schien.

Siegfried war groß, schlank und sportlich. Er hatte einen dunklen Teint und fast schwarzes, dichtes Haar. Lindau schätzte sein Alter auf achtzehn Jahre.

Der Kriminalschutzmann ging an das immer noch offene Fenster und schaute hinaus. »Praktisch«, sagte er mit Blick auf das dicke Seil an dem Kranbalken unter dem rückwärtigen Dach. »So bin ich früher auch geklettert.«

»Ja?« Siegfried wirkte überrascht.

»Ich habe vorhin von dem Detektiv Konrad Berg gehört, dass deine Freundin Adele Merzfeld verschwunden ist.«

Mit der Reaktion des jungen Mannes hatte er nicht gerechnet. Siegfrieds Mundwinkel zuckten verdächtig, seine Augen füllten sich mit Tränen und dann begann er hemmungslos zu schluchzen. Lindau ließ es geschehen.

»Der Detektiv hat mir gesagt, dass du ein Büchlein gefunden hast, das deiner Freundin gehört«, sagte er sanft.

»Ich habe es ihr übersetzt und dann hat sie es verloren. Einfach liegen lassen. In der Kegelhalle des Brauhauses ›Im Hirschen‹.« Siegfried starrte traurig ins Leere.

»Ist es das hier?«, fragte Lindau und zog den Catull aus seiner Manteltasche.

Der Junge nickte. »Die lateinischen Gedichte übersetzen wir in der Schule. Bei Oberlehrer Papenburg.«

Siegfried hat bestimmt versucht, Adele mit seinen Lateinkenntnissen zu beeindrucken, dachte Lindau. Er erklärte ihm, dass er den Band wieder mitnehmen müsse, bis sie seine Freundin gefunden hätten. Dann würde Siegfried ihn zurückbekommen.

»Möchtest du mir etwas von Adele erzählen?«, fragte Lindau.

»Sie hat im Fernmeldeamt gearbeitet«, begann Siegfried zögernd. »In der Nähe haben wir uns zum ersten Mal gesehen, im ›Hirschen‹, wo ich Kegeljunge bin. In der Pause. Sie ist sehr schön!«

»Seid ihr denn schon lange befreundet?«

»Seit zwei Monaten«, sagte Siegfried. »Ich mache bald Abitur, dann studiere ich und werde Rechtsanwalt.

Danach können wir heiraten.« Er lächelte, aber gleich darauf verdunkelte sich seine Miene wieder. »Vorigen Samstag hatten wir uns verabredet, um halb zehn Uhr abends, vor dem Fernsprechamt. Wir wollten ausgehen. Sie kam nicht. Am Sonntag auch nicht. Eine Kollegin hat sie schon länger nicht mehr gesehen.« Seine Augen füllten sich wieder mit Tränen.

»Wann habt ihr euch denn das letzte Mal getroffen?«, fragte Lindau schnell, um einen weiteren Gefühlsausbruch zu verhindern.

»Genau zwei Wochen vorher«, berichtete Siegfried mit einem Schluchzer. »Sie war nicht so fröhlich wie sonst. Jemand hatte einen Strauß schwarzer Blumen vor ihre Wohnungstür gelegt. Totenblumen. Da hat sie Angst bekommen.«

»Soso«, sagte Lindau langsam. »Weißt du, wer ihr die Blumen hingelegt hat?«

»Nein«, antwortete der Junge traurig. »Ein dummer Scherz, habe ich ihr gesagt. War das falsch?«

»Warum bist du denn nicht gleich zur Polizei gegangen, wenn du dir solche Sorgen ...«

»Nein, nur das nicht!«, unterbrach ihn Siegfried erschrocken. »Das wollte Adele nicht! Die Polizei ist unfähig, korrupt, manchmal sogar gefährlich, hat sie gesagt! Da habe ich mit meinem Freund Johann beraten, wie wir Adele helfen können. Wir sind zu Detektiv Berg in die Marzellenstraße gegangen, weil er Informanten beim Militär hat, sogar bei der Polizei. Ein netter Mann! Er wollte auch von uns Schülern kein Geld haben. Er wird Adele aufspüren und den Unhold schnappen. Hoffentlich schafft er es bald!«

»Interessant«, entfuhr es Lindau. »Ich bin Polizist. Sehe ich gefährlich oder unfähig aus? Glaubst du, dass ich Adele nicht finden kann?«

Siegfried sah ihn verlegen an.

Lindau musste lachen. »Nichts für ungut. Mein Chef kennt sogar diesen Detektiv, von dem du gesprochen hast. Die beiden sind befreundet. Zusammen werden wir Adele finden, das verspreche ich dir! Jetzt wird es Zeit für mich zu gehen.«

Anna hatte sich mittlerweile mit einem Staubwedel bewaffnet. »Hat Siegfried Ihnen weitergeholfen?«, fragte sie, als Lindau vorbeikam.

»Er hat mir sehr geholfen!«

Anna guckte ihn ungläubig an, dann begleitete sie den Sonderermittler nach draußen.

Im Kommissariat blätterte Lindau nachdenklich in dem Büchlein, das Siegfried seiner Freundin Adele übersetzt hatte. Latein hatte er natürlich in der Schule nicht gelernt. Vielleicht konnte Ehrmanns etwas damit anfangen. Er wollte es schon auf seinen Schreibtisch legen, als er stutzte. Vorne auf der ersten, noch unbedruckten Seite entdeckte er eine handgeschriebene Widmung: »Für Adele, meine Lesbia, odi et amo! Für immer und ewig dein!«

12. Kapitel

»Martin!«, grüßte ihn sein Kollege von der uniformierten Polizei erfreut, als Ehrmanns gegen Viertel vor drei Uhr in der Marzellenstraße aus der Straßenbahn kam. »So ein Zufall! Ich wollte gerade nach Nippes fahren, um den Hausstand meiner Mutter aufzulösen. Wohin des Weges?«

Polizeikommissar Christian Sommer war ein Jahr jünger als Ehrmanns, ein mittelgroßer, drahtiger Mann mit dunklem Haar, gezwirbeltem Schnauzbart und selbstbewusstem, direktem Blick. Er leitete das vierte Polizeirevier in der Altenberger Straße 3 seit zwei Jahren.

»Doppelmord in der Ursulagartenstraße!«, erklärte Ehrmanns. »Zeugenbefragung im Haus gegenüber. Möchtest du mitkommen?«

Er fragte sich, warum Sommer sich nicht für den Kriminaldienst interessierte. Stattdessen hatte er das tägliche Einerlei zu organisieren: den Wachdienst, die Regelung des Verkehrs oder das Schlichten von Streitigkeiten. Die ungewöhnlichen Fälle, die er hin und wieder vor Sommer ausbreitete, brachten hoffentlich ein wenig Farbe in dessen beruflichen Alltag.

»Warum übernimmst du denn einen Fall im Ursulaviertel? Das gehört doch gar nicht zu deinem Bezirk. Sag bloß nicht, du hast dich schon wieder von Inspektor Frauenburg überreden lassen, in fremden Gewässern zu fischen!«

Ehrmanns schwieg und wartete ab.

»Ich bin dabei«, meinte Sommer nach einer Pause. »Aber meine Zeit ist begrenzt.«

Ehrmanns betrachtete seinen Begleiter aus den Augenwinkeln. Den meisten Bürgern flößte ein uniformierter Polizeikommissar mit seiner reich verzierten Pickelhaube, den schweren Schulterklappen und den glänzenden Knöpfen gehörigen Respekt ein. Verstärkt wurde diese männliche Note polizeilicher Ordnungsmacht durch einen hauchzarten Duft von Moschus, Sandelholz und Tabak, den Ehrmanns zum ersten Mal an Sommer wahrnahm. Da befand er sich als Kriminalbeamter in Zivil im Nachteil!

Bald hatten sie die Ursulagartenstraße erreicht, eine stille Wohnstraße, in der sich in letzter Zeit eine chemische Waschanstalt und eine Spedition niedergelassen hatten. Das Mordhaus kam in Sicht.

Die beiden Polizeibeamten betrachteten die Namensschilder der Bewohner neben dem Eingang des Hauses gegenüber. »Bunte, Dahmen, Ganter«, las Ehrmanns vor. Jemand hatte vergessen, die Haustür abzuschließen.

Im Treppenhaus führten fünf breite Stufen aufwärts. Sie klopften an die Wohnung im Hochparterre.

Es dauerte eine Weile, bis sich eine resolute Frauenstimme meldete.

»Wer ist dort?«

»Kriminalpolizei!«, rief Ehrmanns.

Zögernd wurde geöffnet. Eine ältere Dame spähte vorsichtig heraus, bereit, die Tür bei Gefahr durch die Fremden sofort wieder zuzuschlagen.

»Entschuldigen Sie unseren Besuch«, sagte Ehrmanns, so sanft es ihm möglich war.

»Wie bitte?« Die Dame presste ihr rechtes Ohr mit dahinter gehaltenem Handteller zwischen den Türspalt.

Sommer verlor die Geduld. Er drängte Ehrmanns unsanft zur Seite und trat dicht an die Dame heran. Dabei hielt er seine Dienstmarke auf Augenhöhe.

»Hier ist die Polizei«, sagte er laut und deutlich. »Frau Bunte, wir brauchen dringend Ihre Hilfe. Eine Sache von Leben und Tod. Lassen Sie uns bitte eintreten.« Dabei strich er mit der linken Hand über die blinkenden Knöpfe seiner Uniform.

»Aber gerne, Herr Schohmächer!« Mit geröteten Wangen und leuchtenden Augen löste die alte Dame die Sicherheitskette und winkte die beiden Beamten herein.

»Da sind Sie ja endlich«, sagte sie und gab dem Polizeikommissar die Hand. »Ich heiße Hermine Bunte. Kommen Sie mit ins Wohnzimmer.«

»Christian Sommer von der Polizei«, erwiderte der Beamte.

Die Dame strahlte. »Mein Sohn hat den gleichen Vornamen wie Sie. Er lebt mit seiner Familie in Berlin.«

»Wie schön«, sagte Sommer mit einem aufgesetzten Lächeln.

»Und wer sind Sie?«, fragte sie den Kriminalbeamten, der sich an ihr vorbeidrängte.

»Ehrmanns von der Kriminalpolizei ...«, setzte er an.

Die Dame unterbrach ihn abrupt. »Ist egal«, murmelte sie. »Hauptsache, der Schohmächer ist da. Das wurde aber auch Zeit! Hier passieren ja Sachen, dass einem die Haare zu Berge stehen!«

»Was meinen Sie damit?«, fragte Sommer von seinem Ohrensessel aus, den die Dame ihm zugewiesen hatte.

Ehrmanns blieb unschlüssig neben dem Polizeikommissar stehen.

Ihre Gastgeberin beachtete ihn nicht.

»Das habe ich Ihnen doch Samstagabend schon gesagt!«, behauptete Hermine Bunte erstaunt. »Oder … ach nein, das waren Sie ja gar nicht. Sie sind ja viel freundlicher! Moment, es ist Kaffeezeit. Ich hole etwas.«

Sie trippelte davon.

»Ist sie nicht reizend?«, schwärmte Sommer. »Sie erinnert mich an meine Mutter mit ihren kleinen weißen Löckchen und ihren Pantöffelchen. Wenn ihr Kaffee genauso gut schmeckt, lässt es sich hier aushalten.«

Ehrmanns schaute über ihn hinweg Richtung Fenster. Die gerafften Gardinen gaben den Blick zur Straße frei. »Sie könnte etwas gesehen haben«, meinte er nachdenklich.

In diesem Moment kam Hermine Bunte zurück. In der linken Hand hielt sie eine volle Kaffeekanne, mit der Rechten balancierte sie ein Tablett, beladen mit Porzellan, Milchkännchen und einer großen Schüssel mit köstlich duftendem Buttergebäck. Sommer wollte ihr zu Hilfe eilen, aber die alte Dame winkte ab.

»Das schaffe ich schon allein. Ich bin nämlich gelernte Kellnerin.«

Das Gebäck war wirklich eine Augenweide. Sein Duft verband sich mit dem des frisch aufgebrühten Kaffees zu einem unwiderstehlichen Wohlgeruch.

»Die habe ich selbst gebacken«, verkündete Frau Bunte stolz. »Bedienen Sie sich! Warum steht Ihr Assistent denn noch immer in der Gegend herum? Das ist doch ungemütlich! Sagen Sie ihm, dass er sich setzen soll!«

Ehrmanns schaute sich suchend um.

»Da vorne am Fenster steht ein Hocker, schaffen Sie ihn herbei und setzen Sie sich zu uns!«, wies sie ihn an.

Ehrmanns warf einen Blick auf die Straße. Da saß Hermine Bunte den ganzen Tag hinter dem Vorhang auf einem wackeligen Hocker und hatte den gegenüberliegenden Flachbau im Blick. Was hatte sie beobachtet?

»Frau Bunte, ist Ihnen Samstagabend auf der Straße etwas Ungewöhnliches aufgefallen?«, fing er an, nachdem er sich mit einigem Abstand an das zierliche runde Tischchen gesetzt hatte. Seine Beine passten nicht unter die Platte. Außerdem hatte er Mühe, auf dem instabilen Sitzmöbel die Balance zu halten.

»Was haben Sie gesagt?« Hermine Bunte legte wieder die Hand an ihr Ohr. »Ich höre schwer!«

»Ich habe Sie gefragt, ob Sie vorgestern Abend auf der Straße etwas Ungewöhnliches ...«

»Schreien Sie nicht so laut, ich bin doch nicht taub!«, rief die alte Dame empört in seine Richtung. »Warum essen Sie denn nichts? Schmecken Ihnen etwa meine Plätzchen nicht?«

Ehrmanns richtete sich stöhnend auf, um mit ausgestrecktem Arm das Tablett zu erreichen. Sein Rücken schmerzte von der unnatürlichen Sitzposition. Er bekam drei Gebäckstücke zu fassen. Als er den Arm zurückzog, fiel ein Plätzchen auf den Boden. Er bückte sich, um es aufzuheben.

»Kein Benimm«, tadelte Frau Bunte streng. »Lassen Sie liegen, ich erledige das schon.« In Windeseile lief sie in den angrenzenden Raum und kam mit einem Schäufelchen wieder. Ehrmanns schickte sich an, das verunglückte Plätzchen aufzukehren, aber die Dame wies ihn zurück.

»Nichts da!«, rief sie energisch. Sie zeigte auf das Tablett vor ihm. »Essen Sie endlich!«

Sommer schüttelte den Kopf. Nachdem Frau Bunte sich wieder gesetzt hatte, ergriff er das Wort. »Mein Kollege hat gefragt, ob Sie vorgestern Abend etwas Ungewöhnliches auf der Straße bemerkt haben. Ist Ihnen bekannt, dass gegenüber ein Doppelmord geschehen ist?«

Hermine Bunte schlug die Hand vor den Mund. »Wie grässlich«, stieß sie mit schreckgeweiteten Augen hervor. »Heute Morgen hat mich ein junger Mann von der Polizei auch gefragt, ob ich vorgestern Abend etwas gesehen habe. Aber von dem schrecklichen Verbrechen gegenüber hat er nichts gesagt!«

»Deshalb sind wir auf Ihre Hilfe angewiesen«, fuhr Sommer mit ernster Miene fort.

»Es kam jemand die Straße entlanggelaufen! Der vernickelte Schohmächer! Da bin ich zu ihm gegangen und habe es ihm erzählt.«

»Was denn?«, fragte der Polizeikommissar geduldig nach.

»Die Sachen, die sich hier im Ursulaviertel zutragen.«

»Soso«, bemerkte Sommer. »Was meinen Sie damit?«

»Das habe ich doch alles schon gesagt«, rief die Dame ungeduldig. »Die Betrunkenen, die aus der Brauerei in der Ursulastraße kommen, machen einen Krach, dass kein Mensch schlafen kann. Einer hat fast die Haustür aus den Angeln gerissen. Da muss der Schohmächer für Ruhe und Ordnung sorgen, das ist seine Pflicht!«

»Hat sich der Wachtmeister darum gekümmert?«

»Gar nichts hat der unternommen!«, schrie Hermine außer sich vor Wut. »Hingehalten hat der mich. Musste angeblich eine dringende Notdurft erledigen. Rief mir zu, dass er gleich kommt, dann ist er in dem Haus gegenüber verschwunden!«

»Er ist in dieses Haus gegangen?«, fragte Sommer erstaunt.

»Sagte ich doch! Die Tür war offen, da ist er sofort rein!«

Sommer hatte sich vorgebeugt. »Frau Bunte, das ist wichtig. Wann hat der Wachtmeister das Haus wieder verlassen?«

»Weiß der *Deiwel!* Ich hab hier in der Wohnung auf ihn gewartet. Es war ja kalt und dunkel auf der Straße. Er ist aber nicht wiedergekommen. Die Vernickelten stehen nicht mehr zu ihrem Wort. Damit sind Sie nicht gemeint, Herr Wachtmeister«, schob sie schnell nach. »Sie sind ja gekommen! Essen Sie doch, es ist genug da.«

»Danke, gnädige Frau, die Plätzchen sind vorzüglich, aber ich bin satt. Was geschah dann?«

»Ich bin eingeschlafen. Auf dem Chaiselongue.«

»Das ist verständlich«, beeilte sich Sommer zu bemerken. »So spät, wie es war am Samstagabend!« Er stand auf. »Sie haben uns sehr geholfen, vielen herzlichen Dank.«

»Müssen Sie schon weiter?«, rief Hermine Bunte empört aus. »Sie haben den Kaffee nicht ausgetrunken!«

»Schade, aber die Pflicht ruft«, sagte Sommer mit freundlichem Nachdruck. »Wenn Sie etwas Wichtiges vergessen haben, kommen Sie bitte auf die Polizeistation in der Altenberger Straße.«

»Warten Sie mal, ich packe Ihnen die restlichen Plätzchen ein. Geben Sie Ihrem Assistenten auch etwas ab, dann wird er hoffentlich ein bisschen gesprächiger.«

»Warum hat sie den Polizeiwachtmeister denn immer ›Schohmächer‹ und ›Vernickelter‹ genannt?«, fragte Ehrmanns, als sie wieder draußen im Treppenhaus standen.

»Diesen Ausdruck kennt ihr *Imis* nicht!«, lachte Sommer. »Bis vor ein paar Jahren liefen Nachtwächter mit ihren Hunden durch unsere Straßen und sorgten für Ruhe und Ordnung. Tagsüber verdienten sie sich etwas dazu. Viele waren Schuhmacher. Sie wurden später in die königliche Schutzmannschaft übernommen. Ihre neuen Uniformen mit den vernickelten, glänzenden Knöpfen haben ihnen den Namen ›vernickelte Schohmächer‹ eingebracht. Frau Bunte ist alt genug, um diesen traditionell kölschen Ausdruck zu benutzen.«

»Danke für die Nachhilfe in Kölsch«, sagte Ehrmanns schmunzelnd. »Noch mal gehe ich da aber nur mit deiner Uniform rein! Trotzdem hat sich der Besuch bei Frau Bunte gelohnt. Der Polizeiwachtmeister muss dringend befragt werden. Morgen rufe ich mal beim sechsten Polizeirevier an, die sind für den Streifendienst hier verantwortlich. Ich bin gespannt, was die zu sagen haben!«

»Hältst du denn die gute Frau für zuverlässig?«, fragte Sommer. »Ihre Beschwerden über die angebliche Lärmbelästigung halte ich für besonders unglaubwürdig – sie ist doch offensichtlich schwerhörig! Und dann ihre komische Art … Meine Mutter war da anders.«

Sie schwiegen einen Moment lang. Die alte Frau Sommer war vor vier Wochen an einem Herzinfarkt gestorben. Bis zuletzt hatte sie in ihrem Frisiersalon in Nippes gearbeitet. Wie man sich erzählte, hatte Frau Sommer ihren Sohn ständig im Revier angerufen und dann zu sich zitiert.

Die Bewohnerin der nächsten Etage ließ die beiden Polizeibeamten ohne Schwierigkeiten eintreten. Paula Dahmen, eine perfekt ondulierte Blondine Mitte vierzig mit großen, dramatisch betonten Augen und kirschrot gefärbtem Schmollmund hatte es sich am Samstagabend mit einem Glas Wein und einem Buch im Wohnzimmer gemütlich gemacht. Ihr Mann Otto hatte bis nach Mitternacht Telephondienst bei der neuen Droschkenzentrale des Kölner Verkehrsvereins, Margarethenkloster 11, gehabt. Sein Chef könne das bestätigen.

»Ich werde das überprüfen«, bemerkte Ehrmanns. »Vielen Dank, gnädige Frau. Jetzt müssen wir noch zu Ihrem Nachbarn in der Wohnung über Ihnen.«

»Der ist vor drei Wochen ausgezogen«, informierte sie Paula Dahmen. »Danach ist eine junge Frau dort eingezogen. Nora Förster heißt sie. Die habe ich aber schon seit Tagen nicht mehr gesehen.«

Im dritten Stock blieb alles still. Nach vergeblichem Klopfen gaben die Polizisten auf.

»Jetzt wird es höchste Zeit für mich«, sagte Sommer, als sie wieder auf der Straße standen. »Die Aktion heute kostet dich mindestens ein Mittagessen.«

»Jederzeit. Ein Anruf genügt.«

»Du meinst, wenn ich Zeit habe? Halte mich auf dem Laufenden und grüß Lindau von mir.«

13. Kapitel

Endlich war der Polizist verschwunden. Anna atmete auf. Kriminalpolizeibezirk zwei! Da hatte sie heute Morgen angerufen und die Toten gemeldet! Ausgerechnet mit diesem Lindau hatte sie gesprochen. Dennoch hatte er ihre Stimme bei seinem Hausbesuch wohl nicht wiedererkannt, so verzerrt, wie die durch den Äther an das Ohr des Empfängers gedrungen war.

Wilhelm besuchte einen Kunden und sicherlich danach wieder seine Stammkneipe. Jetzt hatte sie bis zum Abend Ruhe. Zeit genug, um Nora endlich den geplanten Besuch abzustatten. Es gab viel zu bereden. Bei ihrer Freundin konnte sie sich hoffentlich endlich aussprechen.

Auf den Straßen herrschte noch wenig Betrieb. Anna hatte wieder ihre bequeme Hosenkombination und ihre Turnschuhe angezogen und ihr Haar hochgesteckt. Sie wählte die Strecke am Rhein entlang. Ein Kohlefrachter fuhr vorbei und ein Schnelldampfer der Niederländischen Dampfschiffreederei wartete an der Landebrücke der Frankenwerft auf Kundschaft. Anna blieb einen Moment stehen und beobachtete die Menschen, die an Bord gingen. Drei Männer unterschiedlichen Alters liefen scherzend an ihr vorbei zur Brücke, wobei ihr der älteste bewundernde Blicke zuwarf. Ein feiner Herr mit einer Ledertasche stolzierte mit vornehmen Schritten hinter ihnen her. Ein eng umschlungenes Paar sah sich verliebt an. Es blieb mitten auf der Brücke stehen, um sich zu küssen. Das machte Anna traurig. Wie lange war das jetzt her, seit Wilhelm und sie solche Fahrten unternommen hatten? Eine Ewigkeit! Die Stationen waren angeschlagen: Coblenz-Mainz-Mannheim und zurück. Auf den Plakaten lockten eine hervorragende Restauration und vorzügliche Weine die Kunden an. Anna kämpfte einen Augenblick gegen den Impuls, einfach zuzusteigen, dann riss sie sich los und lief weiter.

In der Ursulagartenstraße wäre sie beinahe einem uniformierten Polizisten in die Arme gelaufen, der schnell die Straße hinunterlief. Sie konnte sich gerade noch in einen Hauseingang drücken. Nur nicht auffallen, hatte Nora ihr eingeschärft. Niemand durfte wissen, wo ihre Freundin wohnte. Einige Ehemänner nahmen ihr übel, dass ihre besseren Hälften jetzt so wehrhaft ihre Interessen durchzusetzen verstanden. Sobald diese Herren die Schuldige an der unliebsamen Verwandlung ihrer Angetrauten entdeckten, musste ihre Freundin mit Rachefeldzügen rechnen. Deshalb wohnte sie auch nicht in einer der günstigen Unterkünfte für Telegraphengehilfinnen, sondern anonym ohne Namen an der Haustür.

Anna wartete noch eine Zeit lang, obwohl der Polizist schon hinter der nächsten Straßengabelung verschwunden war. Gerade wollte sie ihren Unterschlupf verlassen, als ein schlanker Herr im Trenchcoat auf der anderen Straßenseite vorbeilief. Er eilte mit ausladenden Schritten Richtung Ursulaplatz. Könnte mir schon gefallen, dachte sie spontan.

Der sportliche Läufer war jetzt fast außer Sicht. Anna mochte nicht länger warten, schoss aus ihrem Versteck und lief auf das Haus zu, in dem ihre Freundin wohnte. Ungehindert trat sie ein.

Gleich konnte sie sich alles von der Seele reden. Sie dachte an Wilhelm. Oberflächlich gesehen hatte sie Glück mit ihm. Er war immer nett zu ihr, machte ihr Komplimente, glücklich über eine so schöne Frau. Es gab nur ein Problem: Sie liebte ihn nicht. Und jetzt versoff er das, was er in die Ehe eingebracht hatte. Wenn das Gleichgewicht in einer Partnerschaft zerstört war, konnte sie nicht mehr funktionieren. Nora musste ihr dabei helfen, sich von ihm loszureißen! Vor allem musste sie endlich mit jemandem über die Ereignisse im Haus gegenüber sprechen. Von ihrem Wohnzimmerfenster aus hatte Nora die ganze Straße genau im Blick. Vielleicht hatte sie etwas gesehen?

Anna war oben angekommen und klopfte. Nichts rührte sich. Noch mal! Wieder nichts. Sie hämmerte gegen die Tür. »Nora, mach auf! Ich bin es, Anna!«

Erschrocken hielt sie inne. Hatte sie zu viel Lärm gemacht? Unsinn! Die beiden unter ihr waren völlig harmlos. Die taten niemandem etwas. Und die alte Dame ganz unten hörte schwer, hatte Nora gesagt, von der hatte sie auch nichts zu befürchten. Also!

Anna klopfte noch einmal, jetzt zart und gesittet. »Nora, bitte, bitte!« Sie horchte, presste ihr Ohr gegen die Tür. Nichts! Nicht der kleinste Pieps! Totenstille! So still wie neulich ... in der Nacht, vor der Tür mit dem geöffneten Spalt, durch den sie eingedrungen war ...

Die Erinnerung ließ sie nach Luft schnappen, zu Boden sinken. Das Grauen holte sie wieder ein, lähmte sie, machte sie unfähig zu handeln, für den Moment.

Nein! Sie konnte nicht zurück! Es musste sich etwas ändern, sofort!

Unten trat jemand ein, stieg die Treppen hoch, kam näher. Das konnte nicht Nora sein! Die Schritte klangen schwerer. Schnell! Niemand durfte sie hier sehen!

Entschlossen fingerte sie den Wohnungsschlüssel aus der Hosentasche, den Nora ihr gegeben hatte. Für den Notfall. Das hier war jetzt ein Notfall! Sie steckte den Schlüssel hastig ins Schloss. Er klemmte. Die Schritte kamen näher, hatten schon den ersten Stock erreicht. Der Trick! Man musste den Bart halb herausziehen, dann ging es ganz leicht ...

Mit einem leisen Klick ließ sich der Schlüssel jetzt herumdrehen. Endlich! Sie stürzte in Noras Wohnung, schloss leise die Tür, drehte den Schlüssel von innen herum, war in Sicherheit.

Ihr blieb nur ein kleiner Moment zum Durchatmen, dann klopfte jemand energisch an.

»Fräulein Förster, machen Sie bitte auf, Kriminalpolizei!«

Anna erstarrte. Hatte die Polizei etwa die Toten gefunden? Hatte ... hatte sie vielleicht jemand gesehen? Dachten die, sie wäre ... sie hätte ...

Wieder dieses Klopfen, diese laute, fordernde Stimme, diese Befehle, Männerbefehle. Wie beim Militär!

»Fräulein Förster, ich weiß, dass Sie da sind! Öffnen Sie sofort die Tür!«

Nichts wusste der, konnte der wissen, sie durfte sich nur nicht rühren, dann würde der schon wieder verschwinden! Anna verharrte regungslos, atmete durch den geöffneten Mund. Sie nahm ihre Umgebung nicht wahr, zur Salzsäule erstarrt und doch bis in die Haarspitzen angespannt.

»Zum letzten Mal, Fräulein Förster: Öffnen Sie! Sie sind da drinnen, ich habe Sie gesehen!«

Gesehen? Der hatte sie nicht gesehen, ganz sicher nicht! Sie war rechtzeitig hier hereingekommen, hatte sich noch einmal umgedreht. Die Schritte waren erst am zweiten Stock vorbeigepoltert, noch vor der letzten Kehre der Wendeltreppe …

Da! Was geschah denn jetzt? Geräusche am Türschloss, der Schlüssel drehte sich im Schloss, wie von Geisterhand, die Tür wurde fast aus den Angeln gerissen, als sie aufgestoßen wurde, und knallte gegen die Wand.

Schlagartig riss sie sich aus ihrer Erstarrung. Ihre Linke fuhr in die Hosentasche, packte das Messer, riss es ruckartig aus der Scheide, dann eine entschlossene Bewegung nach vorne in Richtung des Eindringlings. Im nächsten Moment ein stechender Schmerz. Das Messer fiel mit einem Pling zu Boden. Der Mann hielt ihren Arm fest.

»Ganz ruhig, Fräulein Förster«, sagte er jetzt sanft. »Ich bin wirklich von der Kriminalpolizei. Schauen Sie!«

Er hielt ihr eine ovale Marke aus Metall vor die Nase. Was stand da? »Koeniglich Preußischer Kriminalbeamter« und eine zweistellige Nummer. Die Marke wurde herumgedreht. Der preußische Adler mit der Krone auf dem Kopf und »Cöln« mit C.

Der Mann drängte Anna in die Küche, auf einen Stuhl. Er nahm einen zweiten Stuhl und setzte sich ihr gegenüber. Der sportliche Herr im Trenchcoat von vorhin! Sie sah ihn an. Seine grauen Augen waren auf sie gerichtet, das energische Kinn ein wenig nach vorne gereckt, die

Lippen zusammengekniffen. Das passte nicht zu seiner sanften Stimme. Sie musste vorsichtig sein.

»Sie haben wohl schlechte Erfahrungen mit Männern gemacht?«, sagte der Polizist. »Nun, Sie haben ja gesehen, dass ich wirklich von der Kriminalpolizei bin. Ich möchte nur von Ihnen wissen, ob Sie am vergangenen Samstagabend hier auf der Straße etwas bemerkt haben, etwas Ungewöhnliches. Dann lasse ich Sie auch in Ruhe, versprochen!«

Der Polizist glaubt, dass ich Nora bin, dachte Anna. Warum sollte er denn auch etwas anderes denken? Er kannte Nora ja nicht und Anna besaß den Schlüssel zu ihrer Wohnung. Sie sollte ihm sagen, wer sie wirklich war und dass sie nichts gesehen hatte, nichts gesehen haben konnte! Aber dann? Er würde sie fragen, was sie hier machte, so nah an allem, was vorgestern Abend geschehen war. Sie musste ihren Namen verraten, ihre Adresse ... Er würde sie nach Hause begleiten, dort warten, bis Wilhelm zurückkam. Nein, das durfte nicht sein! Sie war Nora!

»Nun, Fräulein Förster, ich höre!«

Seine Augen strahlten eine eiserne Härte aus, sein Befehl klang fordernd. Sie musste antworten!

»Ich war nicht da«, hörte sie sich sagen.

»Das habe ich schon von anderen Personen hier im Haus gehört«, antwortete er. »Wo haben Sie sich denn dann aufgehalten?«

Achtung! Jetzt bloß nichts Falsches sagen!

»Spazieren! Ich war am Rhein spazieren. Wegen des Kometen. Ich habe gehofft, dass man ihn am Wasser besser beobachten kann, und das stimmte auch. Sogar den

Schweif habe ich gesehen, ganz schwach nur, aber trotzdem ...«

»Wie lange dauerte denn Ihr Spaziergang?« Der Polizist ließ nicht locker!

»Weiß ich nicht mehr. Nachher bin ich noch in verschiedene Wirtschaften in der Stadt eingekehrt. Es war viel los, ein Gedrängel, bestimmt wegen des Kometen. Die Leute haben ja alle Angst davor, vergiftet zu werden. Dagegen hilft nur Feiern und Trinken.«

»Aha! Waren Sie allein spazieren und trinken?«, fragte der Polizist.

»Ja, natürlich! Ich habe ja schlechte Erfahrungen mit Männern gemacht«, zitierte sie ihn trotzig.

»Ach ja? Sie sind wohl ziemlich viel allein unterwegs! Man hat Sie jedenfalls länger nicht mehr hier gesehen.«

»Meinen Sie das Ehepaar unter mir oder die alte Frau Bunte? Die sind ja viel zu sehr mit sich selbst beschäftigt! Frau Bunte bekommt sowieso nichts mit, so schlecht, wie die hört. Das heißt ... die sieht nur Sachen, die sie sehen will, Skandale, Schlägereien, nächtliche Ruhestörung ... Sie verstehen?«

»Soso. Wissen Sie denn noch, wann Sie wiedergekommen sind in der Nacht?«

»Irgendwann. Am frühen Morgen vielleicht. Jedenfalls noch im Dunkeln. Ich war ziemlich ... Sie wissen schon.«

»Gut, Fräulein Förster. Sie haben nichts bemerkt, mehr wollte ich auch gar nicht von Ihnen wissen. Dann lasse ich Sie jetzt in Ruhe.«

Irgendetwas hatte sie falsch gemacht, das spürte sie. Eine ungewöhnliche Reaktion. Ach so, natürlich! Sie machte ein nachdenkliches Gesicht. »Ich überlege die ganze Zeit, was Sie eigentlich hier wollen. Was ist denn passiert?«

»Gegenüber sind zwei Menschen erstochen worden«, erklärte Ehrmanns.

Anna wurde bleich. Sie musste nach Luft ringen. Ihr wurde schwarz vor Augen.

»Ist Ihnen nicht gut, Fräulein?«

Die Stimme schien aus weiter Ferne zu kommen. Anna zwang sich, tief einzuatmen. Noch mal, ein drittes Mal. Endlich strömte das Leben zurück in ihren Körper.

»Geht es Ihnen besser?«, fragte der Polizist. Er hatte sich über sie gebeugt.

»Lassen Sie mich allein!«, forderte sie.

»Sind Sie sicher, dass ich keinen Arzt holen soll?« Der Polizist sah sie prüfend an.

Sie sprang auf. »Mir geht es gut!«, rief sie ihm ins Gesicht. »Gehen Sie … bitte!« Endlich hatte der Polizist verstanden. Er kritzelte noch etwas in sein Notizbuch, riss das Blatt heraus und legte es auf seinen Stuhl. Dann war er verschwunden.

Anna setzte sich hin und starrte die Wand an. Die Bilder kamen wieder und der Geruch nach Tod und Verwesung. Ihr wurde übel. Sie schaffte es noch, sich zur Seite zu drehen. Dann brach und würgte sie alles aus sich heraus, bis nur noch bittere Galle übrig blieb. Als nichts mehr nachkam, atmete sie durch und schlich zum Fenster. Von hier aus konnte sie weite Teile der Straße überblicken. Der Polizist war nicht mehr zu sehen.

Erst jetzt bemerkte sie die Unordnung in der Küche. Das Frühstücksgeschirr stand noch in der Spüle, ein Topf mit einem Rest angesäuerter Milch auf dem Herd, der Tisch an einer Seite übersät mit Krümeln. Sie erschrak. Das passte nicht zu Nora, ihrer pedantischen Freundin! Die setzte Unordnung in der Wohnung mit Chaos im Kopf gleich und hielt das für brandgefährlich.

Anna spülte das schmutzige Geschirr und den Milchtopf, wischte den Tisch ab, füllte den Eimer unter der Wasserstelle und entfernte das Erbrochene. Dann öffnete sie das Fenster.

Auf der Straße pulsierte das Leben. Eine Droschke fuhr vorbei, Familien und alte Leute spazierten. Als wenn nichts geschehen wäre, dachte sie. Eine eilige Radlerin hätte beinahe das kleine Mädchen mit den wippenden Zöpfen angefahren, das unachtsam auf der Straße herumhüpfte. Ihre Mutter konnte sie gerade noch am Kleid packen und zurückziehen. Durch die abrupte Bewegung fiel ihr Hut zu Boden, ein Wagenrad mit üppiger Blumendekoration.

Anna seufzte. So ein Fahrrad hätte sie auch gerne gehabt, ein Damenrad in Himmelblau. Aber das würde ihr Wilhelm nie kaufen können.

Sie riss sich zusammen, schloss das Fenster wieder, ging zurück in den Raum. Ihr Blick fiel durch die geöffnete Tür in das Wohnzimmer. Auch hier ein Durcheinander! Noras Paletot und eine Jacke lagen achtlos über einem Sessel, zwei Zeitungen waren zu Boden gefallen, ein Weinfleck verunzierte den schönen Teppich mit dem Rosenmuster. Wenigstens das Glas hat Nora weggeräumt, dachte Anna noch. Im nächsten Moment bemerkte sie, wie unsinnig dieser Gedanke war. Hier stimmte etwas ganz und gar nicht!

Sie ging zurück in die Küche. Auf dem Stuhl lag noch immer das Notizblatt, das der Polizist dort hingelegt hatte. »Kriminalpolizeikommissar Ehrmanns, Altenberger Straße 5, Fernsprechnummer 42«, las sie. Schon der zweite Beamte dieses Kriminalbezirks! Ob Lindau ihn geschickt hatte? Jedenfalls war dieser Ehrmanns entschieden gefährlicher als der kleine Blonde. Er würde nicht ruhen, bis er sie enttarnt hatte, das spürte sie.

Einen Moment lang verharrte sie unschlüssig, dann steckte sie das Blatt in die andere Hosentasche, die sich seltsam leer anfühlte. Ach ja, das Messer! Zum Glück lag es noch neben der Tür. Ob es der Kommissar vergessen hatte? Wie auch immer – sie musste verschwinden, sofort!

14. Kapitel

Es tat sich etwas an der Wohnungstür eine Treppenkehre unter ihm! Das Fräulein hatte ihren Schwächeanfall überraschend schnell überwunden. Ehrmanns wusste, dass sie die Wohnung so bald wie möglich wieder verlassen würde. Unbewusste Fluchtsignale hatten ihm das gesagt, schnelle Blicke in Richtung Ausgang mit der entsprechenden Ausrichtung von Körper und Füßen sogar während des Gesprächs unter vier Augen.

Die junge Frau gab ihm Rätsel auf. Warum hatte sie gelogen? Was war an dem Abend wirklich geschehen, was hatte sie erlebt? Bestimmt keine harmlosen Spaziergänge und Kneipenbesuche, das sagten ihm die kleinen Gesten, das Berühren der Nase, das Runzeln der Stirn, der Blick an ihm vorbei ins Leere. Ihr musste etwas Schreckliches widerfahren sein. Ein Erlebnis, das einen schweren Schock ausgelöst hatte. Ehrmanns wusste, dass traumatische Ereignisse solche Auswirkungen haben konnten, wenn man versuchte, sie zu verdrängen, nicht wagte, mit anderen darüber zu reden. Das hatte er selbst erfahren während seines Militäreinsatzes beim Boxeraufstand in China, der ihm das Ritterkreuz II. Klasse eingebracht hatte. Eine Kampfauszeichnung, auf die er nicht stolz war.

Wie auch immer: Fräulein Förster hatte auf keine seiner Fragen geantwortet. Sie wollte auch nicht, dass er dachte, sie sei längere Zeit nicht in der Wohnung gewesen. Als er erwähnt hatte, dass die Leute im Haus sie seit Tagen nicht gesehen hatten, hatte sie auf deren Probleme verwiesen und von sich selbst abgelenkt. Dabei machte zumindest die Küche einen unbewohnten Eindruck. Das zeigte ihm schon allein der üble Geruch von ranzigen Milchresten, der sich vom Herd aus im ganzen Raum verteilt hatte. Warum sagte sie ihm nicht die Wahrheit? Er wusste es nicht, noch nicht.

Das Einzige, was er ihr glaubte, war ihre Abneigung gegen Männer. Diese junge, natürliche Schönheit wusste sich erstaunlich gut zu wehren für eine Frau. Bestimmt hatte sie jemand geschult. Vielleicht eine Person, die ebenfalls Schwierigkeiten mit dem starken Geschlecht hatte? Frauen hatten normalerweise Hemmungen, entschlossen mit Gewalt gegen Männer vorzugehen. Wäre er nicht entsprechend ausgebildet, hätte er sich von ihr überrumpeln lassen – mit schmerzhaften Konsequenzen.

Sie hantierte schon auffallend lange mit dem Wohnungsschlüssel, ungewöhnlich für jemanden, der das jeden Tag machte. Plötzlich wusste er, warum. Sie wohnte gar nicht hier! Den Schlüssel und die Kenntnisse über die Hausbewohner konnte sie auch von jemand anders haben, vielleicht sogar von der wahren Mieterin der Wohnung im dritten Stock, wer immer die auch war.

Die junge Frau hatte es wohl endlich geschafft. Er hörte ihre Schritte, die sich langsam entfernten. Nichts wie hinterher!

Beim Militär hatte er gelernt, sich geräuschlos zu bewegen. Das war wichtig, wenn man überleben wollte. Die knarrenden Treppenstufen hatte er sich gemerkt, die konnte er umgehen. Auf Zehenspitzen ging er weiter.

Draußen versperrte ihm eine füllige Dame mit ausgestelltem Gehrock und wippendem Federhut für einen Moment die Sicht. Sie promenierte sittsam am Arm eines eleganten Herrn mit Anzug und Zylinder die Straße entlang. Unwillkürlich zog er seine Savonette heraus. Gleich vier Uhr!

Er drängte sich an den beiden vorbei und hastete weiter. Auf dem Ursulaplatz kam ihm eine Schar schwankender Gestalten in bequemer Freizeitkleidung entgegen. Die hatten sich bestimmt im Ursula-Bräu »Em Birbäumche« die Angst vor dem Weltuntergang weggesoffen. Da kam er nicht voran. Richtung Straße auszuweichen, die von Droschken, Kutschen und Fahrräder beherrscht wurde, war unmöglich. Sogar eines dieser teuren Automobile fuhr eilig vorbei, ein Benz, der alle Blicke auf sich zog.

Hinter einer Bäckerei erkannte Ehrmanns die junge Frau. Sie bog gerade in die Marzellenstraße ab, leichtfüßig mit ihren modernen Turnschuhen und ihrer bequemen Sportkleidung. Für einen Moment atmete er durch. Natürlich! Sie lief zügig Richtung Innenstadt!

In der Marzellenstraße brandete der Verkehr. Vor der großen Jesuiten-Basilika St. Mariae Himmelfahrt begegneten sich zwei elektrische Straßenbahnen. Ein Ausweichgleis sorgte dafür, dass sie aneinander vorbeifahren konnten. Hier gab es schon seit einiger Zeit Bürgersteige für die Fußgänger, um die Zahl der schweren Verkehrsunfälle zu senken.

Gerade war der letzte Glockenschlag verklungen. Vier Uhr! Ehrmanns wusste, dass viele Menschen im katholischen Köln besonders in den vielen Kirchen Zuflucht vor der nahenden Kometengefahr suchten. Er selbst war evangelisch wie die meisten seiner Kollegen im Kölner Polizeidienst, eine Konfession, die von der protestantisch ausgerichteten königlich-preußischen Regierung bei ihren Beamten bevorzugt wurde.

Vor dem Bachemer Verlagshaus umringten die Menschen in Trauben die Aushänge mit den Schlagzeilen der Kölnischen Volkszeitung. Der Doppelmord in der Ursulagartenstraße war noch nicht dabei, aber morgen konnten die Zeitungsjungen damit sicherlich ein gutes Geschäft machen.

Das Fräulein legte jetzt ein beachtliches Tempo vor. Es hatte sich schon fast aus seinem Blickfeld entfernt. Er musste sich beeilen, sonst lief er Gefahr, sie in dem Getümmel aus den Augen zu verlieren.

Ehrmanns schalt sich selbst, dass er sich so hatte ablenken lassen. Er drängte sich an einer Gruppe junger Männer vorbei, die ihm mit ihren Zylindern vollkommen die Sicht versperrten, sprang vom Bürgersteig auf die Straße. Der abrupte Richtungswechsel brachte ihm das wütende Klingeln eines Fahrradfahrers ein, der nach links ausscherte und beinahe mit einem *Horch* Tonneau kollidiert wäre. Der Fahrer des *Horch* drückte auf die Hupe, der Fahrradfahrer schrie erschrocken auf. Ein Quietschen von Bremsen, dann schlingerte das Fahrrad zurück in seine ursprüngliche Bahn, wobei es Ehrmanns am Arm streifte. Der Fahrer des Automobils schaute kurz nach rechts, dann fuhr er kopfschüttelnd weiter. Sein lautstarkes Schimpfen hörte man noch lange durch das offene Verdeck. Auf der Kreuzung am Ende der Marzellenstraße blockierte der *Horch* Tonneau von eben den Verkehr. Nichts tat sich mehr. Pferde wieherten und trampelten ungeduldig vor ihren Kutschen und Karren auf der Stelle, Menschen drängten an ihnen vorbei, getrieben von unersättlicher Sensationslust. Ehrmanns schloss sich ihnen an. Das Automobil hatte sich jetzt auf die Schienen gestellt und verweigerte der Straßenbahn die Weiterfahrt, die aus Richtung Komödienstraße schon halb in die Kreuzung eingefahren war und in die Marzellenstraße abbiegen wollte. Nun standen sich die beiden Fahrzeuge frontal gegenüber und forderten hupend und klingelnd ihre Vorfahrt ein.

Fassungslos beobachtete der Kommissar das Treiben und schüttelte den Kopf. Wusste der Mann denn nicht, dass die Elektrische immer Vorfahrt hatte? Wenn der *Horch* nicht augenblicklich die Schienen freigab, würde das sehr, sehr teuer werden. Sommer hatte ihm vor Kurzem noch von einem ähnlichen Vorfall erzählt. Da war ein Milchwagenfahrer versehentlich auf die Spur der Elektrischen geraten, sein Pferd hatte gebockt und wollte nicht mehr weiter. Der Fahrer war vor Gericht gezerrt und zu einer Geldstrafe von 500 Mark verurteilt worden, auch weil er den Straßenbahnschaffner beleidigt hatte. Da er die hohe Summe nicht hatte bezahlen können, musste er stattdessen ins Gefängnis. Was sich da gerade abspielte, war natürlich noch viel schlimmer. Da war Mutwilligkeit im Spiel, gefährlicher Eingriff in den Straßenverkehr in Tateinheit mit provokantem Verhalten. Eine Geldstrafe würde hier sicher nicht reichen. Der störrische Automobilfahrer konnte mit einer Einweisung in den Klingelpütz rechnen, nicht unter einem halben Jahr.

Ehrmanns seufzte. Dann bemerkte er das Fräulein mit den flotten Turnschuhen und den schönen rostbraunen

Haaren mitten in dem Menschenknäuel, das sich langsam auflöste. Sie schickte sich an, die geräumte Kreuzung Richtung Unter Fettenhennen und Hohe Straße zu durchqueren. Ein Gutes hatte die ganze Geschichte also gehabt: Die Schaulustigen hatten seine Zielperson aufgehalten. Die Verfolgungsjagd konnte weitergehen!

Wie alle Leute, die hier vorbeikamen, konnte Ehrmanns nicht anders, als seinen Blick nach links zu wenden, wo der Dom mit seinen 157 Meter hohen Türmen in den Himmel ragte: Heimatsymbol aller Kölner und der Menschen in den umliegenden Orten des Rheinlands. Vollendet hatten ihn die Preußen vor dreißig Jahren als Denkmal für die nationale Einheit Deutschlands. Das Dombaufest feierte man in Köln mit gemischten Gefühlen, weil die verhasste preußische Zentralregierung Jahre zuvor den Kölner Erzbischof Paulus Melchers verhaftet, in die Strafanstalt zum Klingelpütz geworfen und anschließend nach Holland ins Exil verbannt hatte. Der Kommissar stellte aber fest, dass sich die Kölner mittlerweile mit ihrem Wahrzeichen arrangiert hatten. Vor zehn Jahren hatte man die Hohe Domkirche St. Petrus, wie sie offiziell hieß, freigelegt. Dadurch erst konnte das Kirchengebäude so gewaltig erscheinen und von den vielen Passanten bestaunt werden.

Er erreichte die Hohe Straße, wo ihn das Fräulein in flottem Tempo mitten durch den Menschenstrom führte, vorbei an Verkaufsständen und Restaurants. Er folgte dicht hinter ihr, nur abgeschirmt von zwei Herren, die anscheinend nach der nächsten Kneipe Ausschau hielten. Wie erwartet bog das Fräulein rechts in die Schildergasse ab. Für einen Moment lauschte Ehrmanns den festlichen Gesängen, die aus der evangelischen Antoniterkirche nach draußen drangen. Im Gegensatz zum Dom wirkte diese Kirche unscheinbar. Mit ihrer nördlichen Traufseite war sie völlig in die Straßenfront eingebunden, flankiert von Geschäftshäusern, die Rauchwaren und Schuhmoden anboten. Der Gottesdienst war vermutlich wie immer brechend voll. Ehrmanns' Freund, der Pfarrer Carl Wittkamp, zog die Menschen magisch an und begeisterte sie durch die machtvolle Art seiner Predigten. Dafür hatte man ihm sogar den goldenen Adlerorden verliehen. Der Kommissar seufzte. Leider entfernte sich Wittkamp immer mehr von der gültigen Glaubenslehre. Er tat das offen und mit rheinischer Unbekümmertheit, die ihm noch zum Verhängnis werden könnte.

Auf der anderen Straßenseite fiel ihm das Novitäten-Programm des Welt-Kinematographen ins Auge. Heute Abend wurden Bilder von den malerischen Niagarafällen gezeigt. Das klang interessant. Plötzlich kam ihm eine Idee. Er sollte Greta anrufen. Vielleicht wollte sie ihn begleiten. Dann könnte es ein angenehmer Abend werden.

Mittlerweile war das Fräulein in der Antonsgasse verschwunden. Hier musste er wieder aufpassen, dass sie ihn nicht sah. Die kleine Seitenstraße führte durch ein Wohngebiet. Demzufolge gab es außer einem Café keinen öffentlichen Ort, der ihm Deckung bot. Aber das Fräulein hatte es eilig. Sie hastete zielstrebig weiter in die Cäcilienstraße. Ehe Ehrmanns überlegen konnte, wohin diese Reise wohl noch gehen könnte, hatte sie auch schon das Fernsprechamt betreten.

15. Kapitel

Ehrmanns postierte sich im Eingangsbereich des Gebäudes schräg gegenüber und wartete. Das neue dreistöckige Postgebäude hatte eine gotische Fassade aus Haustein mit Tuffsteinverblendung und einen Sockel aus Niedermendiger Basaltlava. Im Erdgeschoss befand sich das Postamt Köln 9. Das übrige Gebäude war Kölns Stadtfernsprecheinrichtung vorbehalten.

Die Kölner hatten lange überlegt, ob sich eine solche neumodische Telephonanlage überhaupt lohnen könnte. Aber schließlich erhielt Köln als erste Stadt des Rheinlandes eine Fernsprecheinrichtung, die jetzt, rund dreißig Jahre später, mit dem Kaiserlichen Stadtfernsprechamt ein eigenes Gebäude erhalten hatte. Der Kölner pflegte sich nicht nur beim Bau seines Doms viel Zeit zu nehmen. Er wartete erst einmal vorsichtig ab. Am Ende aber übertraf er alle Erwartungen.

Da kam sie wieder heraus! Ehrmanns wartete, bis das Fräulein in der Antonsgasse verschwunden war, dann überquerte er die Straße und betrat das Postgebäude, wo der Pförtner in seiner Loge lauerte. Kleine listige Augen taxierten ihn, als er sich näherte.

»Sie wünschen?« Er näselte etwas. »Womit kann ich dienen?«

Wortlos zog Ehrmanns seine Polizeimarke aus der Tasche und hielt sie dem verdutzten Mann unter die Nase.

Er wartete ab und beobachtete den Hüter der Pforte, dessen Augen sich zu Schlitzen verengt hatten.

»Kriminalpolizei?«, brachte der nach einer Pause hörbar angespannt heraus. »Ist etwas passiert?«

»Ganz wie man es sieht«, antwortete Ehrmanns trocken.

»Habe ich etwas damit zu tun?« Seine Stimme vibrierte vor unterdrückter Angst.

»Das wissen wir noch nicht!«, sagte Ehrmanns auf Verdacht. »Aber ich werde es herausfinden. Für heute genügt es mir, wenn Sie mir sagen, wo das Fräulein hinwollte, das gerade eben das Gebäude wieder verlassen hat.«

»Meinen Sie die Hübsche, die mit den tollen Haaren und den Turnschuhen?«, sagte er mit ruhigerer Stimme.

»Genau die meine ich«, bestätigte der Kommissar. »Ich höre!«

»Die wollte wissen, ob ein Fräulein Förster heute hier arbeitet – als Telegraphengehilfin, meine ich!«

Aha! Seine Vermutung war also richtig gewesen. Das Fräulein wohnte gar nicht in der Ursulagartenstraße und es handelte sich bei ihr nicht um Nora Förster!

»Und? Hat Fräulein Förster heute Telephondienst?«, fragte Ehrmanns gespannt.

»Woher soll ich das denn wissen? Ich bin doch kein wandelndes Telephonbuch!« Der Mann lachte über seinen eigenen Witz, verstummte aber sofort, als der Kommissar ihn streng anstarrte.

»Sie sagen mir jetzt sofort, mit wem das Fräulein gesprochen hat!«, herrschte er ihn an. »Wird's bald! Sie haben meine Zeit schon genug vergeudet! Wie ist Ihr Name?«

»Rehard, August Rehard. Sofort, Herr Kommissar!«
Er eilte aus seiner Loge, ein kleiner hagerer Mann mit
einer etwas zu großen Uniform. »Ich führe Sie zu Fräulein Löwe, die kann Ihnen bestimmt weiterhelfen!«

August Rehard lotste ihn in flottem Schritt durch die
Schalterhalle und den Abfertigungsbereich. Weiter ging
es über einen geräumigen Hof mit einem Karrenschup-
pen, dem Abort für die Bediensteten und einem kleinen
Garten. Wenig später klopfte der Pförtner im hinteren
Gebäude am Ende eines kleinen Flures an eine Tür.

»Fräulein Löwe, sind Sie da?«, rief er, so laut er konnte.
»Ich bin es, August Rehard von der Pforte. Ein Polizist
will Sie sprechen!«

Die Ankündigung, dass Polizei auf das Fräulein wartete, schien wohl das Sesam-öffne-dich zu sein, denn die
Tür ging einen Spalt weit auf und ein Frauenkopf lugte
heraus.

»Einen Augenblick bitte, ich bin gleich so weit«, bat
eine wohlklingende Altstimme um Geduld.

Fast zeitgleich schloss sich die Tür wieder. Ehrmanns
setzte sich auf eine niedrige Bank am Fenster. »Meinet-
wegen können Sie an Ihren Arbeitsplatz zurückkehren«,
meinte er in Richtung Rehard.

Der winkte erschrocken ab. »Nein, das ist gar keine
gute Idee!«, rief er. »Ich muss hier warten, bis Fräulein
Löwe mich nicht mehr braucht.«

Ehrmanns hatte noch nie erlebt, dass er als Kriminalkommissar weniger zu sagen hatte als ein Frauenzimmer!
Dieses Fräulein schien sehr mächtig zu sein. Es lohnte
sich wohl, mehr über sie zu erfahren.

»Was arbeitet Fräulein Löwe denn hier?«, wollte er

wissen, darum bemüht, seine Frage beiläufig klingen zu lassen.

»Sie ist Aufseherin im Fernsprechvermittlungssaal«, erklärte der Pförtner ehrfürchtig. »Es gibt mehrere Aufseherinnen, aber Fräulein Löwe ist die mit der meisten Erfahrung.«

»Aha!« Ehrmanns gab sich den Anschein, beeindruckt zu sein. »Wie lange arbeitet sie denn schon als Aufseherin?«

»Das weiß ich nicht!« Zur Verstärkung schüttelte Rehard den Kopf. »Ich bin noch nicht so lange hier.«

Ehrmanns nahm es stumm zur Kenntnis. Er überlegte, was er noch fragen könnte, als sich die Tür öffnete. Die dienstälteste Aufseherin des Kaiserlichen Stadtfernsprechamts gab sich die Ehre. Sie hatte die vorgeschriebene Dienstkleidung einer Telegraphengehilfin angelegt, aber auf ihrer Bluse waren zwei Schulterklappen mit dem preußischen Adler aufgenäht.

Fräulein Löwe, eine Erscheinung von Ende zwanzig, machte ihrem Namen alle Ehre. Ihre blonde Lockenmähne trotzte den vielen Kämmen und Spangen, die vergeblich versuchten, die herrliche Haarpracht zu bändigen. Einige vorwitzige Strähnen hatten sich selbstständig gemacht und umspielten das runde Gesicht mit den dominanten, etwas schräg gestellten grünen Raubkatzenaugen. Das Fräulein war ungewöhnlich groß. Ehrmanns schätzte sie auf fast 1,80 Meter. Mit ihrer Körperfülle war sie dem schmächtigen Rehard schon allein physisch überlegen. Dazu kam ein Auftreten, das dem einer Königin glich. Die Dame war gewohnt zu befehlen und zu herrschen!

»Sie können gehen!«, wies sie den Pförtner an.

»Jawohl, Fräulein Löwe!«, sagte August Rehard ehrerbietig. Er entfernte sich mit einem angedeuteten Diener.

»Ein Aushilfspförtner! Er ist erst seit ein paar Wochen hier«, erklärte Fräulein Löwe abfällig. »Alles muss man dem erklären. Unser langjähriger Pförtner ist noch krank. Hoffentlich kommt er bald zurück. Hat Rehard Ihnen Schwierigkeiten gemacht?«

»Nein, nein, es ist alles in bester Ordnung!«, beeilte sich Ehrmanns, dem Aushilfspförtner beizuspringen.

Fräulein Löwe schaute ihn zweifelnd an. »Sie wollten mich sprechen?«, fragte sie dann.

»Jawohl! Es geht um ein Fräulein, das Sie gerade aufgesucht hat. Ich wüsste gerne, was sie von Ihnen wollte.«

»Rehard meinte, Sie seien von der Polizei. Können Sie sich ausweisen?«

»Selbstverständlich!« Ehrmanns übergab der Beamtin seine Dienstmarke. »Sie sprechen mit Kriminalpolizeikommissar Ehrmanns vom zweiten Bezirk.«

Fräulein Löwe betrachtete die Dienstmarke ausgiebig. »Was machen Sie denn dann hier? Wir sind dem fünften Bezirk zugeordnet!«

Ehrmanns starrte sie an. »Wie bitte?«

»Der fünfte Bezirk ist für die Cäcilienstraße zuständig«, wiederholte Fräulein Löwe ungeduldig. »Kriminalkommissar Marsberg.«

Das war ja unglaublich! Was erdreistete sich dieses Fräulein, ihn zu belehren? Er musste dringend seine Ansprache ändern!

»Jetzt passen Sie einmal auf, Fräulein Löwe!«, schleuderte er ihr entgegen. »Ich bin nicht hier, um Ihnen Erklärungen abzugeben. Wenn Sie nicht sofort mit mir zusammenarbeiten, lasse ich Sie aufs Revier bringen!«

»Ach ja?« Das Fräulein zeigte sich unbeeindruckt. »Was habe ich denn verbrochen? Dass ich Sie darauf hingewiesen habe, für diesen Bezirk nicht zuständig zu sein?« Sie lächelte spöttisch.

Spätestens jetzt begriff Ehrmanns, wie die Aufseherin ihre Position erreicht hatte. Er drückte die Schultern durch, richtete sich auf und schoss seinen letzten Pfeil ab, den er im Köcher hatte.

»Dann gehe ich jetzt zu Telegraphendirektor Leopold von Garpen hier im Hause!«, zischte er. »Ihr Chef wird sehr erstaunt sein, von Ihnen auf diese Weise zu hören.«

Endlich knickte sie ein. Mit einem tiefen Seufzer sagte sie: »Nicht nötig! Was wollen Sie wissen?« Aus ihren Augen schossen Blitze.

»Gerade haben Sie mit einem Fräulein gesprochen, das sich nach Fräulein Nora Förster erkundigt hat. Die Förster wiederum wird im Zusammenhang mit einem unnatürlichen Todesfall als Zeugin dringend gesucht.«

»Das war kein Fräulein!«, verbesserte sie ihn. »Die Dame heißt Frau Wilhelm Ostheim.«

»Finden Sie es eigentlich richtig, dass Frauen nach ihrer Heirat nur noch mit dem Namen ihrer Männer benannt werden?«, gab er zurück.

Jetzt hatte er sie! Ihr Gesichtsausdruck entspannte sich sichtbar, der verächtliche Zug um den Mund verschwand.

»Was meinen Sie denn, warum ich nicht verheiratet bin?«, entgegnete sie.

»Hat die Dame Ihnen ihren Vornamen verraten?«, fragte er.

»Anna, sie heißt Anna Ostheim!«, gab sie bereitwillig Auskunft. »Sie hat mich nach ihrer Freundin Nora Förster gefragt, weil sie dachte, dass Fräulein Förster hier noch als Telegraphengehilfin arbeitet.«

Interessant, fand Ehrmanns. Vielleicht eine Verwandte von diesem Siegfried Ostheim, mit dem Lindau sich über den Catull unterhalten sollte. Der Name war in Köln nicht verbreitet. Er würde seinen Schreiber danach fragen.

»Was haben Sie ihr gesagt?« Ehrmanns beugte sich gespannt vor.

»Fräulein Förster ist vor einer Woche von Direktor von Garpen persönlich entlassen worden!«

»Aha …« Ehrmanns wartete.

»Ein solches Benehmen habe ich hier noch nie erlebt. Sie hat die Regeln nicht eingehalten, kam mehrmals zu spät, ließ andere für sich mitarbeiten, hielt keine Ordnung am Vermittlungsschrank. Jedes dieser Vergehen hätte genügt, Fräulein Förster zu melden. Aber ich war nachsichtig und habe sie nur ermahnt!«

Wohl kaum, dachte Ehrmanns.

»Sie hat Besserung gelobt. Aber dann hat diese unverschämte Person es noch viel ärger getrieben. Sie hat doch tatsächlich hinter meinem Rücken versucht, die anderen Gehilfinnen gegen mich aufzuwiegeln! Wenn alle gemeinsam ihre schlecht bezahlte Arbeit auch nur einen Tag niederlegen würden, wäre das Reichspostamt gezwungen, die Frauen gerecht zu bezahlen. Das hat sie meinen Mädchen doch tatsächlich vorgeschlagen!«

Die Aufseherin hatte sich heißgeredet. Ehrmanns hütete sich, etwas zu entgegnen. Er wurde belohnt.

»Hungerlohn!«, fuhr sie fort. »Niemand muss hier

hungern! Als ich selbst vor zehn Jahren als Telegraphengehilfin angefangen habe, musste ich noch achtundvierzig Stunden in der Woche arbeiten für einen geringeren Lohn! Heute sind es nur noch zweiundvierzig Stunden einschließlich des Nachtdienstes. Außerdem wird das Tagegeld ab dem dritten Dienstjahr angehoben und beträgt ab dem fünften Dienstjahr drei Mark. Für eine Frau ist das doch wohl ausreichend! Oder sehe ich aus, als ob ich nicht genug zu essen habe?«

»Keineswegs!«, pflichtete ihr der Kommissar bei.

»Aber dann hat sie einen Fehler gemacht«, fuhr Fräulein Löwe fort, jetzt triumphierend lächelnd. »Sie ist doch tatsächlich zu Direktor von Garpen gegangen und hat sich bei ihm über ihren geringen Lohn beschwert!«

Die Aufseherin schnappte nach Luft. »Unerhört! Niemand hat Fräulein Förster gebeten, hier zu arbeiten! Der Chef hat sie natürlich fristlos gefeuert. Am nächsten Tag konnte schon eine neue Gehilfin hier anfangen. So eine Arbeit als Telegraphengehilfin ist äußerst beliebt, die Warteliste ist lang!«

Ehrmanns konnte sich gut vorstellen, welche Kämpfe in diesem Haus zwischen den Frauen getobt hatten.

»Ich danke Ihnen für Ihre Offenheit«, sagte er vorsichtig. »Aber eine Frage habe ich noch. Wie lange hätte denn Fräulein Förster im Vermittlungssaal bei vorschriftsmäßigem Verhalten arbeiten können?«

»Bis zum dreißigsten Lebensjahr kann eine Gehilfin hier Geld verdienen, natürlich nur, wenn sie kinderlos und unverheiratet ist«, gab Fräulein Löwe bereitwillig Auskunft. »Das gilt auch für mich«, fügte sie schnell hinzu. »In zwei Jahren ist Schluss. Aber bei dem guten

Verdienst kann ich jetzt einen Abendkurs als Stenotypistin an der Schreibmaschine bezahlen. Ehemalige Telegraphengehilfinnen sind äußerst beliebt.«

Wenn sie gute Zeugnisse vorzeigen können, dachte Ehrmanns.

»Nach ihrer Kündigung habe ich Fräulein Förster nicht mehr gesehen«, fuhr die Aufseherin fort. »Deshalb konnte ich auch Frau Wilhelm O…, ich meine Frau Anna Ostheim nicht sagen, wo sich ihre Freundin jetzt aufhält. Ich habe ihr nur geraten, den Kontakt zu diesem Frauenzimmer abzubrechen. Ein so schlechter Einfluss schadet einer ehrbaren Dame doch nur! Vielleicht setzt sie damit sogar ihre Ehe aufs Spiel.«

»Vielen Dank, Fräulein Löwe, Sie haben mir sehr geholfen«, sagte Ehrmanns mit einem strahlenden Lächeln. »Jetzt will ich Sie aber nicht mehr länger aufhalten. Ich finde alleine hinaus.«

Die Aufseherin sah ihm nach, bis er hinter dem Hof im Hauptgebäude verschwunden war. Dann ging sie zurück in den Fernsprechvermittlungssaal. Am ersten Schrank wurde gerade nicht gearbeitet.

»Gehen Sie zur Seite!«, befahl sie der verdutzten Gehilfin. »Ich muss telephonieren. Es ist dringend. Sie können übrigens Feierabend machen«, fügte sie hinzu. »Ihre Ablösung ist sowieso bald da!«

Als Ehrmanns am Fuß der Treppe an der Portierloge vorbeikam, winkte ihm August Rehard freundlich zu. »Auf Wiedersehen, Herr Kommissar«, rief er ihm hinterher.

»Besser nicht«, murmelte Ehrmanns.

16. Kapitel

Er wollte gerade in die Antonsgasse einbiegen, als er hinter sich Schritte hörte. Reflexartig drehte er sich um. Ein junges Fräulein in einem modernen engen Rock und robusten braunen Stiefeln mit flachen breiten Absätzen trippelte hinter ihm her. Am Arm trug sie eine strapazierfähige Baumwolltasche.

Ehrmanns verstellte ihr den Weg. Er musste daran denken, was Lindau ihm über die Frauenzimmer im Kastellsgäßchen berichtet hatte. Alle drei verdienten ihr Geld im Fernsprechamt. Vielleicht konnte ihm das Fräulein etwas erzählen, was seine Ermittlungen voranbrachte.

Er sprach sie an. »Sie sind sicher eine der Telegraphengehilfinnen«, sagte er aufs Geratewohl. »Haben Sie Dienstschluss?«

Das kleine Allerweltsgesicht der jungen Frau errötete. Verlegen schaute sie ihn an. Ins Schwarze getroffen, dachte der Kommissar.

»Kriminalpolizeikommissar Ehrmanns«, sagte er mit einem strahlenden Lächeln und zeigte ihr seine Marke. »Wie heißt denn die entzückende junge Dame vor mir?«

Keine Antwort. Aber sie war auch nicht weitergegangen.

»Ich hätte ein paar Fragen an Sie, Fräulein«, sagte er amtlich. »Es hat etwas mit zwei Kolleginnen von Ihnen zu tun.«

»Oh, ich weiß nicht …«, meinte sie zögernd.

»Aber nicht hier auf der Straße. Ich kenne da ein kleines Café ganz in der Nähe, direkt um die Ecke. In der Antonsgasse. Ich lade Sie ein. Hätten Sie Zeit?«

Sie sagte nichts, aber ihre Augen leuchteten auf.

»Kaffeedurst hätte ich schon nach der langen Arbeit«, bekannte sie nach einer Weile. »Und Zeit hätte ich auch. Wenn ich Ihnen helfen kann, wäre ich bereit!«

»Dann freue ich mich auf eine nette Plauderei«, sagte Ehrmanns schnell. »Kommen Sie, wir sind gleich da.«

Das Café in der Antonsgasse hatte versteckte Ecken, wo man ungestört reden konnte. Ehrmanns lotste seine Begleiterin in einen abgetrennten Bereich am Fenster, der gerade frei geworden war.

Als der Kellner die Bestellung aufgenommen hatte, stellte sich die junge Telegraphengehilfin als Fräulein Ruth Sieberdt aus dem Kastellsgäßchen vor, wo sie sich bis vor Kurzem mit ihrer Freundin Adele Merzfeld eine Wohnung im zweiten Stock geteilt hatte.

Ehrmanns konnte sein Glück nicht fassen. Er unterhielt sich mit der Mitbewohnerin der verschwundenen Merzfeld!

»Warum wohnen Sie denn jetzt allein?«, fragte er, Unwissenheit vortäuschend, während sie auf den Kaffee warteten.

»Meine Freundin ist vor einiger Zeit verschwunden«, erzählte Fräulein Sieberdt leise. »Es ist jetzt gut zwei Wochen her. An jenem Sonntag hat sie plötzlich nach dem Mittagessen gesagt, dass sie jemanden kennengelernt hat. Er hat sie zum Tanzen eingeladen. Sie wollte Ende

April zu ihm ziehen. Ihre Habseligkeiten hatte sie schon einmal in ihren Koffer gepackt. Den wollte sie Sonntagabend abholen, aber sie ist nicht wiedergekommen. Den Koffer hat sie in ihrer Kammer stehen lassen!«

»Das ist ja merkwürdig«, murmelte der Kommissar.

»Adele hat auch im Fernsprechamt gearbeitet«, fuhr das Fräulein fort. »Wir haben am gleichen Vermittlungsschrank gesessen und uns so auch kennengelernt. Fräulein Löwe war außer sich, als Adele am Montag darauf nicht zum Dienst gekommen ist. Sie gibt mir die Schuld!«

Fräulein Sieberdt brach in Tränen aus. »Frauengezänk, hat sie gesagt. Ich würde schon sehen, was ich davon hätte. Seitdem muss ich allein an unserem Schrank arbeiten. Von der Mitte aus. Alle Gespräche bedienen, die doppelte Arbeit. Nachts kann ich nicht schlafen, weil ich immerzu rote Lampen aufleuchten sehe und Fräulein Löwe, die hinter mir darauf wartet, dass ich falsche Verbindungen stecke ...«

Ehrmanns reichte ihr sein Taschentuch. »Wenn das so schlimm für Sie ist, warum beschweren Sie sich denn dann nicht?«, fragte er sanft.

»Bei wem denn? Fräulein Löwe würde mich sofort dem Direktor melden, damit ich entlassen werde. Ich brauche doch meine Arbeit!«, schluchzte Fräulein Sieberdt. »Besonders, weil ich jetzt die Miete alleine zahlen muss! Wenn ich niemanden finde, der statt Adele bei mir einziehen will, muss ich im nächsten Monat die Wohnung kündigen und mir irgendwo ein möbliertes Zimmer zur Untermiete nehmen.«

Der Kellner kam mit Kaffee, Tee und zwei Stücken Honigkuchen. Das Fräulein wischte sich verschämt die

Tränen aus dem Gesicht. Ehrmanns nahm einen Schluck Earl Grey, Fräulein Sieberdt nippte an ihrem Kaffee. Nach weiteren Schlucken begannen sich ihre Wangen zu röten.

»Ich fühle mich schon viel besser!«, verkündete sie.

Sie ist keinen echten Bohnenkaffee gewohnt, dachte Ehrmanns. Laut sagte er: »Möchten Sie nicht etwas von dem Kuchen probieren? Er schmeckt ganz köstlich!«

Folgsam führte sie eine Gabel voll zum Mund – und schlang dann plötzlich alles herunter, was vor ihr stand, in einem Tempo, dass es Ehrmanns schwindelte.

Wie kurz vor dem Verhungern, dachte der Kommissar. Wahrscheinlich eine Auswirkung ihrer seelischen Anspannung.

Nachdem Fräulein Sieberdt mit Kaffee nachgespült hatte, seufzte sie zufrieden. »Sie wollten mich etwas fragen?«

»Ja, aber zuvor möchte ich noch etwas über Ihre Freundin wissen«, sagte Ehrmanns nachdenklich. »Finden Sie ihr Verschwinden nicht seltsam?«

»Doch!«, gab sie ihm recht. »Fräulein Löwe konnte das auch nicht verstehen. Als Adele am Dienstag noch immer nicht zurück war, hat sie von meinem Schrank aus bei der Kriminalpolizei angerufen. Die Nummer steht ja im Adressbuch.«

Deshalb wusste die Aufseherin so genau, wer zuständig ist, dachte Ehrmanns.

»Mittags hat ein Kriminalpolizeikommissar Marsberg mit mir und Fräulein Löwe gesprochen«, fuhr sie fort. »Fräulein Löwe hat ihm gesagt, dass Adele immer pünktlich und zuverlässig ihre Arbeit verrichtet hat und dass sie sich deshalb Sorgen machen würde. Sie wollte wohl einen guten Eindruck bei dem Kommissar machen!«

Oder ihre Arbeitskraft wiederbekommen, dachte Ehrmanns. Lange würde Fräulein Sieberdt diese doppelte Belastung jedenfalls nicht mehr durchhalten. Das wusste die erfahrene Aufseherin ganz genau. Aber wenn es um Fräulein Löwes Aufstieg ging, war sie wohl bereit, die Gesundheit ihrer Untergebenen aufs Spiel zu setzen. Sie hatte jedenfalls nicht riskiert, dem Direktor den Ausfall von Fräulein Merzfeld zu melden. Anscheinend fürchtete sie, dass dieser Vorfall ihrem Ansehen als Vorgesetzte und Aufsichtsperson schaden könnte.

»Kommissar Marsberg ist sogar zu mir ins Kastellsgäßchen gekommen«, erzählte Fräulein Sieberdt weiter. »Er hat sich unsere beiden Zimmer genau angeschaut, aber nichts Außergewöhnliches gefunden. Dann hat er noch gesagt, dass Adele erwachsen sei und gehen könne, wohin sie wolle. Ich solle mir bloß keine Sorgen machen. Den Koffer von Adele hat er allerdings mitgenommen!«

Der Kollege hatte anscheinend das aufgeregte Fräulein beruhigen wollen, dachte Ehrmanns.

»Sollen wir noch einen weiteren Kaffee für Sie bestellen?«, bot er seiner Begleiterin an, als der Kellner das Geschirr abräumte.

»Gerne!«, stimmte Fräulein Sieberdt zu. »Dazu vielleicht etwas Sahne, das wäre schön!«

Ehrmanns bestellte das Gewünschte, dann wandte er sich wieder an die Telegraphengehilfin. »Kommen wir zu einer anderen Kollegin. Fräulein Brunhild Stolte«, begann er.

Sofort lehnte sich Fräulein Sieberdt zurück. Ihr Blick senkte sich, ging ins Leere.

»Fräulein Stolte hat auch im Kastellsgäßchen gewohnt«, fuhr Ehrmanns unbeirrt fort. »Ein Stockwerk über Ihnen.«

Ruth Sieberdt fuhr hoch. »Mit der will ich nichts zu tun haben!«, rief sie aus. »Dat Wiev hät ne Futz em Kopp! Die hat sich bei der Löwe eingeschleimt, war ganz eng mit der. Die begrüßten sich mit Umarmung und Küsschen, redeten und scherzten miteinander, obwohl das im Fernsprechvermittlungssaal streng verboten ist! Die Stolte wurde nie zum Nachtdienst eingeteilt wie unsereins, kam und ging, wann sie wollte. Ekelhaft!«

»Fräulein Stolte ist vor Wochen aus dem Kastellsgäßchen ausgezogen«, setzte Ehrmanns nach. »Wissen Sie, warum und wohin?«

»Ich? Ich doch nicht! Die sprach doch nicht mit mir. Ich hatte überhaupt keinen Kontakt zu der!«

»Waren Sie auf das Fräulein neidisch?«, fragte Ehrmanns direkt.

Fräulein Sieberdt sprang auf. »Ich muss gehen!«, rief sie, schnappte ihre Tasche und lief aus dem Café. Dabei wäre sie beinahe mit der Bedienung zusammengestoßen, die den Kaffee und die Sahne brachte.

Der Kellner schaute ihr nach. »Ist etwas nicht in Ordnung?«, fragte er besorgt.

»Die Dame hat einen dringenden Termin«, sagte Ehrmanns mit einem beruhigenden Lächeln. »Die Rechnung, bitte!«

Frauen, dachte der Kommissar, als er wieder seine Wohnung in der Altenberger Straße betrat. Er seufzte. Das schöne Geschlecht war ihm ein Buch mit sieben Siegeln!

Aber manchmal konnte er doch nicht ganz auf weibliche Begleitung verzichten, besonders nicht an einem Tag wie diesem. Er schaute auf seine Savonette. Später Nachmittag. Wenn er Glück hatte, würde er Greta vielleicht noch erwischen.

17. Kapitel

Er ließ sich von einer freundlichen Telegraphengehilfin mit der Redaktion der Tageszeitung Kölner Stadt-Report verbinden.

»Markus Schönebeck«, meldete sich der Redakteur vom Dienst. »Wer ist dort?«

»Kommissar Ehrmanns. Könnte ich bitte Fräulein Kluge sprechen?«

»Greta, bist du noch da?«, rief der Redakteur am anderen Ende der Leitung. »Dein Kommissar ist am Apparat!«

Reflexartig zog Ehrmanns sein Ohr von der Schallöffnung in der Vorderwand des Fernsprechgehäuses zurück. Wusste Schönebeck denn nicht, dass man nicht so laut in das Gerät hineinschreien durfte? Jetzt hatte er wieder dieses unangenehme Rauschen im rechten Ohr!

»Hallo, bist du es, Martin? Bist du noch da? Sag doch was!« Ihre Stimme drang trotz der Entfernung bis zu ihm durch, süß und verheißungsvoll.

»Greta!« Jetzt konnte er wieder zuhören. »Im Welt-Kinematographen in der Schildergasse wird heute Abend das Novitäten-Programm gezeigt. Der Titel heißt ›Letzte Hoffnung einer alten Jungfrau‹. Urdrollig!«

Sie lachte. Bei ihr klang das einfach bezaubernd. Das Interesse seiner Herzdame war jedenfalls geweckt!

»Nachher könnten wir in einem Restaurant in der Nähe zu Abend speisen«, fügte er schnell hinzu.

»An welches Lokal denkst du dabei?«, fragte sie etwas zögernd.

Sie hatte eine Alternative! Jetzt wurde es teuer!

»Was hältst du vom Weinhaus ›Erpeler Ley‹ in der Sternengasse? Die Küche soll ganz ausgezeichnet sein. Am Abend gibt es dort auch ein Konzert. Wiener Salonmusik!« Greta liebte Wiener Salonmusik.

»Einverstanden! Wann holst du mich ab?«

Er hatte gewonnen!

»Kurz nach sieben Uhr am Abend wäre früh genug.«

»In Ordnung. Ich freue mich!«

»Ich mich auch«, konnte Ehrmanns noch erwidern, dann wurde das Gespräch abgebrochen. Ein anderer Teilnehmer hatte am selben Vermittlungsschrank einen dringenden Bedarf angemeldet. Ehrmanns hörte sich pfeifen. Der Abend war gerettet!

Er musste Greta Blumen mitbringen, darüber konnte sie sich so herzlich freuen. Der Kommissar warf einen Blick auf seine Savonette und erschrak. Bald Viertel vor sechs Uhr! Wo bekam er jetzt noch etwas Ansehnliches her? Der Blumenmarkt auf dem Gereonsdriesch! Für den sportlichen Läufer ein Fußmarsch von einer Viertelstunde in westlicher Richtung. Das war gut zu schaffen.

Er schnappte sich seinen Trenchcoat, setzte den Homburg auf und stürmte los. Am Ziel angekommen schaute er automatisch wieder auf seine Savonette. Er hatte es in genau vierzehn Minuten geschafft.

Die Suche gestaltete sich allerdings schwieriger als gedacht. Am frühen Abend hatten die meisten Leute Zeit. In der kleinen Parkanlage hinter dem Ostchor von

St. Gereon herrschte Hochbetrieb. Die Marktbeschicker hatten vor dem Hintergrund von Palmen und Blattpflanzen schlichte Fuchsien, Geranien und Begonien aufgebaut. Für Greta kamen die nicht in Frage. Ein paar junge Leute hatten ein Sträußchen Veilchen, Vergissmeinnicht oder Maiglöckchen in der Hand. Wenn er nicht hinzugesprungen wäre, hätte jetzt genau vor ihm eine füllige Bürgersfrau einige ihrer Topfpflanzen fallen lassen.

Der volkstümliche Blumenmarkt war anscheinend eher etwas für den kleinen Geldbeutel. Da wurde nichts Besonderes feilgeboten. Ehrmanns stand ratlos vor der Mariensäule, als von hinten jemand an seinem Mantel zog.

Er fuhr herum. Vor ihm hatte sich ein ärmlich gekleideter, etwa achtjähriger Junge mit fettigen, halblangen Haaren aufgebaut. Um seinen mageren Oberkörper hatte er eine über und über geflickte, fleckige Jacke geworfen, unter der ein verwaschener Kittel aus grobem Hausmacherleinen hervorlugte. Seine Lederhose war blank gewienert. An den Füßen trug er etwas zu große Holzklumpen.

»E schön Strüßje jefällich, jode *Här?*«

Ehrmanns starrte ihn an. Was sagte der Kleine da?

»Mih Blömche, *Fleere, Jäl Blom*«, rief der.

»Was meinst du damit?«, herrschte der Kommissar ihn an. »Wo gibt es den Flieder und den Hahnenfuß?«

Der Schmutzfink wich erschrocken zurück. »No maach un kumm!«, rief er aus einiger Entfernung. »Loß ens e *Jrosche* springe!«

Ein Straßenjunge, dachte Ehrmanns. Entweder ist er aus dem städtischen Waisenhaus fortgelaufen oder eine arme, kinderreiche Familie hat ihn geschickt, weil er zum Lebensunterhalt beitragen muss. Manchmal wurden solche Kinder auch von Bettlern darauf abgerichtet, gut gekleideten Erwachsenen Geld abzuluchsen. Genaueres würde er nur erfahren, wenn er zum Schein einwilligte.

Ehrmanns zog sein Portemonnaie aus der Tasche und suchte eine Münze heraus. »Fünf Pfennige jetzt, den Rest später.«

Einen Moment lang blieb das Kind unschlüssig stehen und überlegte. Dann sagte es: »Kumm!«

Sie liefen südlich in die Steinfelder Gasse, stoppten vor einer Toreinfahrt, hinter der sich das Lager eines Kohlenhändlers verbarg.

Der Junge streckte wieder die Hand aus in Erwartung des restlichen Botenlohns.

»Moment«, sagte der Kommissar streng. »Erst die Ware, dann das Geld!«

Der Straßenjunge wollte weglaufen, aber Ehrmanns erwischte seinen rechten Arm und zog ihn mit sich.

»Nicht so schnell, junger Freund! Jetzt schauen wir erst einmal nach, was sich hinter diesem Tor verbirgt.«

Ehrmanns war auf alles gefasst, auch auf einen möglichen Angriff von Straßenräubern, die den Knaben als Lockvogel missbraucht hatten. Aber was er dann sah, hätte er nicht erwartet. Eine junge Frau in einem Jackenkleid, das schon bessere Tage gesehen hatte, hockte auf dem Boden. Sie hatte einen Säugling im Arm. Vor ihr standen zwei Eimer. Der eine war voller Hahnenfuß und gelber Narzissen, in dem anderen verströmte ein üppiger Fliederstrauß seinen betörenden Duft. Die Frau erhob sich.

»*Novend*, Jüppche«, sagte sie zu dem Jungen. Dann wandte sie sich Ehrmanns zu.

»Guten Abend, gnädiger Herr, heute habe ich Flieder im Angebot. Riechen Sie nur, wie intensiv er duftet.«

Der Kommissar zeigte ihr seine Polizeimarke. »Ein merkwürdiger Verkaufsstand ist das hier! Warum sind Sie nicht auf dem Blumenmarkt? Wie kommen Sie überhaupt an die Ware?«

Die junge Frau erbleichte. »Sammeln Sie das Standgeld ein?«, fragte sie erschrocken.

»Ich bin von der Kriminalpolizei.« Ehrmanns sah sie streng an. »Stimmt meine Vermutung, dass Sie sich das Geld für den Platz auf dem Markt sparen wollen?«

»Ein regulärer Marktstand ist für unsereins unbezahlbar«, flüsterte die junge Frau. »Wir sind unverschuldet in Not geraten. Mein Mann war beim Bau. Er ist vor zwei Monaten vom Gerüst gestürzt und wenig später im Bürgerhospital gestorben. Jetzt leben wir von den Lebensmittelmarken der Armenpflege und von dem, was uns die Beginen an Kleidungsstücken und warmen Suppen zuteilwerden lassen. Das Zimmer ist aber nur zu halten, wenn ich mir die Miete verdiene. Waschen, putzen, nähen und Blumen verkaufen, damit schlage ich mich und mein Baby nun durch.«

Ehrmanns sah sich die Frau genauer an. Das schmale Gesicht mit den Sommersprossen wurde gekrönt von einem roten Haarkranz. Ihre eisblauen Augen waren auf ihn gerichtet, erwartungsvoll und fragend zugleich. Er spürte, dass sie die Wahrheit sagte.

»Das ist bedauerlich. Trotzdem muss ich Sie bitten, Ihren Ausweis vorzuzeigen. Außerdem brauche ich einen Kaufbeleg über Ihre Ware.«

Manchmal hasste er seine Pflichten als Staatsbeamter. Aber seine Befürchtungen bestätigten sich nicht. Ehrmanns war überrascht und erleichtert, als die Frau beide Dokumente aus ihrer Tasche zog. Sie hieß Margarete Zopfel und wohnte in der Johannisstraße, wo auswärtige Investoren und reiche Kölner Geschäftsleute große Zinshäuser besaßen. In einem Gebäude mit vielen Ein- und Zweizimmerwohnungen hausten nicht selten siebzig Personen und mehr. Dazu kamen die Schlafgänger, die Miete für ein Bett zahlten, wenn es tagsüber oder in der Nacht nicht belegt war. Manche Familien konnten nur so ihre kleine Wohnung bezahlen. Ehrmanns vermutete, dass die alleinstehende Frau zu dieser umstrittenen Form der Beherbergung gezwungen war.

Die Blumen hatte sie in einem Großhandel auf dem Filzengraben günstig, aber rechtmäßig erworben. »Für mich gibt es Rabatt«, erklärte sie dem Kommissar. »Weil ich die Ware regelmäßig von meinem Verdienst als Zugehfrau für eine festgelegte Summe erwerbe.«

Damit war alles in Ordnung bis auf den illegalen Verkaufsstandort. Ehrmanns fühlte sich aber nicht dazu verpflichtet, Margarete Zopfel zu verjagen. Auch für das Treiben des jungen Burschen war nicht er, sondern die Sittenpolizei zuständig.

Er kaufte der Blumenhändlerin den prächtigen Fliederstrauß ab und zahlte das Doppelte von dem, was sie verlangte. Die Witwe strahlte vor Freude. Er wünschte ihr weiterhin gute Geschäfte.

Das Jüppche hatte sich am Tor des Kohlenschuppens postiert und forderte seinen restlichen Botenlohn.

Der Kommissar gab ihm die fünf Pfennige und wandte sich ab. Für ein ernstes Gespräch fehlten ihm die Zeit und die Erfolgsaussichten. Dieser Junge wollte unbedingt in Freiheit leben. Wenn man ihn aufgriff und dem Heim übergab, würde er bei der nächsten sich bietenden Gelegenheit erneut fortlaufen.

Ohne Schulbildung und erlernten Beruf schafften es Straßenkinder selten aus der Armut. Menschen wie dieser Jupp blieben Stadtnomaden. Als Erwachsene führten sie ein Leben in Not und Elend, erträglich nur durch den täglichen Schnapskonsum, den sie sich erbettelten. Das war zwar bedauerlich, aber nicht zu ändern.

18. Kapitel

Zurück in seiner Dienstwohnung in der Altenberger Straße versuchte Ehrmanns, den Polizeiwachtmeister an die Strippe zu bekommen, der am Samstagabend angeblich das Mordhaus betreten hatte. Dessen Chef, Polizeikommissar Eibel vom sechsten Revier in der Victoriastraße, musste ihn allerdings enttäuschen. Wachtmeister Gustav Schänzler hatte ein paar freie Tage genommen, um seine Überstunden abzufeiern. Er befand sich momentan zu Besuch bei seinen Eltern in der Eifel. Am Donnerstag würde er sich in der Altenberger Straße melden.

Dann habe ich nun Feierabend, dachte Ehrmanns und begann, sich für den Abend umzukleiden. Er wählte einen silbergrauen Ditto-Anzug mit taillierter Weste über dem traditionellen blütenweißen Hemd. Aus dem extravagant hohen, umgeschlagenen Kragen blitzte eine schmale Seidenkrawatte hervor mit einem aufgestickten silberfarbenen Adler als Blickfang. Am Revers seiner Anzugjacke waren seine beiden Abzeichen befestigt, das preußische Ritterkreuz II. Klasse und der siamesische Kronenorden.

Den höchsten Verdienstorden des siamesischen Königreichs hatte ihm König Chulalongkorn 1897 persönlich an jenem denkwürdigen Tag verliehen, an dem der junge Ehrmanns ihm das Leben gerettet hatte. Aber der dankbare König hatte ihm noch mehr Geschenke von beträchtlichem Wert überreicht, darunter seine glänzende Savonette, erlesene Schmuckstücke und eine lebenslange Zuwendung.

Sein Systemstock aus Mahagoni mit Elfenbeingriff und ein silbergrauer Bowler mit Seidenband ergänzten die Abendgarderobe. Dann begab er sich in sein Büro, wo er sich mit der Droschkenzentrale verbinden ließ. Die Mietkutsche stand pünktlich vor dem Haus, als er zehn Minuten später auf die Straße trat. Er nannte Gretas Adresse in der Lintgasse. Am Ziel angelangt bedeutete er dem Kutscher, auf ihn und seine Begleitung zu warten. Ehrmanns spürte seinen verwunderten Blick im Rücken. Er fragt sich bestimmt, was ein feiner Herr in diesem Haus sucht, dachte er.

Vor ihm waren schon viele von Gretas Verehrern die ausgetretene Treppe hinaufgestürmt. Vorbei an dem Verschlag eines Tagelöhners im Zwischengeschoss, dem Maurer Streitmann mit seinen ewig lärmenden Kindern im ersten Stock und einer Wohnung darüber, deren Mieter ständig wechselten. Jetzt herrschte Ruhe hinter dieser Tür. Hoffentlich zog dort demnächst eine gesittete Person ein.

»Donnerwetter!« Mehr brachte Ehrmanns beim Anblick seiner Freundin nicht heraus. Nicht die schlichte Seidenbluse mit dem großzügigen Ausschnitt hatte es ihm angetan, aus dem ein glänzendes, mit Edelsteinen verziertes Medaillon hervorblitzte. Auch nicht der taillierte Spenzer darüber mit dem umgeschlagenen Kragen aus besticktem englischem Tuch. Es war der neumodische Rock aus zwei rund geschnittenen Bahnen, an den Verbindungsnähten vorn und hinten mit Leisten, Applikationen und Seidenblenden unterlegt. Sein Schnitt ermöglichte seiner Trägerin eine ungewöhnliche

Fußfreiheit. Zwei rote Damenschnürpumps mit schmalem Absatz, wie sie zum Tanzen benutzt wurden, gaben den Blick frei auf Gretas nackte Fesseln und ließen ihre langen schlanken Beine erahnen. Greta hatte sie bei dem bestrenommierten Schuhmachermeister Gustav Linder auf dem Heumarkt für viel Geld anfertigen lassen. Als Schutz vor Verlust hatte Linder in beiden Schuhen von innen ihren Namen eingestickt.

»Ist der Blumenstrauß für mich?«

Ehrmanns riss sich zusammen. »Für meine Herzensdame!«, sagte er charmant. Wie erwartet berührte es Greta sehr, als sie erfuhr, wie er sein Mitbringsel erworben hatte.

»Wie lieb von dir, Martin!« Sie küsste ihn auf die Wange. »Wir Frauen haben so ein Glück, einem Mann mit Herz zu begegnen!« Im Hintergrund stand schon eine Vase auf dem Küchentisch bereit. Greta kannte ihren Verehrer.

Nachdem sie ihr Geschenk versorgt hatte, setzte sie ihren reich garnierten Filzhut mit mondän geschwungener Krempe auf ihr sorgfältig onduliertes blondes Haar, griff nach ihrer Damenhandtasche von Franz Sauer in Kroko-Optik und war für das heutige Abenteuer bereit.

Sie schwebte vor dem Kommissar die Treppen hinunter. Jetzt konnte er ihre Neuerwerbung unbeobachtet bewundern. Ihre Bewegungen waren gewohnt grazil und leichtfüßig. Dabei verströmte sie den zarten Duft, den ihr Begleiter so an ihr liebte.

Als sie die Straße betraten und Ehrmanns ihr galant in die Droschke half, wurde die unausgesprochene Frage des Kutschers mit einem Schlag beantwortet. Der Kommissar seufzte. Auf die Verschwiegenheit dieses Bediensteten konnte er sich verlassen. Was immer er beobachtet hatte, verschwand im Nirwana des Vergessens, da konnte Ehrmanns sicher sein.

Als Ehrmanns und Greta Kluge aus der Droschke stiegen, hatten sich vor dem Welt-Kinematographen in der Schildergasse schon zahlreiche Besucher versammelt, die geduldig auf den Einlass warteten. Endlich wurden die Türen geöffnet. Die Menge strömte in die Eingangshalle.

Ehrmanns hatte gerade die vorbestellten Karten an der Kasse abgeholt, als er im Wartebereich Fräulein Sieberdt bemerkte, mit der er am Nachmittag Kaffee getrunken hatte. Sie saß in einem der Plüschsessel und las im Kölner Stadt-Report. Plötzlich schien sie jemanden entdeckt zu haben. Sie sprang auf und lief auf einen jungen Mann in einem modischen Dreiteiler zu, der sich an einer Säule Richtung Vorführraum vorbeidrückte.

»Da bist du ja endlich, Jean!«, rief sie. »Warum hast du mich denn nicht begrüßt?«

Der junge Mann wurde rot. »Ich …«, setzte er an, als eine große, stark geschminkte Blondine vom Kassenbereich auf sie zukam.

»Jetzt habe ich doch tatsächlich noch zwei Karten ergattert«, verkündete sie freudestrahlend. »Was für ein Glück! Das waren die letzten. Komm, Liebling! Das Programm fängt gleich an.«

»Moment mal!« Das Fräulein drängte sich zwischen die beiden. »*Ich* war mit Jean verabredet!«

»Das muss ein Irrtum sein«, meinte die Blonde mit einem spöttischen Lächeln. »Sie entsprechen doch gar nicht seinem Geschmack!«

»Stimmt das, Jean?« Die Stimme des Fräuleins klang schrill. »Jean! Sag was!«

»Ich … ich …«, druckste der junge Mann herum. »Versteh mich doch …«

Seine Bitte wurde erfüllt. Das Fräulein verstand schlagartig.

»Du elender Schürzenjäger!«, schrie sie ihn an und verpasste ihm eine schallende Ohrfeige. Die Attacke kam so unerwartet, dass Jean keine Chance hatte, dem Schlag auszuweichen. Er zuckte zusammen, knallrot vor Scham. Da hatte das Fräulein schon wutentbrannt die Eingangshalle des Kinematographen verlassen.

Ehrmanns war froh, dass Greta in der Nähe des Vorführraums am Ende des Gangs auf ihn wartete. Sie hatte die hässliche Szene nicht mitbekommen.

Das Programm war unerwartet vielfältig. Es gab nicht nur Bilder von Brüssel zu sehen, eine Stadt, die Greta unbedingt einmal besuchen wollte, am liebsten natürlich mit Ehrmanns als Reisebegleiter. Gezeigt wurden auch die gewaltigen und zugleich malerischen Niagarafälle in Amerika an der Grenze zwischen den Vereinigten Staaten und Kanada. Die heranrauschenden Wassermassen, die dann über hohe Felsen in die Tiefe stürzten, begeisterten das Publikum. Gigantisch! Die pantomimische Darstellung einer alten Jungfrau, die einen jungen Herrn umschmeichelte, brachte Greta zum Schmunzeln, beeindruckte sie aber nicht weiter. Sie war mit Ende zwanzig weit davon entfernt, eine alte Frau zu sein, und eine Jungfrau war sie schon gar nicht, wie er aus eigener Erfahrung wusste.

Die Männer umschwärmten sie, überhäuften sie mit

Geschenken. Jetzt musste das angenehm, interessant und aufregend für sie sein. Wie aber würde es ihr in zwanzig Jahren ergehen? Vor Wochen hatte er vorsichtig gefragt, ob sie sich eine feste Beziehung vorstellen könnte. Da hatte sie sofort das Thema gewechselt. Greta lebte nur in der Gegenwart. Sie war wohl keine Frau zum Heiraten.

Die Lichter flammten auf, das Programm war beendet. Das Publikum applaudierte. Den Freund des schlagkräftigen Fräuleins und seine blonde Begleiterin konnte Ehrmanns nicht entdecken. War Jean der Streit vorhin so nahegegangen, dass er keine Lust mehr auf den Abend mit der Blondine gehabt hatte?

Wenig später hatten sie das Weinhaus »Erpeler Ley« in der Sternengasse erreicht, benannt nach dem markanten Basaltfelsen am Mittelrhein gegenüber von Remagen. Ein Pianist spielte Wiener Salonmusik. Der Oberkellner verbeugte sich respektvoll vor der »gnädigen Frau«, warf dabei einen genießerischen Blick auf ihre nackten Fesseln und hieß sie und ihren Begleiter herzlich willkommen. Dann führte er das Paar mit allerlei weiteren Höflichkeitsfloskeln zu einem Tisch direkt vor der Bühne. Bevor er ihnen allerdings die Stühle zurechtrückte, streckte er geschickt seine fordernde Rechte aus. Der Lohn seiner Bemühungen wurde für angemessen befunden. Er verschwand blitzschnell in den Tiefen seiner Tasche.

Greta war entzückt von der Atmosphäre des Musiklokals. Die »Erpeler Ley« wirkte bei bunter, bereits elektrischer Beleuchtung einfach bezaubernd.

Der Pianist hatte gerade die Salonmusik unterbrochen und war zu Liedern über den Rheinwein übergegangen, der seit dem frühesten Mittelalter bis zum 19. Jahrhundert auch in Köln angebaut und gehandelt wurde.

Im Gedenken an diese Tradition tranken Ehrmanns und Greta zu ihrem Täubchen in englischer Soße einen würzigen Weißwein, der direkt auf dem schwarzen Basaltfelsen der Erpeler Ley gezogen wurde.

»Heute Abend haben wir vor lauter Wolken den Kometen nicht sehen können«, stellte der Kommissar fest, nachdem sie sich zugeprostet hatten.

»Ich kann auf den Anblick verzichten!«, meinte Greta. »Mein Chef beim Kölner Stadt-Report hat mir gestern noch einen Artikel über die Untersuchungen des Astronomen William Huggins diktiert. Der hat im Schweif eines Kometen Spuren von Cyan gefunden, das in Verbindung mit Kalium das hochgiftige und tödliche Gas Zyankali ergibt. Glaubst du, dass der Sternenforscher recht hat?«

»Ich bin kein Wissenschaftler«, stellte Ehrmanns fest und nahm noch einen Schluck Wein. »Aber selbst wenn das stimmt, bedeutet es nicht, dass wir alle vergiftet werden. Die kleinen Teilchen, die so ein Komet auf seiner Bahn verstreut, werden in der Erdatmosphäre verbrannt. Die sehen wir dann als Sternschnuppen. Uns wird gar nichts geschehen. Leider glauben viele Leute in ihrer Angst vor der unbekannten Gefahr nicht an vernünftige Erklärungen und kaufen lieber Gasmasken und Sauerstoffflaschen von gewissenlosen Geschäftemachern.«

»Vielleicht ist es hilfreich, dass morgen in unserer Zeitung die Anzeige des Vortrags von Professor Gravelius über den Halleyschen Kometen erscheint. Wenn du willst, kann ich dir Karten für dich und deine Kollegen vorbeibringen. An der Abendkasse wird alles ausverkauft sein.«

Ehrmanns lächelte. Er schätzte Gretas Engagement. Sie hatte sich ihrer Tätigkeit als Stenotypistin beim Stadt-Report mit Leib und Seele verschrieben.

»Das ist ein guter Vorschlag«, beeilte er sich, ihrem Angebot zuzustimmen. »Ich habe zwar welche von Inspektor Frauenburg bekommen, aber Billetts für weitere Kollegen können wir immer gebrauchen.«

»Dann komme ich morgen vorbei. Ich werde die Veranstaltung mit ein paar Redakteuren besuchen. Markus wird einen Artikel über den Vortrag schreiben.«

Markus, dachte Ehrmanns. Idiot, schalt er sich gleich darauf. Du wirst doch nicht etwa eifersüchtig auf diesen Vertreter der »Schwarzen Kunst« sein!

»Fatal ist, dass unsere abergläubischen Mitbürger Samstagabend neue Nahrung für ihre Ansichten erhalten haben«, sagte er nach einer kleinen Pause nachdenklich. »Glaubst du, dass der Komet daran schuld ist?«

»Man kann nie wissen, was es zwischen Himmel und Erde alles gibt«, meinte sie mit dramatischem Augenaufschlag. »So wie der Vollmond nach dem nächsten Mordopfer schreit. Das könnte jeder sein, auch du oder ich …«

»Du willst mich wohl foppen«, lachte Ehrmanns. »Lass uns lieber noch etwas zum Nachtisch bestellen. Was hältst du von kleinen italienischen Zitronenkuchen mit Zimt und Kardamom? Dazu geschlagene Sahne und ein Tässchen Mokka?«

»Das hört sich gut an«, stimmte seine Freundin zu. Mit Greta konnte er über alles sprechen. Dabei verlor sie nie die Leichtigkeit und den Bezug zu den schönen

Dingen aus den Augen und holte ihn damit immer wieder ins Leben zurück. Trotzdem blieb sie ihm ein Rätsel. Manchmal hatte er das Gefühl, nicht zu wissen, was sie wirklich dachte.

Jetzt hatte sie ihre Beine so gekonnt seitlich abgespreizt, dass der Pianist vor ihr schon ganz aus dem Takt kam und der Oberkellner beinahe das Tablett fallen ließ.

»Wir sollten ihm ein Trinkgeld geben«, forderte sie, als er sich wieder entfernt hatte.

»Hast du das nicht eben getan?«, meinte Ehrmanns schmunzelnd. »Wann bin ich denn an der Reihe?«

»Gleich«, vertröstete ihn Greta, nachdem sie die Etagere aus böhmischem Glas um ein köstlich aussehendes Gebäckstück erleichtert hatte.

Es war schon nach Mitternacht, als er Gretas Wohnung verließ. Morgen begann ein neuer Arbeitstag für sie beide und dafür sollten sie gerüstet sein.

»Auf Wiedersehen, Martin«, sagte Greta fröhlich, als sie ihm nachwinkte, tief über das Treppengeländer gebeugt. »Dann bis morgen«, war das Letzte, was er von ihr hörte.

Dienstag,
10. Mai 1910

19. Kapitel

Ehrmanns fuhr senkrecht aus dem Bett. Der Junghans-Wecker hörte nicht auf zu schrillen. Nach einem Moment der Benommenheit schlug er auf den Deckel. Stille. Er atmete tief durch. Ein ungläubiger Blick auf das Zifferblatt, gleich darauf der Glockenschlag vom Dom: sechs Uhr!

Ein paar Minuten vor halb sieben hetzte er ins Büro. Lindau und Fräulein von Bienemann würden um sieben Uhr da sein. Besprechung beim Frühstück mit selbst gebackenen Brötchen …

Der Weckruf des Fernsprechers riss ihn aus seinen Gedanken.

»Ein Teilnehmer aus dem Polizeipräsidium«, informierte ihn das Fräulein vom Fernsprechamt. »Inspektor Frauenburg. Ich vermittle!«

Was wollte sein Chef so früh am Morgen?

»Ich muss Sie gleich mit einer schlechten Nachricht überfallen«, brüllte Frauenburg viel zu laut durch den Äther. »Die Schreibkraft, die ich Ihnen versprochen habe, ist unabkömmlich.«

Ehrmanns nahm den Hörer vom Ohr.

»Um zehn Uhr ist eine Besprechung angesetzt. Marsberg, Lindau und Sie. Bis dann!«

»Hallo?«, rief der Kommissar, aber Frauenburg hatte schon aufgelegt.

Der Morgen begann so, wie er es sich in seinen schlimmsten Albträumen nicht hätte ausmalen können. Einen Moment lang starrte er vor sich hin. Ob er das Angebot von Konrad Berg nicht doch annehmen sollte?

»Einen wunderschönen Morgen, Herr Kommissar, haben Sie gut geschla...« Seine Zugehfrau unterbrach sich mitten im Wort. »Was ist denn los? Ist Ihnen eine Laus über die Leber gelaufen?«

»Schlimmer: eine ganze Elefantenherde«, entgegnete Ehrmanns. Er riss sich zusammen. »Guten Morgen, Fräulein von Bienemann. Können Sie nicht anklopfen?«

»Jetzt gefallen Sie mir schon besser«, strahlte die Zugehfrau. »Schauen Sie mal, was ich mitgebracht habe!« Sie hielt triumphierend die große Tüte hoch, aus der es verführerisch roch.

»So viele Brötchen! Wer soll die denn alle essen?«

»Ich natürlich!«, rief Lindau über den Kopf des Fräuleins in Richtung seines Vorgesetzten. »Wir wollten doch von heute an immer zusammen früh...« Der Sonderermittler hielt inne angesichts der zerzausten Haare des Kommissars. »Geht es Ihnen nicht gut, Chef?«, fragte er besorgt. »Stellen Sie sich vor, ich habe in dem Gedichtband etwas entdeckt ...«

»Lindau! Wie oft soll ich das denn noch sagen? Diskretion!«, donnerte Ehrmanns erbost.

»Ich bin schon weg, die Fenster putzen«, sagte die Zugehfrau schnell. »Wenn Sie sich mit dem Herrn Kriminalschutzmann besprochen haben, muss ich Sie aber noch etwas fragen. Es ist dringend.«

Der Kommissar zeigte wortlos zur Tür. Die Putzfrau verschwand.

»Was ich Ihnen sagen wollte«, begann Ehrmanns. »Frauenburg hat vorhin angerufen. Er kann den Revierschreiber nicht schicken. Besprechung um zehn Uhr im Präsidium!«

Lindau starrte seinen Chef an, sprachlos. Sein Traum vom Ermitteln war geplatzt.

»Dann muss ich wohl zurück an meinen Schreibtisch«, sagte er tonlos. »Dabei habe ich gestern eine handschriftliche Widmung in dem Catull gefunden.«

»Das interessiert Frauenburg aber nicht. Er ist fest entschlossen, Marsberg zu schicken. Ich kenne ihn.«

Sie schwiegen, beide in Gedanken versunken.

Das Klopfen an der Bürotür zerriss die Stille. Die Zugehfrau wartete nicht ab, bis sie hereingebeten wurde. Sie trat ein.

»Ich habe doch eine Frage, Herr Kommissar«, begann sie. »Es ist wirklich dringend.«

Etwas an ihrer Stimme ließ ihn aufschauen. Wollte sie etwa kündigen? Das konnte sie ihm nicht antun, nicht jetzt!

»Was haben Sie denn, Fräulein von Bienemann?«, fragte er, um einen moderaten Tonfall bemüht.

»Erst einmal vielen Dank, dass Sie meinen Namen behalten haben«, begann die Zugehfrau. Ehrmanns starrte sie an, irritiert. Eine zu höfliche Ansprache. Da steckte etwas dahinter!

»Heraus mit der Sprache!«, donnerte er. »Was ist los?«

»Na gut, Sie haben es so gewollt«, fuhr sie fort. »Ich brauche eine neue Stelle.«

»Warum das denn? Reicht Ihnen etwa Ihr vielfältiges Aufgabenfeld als Zugehfrau und Empfangsdame nicht?«

»Ich habe Pech gehabt!«, rief sie aus. »Meine Stelle bei dem Immobilienhändler ist perdu! Der Junior kann sich diese Ausgaben nicht leisten, solange er nicht über das Erbe seines Vaters verfügt.«

»Was ist denn daran so schlimm?«, fragte Ehrmanns verständnislos. »Sie arbeiten doch hier! Können Sie nicht noch woanders putzen gehen?«

»Das würde hinten und vorne nicht reichen«, jammerte die Putzfrau. »Das Leben ist teuer! Ich hatte eine Stelle als Stenotypistin bei Berg & Jäger ...«

»Wo bitte?« Ehrmanns verstand langsam gar nichts mehr.

»Ich meine das Detektivbüro in der Marzellenstraße«, erklärte sie geduldig. »Zwei Jahre lang habe ich dort gearbeitet, hab alles gemacht, was sie mir aufgetragen haben, sogar geputzt. Auf Hochglanz, glauben Sie mir.«

Ehrmanns dachte daran, was Konrad Berg ihm gestern in seinem Büro gesagt hatte: »Meine Sekretärin hat vor ein paar Tagen überraschend gekündigt und etwas Neues in der Qualität ist leider noch nicht in Sicht!«

»Warum haben Sie denn diese Stelle aufgegeben? Wenn Sie so lange dort gearbeitet haben, müssen Sie doch zufrieden gewesen sein.«

»Wer sagt, dass ich gekündigt habe? Herr Berg hat mich entlassen! Nach zwei Jahren, einfach so! Er könne sich keine Mitarbeiterin mehr leisten, hat er gesagt. Mit Egon Jäger hat er es genauso gehalten: Kündigung von jetzt auf gleich! Seitdem musste ich den ganzen Schriftkram von ihm erledigen. Habe ich alles gemacht, ordentlich und pünktlich. Sogar Observationen in der Nacht habe ich übernommen. Und das war dann der Dank.«

Sie reichte Ehrmanns ein Schriftstück. »Bitte schön, mein Zeugnis. Damit habe ich mich am vergangenen Samstagmorgen bei Robert Hai beworben. Ein feiner Mann. Er kannte die Detektei Berg & Jäger. Nach einem Anruf in der Auskunftei war alles klar. Gestern fand dort mein erster und letzter Arbeitstag statt.«

»Das tut mir sehr leid für Sie«, sagte Ehrmanns nachdenklich. »Wie es der Zufall will, suchen wir hier dringend einen Schreiber, damit Kriminalschutzmann Lindau frei wird für Ermittlungsarbeiten. Schade, dass Sie diese Aufgabe nicht übernehmen können!«

Er legte das Zeugnis vor sich auf den Tisch.

»Warum denn nicht? Ich würde furchtbar gerne hier als Schreiberin arbeiten, obwohl Sie dann mein Chef wären«, sagte Gerda von Bienemann spontan.

»Aber Sie sind eine Frau!«, riefen Ehrmanns und Lindau gleichzeitig.

»Der Kriminalinspektor stellt kein Frauenzimmer ein, auch nicht als Revierschreiber«, erklärte der Kommissar.

»Dann wird es Zeit, dass sich das ändert«, meinte Gerda von Bienemann mit Nachdruck. »Sie haben es ja gelesen: In Kurzschrift schaffe ich 170 Silben in der Minute, außerdem 230 Anschläge auf der Schreibmaschine. Damit bin ich besser als jeder Mann. Nichts gegen Sie, Herr Lindau«, fügte sie schnell hinzu.

»Schon gut«, sagte Ehrmanns. »Mir würde auch eine geringere Leistung genügen. Das Problem liegt woanders. Ich bin nicht die Einstellungsbehörde und kann nur Vorschläge machen. Aber eine Frau im Polizeidienst ist ein so gewaltiger Dammbruch, dass kein leitender Polizeibeamter damit beginnen wird. Sie wären ja Geheimnisträgerin, müssten einen Eid leisten. Verschwiegenheit im Amt wird Frauenzimmern nicht zugetraut. Sie gelten als geschwätzig.«

»Ich muss ja nicht als Revierschreiberin arbeiten. Wie wäre es mit Schreibstubengehilfin? Das klingt so ähnlich wie Telegraphengehilfin. Saßen im Fernsprechamt nicht auch früher nur Männer, bis man erkannt hat, dass Frauen billiger und besser sind?«

»Da muss es noch mehr Gründe geben, um den skeptischen Inspektor zu überzeugen. Schlagende Argumente, die nicht von der Hand zu weisen sind.«

»Die könnte ich Ihrem Chef nennen, wer immer er auch ist«, sagte die Zugehfrau langsam.

»Was könnten das denn für Gründe sein? Lassen Sie hören!«

»Verstehen Sie mich bitte nicht falsch, aber ich muss persönlich mit Ihrem Vorgesetzten sprechen.«

»Nein, das ist unmöglich!«, rief Ehrmanns. »Eine Frau wird nicht in den zweiten Stock des Polizeipräsidiums vorgelassen!«

»Abwarten«, meinte sie. »Es ist besser, wenn ich selber rede, glauben Sie mir. Wann ist die nächste Besprechung mit Ihrem Vorgesetzten?«

»Heute um zehn Uhr«, entfuhr es Lindau. Er schlug erschrocken die Hand vor den Mund. »Entschuldigung, Chef«, murmelte er.

»Aha«, sagte die Putzfrau, ehe der Kommissar reagieren konnte. »Dann treffen wir uns um Viertel vor zehn vor dem Präsidium. Dürfte ich um mein Zeugnis bitten?«

Ehrmanns zögerte.

»Was haben Sie denn schon zu verlieren?«, fügte sie schnell hinzu. »Im schlimmsten Fall bin ich eine aufdringliche Zugehfrau. Dann werden Sie vielleicht bedauert. Aber es wird alles gut werden, das ist meine feste Überzeugung.«

»Ich glaube, Fräulein von Bienemann hat recht«, wagte Lindau, sich einzuschalten. »Eine sehr geringe Aussicht auf Erfolg ist besser, als gar nichts zu unternehmen.«

Ehrmanns seufzte. »Also gut«, sagte er und überreichte seiner Putzfrau das Zeugnis, ohne einen Blick darauf zu werfen.

In diesem Moment schlug es acht Uhr. Alle drei schraken zusammen. Ihnen blieben noch nicht einmal zwei Stunden Zeit für die Vorbereitung.

Pünktlich um Viertel vor zehn erschienen Ehrmanns und Lindau vor dem Polizeipräsidium. Die Zugehfrau erwartete sie schon. Sie sah ähnlich aus wie gestern am Empfang in Robert Hais Büro: adrett gescheiteltes blondes Kurzhaar, blütenweiße Uniform mit glänzenden Knöpfen und Litzen, dazu schwarze Stiefel. Nur der damenhafte runde Hut mit Schleier war neu. Er verschattete ihr Gesicht geheimnisvoll und brachte ihren rot geschminkten Mund auf vorteilhafte Weise zur Geltung. Eine weiße Ledertasche vervollständigte ihr Erscheinungsbild, eine Mischung aus strenger Aufseherin und Dame aus herrschaftlichem Hause.

Ehrmanns musste zugeben, dass er seiner Putzfrau diesen Aufzug nicht zugetraut hatte. Toni Marsberg war nicht zu sehen.

Sie warteten fünf Minuten, dann betraten sie das Präsidium.

»Wohin will denn die Dame, Kommissar?«, fragte der Portier, als sie an seiner Loge vorbeikamen.

»Meine Schwester muss zum Einwohnermeldeamt«, antwortete Ehrmanns. »Sie kennt sich hier nicht aus. Ich zeige ihr den Weg.«

»Ach so. Geradeaus bis zur nächsten Treppe, dann links.«

»Danke«, flüsterte Gerda von Bienemann.

»Mehr kann ich nicht für Sie tun«, zischte Ehrmanns. »Jetzt sind Sie auf sich alleine gestellt.«

Mit dem neugierigen Blick des Portiers im Rücken betraten sie den Saal, in dem das neue Einwohnermeldeamt untergebracht war.

»Der Pförtner ist abgelenkt. Wir können es wagen«, flüsterte Lindau, der als Späher an der Tür aufgepasst hatte.

Sie liefen zu dritt zum Treppenhaus. Der Portier hatte ein Gespräch mit dem Hausmeister begonnen. Die drei beeilten sich, nach oben zu gelangen.

Der Gang im zweiten Stock war menschenleer. Vor dem Inspektionsbüro hielten sie an. Ehrmanns fischte seine Savonette heraus.

»Noch zwei Minuten«, flüsterte er. »Dann gehen wir rein. Ich gebe das Zeichen!«

Die Zeit dehnte sich endlos. Jeden Moment konnte jemand auftauchen und das Fräulein vertreiben. Aber nichts geschah.

Eine Minute vor zehn Uhr klopfte Ehrmanns energisch an die Tür. Die drei stürmten in das Vorzimmer. Dem Kommissar fiel sofort auf, dass nur vier Sekretäre mit ihren Schreibmaschinen klapperten, darunter zwei junge Schreibkräfte.

»Stopp, Fräulein!«, rief der Bürovorsteher. »Sie dürfen hier nicht …«

Ein Blick des Kommissars ließ ihn verstummen.

Als Nächstes klopfte Ehrmanns am »Allerheiligsten« an, dieses Mal in gemäßigter Lautstärke.

»Herein!«, rief es von innen. Vom Turm des Polizeipräsidiums schlug es zehn Uhr.

Marsberg fehlt, dachten die Kriminalbeamten beim Eintreten.

Inspektor Frauenburg bemerkte den fragenden Blick seines Kommissars. Er wollte zu einer Erklärung ansetzen, als er die weibliche Begleitung entdeckte.

»Wer sind Sie und was haben Sie hier zu suchen?«, rief er. Die Dame zeigte sich unbeeindruckt.

»Ich bin es, Gerda von Bienemann«, sagte sie mit einem charmanten Lächeln. »Hast du mich denn nicht wiedererkannt, Onkel Alfred?«

»Gerda von Bienemann! Jetzt erkenne ich dich!«, rief Frauenburg aus. »Die kleine Tochter von Oberstleutnant von Bienemann, Kommandeur des Bezirkskommandos Deutz! Was war der Papa immer stolz auf sein Mädchen!«

Ehrmanns und Lindau bekamen ihren Mund nicht zu vor Staunen.

»Zu einem kleinen Jungen hat es ja nicht gereicht. Da musste das Töchterchen zum Exerzieren herhalten«, sagte Gerda von Bienemann bitter. »Zu deiner zweiten Frage: Ich suche dringend eine neue Beschäftigung, und der Kommissar könnte mich gebrauchen.«

Sie reichte dem verdutzten Inspektor ihre Papiere.

»Arbeit? Hier?« Mehr fiel ihm nicht ein. Sprachlos starrte er auf ihre Zeugnisse über Steno- und Kurzschriftkurse und ihr Arbeitszeugnis von der Detektei Berg & Jäger. Ehrmanns sah, wie es in ihm arbeitete.

»Ein neuer Revierschreiber würde uns in der Tat aus einer argen Verlegenheit heraushelfen«, gab er nach ein paar Augenblicken des Nachdenkens zu. »Kommissar Marsberg kann seinen Dienst einige Wochen lang nicht ausüben. Ein altes Leiden. Nichts Schlimmes, aber er ist zurzeit nicht arbeitsfähig.«

Ehrmanns jubelte innerlich. Besser hätte es nicht kommen können. Allerdings wusste er nicht, wer jetzt die leidigen Schreibarbeiten erledigen sollte.

Man konnte förmlich sehen, wie Frauenburg sich mit der gleichen Frage herumschlug.

»Ich hab's!«, rief er plötzlich aus. »Wir machen dich zu einem Mann! Einen Versuch ist das wert. Der Vertrag geht über sechzig Wochenstunden, abzuleisten nach Bedarf, aushilfsweise. Der Wochenlohn für qualifizierte Aushilfskräfte beträgt zwölf Reichsmark.«

»Aber in meinem Personalausweis werde ich als Fräulein bezeichnet«, gab Gerda von Bienemann zu bedenken.

»Wer prüft denn das nach?« Inspektor Frauenburg machte eine wegwerfende Handbewegung. »Die vorgesetzte Behörde leite ich, die Zeugnisunterlagen werden in der Altenberger Straße aufbewahrt. Könnte sich höchstens jemand wundern, dass ein Frauenzimmer am Schreibtisch sitzt. Da fällt dir sicher etwas ein, Gerda. Bist du denn mit Arbeitszeit und Lohn einverstanden?«

»Mehr als das«, sagte die Zugehfrau. »Ich danke dir, Onkel Alfred.«

»Ich weiß nicht, woher du Kommissar Ehrmanns kennst, hoffe aber, ihr kommt gut miteinander aus. Es ist ja nicht für immer.«

Die beiden schauten sich vielsagend an.

»Gleich gebe ich Anweisungen für den Arbeitsvertrag«, meinte Frauenburg. »Das geht dann seinen Gang. Eine Woche Probezeit. Nächsten Dienstag kommst du zur Unterschrift. Den Bericht von Kommissar Ehrmanns bringst du bitte mit. Hat mich gefreut, dich wiederzusehen, Gerda. Du kannst jetzt gehen.«

»Auf Wiedersehen zusammen«, sagte Fräulein von Bienemann. »Bis nachher in der Altenberger Straße.«

Damit verließ sie das Büro.

»Eine Notlösung«, erklärte Frauenburg den immer noch sprachlosen Kriminalbeamten. »Auch nicht die erste dieser Art. Ich bin sicher, dass die Sache durchgeht bei der dünnen Personallage. Das Beschäftigungsverbot von Frauen bei der Polizei wird ohnehin bald fallen. Nun fehlt nur noch der Erlass. Aber denken Sie bitte an Ihre Verpflichtung zur Verschwiegenheit.«

»Selbstverständlich, Herr Inspektor«, bestätigten Ehrmanns und Lindau im Chor.

»Tauschen wir uns aus.« Frauenburg schaute sie erwartungsvoll an. »Robert Hai wurde von seiner Frau identifiziert. Die Verwandten von Brunhild Stolte müssen wir noch ermitteln. Was haben Sie zu dem Doppelmord herausgefunden?«

»Der Immobilienhändler soll am vergangenen Samstag zuletzt in der Gaststätte ›Im Hirschen‹ gewesen sein«, berichtete Ehrmanns. »Dort werden wir heute nachfragen.«

»Professor Frost von der Lindenburg hat den Todeszeitpunkt von Hai und Stolte am Samstagabend auf einen Zeitraum von sechs bis zehn Uhr eingegrenzt«, informierte sie Inspektor Frauenburg. »Er konnte die Befunde von Kreisarzt Dr. Reuter bestätigen. Aber bei der Sektion von Brunhild Stolte hat er noch etwas anderes entdeckt!«

Die beiden Kriminalbeamten beugten sich interessiert vor.

»Sie war schwanger. Im dritten Monat.«

»Dann hat die Frau des Ermordeten ein starkes Motiv, wenn sie von der Schwangerschaft wusste«, stellte Ehrmanns fest, als er sich von der Überraschung erholt hatte. »Klara Hai zeigte sich gestern vollkommen unberührt vom Tod ihres Mannes. Nach ihrer Aussage haben sich beide Ehepartner schon seit vielen Jahren auseinandergelebt. Sie führt in der Villa am Deutschen Ring ein sorgloses Leben mit ihrem gut aussehenden Angestellten Peter von Quiring als Liebhaber. Wenn sie eine Trennung von ihrem Mann befürchten musste, wäre sie vielleicht zu einem Doppelmord bereit gewesen. Sie war zwar bis nach ein Uhr in der Nacht zum Sonntag mit ihrem Personal, Familienmitgliedern und den Gästen eines Gartenfestes zusammen, aber Peter von Quiring wurde ab halb neun Uhr abends von den geladenen Besuchern nicht mehr gesehen. Er hätte die Möglichkeit gehabt, die Morde in ihrem Auftrag zu begehen.«

»Gibt es weitere Verdächtige?«, fragte Inspektor Frauenburg.

»Ludwig Hai hält nicht viel von den Geschäftspraktiken seines Vaters«, fuhr Ehrmanns fort. »Er ist schon aus dem gemeinsamen Büro ausgezogen. Am Samstag soll er sehr nervös gewesen sein. Um halb neun Uhr abends hat er mit von Quiring das Gartenfest verlassen. Der Kutscher hat ihn zu seinem Onkel Heinrich in die Johannisstraße gefahren, der offensichtlich in einem billigen Zinshaus wohnt. In der Nähe des Mordhauses! Den Bruder von Robert Hai müssen wir unbedingt aufsuchen.«

»Ludwig Hai hat seinen Onkel besucht, obwohl seine Familie ein Gartenfest gefeiert hat! Das sind ja sehr problematische Familienverhältnisse«, stellte Frauenburg fest. »Wer könnte denn sonst noch Interesse an der Beseitigung Hais gehabt haben?«

»Robert Hai wird von seinem Sohn Ludwig als gerissener Geschäftsmann beschrieben. Sein Vermögen hat er mit dem Erwerb billiger Immobilien angehäuft, die er teuer wieder verkauft oder vermietet hat. Durch seinen Erfolg hatte er viele Neider. Ehemalige Geschäftspartner fühlen sich von ihm übervorteilt. Er hat Drohbriefe erhalten, zuletzt sogar eine anonyme Todesdrohung, die wenig später in dem darin angekündigten Haus in der Ursulagartenstraße verwirklicht wurde. Hai hatte dieses Schreiben nicht ernst genommen, was ihm zum Verhängnis wurde.«

Ehrmanns überreichte seinem Vorgesetzten den Brief mit den aufgeklebten Wörtern.

»Das ist ja interessant«, stellte der Inspektor fest. »Wenn wir herausfinden, was der Absender mit ›Verpflichtungen‹ meint, die Hai erfüllen sollte, haben wir vielleicht den Mörder. Ich werde den Brief zur Spurensammlung in die Asservatenkammer bringen lassen. Übrigens bekommen Sie noch wie versprochen Ihren Ermittlungskoffer zurück.«

Er ging zum Schreibtisch, um ihn zu holen.

»Den Drohbrief habe ich bei Berg & Jäger abgeholt«, erklärte Ehrmanns unterdessen. »Nach dem spurlosen

Verschwinden Hais hat sich seine Familie an die Detektei gewandt mit der Bitte, ihn zu suchen.«

»Warum sind sie mit dieser Angelegenheit nicht zur Polizei gegangen?«, fragte Frauenburg erstaunt.

»Sie hatten wohl kein großes Vertrauen in die Beamten.«

Ehrmanns machte eine Kunstpause, ehe er an Lindau übergab.

»Es haben sich auch interessante Spuren ergeben, die alle zum städtischen Fernsprechamt in der Cäcilienstraße führen«, berichtete der Sonderermittler. »Brunhild Stolte und Adele Merzfeld haben im Vermittlungssaal als Telegraphengehilfinnen gearbeitet und wohnten im selben Haus im Kastellsgäßchen. Das gilt auch für ein Fräulein Ruth Sieberdt, das sich mit der Merzfeld eine Wohnung geteilt hat. Dieses Frauenzimmer werden wir nachher noch befragen.«

»Die Pflanzenproben im Besitz von Stolte und Merzfeld sind tatsächlich getrocknete und gefärbte Narzissen«, informierte Frauenburg. »Kann es sein, dass solche Trockensträuße zu einer Art Totenritual gehören?«

»Genauso ist es«, bestätigte Lindau. »Damit wurden früher die weiblichen Toten von Zuwanderern betrauert, zum Zeichen, dass sie keine Frucht mehr tragen können.«

»Das ist ja unheimlich«, sagte Frauenburg. »Da scheint jemand Brunhild Stolte das Baby nicht gegönnt zu haben. Gibt es denn auch schon ein Lebenszeichen der vermissten Adele Merzfeld?«

»Der Schüler Siegfried Ostheim hat ein Büchlein an sich genommen, das seine Freundin Adele Merzfeld in dem Brauhaus ›Im Hirschen‹ liegengelassen hat«, berichtete Lindau. »Ich habe den Jungen in seinem Zuhause auf dem Buttermarkt befragt.«

Der Sonderermittler holte das schmale Bändchen aus dem Stoffbeutel und überreichte es Frauenburg.

»Catull. Die Gedichte an Lesbia«, las der Inspektor. Dann entdeckte er die Widmung: »›Für Adele, meine Lesbia, odi et amo! Für immer und ewig dein!‹«

»Das Werk hat der Junge im Unterricht übersetzt«, erklärte Lindau. »Wahrscheinlich wollte er seine Freundin mit seinen Lateinkenntnissen beeindrucken.«

»Wer hat denn die Zueignung geschrieben?«, fragte Frauenburg. »Odi et amo – ich hasse und liebe. Interessant! Diese extremen Gefühle sind mordsgefährlich, wenn sie außer Kontrolle geraten.«

»Das müssen wir noch ermitteln«, erwiderte Ehrmanns.

»Das Büchlein ist Schullektüre und daher in jedem Buchladen vorrätig«, erklärte der Inspektor. »Mein Sohn hat es auch gelesen. Vielleicht stammt die Widmung doch von diesem Siegfried Ostheim. Das sollten Sie herausfinden. Beschaffen Sie sich ein Schreibheft des Schülers und vergleichen Sie die Schrift. Übrigens erscheint morgen ein Suchaufruf nach Fräulein Merzfeld im Kölner Stadt-Report.«

Frauenburg schaute auf die Wanduhr über dem Bücherregal. »Schon fast elf Uhr«, stellte er fest. »Gute Arbeit bis hierhin. Aber es liegt noch ein ganzer Berg vor Ihnen. Umso besser, dass Gerda von Bienemann Sie unterstützt. Wenn ich bedenke, aus welchem Hause sie stammt und was sie für Heiratschancen hatte! Ihr Vater wollte sie standesgemäß mit Major von Wildenbach verheiraten, der noch eine ganz steile Karriere beim Militär vor sich hat.

Aber als sich Oberstleutnant von Bienemann erschossen hat – vermutlich wegen seiner Spielschulden und Frauengeschichten –, musste seine Tochter das private evangelische Gymnasium für höhere Töchter verlassen und ihren Lebensunterhalt selbst verdienen. Na ja, jetzt profitieren Sie davon. Ich hätte die Gerda auch gerne in meinem Büro gesehen, doch hier würde sie auf dem Präsentierteller sitzen. Das ist leider nicht möglich.« Der Blick des Inspektors wanderte wieder zur Uhr. »Widmen wir uns dem Tagesgeschäft. Ich wünsche Ihnen weiterhin viel Erfolg und treffe Sie dann morgen Abend in der Lesegesellschaft.«

»Ich kenne Major von Wildenbach«, sagte Ehrmanns, als sie Richtung Cäcilienstraße zum Fernsprechamt unterwegs waren. »Fräulein von Bienemann hat Glück im Unglück gehabt!«

20. Kapitel

Ein Menschenauflauf auf dem Neumarkt ließ die beiden Kriminalbeamten neugierig näher kommen.

Ehrmanns musste lachen, als er über die Köpfe zweier Knaben hinweg einen Blick auf das Objekt kölscher Spaßvögel werfen konnte. Ein riesiges Fernglas aus Ofenrohren lud jeden Zeitgenossen ein, für einen Groschen durch die Röhre hindurch den Halleyschen Kometen zu beobachten. Wenig später erreichten sie das Kaiserliche Stadtfernsprechamt in der Cäcilienstraße 4.

»Guten Tag, Herr Kommissar«, grüßte der Pförtner August Rehard mit einem angedeuteten Diener und einem Lächeln, das seine kleinen listigen Augen nicht erreichte. Dann entdeckte er Lindau. »Wer sind Sie denn?«, fragte er skeptisch.

»Das ist Sonderermittler Lindau!«, erklärte Ehrmanns. »Wir wollen zu Fräulein Löwe!« Dem entgeht nichts, dachte er.

»Die Aufseherin erwartet Sie«, sagte der Pförtner mit einem misstrauischen Blick zu Lindau.

August Rehard schickte sich an, die Führung zu übernehmen, aber Ehrmanns verstellte ihm den Weg. »Nicht nötig«, sagte er. »Wir kommen alleine zurecht!«

»Wer holt denn dann Fräulein Löwe aus dem Vermittlungssaal?«, fragte Rehard.

»Das schaffen wir schon«, erklärte Ehrmanns mit einem süffisanten Lächeln.

»Wichtigtuer!«, murmelte er, als er mit Lindau auf den Fersen den gleichen Weg durch die Anlage hastete wie am Tag zuvor. Plötzlich blieb er abrupt stehen, sodass sein neuer Partner mit ihm zusammenstieß. Der Kriminalschutzmann murmelte eine Entschuldigung.

»Ungewöhnlich, dass wir hier unbegleitet durchkommen«, stellte der Kommissar fest. »Niemand wollte unsere Ausweise sehen. Wer an der Pforte vorbeikommt, kann ungehindert überall hingelangen. Was für eine Verantwortung für einen Aushilfspförtner!«

Wenig später erreichten sie den Fernsprechtrakt. Hier klopfte Ehrmanns am Ende des kleinen Flures an eine Tür.

»Fräulein Löwe, sind Sie hier?«, rief er, so laut er konnte. »Kommissar Ehrmanns und Sonderermittler Lindau!«

Die Tür ging ein Stück auf und ein Frauenkopf lugte heraus.

»Ich komme gleich!«, sagte die Aufseherin mit ihrer wohlklingenden, aber merkwürdig gepressten Altstimme. »Meine Vertreterin im Fernsprechvermittlungssaal benötigt noch ein paar Anweisungen!«

Ehrmanns nahm es stumm zur Kenntnis.

Als sich die Tür einige Minuten später erneut öffnete, bot sich den Kriminalbeamten ein ungewohntes Bild. Die Augen der dienstältesten Aufseherin des Kaiserlichen Stadtfernsprechamts waren gerötet. Auf ihrer Bluse mit den adlerbekrönten Schulterklappen prangte ein Wasserfleck. Hatte sie etwa geweint?

»Ein Inspektor Frauenburg vom Polizeipräsidium hat

vorhin angerufen. Eine Beamtin aus dem Vermittlungssaal wurde erstochen!«

Sie setzten sich nebeneinander auf die Fensterbank.

»In dieser Angelegenheit sind wir hier«, begann Ehrmanns. »Wir müssen Sie zu einigen Ihrer ehemaligen
Telegraphengehilfinnen befragen. Zunächst zu Brunhild Stolte, die am Samstag Opfer eines Mordanschlages
geworden ist. Was können Sie uns über diese Mitarbeiterin berichten?«

»Ich werde sie identifizieren müssen«, sagte Fräulein
Löwe, bemüht, ihre Erschütterung zu überwinden. »Zu
Fräulein Stolte kann ich Ihnen nicht viel erzählen. Sie war
früh Vollwaise und ist bei einer vermögenden, kürzlich
verstorbenen Tante in der Mainzer Straße aufgewach-
sen, die ihr den Besuch der Königin-Luise-Schule in der
St. Apernstraße ermöglicht hat. Ende März kam sie zu
mir und kündigte. Sie würde sich beruflich und privat
verändern, teilte sie mir mit. Das passiert hier öfter. Die
Mädchen lernen jemanden kennen, der ihnen die Ehe
verspricht. Dann müssen sie gehen. Verheiratete Fern-
sprechgehilfinnen werden nicht beschäftigt. Deshalb
habe ich mir nichts weiter dabei gedacht, ihr alles Gute
gewünscht und sie seitdem aus den Augen verloren. Wer
hätte denn geahnt, wie die Sache enden würde! Im April
fing ihr Ersatz hier an. So ist das im Fernsprechsaal. Ein
ständiges Kommen und Gehen. Nur wer bleibt, hat eine
Aufstiegschance.«

»Wir haben erfahren, dass Fräulein Stolte im gleichen
Haus im Kastellsgäßchen gewohnt hat wie das vermisste
Fräulein Merzfeld«, schaltete sich Lindau ein. »Adele
Merzfeld hat sich sogar eine Wohnung mit Ruth Sie-

berdt geteilt, die eine weitere Mitarbeiterin von Ihnen sein soll.«

»Ja, Ruth ist sehr ehrgeizig«, stellte Wilhelmine Löwe fest. »Sie würde niemals heiraten, bis sie nicht ganz nach oben gestiegen ist. Aber sie hat auch Glück gehabt. Die frei gewordene Stelle als stellvertretende Aufseherin war eigentlich für Adele Merzfeld vorgesehen. Diese Mitarbeiterin hatte die besseren Kontakte zu ihren Kolleginnen. Ihr Wort hatte Gewicht. Sie hatte eine natürliche Autorität, wenn Sie wissen, was ich meine!«

»Aha«, entfuhr es Ehrmanns. Er dachte spontan an den ständigen Streit zwischen den ehemaligen Freundinnen, von dem Lindau ihm berichtet hatte. »Alles nimmst du mir weg, du Hexe«, sollte Fräulein Sieberdt geschrien haben.

Der Kommissar hatte sofort gespürt, dass es dabei nicht nur um den Rest Kuchen gegangen war, den Adele Merzfeld kurz zuvor für sich und ihren Gast gekauft hatte, nachdem sie schon in die ehemalige Wohnung von Brunhild Stolte umgezogen war. In Wahrheit hatte Ruth Sieberdt die Stelle als stellvertretende Aufseherin gemeint, die Adele Merzfeld ihr wegnehmen wollte. Lindau schien zum gleichen Schluss gekommen zu sein.

»Haben Sie denn beobachtet, dass Fräulein Sieberdt neidisch auf ihre Kollegin war?«, fragte er.

»So gut kenne ich sie nicht«, meinte die Aufseherin. »Mir ist nur aufgefallen, dass sich die beiden in der letzten Zeit ihrer Zusammenarbeit ständig gestritten haben. Das wurde immer schlimmer. Schließlich haben sie sich sogar am gemeinsamen Vermittlungsschrank um jedes eingehende Gespräch gezankt, obwohl ich die Arbeitsbereiche genau aufgeteilt habe. Wenn Adele nicht plötzlich ihrem Arbeitsplatz ferngeblieben wäre, hätte ich die beiden getrennt.«

»Kann es sein, dass die Streitigkeiten von Fräulein Sieberdt ausgegangen sind?«, wollte Ehrmanns wissen.

»Ich habe tatsächlich gedacht, dass Adele wegen Ruth aufhören wollte. Am letzten Tag ihrer gemeinsamen Arbeit, einem Samstag, ist sie in Tränen ausgebrochen und plötzlich aus dem Saal gelaufen. Ich bin hinter ihr her, aber da war sie schon weg. In ihrer Uniform! Das ist ein solcher Verstoß gegen die Arbeitsbestimmungen, dass ich Fräulein Merzfeld hätte melden müssen. Dennoch habe ich es ihr nachgesehen. Stattdessen sollte Ruth Sieberdt ihr ausrichten, dass sie sofort ihre Arbeitskleidung wiederbringen muss. Die beiden hatten doch eine gemeinsame Wohnung.« Fräulein Löwe starrte bekümmert geradeaus.

»Haben Sie sie denn wiederbekommen? Die Uniform, meine ich«, schaltete sich Lindau ein.

»Ja, am Montag darauf. Ruth brachte sie mit. Ich hatte sie in Verdacht, den Streit zu Hause weitergeführt zu haben. Frauengezänk ist so etwas Dummes!«

»Wie ging es denn weiter mit Fräulein Merzfeld?«, setzte Ehrmanns die Befragung fort. »Ihnen fehlte doch durch ihre Abwesenheit eine Arbeitskraft.«

»Bis zum darauffolgenden Dienstag habe ich gewartet«, antwortete Wilhelmine Löwe bereitwillig. »Dann habe ich Kommissar Marsberg angerufen. Die ganze Sache kam mir merkwürdig vor. Adele würde nie so lange Zeit fehlen wegen dieses dummen Streits mit Ruth. Dazu war sie viel zu gewissenhaft. Sie hätte wenigstens das Gespräch mit mir gesucht und mich vielleicht darum gebeten, an einen anderen Vermittlungsschrank gesetzt zu werden. Aber auch Kommissar Marsberg konnte nichts ausrichten. Er hatte in Ruths Wohnung einen gepackten Koffer mit Adeles Kleidung gefunden, mehr nicht.«

»Wer hat denn dann den Schrankplatz des Fräuleins eingenommen?«, fragte Ehrmanns.

»Zunächst niemand. Ruth saß eine Zeit lang alleine an ihrem Schrank. Der Direktor meinte, dass Adele schon wieder auftauchen würde, und hat mir keinen Ersatz geschickt. Eine Unterstützung aus dem Kreis ihrer Kolleginnen lehnte Fräulein Sieberdt ab. Sie hat wochenlang die doppelte Arbeit bewältigt und ist deshalb am Ende befördert worden.«

»Hatte die Angestellte denn auch am vergangenen Samstag Dienst?«, fragte Ehrmanns beiläufig.

»Ja, sie hat sogar länger gearbeitet, bis gegen neun Uhr abends. Aber jetzt entschuldigen Sie mich bitte. Die Pflicht ruft!« Sie ging davon. Die beiden Kriminalbeamten blieben zurück.

»Interessant, was die Aufseherin über Ruth Sieberdt berichtet hat«, bemerkte Ehrmanns. »Wir müssen uns ein eigenes Bild von ihr machen.«

Als sie an der Portierloge vorbeikamen, überreichte der Kommissar August Rehard einen Zettel mit der Adresse seiner Dienststelle. »Sie kennen sicherlich Adele Merzfeld, eine Mitarbeiterin von Fräulein Löwe«, meinte er.

Der Portier nickte bestätigend. »Eine hübsche Person mit einer süßen Zahnlücke!« Er grinste. »Die habe ich aber längere Zeit nicht mehr gesehen.«

»Das Fräulein wird vermisst«, fuhr der Kommissar fort. »Wer Hinweise zu ihrem Verbleib geben kann, erhält eine saftige Belohnung. Einzelheiten stehen morgen im Kölner Stadt-Report. Meldungen werden in meinem Kommissariat in der Altenberger Straße 5 entgegengenommen.«

21. Kapitel

Zum alten Kölner Brauhaus »Im Hirschen« in der Cäcilienstraße 32 war es nicht weit. In der Bierschenke herrschte reger Betrieb. Viele Leute schienen hier ihre Mittagspause zu verbringen. Im Schankraum, der Schwemme, fanden nicht alle Gäste Platz auf den Bänken. Dennoch standen sie in Gruppen munter überall herum und prosteten sich mit ihren vollen Gläsern zu.

»Wat ben ich fruh, dat mer he de drei Fässer ston han!«, rief ein *Köbes* mit einer überlangen Nase seinem Kollegen zu. Der versuchte vergeblich, sich einen Weg zu den Bierquellen zu bahnen.

»Esu weed dat nix, Pitter«, stellte er kopfschüttelnd fest. Dann brüllte er mit der Phonstärke eines Marktschreiers: »*Opjepass*, heiß un fettig!«

Sofort stob die Menge auseinander, die sich vor den Fässern versammelt hatte, dem einzigen freien Platz, der sich hier im Vorraum fand. Die Gelegenheitsgäste durften die Bierstube und den Gesellschaftsraum nicht betreten. Da blieb nur die Flucht vor die Tür.

An den Tischen wurde die Spezialität des Hauses »Himmel un Ääd« serviert. Die beiden *Köbesse* hatten gerade ihre Kränze mit achtzehn Stangen obergärigem Bier frisch gezapft.

»Kumm hinger mer met zor Thek, esu küsste do nit lans!«, rief der *Köbes* seinem Kollegen Peter, genannt Pitter, zu. »Do muss noch vill *lihre!* Ding *Stemm* muss kräftige wäde!«

Er lachte brüllend, sodass die Stangen mit dem Obergärigen in der Haltevorrichtung gefährlich schwankten. Allerdings hatte er keinen Tropfen verschüttet. Gelernt war eben gelernt!

Das Thekenschaaf, von den Kölnern seiner Form wegen auch »Beichtstuhl« genannt, war eine Art kleines Büro für den Wirt, eine Konstruktion aus dunkel gefärbtem Holz, die von außen wie ein Fahrkartenschalter aussah. Eingebaut in die Wand zwischen Schankraum und Gaststube war es zur Stube hin offen und an der anderen Seite mit einem Schiebefenster versehen, dem »Thekerüttsche«. Das ermöglichte dem Wirt einen Blick auf alle umliegenden Räume und die Bierfässer. Durch die Öffnungen konnten außerdem Gespräche geführt und bei Bedarf Speisen und Getränke durchgereicht werden.

Im Thekenschaaf befand sich eine fest eingebaute Doppelbank mit gegenüberliegenden Sitzen für Wirt und Wirtin. Ein kleiner Zahl- und Schreibtisch, um die Biermarken aufzuschichten, stand in der Mitte.

Da das Haus neuerdings über einen Stromanschluss verfügte, waren im Thekenschaaf zentrale Lichtschalter und Sicherungen integriert.

Zum Leidwesen der *Köbesse* mussten sie auch beim derzeitigen Hochbetrieb vor dem Servieren von Bier, Schnaps und Gerichten im Schaaf ihre metallenen Biermarken abgeben, die Großen für einen Kranz, die Kleinen für die Bierstangen. Sie erleichterten die Buchführung über den Verbrauch und damit die Abrechnung mit der Brauerei und den Kellnern. Außerdem konnte der Wirt so auf einen Blick erkennen, wann er ein neues Fass aus dem Bierkeller heraufholen und anzapfen musste. Bei diesem Betrieb Gold wert!

Ehrmanns und Lindau kämpften sich im Fahrwasser der beiden *Köbesse* bis zum Schaaf vor. Dabei verfluchte der Kommissar die Tatsache, dass sie den Wirt ausgerechnet inmitten des Trubels befragen mussten, schließlich war Robert Hai laut seines Sohnes Ludwig am vergangenen Samstag hier gewesen.

Die *Köbesse* hatten ihren Auftrag erledigt, der Kommissar rückte vor und sprach den Wirt durch das offene Schiebefenster an.

»Guten Tag, Herr Weiden, Ehrmanns von der Kriminalpolizei. Ich habe ein paar dringende Fragen an Sie …«

»Ich han kein *Zick,* jode *Här*«, unterbrach ihn der Wirt unwirsch. »Schorsch, jev mer ding Biermarke!« Damit schien die Sache für ihn erledigt zu sein und er sprach den nächsten *Köbes* an.

Der Wirt hatte angesichts des regen Betriebs also keine Zeit für ihn! Ehe Ehrmanns auf die unerwartete Abfuhr reagieren konnte, schlug ihm jemand von der Seite so kräftig auf die Schulter, dass er zusammenzuckte. Vor ihm stand sein alter Kamerad Konrad Berg und grinste über das ganze Gesicht.

»Martin, was ist denn los? Ist dir eine Fliege ins Bier gefallen? Du schaust so grimmig drein.«

»Kein Wunder«, entgegnete Ehrmanns, nachdem er seinen Freund begrüßt hatte. »Der Wirt macht mir die Befragung schwer. Ich muss ihn wohl erst aufs Präsidium bitten, damit er gewillt ist, eine Aussage zu Robert Hai zu machen. Aber was machst du denn hier?«

»Essen gehen natürlich! Dein Problem mit dem Wirt regeln wir anders«, entschied der Detektiv.

Er zog Ehrmanns zurück zum Schalter des Thekenschaafs, an den gerade der nächste *Köbes* treten wollte.

»Jode Dach, Hotte«, dröhnte Berg in das Schaaf hinein. »Su en *Pläsier*, dich he en minge *Weetschaff* widderzosinn.«

Nachdem Berg den Wirt in breitem Kölsch freudig begrüßt hatte, reagierte der ebenso begeistert:

»*Minsch*, Konrad, endlich bes do widder do! Loß dich ömärme!«

Mit einer Behändigkeit, die ihm Ehrmanns gar nicht zugetraut hatte, sprang er aus seinem Schaaf, umarmte Konrad Berg lange und herzlich und rief dem *Köbes*, der neben dem Kommissar auf seine Abfertigung wartete, ungeduldig zu:

»Jev mer ding Biermarke un bring dr Kranz an dr *Desch*. Dann küsste flöck widder. Do muss mich *vertredde*. Ich ben mit de *Häre* im Säälche. Stammkundschaff, *kapeet*?«

»Jo, *Baas!*« Der *Köbes* wurde rot vor Freude. Es war der Traum eines jeden von ihnen, einmal den Wirt vertreten zu dürfen, wenn der mit der Stammkundschaft ins Säälchen gehen wollte. Er beeilte sich, seine Biermarken abzugeben und den Bierkranz zum Stammtisch zu bringen. Danach würde er sich in die Schaltzentrale der Macht begeben. Wer seine Sache im Thekenschaaf gut machte, konnte damit rechnen, bald zum Oberkellner befördert zu werden.

Der *Köbes* eilte davon, ohne auch nur einen Tropfen des Gerstensaftes zu verschütten.

»Hat er *jesinn*«, sagte der Wirt stolz zu Berg und Ehrmanns. »Minge Junge sin de beste *Köbesse* in janz Kölle. Ich künnt dröm *wedde*, dat hä in vier Minutte widder do es!«

Der *Köbes* unterbot die Erwartungen seines Chefs. Er schaffte es, in drei Minuten zurückzukehren. Währenddessen erklärte der Detektiv dem verdutzten Kommissar: »Treue Stammkunden gehören hier zur Familie, werden bevorzugt bedient und können sogar anschreiben lassen, wenn das Geld einmal knapp ist. Der Hotte kann mir keinen Wunsch abschlagen. Gleich werden alle deine Fragen beantwortet, ohne Zwang.«

Konrad Berg sollte recht behalten. Lachend und in Erinnerung an die gute alte Zeit schwelgend verschwanden der Wirt und sein Stammgast Arm in Arm in der Menge. Ehrmanns und Lindau wurden durch das Schaaf in die Stube geschickt. Dort dirigierte man sie durch Zurufe an den dritten Tisch, wo zwei Skatbrüder von Robert Hai in einer Nische am Fenster saßen und sich das Stammessen und das Bier schmecken ließen. In Windeseile wurden Stühle nachgereicht, auf die sich die Kriminalbeamten setzten.

Die Gefährten von Hai wollten Einzelheiten zu dem schrecklichen Ereignis erfahren. Da musste Ehrmanns sie enttäuschen.

»Ein netter Kerl, unser Robert«, beschrieb der lange hagere Hubert Dernbach seinen toten Skatbruder. »Und so erfolgreich!« Er grinste. »Von dem haben wir viel über den Verkauf von Häusern und Wohnungen gelernt. Manche Leute übernehmen sich beim Hausbau oder die

Erben verstorbener Hausbesitzer können sich nicht einigen. Dann werden die Gebäude versteigert, besonders bei einer schlechten Bausubstanz. Die hat Robert in Goldgruben verwandelt, modernisiert, zu Zinshäusern aufgestockt und schließlich teuer verkauft oder vermietet. Je niedriger die Arbeitslöhne der Bauarbeiter sind, desto höher ist natürlich der Gewinn. Am besten beschäftigt man Tagelöhner, die sind am billigsten. Manchmal ist es dabei zu Unfällen oder zu Bauschäden gekommen. Einzelfälle, nicht der Rede wert.« Er machte eine wegwerfende Handbewegung. »Zuerst hat Robert sein Elternhaus samt Kramladen in der Johannisstraße gekauft. Seinen Bruder Heinrich hat er ausbezahlt. Unser Freund musste dafür einen hohen Kredit bei der Bank aufnehmen. Alle haben ihn für verrückt erklärt. Aber er hat das Gebäude in zwölf Wohnungen und zwei Ladenlokale umbauen und aufstocken lassen. Von den Mieteinnahmen hat er das Darlehen schnell abbezahlt. Das war der Grundstock für sein Geschäftsimperium.«

»Was ist denn aus seinem Bruder Heinrich geworden?«

»Der ist heute sein Mieter«, antwortete Dernbach.

»Doch nicht etwa …«

»Genau da!«, ergänzte der Skatbruder genüsslich. »In seinem ehemaligen Elternhaus in der Johannisstraße! Robert lässt ihn dort noch nicht einmal gratis wohnen, obwohl Heinrich im Moment arbeitslos ist. Er hat gedroht, ihn hinauszuwerfen, wenn er zweimal seine Miete nicht bezahlen würde. Unser Freund konnte Menschen nicht leiden, die im Geschäftsleben keinen Erfolg haben. Jeder ist seines Glückes Schmied, das war sein Wahlspruch.«

Oder sein Untergang, dachte der Kommissar. Er

stöhnte. Dieser Heinrich Hai musste dringend verhört und überprüft werden. Die Arbeit nahm kein Ende!

»Eine wichtige Frage der Kriminalpolizei ist die, wo sich Robert Hai an seinem Todestag am vergangenen Samstag aufgehalten hat«, begann Ehrmanns die gezielte Befragung der beiden Skatbrüder. »Wann haben Sie sich denn hier in der Wirtschaft getroffen?«

»Wir haben zu Beginn wie immer um Punkt zwölf Uhr zusammen ›Himmel un Ääd‹ gegessen«, berichtete Dernbach. »Das bildet eine gute Grundlage für die Herrengedecke.«

»Wie ist es dann weitergegangen?«

»Wir haben wie gewöhnlich Skat und Schieberamsch gespielt. Robert war ausgesprochen fidel. Er wollte allerdings früh aufbrechen, wegen einer Feier.«

»Hat er seine gute Laune genauer erklärt?«

»Nein, hat er nicht«, schaltete sich Ernst Wilchert ein, ein kleiner Dicker mit majestätischem Schnauzer. »Das hat aber niemanden interessiert. Wir fragen einander nicht aus. Nach der harten Arbeitswoche sind am Samstag nur Spiel und Spaß wichtig. Allerdings hat er noch etwas sehr Rätselhaftes gesagt. Es würde jetzt doch alles gut werden.«

»Was meinte Herr Hai denn damit?«

»Das fragen wir uns auch die ganze Zeit. Vermutlich ging es um die Zukunft seines Immobiliengeschäfts.«

»Er hatte doch einen Sohn«, stellte Ehrmanns verwundert fest.

Wilchert zögerte. »Ist es üble Nachrede, wenn ich Ihnen verrate, wie Robert den Junior beurteilt hat?«, fragte er dann unsicher.

»Nein! Ich fordere Sie sogar dazu auf!«, antwortete Ehrmanns mit Nachdruck.

»Er meinte, Ludwig wäre als sein Nachfolger unbrauchbar«, druckste Wilchert herum. Ehrmanns merkte, wie unangenehm ihm das war.

»Ja, das kann ich nur bestätigen«, pflichtete ihm Dernbach bei. »Robert hielt seinen Sohn für völlig ungeeignet. Er würde das Geld verpulvern, für sich und solche, die angeblich unverschuldet in Armut geraten sind. Er soll sogar Mitglied bei den Sozialdemokraten sein«, fügte er schnell hinzu.

»Robert suchte schon seit einiger Zeit einen neuen Geschäftspartner. Vielleicht hatte er endlich einen geeigneten Nachfolger gefunden? Fragen Sie uns aber nicht nach Namen! Die hat er nicht verraten. Das kann Herr Wilchert bestätigen, nicht wahr, Ernst?«

Der beeilte sich zu nicken. »So ist es! Mehr wissen wir nicht!« Der Skatbruder überlegte. »Hat er nicht schon vor vier Wochen angedeutet, dass er zufällig einen Mitarbeiter für sein Geschäft gefunden hat?«

»Nun kann ich mich auch daran erinnern!«, rief Hubert Dernbach. »Wir haben ihn sogar gefragt, wer das denn sei, aber er hat sofort abgewiegelt. Später wollte er uns alles erzählen. Dann hat er uns zu unserer Überraschung eine Runde spendiert. Das war ungewöhnlich. Sein Geheimnis hat er aber mit ins Grab genommen.«

Ehrmanns und Lindau hatten gespannt zugehört.

»Wohin ging Robert Hai nach Ihrem Treffen?«, fragte Ehrmanns. »Wir wissen, dass die Familie Ihres Skatbruders am vergangenen Samstag eine Feier organisiert hatte. Er wurde zu einem Gartenfest erwartet.«

»Davon hat er überhaupt nicht gesprochen!«, rief Hubert Dernbach überrascht aus.

»Nein, das hat er garantiert nicht gemeint«, bestätigte Ernst Wilchert. »Tragisch, das Ganze! Hoffentlich können Sie den Mord an Robert aufklären, Herr Kommissar!«

»Wir bemühen uns«, meinte Ehrmanns trocken. »Aber ich habe eine letzte Frage: Wann genau hat Ihr Freund die Skatrunde am Samstag verlassen?«

»Um 4.51 Uhr«, antwortete Hubert Dernbach. »Ich habe auf meine Taschenuhr geschaut, als Robert plötzlich aufstand. Der ist aber unter Druck, hab ich noch gedacht. Musste noch etwas vorgehabt haben. So unkonzentriert wie am Samstag hab ich ihn noch nie erlebt. Er hat kein einziges Spiel gewonnen, nicht wahr, Ernst?«

»Richtig«, bestätigte Wilchert. »Das schien ihm nichts ausgemacht zu haben, obwohl er doch sonst so ehrgeizig war.«

Ehrmanns wollte sich gerade die angegebene Besuchszeit von Hai in der Bierstube aufschreiben, als ihm jemand so heftig auf die Schulter hieb, dass beinahe sein Schreibblock heruntergefallen wäre.

»Willst du nicht das Stammessen probieren, Martin?«, schlug Konrad Berg vor.

Ehrmanns verzog das Gesicht, packte seine Utensilien zusammen und verließ fluchtartig die Gaststube. Lindau hatte Mühe, ihm zu folgen.

»Bis heute Abend, mein Lieber!«, rief der Detektiv ihnen lachend hinterher.

22. Kapitel

Nachdem sie in einem kleinen Weinlokal eine schmack-
hafte Tagessuppe mit Brot zu sich genommen hatten,
machten sie sich auf zum Kastellsgäßchen. Die Tür des
Altbaus, in dem jetzt nur noch Fräulein Sieberdt wohnte,
war unverschlossen. So gelangten die Kriminalbeamten
ohne Probleme in den Flur. Merkwürdige Treppenkons-
truktion, dachte Ehrmanns, als er sich hinter Lindau die
schmale Wendeltreppe hinaufhangelte. Seinen Ermittlungskoffer hatte er in der Obhut des Händlers im Parterre gelassen. Er benötigte beide Hände, um sich fest-
zuhalten und hochzuziehen. Der Geruch aus Zwiebeln
und herbem Tabak erfüllte noch immer das ganze Haus.
Kein Wunder bei diesem geringen Luftaustausch.

Als sie an der Wohnungstür der neuen stellvertretenden Aufseherin des Fernsprechamts vorbeikamen, klap-
perte es auf einer Schreibmaschine mit längeren Pausen
zwischen den Anschlägen.

»Das Fräulein übt noch«, stellte Ehrmanns fest.

»Es ist eben noch kein Meister vom Himmel gefallen«,
meinte Lindau, als sie erneut in die verlassene Wohnung
im dritten Stock eindrangen.

Der Tisch, auf dem die Adler 7 gestanden hatte, war
leer. Zu dem herben Tabakgeruch hatte sich eine frische
Kopfnote von Bergamotte, Orange und Zitrone gesellt,
der Duft von 4711.

Der Vollständigkeit halber warfen sie einen Blick in die Küche. Dort stellte Lindau keine Veränderung fest.

»Wir gehen jetzt zu Fräulein Sieberdt nach unten«, sagte Ehrmanns. »Ich habe einen Verdacht.«

Die Schreibmaschinengeräusche hörten abrupt auf, als der Kommissar gegen die Tür im zweiten Stock hämmerte. Wenige Sekunden später stand das schlagkräftige Fräulein aus dem Welt-Kinematographen vom vergangenen Abend vor ihm, das sich jetzt wieder in die schüchtern wirkende Person mit hochgestecktem braunem Haar zurückverwandelt hatte, die ihm hinter dem städtischen Fernsprechamt begegnet war.

Er stellte Lindau vor und drängte sich an dem Fräulein vorbei in das bescheiden möblierte Wohn- und Schlafzimmer. »Sicherlich haben Sie schon von dem gewaltsamen Tod von Fräulein Stolte gehört«, begann er die Befragung, nachdem sie an einem runden Tisch mit Spitzendecke Platz genommen hatten. »Außerdem haben wir noch ein paar Fragen zu Ihrer verschwundenen Freundin Adele Merzfeld. Ist das Ihre Schreibmaschine?«

Das Fräulein errötete, zog es aber vor zu schweigen.

Der Kommissar konnte auf einen Blick erkennen, dass die Beschädigungen der Maschinentypen weitaus größer waren als die auf dem fingierten Abschiedsbrief des Toten in der Ursulagartenstraße. Ruth Sieberdt arbeitete an einem älteren Modell.

Dennoch musste er das Fräulein ein paar Minuten beschäftigen. In der Zeit konnte sich Lindau in der Küche nebenan umsehen.

»Wir haben mit dem Händler unten und mit Wilhelmine Löwe im Fernsprechamt über Sie und Adele Merzfeld gesprochen«, begann er nach einem letzten Blick auf Ruth Sieberdts Schreibversuche. »Beide haben ausgesagt, dass Sie sich lautstark mit ihr gestritten haben, bis sie in den dritten Stock umgezogen ist!«

Schweigen. Ehrmanns wartete und hielt den Blickkontakt mit Fräulein Sieberdt, zwang sie, ihn anzusehen. Ein Machtkampf, den der Kommissar gewann.

»Wir waren heillos zerstritten«, gab das Fräulein schließlich leise zu. »Wegen der Stelle als stellvertretende Aufseherin. Adele wusste ganz genau, dass ich die dringend benötigte, damit mein Freund Jean mich ehelicht und nicht eine seiner Huren. Aber sie wollte nicht verzichten, trotz meiner inständigen Bitten. Zum Schluss konnten wir uns nicht mehr ertragen. Sie ist hier ausgezogen. Die Wohnung oben war ja seit dem Verschwinden von Brunhild Stolte ungenutzt. Im Vermittlungssaal haben wir zuerst versucht, uns nichts anmerken zu lassen. Aber als es dann auf die Entscheidung zuging, wer von uns die Stelle bekommt, habe ich Adele wegen jeder Kleinigkeit beschimpft. Bis sie es nicht mehr aushalten konnte und weggerannt ist. Es ist alles meine Schuld!«

Jetzt flossen die Tränen. Der mittlerweile zurückgekehrte Lindau reichte ihr ein Taschentuch, aber Ehrmanns zeigte sich unbeeindruckt. Ruth Sieberdt gehörte zweifellos zu den Frauenzimmern, die auf Kommando weinen konnten. Er wartete, bis sie sich beruhigt hatte, dann behauptete er:

»Als Ihre ehemalige Freundin verschwunden ist, sind Sie in Fräulein Merzfelds Wohnung gegangen und haben den gepackten Koffer und ihre Dienstkleidung mitgenommen. Schließlich haben Sie gestern auch ihre Schreibmaschine entwendet. Woher hatten Sie denn die Wohnungsschlüssel vom dritten Stock?«

Erneutes Schweigen. Ehrmanns verlor die Geduld.

»Hören Sie einmal gut zu!«, herrschte er sie an. »Nach Fräulein Merzfeld wird gesucht! Morgen steht das in allen Zeitungen. Wenn Sie trotzdem etwas verschweigen oder lügen, wird das ganz unangenehme Folgen für Sie haben, das versprechen wir Ihnen! Eine Gefängniszelle im Präsidium ist momentan frei!«

Ruth Sieberdts Augen weiteten sich. Sie schlug die Hand vor den Mund.

»Ja, ich habe ihre Sachen von oben heruntergeholt«, flüsterte sie. »Fräulein Löwe sollte nicht wissen, dass wir nicht mehr zusammenwohnen. Da könnte ich schnell verdächtigt werden, Adele etwas angetan zu haben. Weil es zum Schluss sogar bei der Arbeit Streit gegeben hat. Die Wohnungsschlüssel habe ich unten auf einer Treppenstufe zum Lagerraum gefunden. Adele hatte sie wohl an dem Samstag verloren, an dem sie aus dem Vermittlungssaal geflohen ist. Ich wollte mich am selben Abend bei ihr entschuldigen. Da habe ich sie schon nicht mehr gesehen. Die Adler 7 ist auch von ihr. Bevor sie oben nutzlos herumsteht, habe ich sie mir ausgeliehen und ein neues Farbband eingebaut. Von dem Gehalt einer Aufseherin kann man sich einen Abendkurs in Stenographie und Schreibmaschine leisten, aber keine Übungsschreibmaschine. Als Stenotypistin werde ich später bei Jeans Vater im Büro arbeiten können.«

In Gedanken an diese Zukunftsaussichten huschte ein Lächeln über ihr Gesicht.

Sie hat ihren Freund immer noch nicht aufgegeben,

dachte Ehrmanns verwundert. Frauen und ihre Logik waren ihm bisweilen ein Buch mit sieben Siegeln.

Nach einem Moment der Stille fuhr sie fort:

»Den Schlüsselbund von Adele hat der Händler vorhin zurückerhalten. Ich habe behauptet, ihn gerade erst gefunden zu haben.«

»Ich hätte noch eine andere Frage an Sie«, schaltete sich Lindau ein, der aus der Küche zurückgekehrt war. »Der Freund von Adele Merzfeld hat ausgesagt, dass das Fräulein Angst vor einem Strauß Totenblumen aus schwarz gefärbten und getrockneten Narzissen hatte. Die lagen vor ihrer Wohnungstür im dritten Stock. Wissen Sie etwas darüber?«

»Wir sind uns ja privat aus dem Weg gegangen. Von solchen Blumen hat sie mir nichts erzählt. Bei zufälligen Begegnungen haben wir nur das Nötigste miteinander gesprochen.«

»Wie beispielsweise in dem Laden unten«, bemerkte Ehrmanns. »Rechnen Sie denn nicht damit, dass Adele Merzfeld zurückkommt?«

»Warum sollte sie?«, antwortete Fräulein Sieberdt mit einer Gegenfrage. »Sie wollte mich doch nicht mehr sehen.«

Der Kommissar und der Sonderermittler wechselten einen nachdenklichen Blick.

»Wohin könnte sie denn gegangen sein?«, bohrte Ehrmanns weiter. »Leben ihre Eltern oder andere Verwandte hier in Köln? Im Adressbuch haben wir nichts dergleichen gefunden.«

»Nicht dass ich wüsste«, sagte Fräulein Sieberdt. »Sie hat mir mal erzählt, dass sie in Nippes groß geworden ist.« Sie lachte abfällig. »Im Sechzigviertel an der Bahn. Ihr Vater war Schlosser. Ich habe mich gewundert, wie sie sich ihre teure Ausbildung des privaten Mädchengymnasiums in der Innenstadt leisten konnte. Die Eltern sind beide tot. Die Mutter starb bei der Geburt ihres Brüderchens, der Vater verunglückte später tödlich. Näheres hat sie mir nicht erzählt.«

Ehrmanns schaute auf seine Savonette. Fast drei Uhr nachmittags. »Haben Sie noch Fragen an Fräulein Sieberdt?«, fragte er Lindau.

»Was haben Sie vergangenen Samstagabend nach neun Uhr gemacht?«, wollte der Kriminalschutzmann wissen.

»Als ich endlich nach einer verpassten Elektrischen wieder zu Hause war, habe ich die Wohnung aufgeräumt«, antwortete die neue Aufseherin, nachdem sie kurz überlegt hatte. »Danach habe ich mich schlafen gelegt.«

Nach dem Besuch bei Fräulein Sieberdt holte Ehrmanns seinen Untersuchungskoffer bei dem Händler ab und überreichte ihm den ausgeliehenen Schlüssel. Auf der Straße sah der Kommissar nachdenklich hinter dem Orgelmann her, der Richtung Alter Markt abzog.

»Haben Sie etwas in der Küche gefunden?«, fragte er dann.

Statt einer Antwort öffnete Lindau seine linke Hand und zeigte ihm den kümmerlichen Rest der Totenblumen, die er im Abfall von Fräulein Sieberdt entdeckt hatte.

23. Kapitel

»Schauen Sie im Kommissariat nach, was Fräulein von Bienemann an ihrem ersten Arbeitstag geleistet hat«, befahl der Kommissar, als sie wieder in der Altenberger Straße angelangt waren. »Diktieren Sie ihr einen Bericht über die Auskünfte von Wilhelmine Löwe im Fernsprechamt und Ruth Sieberdt im Kastellsgäßchen. Ich muss noch schnell zum Blumenmarkt auf dem Gereonsdriesch. In einer guten halben Stunde bin ich zurück.«

Er drückte Lindau seinen Ermittlungskoffer in die Hand und war verschwunden, ehe der Fragen stellen konnte.

Diesmal wurde Ehrmanns von Jupp zu einem uralten Mann in die Norbertstraße geführt, bei dem er ohne schlechtes Gewissen einen bunten Tulpenstrauß erstand. Margarete Zopfel verkaufte nur gelegentlich am Abend Blumen, wie er von dem Straßenjungen erfuhr.

Als der Kommissar um kurz nach vier Uhr ins Kommissariat zurückkehrte, stieg ihm frischer Kaffeeduft in die Nase.

»Schön, dass Sie endlich hier sind, Chef«, begrüßte ihn seine neue Mitarbeiterin. »Es ist angerichtet! Leider ist Ihre Teedose leer. Da müssen Sie schon mit echtem Bohnenkaffee vorliebnehmen.«

Ehrmanns verschlug es die Sprache. Den Tisch, an dem er zahllose Verdächtige und Straftäter verhört hatte, zierten eine Blumendecke und ein Feld- und Wiesenstrauß. Das Beste aber waren die Platten in der Mitte, eine mit Fräulein von Bienemanns köstlichen selbst gebackenen Brötchen, belegt mit Käse und Wurst, die andere mit einem Gugelhupf.

Sie hatte wohl sein fragendes Gesicht bemerkt.

»Mein Einstand!«, erklärte sie. »Guten Appetit zusammen!« Dann begab sie sich wieder an ihren Schreibtisch.

»Essen Sie denn nicht mit uns, Fräulein von Bienemann?«, fragte Lindau erstaunt.

»Nein, dazu habe ich keine Zeit! Fünf Akten müssen bearbeitet werden. Schließlich sind Sie seit Tagen nicht mehr Ihrer Tätigkeit als Revierschreiber nachgegangen, Herr Lindau. Noch etwas: Ab sofort heiße ich für Sie beide Biene!«

»Das geht doch nicht!«, protestierte Ehrmanns.

»Papperlapapp! Wenn nicht, kündige ich auf der Stelle! Wer kümmert sich dann um frische Hemden, Brötchen, Raum- und Aktenpflege, ganz abgesehen von dem Krach mit Onkel Alfred, Ihrem Vorgesetzten? Wollen Sie das?« Sie lachte.

»Schon gut«, lenkte Ehrmanns ein. »Wenn's sein muss.«

»Ich habe noch etwas für Sie, Chef. Das hilft Ihnen vielleicht bei Ihrer wichtigen Ermittlungsarbeit.« Sie brachte ihm ein Schriftstück mit dem Briefkopf von Robert Hai.

»Was soll das denn?«, fragte Ehrmanns verwirrt.

»Sie müssen schon genau hinschauen, Chef«, sagte Biene streng. Sie zeigte mit dem Finger auf das Ende des Anschreibens, wo jemand neben dem Datum Anfang April 1910 unterzeichnet hatte: »Im Auftrag: Brunhild Stolte«.

»Merken Sie jetzt, worauf ich hinauswill?«, fragte sie triumphierend. »Ludwig Hai hat gelogen! Er kennt das ermordete Fräulein doch – sie war meine Vorgängerin!«

»Woher wissen Sie denn, was der Immobilienhändler uns gesagt hat? Die Tür zu seinem Büro war doch verschlossen!« Die Stimme des Kommissars hatte einen scharfen Unterton angenommen.

»Ich hatte Langeweile«, gab Biene unbeeindruckt zu. »Da kann man schon mal auf dumme Gedanken kommen.«

»Hauptsache, das geschieht nicht bei uns«, parierte Ehrmanns, immer noch streng.

»Nicht gegenüber meinem Chef«, versprach Biene. »Zurück zu Ludwig Hai. Der kannte Fräulein Stolte nicht nur, sondern wusste sogar, dass sie in anderen Umständen war. Erinnern Sie sich daran, wie er mich vorgestellt hat? ›Das ist Fräulein von Bienemann, die Vertretung unserer schwangeren Empfangsdame!‹«

Aber Ehrmanns war noch nicht zufrieden. »Sie wissen hoffentlich, dass Sie dieses Dokument unrechtmäßig entwendet haben!«

»Na und?«, entgegnete Biene frech. »Das kann doch auf verschiedenen Wegen zu Ihnen gelangt sein. Dann bin ich eben eine Informantin, die nicht näher bekannt ist. Mit dem neuen Wissen im Hinterkopf können Sie den Fall mit anderen Augen betrachten, was für Ihre Recherche von unschätzbarem Wert sein wird. Deshalb habe ich das Schreiben mitgenommen. Das sollte Ihnen ein wenig auf die Sprünge helfen, auch wenn ich gestern noch nicht wusste, dass Onkel Alfred mich zu Ihrer Mitarbeiterin machen würde.«

Das klingt plausibel, dachte Ehrmanns.

»Haben Sie denn nur dieses eine Dokument mit der Unterschrift von Brunhild Stolte gefunden?«, fragte er. *Ende März kam sie zu mir und kündigte,* hatte Fräulein Löwe über diese ehemalige Telegraphengehilfin berichtet. Sie würde sich beruflich und privat verändern. Jetzt wussten sie, wie die Veränderung der jungen Dame ausgesehen hatte.

»Ja, das war das einzige«, bestätigte Biene. »Aber mir ist aufgefallen, dass es im April und Mai nur wenige Dokumente mit der Unterschrift von Robert Hai oder seinem Sohn gibt, von den Monaten vorher dagegen viel mehr. Außerdem hatte jemand das von Fräulein Stolte unterschriebene Papier falsch abgeheftet. Ich habe es unter den Schriftstücken vom Februar gefunden. Merkwürdig, nicht wahr?«

»In der Tat. Was schließen wir denn daraus?«

»Entweder hat diese Brunhild Stolte nur ein einziges Mal abgezeichnet«, meinte Lindau, »oder ...«

»... jemand hat nachträglich alles versteckt«, sagte Biene nachdenklich. »Das würde auch die geringe Anzahl an Dokumenten im April und Mai erklären.«

»Mit welchem Nutzen denn?«, fragte Lindau.

»Ludwig Hai wollte nicht mit diesem Fräulein Stolte in Verbindung gebracht werden«, vermutete Ehrmanns. »Wir sollten uns um eine Durchsuchung bemühen!«

»Aber lassen Sie mich bloß aus dem Spiel, Chef!«, rief Biene von ihrem Schreibtisch aus, als Ehrmanns zum Fernsprecher ging und eine Verbindung mit Frauenburg anmeldete.

»Bitte rufen«, sagte das Fräulein vom Amt.

Er drückte drei Sekunden lang den Weckknopf.

Dann dröhnte die Gegenmeldung an sein Ohr.

»Hier Emil Meulenbach, Büro Frauenburg, wer dort?«

»Kriminalkommissar Ehrmanns! Sagen Sie dem Inspektor bitte, dass er so schnell wie möglich zurückrufen soll. Telephon Nummer 42!«

»Das weiß ich doch«, versicherte der Büroleiter und legte auf.

»Von wem stammt denn dieser Hinweis?«, fragte Frauenburg ein paar Minuten später skeptisch, als Ehrmanns ihm von dem Schriftstück mit der Unterschrift von Fräulein Stolte berichtet hatte.

»Von einem Informanten, der nicht genannt werden will«, antwortete der Kommissar mit Blick auf Biene, die heftig nickte. »Er hat mir das Dokument gezeigt. Ich kann die Mitteilung bestätigen und bürge dafür.«

»In Ordnung«, entgegnete Frauenburg. Bei brisanten Informationen war es durchaus üblich, dem Hinweisgeber Anonymität zuzusichern. »Ich versuche beim Staatsanwalt mein Möglichstes. Bleiben Sie in Rufnähe!«

»Jawohl, Herr Inspektor«, beendete Ehrmanns das Gespräch.

»Ich denke, die Durchsuchung des Büros von Hai wird angeordnet«, sagte er zu Lindau. »Die Chancen stehen gut. Sie bewachen auf jeden Fall bis neunzehn Uhr das Büro, Biene.«

»Jawohl, Chef!«

Ehrmanns musste wider Willen lächeln. Seine neue Mitarbeiterin hatte seinen Tonfall täuschend echt nachgeahmt.

24. Kapitel

Lange mussten sie nicht warten. Schon zwanzig Minuten später gab der Inspektor grünes Licht. Er hatte den Durchsuchungsbefehl vom Staatsanwalt erwirkt, weil gegen Ludwig Hai erhebliche Verdachtsmomente bestanden, die Tat in der Ursulagartenstraße begangen zu haben. Dem jungen Hai waren die Geschäftspraktiken seines Vaters zuwider, der ihn aufgrund mehrerer Zeugenaussagen in der Firma gegen eine noch unbekannte andere Person austauschen wollte. Dazu kam die ungeklärte Frage, warum er geleugnet hatte, Brunhild Stolte gekannt zu haben, obwohl es in den Unterlagen des Unternehmens mindestens ein Dokument mit der Unterschrift der Toten gab. Außerdem hatte der Juniorchef für die Tatzeit bislang kein bestätigtes Alibi. Ludwig Hai hatte das Gartenfest am Samstag um halb neun verlassen und war nicht wieder aufgetaucht.

Sie näherten sich aus verschiedenen Richtungen. Ehrmanns und Lindau hatten eine Droschke für sich und zwei Polizeischutzmänner von der Wache herbeigerufen. Inspektor Frauenburg kam zu Fuß, bewaffnet mit einer brandneuen Browning Selbstladepistole, Modell 1910 – zur Sicherheit, falls sich Ludwig Hai als der Mörder erweisen würde, den sie suchten.

Um Punkt fünf Uhr nachmittags gab der Inspektor das Kommando. Die Polizeibeamten stürmten in den zweiten Stock und schlugen gegen die Türen des Bürokomplexes.

»Aufmachen, Polizei!«, schrie Frauenburg.

Keine Reaktion, auch nicht bei wiederholter Aufforderung. Mittlerweile steckten verschiedene ungebetene Zuschauer aus den umliegenden Büros und Wohnungen ihre Köpfe heraus. Ehrmanns scheuchte sie zurück.

»Aufbrechen!«, befahl der Inspektor dem Polizeischutzmann, der mit dem entsprechenden Werkzeug ausgerüstet war. Der Schutzmann brauchte nur eine Minute, dann flog die Tür auf.

Frauenburg ging voran, sicherte den Weg mit der Waffe. »Niemand da!«, rief er wenig später. Ein Uniformierter blieb als Wachposten am Eingang zurück, die anderen drangen in die Geschäftsräume ein.

»Wir fangen mit dem Aktenschrank hinter dem Tresen an«, befahl der Inspektor.

Der Schrank war abgeschlossen, aber der Schlüssel befand sich in einer der Schubladen. Die Akten, die dort lagerten, enthielten die ein- und ausgehende Post der letzten zehn Jahre. Käufe, Verkäufe, Kredite und Rückzahlungen, außerdem die Mietverträge mit den Bewohnern der Zinshäuser, nur von Robert und Ludwig Hai unterzeichnet. Nichts erinnerte an Brunhild Stolte.

»Vielleicht finden wir im Büro des Juniors noch Überraschungen«, meinte Frauenburg.

Ehrmanns begann mit der Untersuchung und stutzte. Warum waren in einem derart leicht zugänglichen Schrank brisante Papiere abgelegt, die Hai aus dem Vorzimmer aussortiert hatte? Sie entdeckten Dutzende Dokumente und Zahlungsquittungen, im Auftrag unterschrieben von Brunhild Stolte und alle falsch abgeheftet. Sie mussten mühsam herausgesucht werden.

»Diese Art, Unterlagen zu verstecken, ist raffiniert«, meinte Ehrmanns. »Wer kommt schon auf die Idee, in Ordnern von 1905 und 1907 nach aktuellen Schriftstücken zu suchen? Das Gleiche gilt für Papiere, die in unverschlossenen oder sogar offenen Schränken aufbewahrt werden. Dort vermutet niemand etwas, das nicht gefunden werden soll.«

Sie betraten der Vollständigkeit halber noch das Luxusbüro von Robert Hai, das sie ausgeräumt vorfanden.

»Sein Sohn konnte es wohl nicht abwarten, alles zu entsorgen, was an den Senior erinnert«, meinte der Inspektor. »Nach dem Tod eines Firmengründers ist es doch normalerweise Sitte, seine Photographie oder sein Porträt für jedermann sichtbar mit Trauerflor im Empfangsraum aufzuhängen. Hier ist es umgekehrt: Seine Spuren wurden beseitigt wie unnützer Ballast.«

Einen Moment lang waren alle in Gedanken versunken. Die Stille wurde jäh unterbrochen, als die Tür aufsprang.

»Was ist denn hier los?«, fragte Ludwig Hai gereizt. »Und warum wollte mich der Schutzmann nicht in meine Büroräume lassen?«

»Wir ermitteln«, erklärte Frauenburg und hielt ihm den Durchsuchungsbefehl unter die Nase. »Dabei haben wir festgestellt, dass Sie die Kriminalpolizei belogen haben. Sie wollten uns glauben machen, dass Sie Fräulein Stolte, das Mordopfer in der Ursulagartenstraße, noch nie gesehen haben. Merkwürdig nur, dass wir in Ihrem Büro Dokumente aus diesem Jahr gefunden haben, die von Brunhild Stolte unterschrieben worden sind. Im Archiv und nicht hinter dem Empfangstresen, wo sie hingehören. Behaupten Sie immer noch, dass Sie die junge Dame nicht kennen? Ihre Empfangsdame, sogar ein Fräulein mit Prokura! Die konnten Sie doch nicht übersehen haben!«

Ludwig Hai wurde rot.

»Dieses Luder!«, schrie er. »Die hat den Senior vollkommen verhext! Kaum war sie hier, hat er sie zu sich ins Büro geholt, auf meinen Platz! Dafür wurde ich ausquartiert in diesen schäbigen Arme-Leute-Raum.«

»Ach nein!«, rief Ehrmanns ärgerlich. »Was haben Sie uns denn dann für Lügengeschichten aufgetischt? Von Fräulein Stolte wollten Sie noch nie etwas gehört haben und das Etablissement Ihres Vaters sei Ihnen zu pompös.«

»Das habe ich doch nur gesagt, um nicht verdächtig zu erscheinen«, erklärte Ludwig Hai. »Können Sie das denn nicht verstehen? Mein Vater hat mich zuerst beschimpft, völlig unfähig zu sein. Anfang April tauchte dann plötzlich die Stolte hier auf. Wer weiß, wo er die aufgetrieben hatte. Ich habe sie für eine der vielen Gespielinnen des Seniors gehalten. Aber an diesem Frauenzimmer hatte er einen Narren gefressen. Kaum hatte sie sich hier als Empfangsdame eingenistet, verwickelte sie meinen Vater auch schon in Fachgespräche. Sie hatte so eine geschickte Art, ihm ihre Ideen als seine eigenen zu verkaufen und ihm dann begeistert zuzustimmen. Das machte ihn stolz. Bald schwärmte er von ihr, hielt sie für begabt und entwicklungsfähig. Plötzlich saß sie in seinem Büro auf meinem Platz. Zum Schluss war ich hier im Geschäft vollkommen abgemeldet.«

»Wie peinlich für Sie«, schaltete Lindau sich ein. »Wenn der eigene Vater jemand anders vorzieht und noch dazu ein Frauenzimmer …«

»Die Hölle auf Erden! Er hat mir fristlos gekündigt, weil er wohl einen hervorragenden Ersatz für mich gefunden hatte. Das behauptete er jedenfalls.«

»Meinte er damit Fräulein Stolte?«, fragte Lindau.

»Das hat er nicht gesagt, aber möglich wäre es. Meine berufliche Zukunft interessierte den Senior jedenfalls nicht mehr. Stenotypisten würden immer gebraucht, hat er gemeint und dabei gelacht, sein hämisches, verächtliches Lachen. Er wusste genau, dass ich einen entsprechenden Kurs abgebrochen hatte. Das Tippen auf der Schreibmaschine liegt mir nicht. Frauen haben doch viel geschicktere Finger! Natürlich war ich in diesem Lehrgang der einzige Mann. Schon deshalb wollte ich dort nicht bleiben – der Fehler meines Lebens. Wenig später hat sich Fräulein Stolte hier breitgemacht. Merkwürdig fand ich nur, dass sie sich sofort geduzt haben.«

»Was könnte denn die beiden so eng miteinander verbunden haben?«, fragte Ehrmanns.

»Das Geschäftliche«, antwortete Hai. »Sie unterhielten sich über Bilanzen, Strategien, Kalkulationen und neue Ideen, sogar, wenn sie allein waren, das habe ich gehört, als ich einmal an der Tür gelauscht habe. Die Gedanken und Gefühle meines Vaters kreisten ausschließlich um den schnöden Mammon. Der hielt so viel von dem Fräulein, dass er ihm in einem seiner Häuser hier in der Nähe eine neue Wohnung besorgt hat.« Er lachte bitter.

»Ja, das ist traurig«, meinte Ehrmanns. »Bisweilen kann es auch tödlich sein. Wir benötigen jetzt die neue Adresse des Fräuleins. Vielleicht gibt es dort Hinweise, die uns bei der Aufklärung der Morde helfen.«

Sie schwiegen einen Moment lang.

»Ich habe die beiden nicht umgebracht, obwohl sie mir zum Schluss verhasst waren«, beteuerte Hai. »Fräulein Stolte hat mich angesehen wie mein Vater, von oben herab, abschätzig.«

»Das werden wir natürlich nachprüfen«, sagte Ehrmanns. »Zunächst geht es um Ihr Alibi für die Tatzeit. Zeugen haben gesehen, wie Sie sich am vergangenen Samstagabend um halb neun von dem Gartenfest im Deutschen Ring entfernt haben und nicht mehr wiedergekommen sind, zumindest nicht bis ein Uhr nachts. Ihr Chauffeur Peter von Quiring hat Ihre Aussage bestätigt, dass er Sie zur Johannisstraße gefahren hat. Ein merkwürdiger Zeitpunkt, Verwandte zu besuchen!«

»Nicht, wenn ich bei meinem leiblichen Vater vorbeigeschaut habe! Robert hat mich adoptiert! Zu Heinrich konnte ich immer flüchten, wenn ich es am Deutschen Ring nicht mehr ausgehalten habe.«

Jetzt war es an der Reihe der Kriminalbeamten, überrascht zu sein. »Was für eine Tragik«, murmelte Ehrmanns. Robert hatte Ludwig wohl aus Ermangelung eines eigenen Kronprinzen als seinen Nachfolger auserkoren und eingearbeitet – vergeblich! Der Immobilienhändler, dem sein Geschäft über alles ging, hatte sein Geld in einen Tagträumer investiert!

»Wer ist denn Ihre Mutter?«, fragte der Kriminalkommissar vorsichtig. »Wissen Sie das überhaupt?«

»Klara! Als mein Stiefvater anfing, sich intensiv mit anderen Frauen zu beschäftigen, hat sie ein Verhältnis mit seinem jüngeren Bruder angefangen, sich von ihm schwängern lassen und den ersehnten Thronfolger bekommen, den ihr Mann nicht zustande gebracht hatte. Heinrich hat mich an den Senior gegen ein lebenslanges Wohnrecht in dem ehemaligen Elternhaus der beiden verkauft. Diesen Vertrag hat Robert nun einseitig aufgekündigt. Jetzt konnte wohl jeder wissen, dass sein Bruder einen Versager gezeugt hat.« Er schnaubte verächtlich.

»Wie dem auch sei«, fuhr er fort. »Ich habe mich an dem Samstagabend zu meinem Vater Heinrich fahren lassen. Er wird das bestätigen!«

Die Kriminalbeamten schauten sich an.

»Ludwig Hai, Sie sind dringend verdächtig, den Doppelmord in der Ursulagartenstraße begangen zu haben«, sagte der Inspektor. »Außerdem besteht bei Ihnen Flucht- und Verdunklungsgefahr. Ich nehme Sie daher vorläufig fest, bis Ihr Alibi einwandfrei geklärt ist.«

Die beiden Schutzmänner führten ihn ab, begleitet von Inspektor Frauenburg. Das Präsidium in der Krebsgasse war ja nur ein paar Hundert Meter entfernt.

»Was denken Sie, Lindau?«, fragte Ehrmanns seinen Kriminalschutzmann. »Ist Ludwig Hai unser Mann?«

»Wir haben gesehen, dass er uns gestern in verschiedener Hinsicht getäuscht hat, vor allem, was Fräulein Stolte anging«, meinte Lindau. »Einen Doppelmord traue ich ihm dennoch nicht zu. Dafür wirkt er mir nicht entschlossen genug. Dagegen spricht auch, dass er sich ohne Gegenwehr hat festnehmen lassen. Aber ich kann mich natürlich irren.«

25. Kapitel

Gegen sieben Uhr abends standen sie vor dem Haus in der Johannisstraße, in dem Heinrich Hai wohnte. Es hatte vier Stockwerke und zwei Treppenhäuser. Im Parterre gab es eine Gemüsehandlung und einen Schuster.

Auf dem Weg in den vierten Stock kamen sie an vielen Wohnungstüren vorbei. Im Adressbuch waren zwölf Mietparteien aufgelistet mit einer unbekannten Anzahl an Untermietern.

Erstaunt bemerkte Ehrmanns, dass außer einem Nachtportier auch Polizeiwachtmeister Schänzler hier wohnte. Was für ein seltsamer Zufall! Andererseits war es von hier aus nicht weit bis zum Ursulaviertel, in dem der Wachtmeister abends für Ruhe und Ordnung zu sorgen hatte. Ehrmanns nahm sich vor, im Anschluss an die Befragung von Hai bei Schänzler zu klopfen.

Den Aufstieg über die breite Steintreppe empfand der Kommissar als Wohltat, verglichen mit der strapaziösen Wendeltreppe im Kastellsgäßchen. So ein großes Zinshaus hatte durchaus seine Vorteile, auch wegen der geräumigen Flure. Allerdings waren die Wohnungen wohl so winzig wie die der uralten Häuser in den verwinkelten Altstadtgassen.

Auf ihr Klopfen hin wurde sofort geöffnet. Anscheinend erwartete Heinrich Hai jemanden. Einen Moment später starrte ihn Lindau an.

»Der Orgelspieler aus dem Kastellsgäßchen«, rief er überrascht.

»Wünschen Sie eine private Vorführung meiner Orgelkunst?«, fragte Heinrich Hai hoffnungsfroh. »Für zehn Pfennig wäre ich dazu bereit.«

»Später vielleicht«, meinte der Kriminalbeamte. »Jetzt sind wir beruflich hier. Kommissar Ehrmanns und Sonderermittler Lindau.«

Ehrmanns hielt dem Orgelspieler seine Dienstmarke hin.

»Oh!«, rief Hai erschrocken. »Habe ich etwas angestellt?«

»Das wird sich zeigen«, meinte der Kommissar und drängte sich an ihm vorbei in die Wohnung, dicht gefolgt von Lindau.

Sie befanden sich in einer typischen Musikerwohnung. Überall lagen Noten herum, auf dem Küchentisch, auf dem Boden und auf der Fensterbank. In der Ecke stand ein altes Klavier, daneben die Orgel.

»Ich gebe Unterricht«, erklärte Hai. »Allerdings nur noch privat. Früher habe ich auch an einem Gymnasium unterrichtet. Jetzt verlangt man dort höhere Qualifikationen.«

»Dann haben Sie sicherlich einen Schüler erwartet«, vermutete Ehrmanns.

»Eine Schülerin! Sie muss jeden Augenblick hier sein. Möchten Sie etwas trinken? Einen Tee vielleicht?«

Die Kriminalbeamten lehnten dankend ab.

Sie nahmen am Wohnzimmertisch Platz, nachdem Hai die darauf verstreuten Notenblätter weggeräumt hatte.

»Ich habe etwas gesucht«, murmelte er. »Ein leichtes

Stück für Violine und Klavier, das wir gleich gemeinsam spielen können.«

»Sie haben bestimmt von dem Mord an Ihrem Bruder und seiner Begleiterin gehört«, begann Ehrmanns.

»Oh ja, das ist ganz schrecklich. Mein Sohn Ludwig hat mich darüber informiert. Konnte der Mörder gefasst werden?«

»Nein, deshalb sind wir hier«, antwortete der Kommissar.

Heinrich Hai wurde bleich. »Sie glauben doch nicht etwa, dass *ich* es gewesen bin?«, stieß er hervor.

»Haben Sie denn einen Grund für eine solche Tat?«

»Warum? Ich habe doch alles, was man braucht! Das Beste ist die Musik. Dafür allein lohnt sich das Leben. Es ist ein Jammer, dass Robert nicht mehr unter uns ist. Wer weiß, ob Klara mich noch kostenlos hier wohnen lässt.«

»Sie meinen, dass Ihre Drohung, die wahre Herkunft von Ludwig öffentlich zu machen, nun nutzlos geworden ist?«

»Was wollen Sie damit sagen?«

»Sie sind doch der leibliche Vater von Ludwig Hai!«

»Ach so! Ich verwende meinen Sohn nicht als Faustpfand, gegen niemanden.«

»Aber wir haben keine Mietabrechnungen Ihres Bruders mit Ihnen gefunden«, stellte der Kommissar fest.

»Ich wohne hier kostenlos, obwohl Robert in der Öffentlichkeit etwas anderes erzählt hat. Er wollte seinen Ruf als eiskalter Geschäftsmann aufrechterhalten.«

»Verhielt er sich denn nicht so knallhart, wie es von allen Seiten behauptet wird?«, fragte Ehrmanns erstaunt.

»Nein, überhaupt nicht! Er wollte nur nicht ausgenutzt werden. Alle sollten ihn respektieren und bewundern. Das liegt an unserem Vater. Der hatte einen Kramladen und wollte unbedingt, dass Robert als der Ältere nach der Schule sofort bei ihm mitarbeitet. Sieben lange Jahre lang hat er das machen müssen, bis zur Volljährigkeit. An diesem Tag ist er verschwunden. Nur ich wusste Bescheid. Er hatte jeden Groschen gespart, um sich eine eigene Firma aufzubauen, unabhängig von unseren Eltern, die ihm immer nur Vorschriften gemacht hatten. Tu dies, tu das, sei sparsam und fleißig, übernimm den Laden deines Vaters, dann weißt du, was du hast! Heirate die Lotte von nebenan, die wird einmal eine gute Hausfrau … Das alles wollte Robert nicht. Keinen Kleinkram, sondern etwas Großes, Wunderbares, das nur ihm gehört! Er nahm mutig einen Kredit auf und kaufte unser Elternhaus, das mein Erzeuger hatte versteigern lassen müssen, weil sein Kramladen wegen der Konkurrenz der Großhändler nicht mehr so gut gelaufen war.«

»Das wird Ihrem Vater aber nicht recht gewesen sein«, vermutete Ehrmanns.

»Der war entsetzt«, bestätigte Heinrich Hai. »Er wollte Robert keine Miete zahlen, hat sich von dem Erlös seines Hauses einen Laden weit draußen vor der Stadt eingerichtet und ist gescheitert. Zum Schluss war er total überschuldet und ist völlig verarmt gestorben.«

»Hat Ihr Bruder den Eltern denn nicht geholfen?«, fragte Lindau, der gebannt zugehört hatte.

»Natürlich wollte er das tun! Er hätte sie auch mietfrei in ihrem ehemaligen Haus wohnen und arbeiten lassen. Aber dazu war Vater zu stolz. Außerdem wollte er nicht wahrhaben, dass Robert seine Pläne mittlerweile mit ungeahntem Erfolg umgesetzt hatte.« Heinrich Hai seufzte. »Ich glaube, mein Bruder hat sein gewaltiges Vermögen seiner Sehnsucht zu verdanken, eines Tages doch noch von Vater anerkannt zu werden. Aber das ist niemals geschehen. Nach dem Tod der Eltern hat er der Familie ein großes Grabmal in Melaten gestiftet mit einem Engel, der die Gesichtszüge unseres alten Herrn trägt. Zu Füßen der Figur spielen zwei Kinder, die von ihr gesegnet werden.«

»Dann hat Ihr Bruder sich etwas vorgemacht«, bemerkte Lindau.

»Tun wir das nicht alle? Manchmal lässt sich unser Leben doch nur so ertragen.«

»Zurück zu Ihnen«, verlangte Ehrmanns. »Wie ist es dazu gekommen, dass Sie mit Ihrer Schwägerin einen Sohn haben?«

»Nun, da ist eine einmalige Entgleisung geschehen«, erklärte der Musiker. »Klara war eine Schönheit, aber Robert hätte sie besser nicht geheiratet. Sie entstammt einem verarmten Kaufmannsgeschlecht. Mein Bruder hat ihr den ersehnten gesellschaftlichen Aufstieg ermöglicht. Geliebt hat sie ihn nicht. Sie hatte viele Verehrer. Niemand aber war so ehrgeizig und tüchtig wie mein Bruder, keiner konnte ihr ein angenehmeres Leben bieten. So ist sie bei ihm geblieben. Robert konnte sich mit ihr schmücken, doch seine Liebe war einer bitteren Enttäuschung gewichen. Vielleicht hätte er dem Rat unserer Eltern folgen und das Lottchen von nebenan heiraten sollen. Klara liebt nur sich selbst!«

»Sie haben meine Frage noch nicht beantwortet. Warum haben Sie einen Sohn mit der Frau Ihres Bruders?«

»Es handelt sich wie gesagt um einen einmaligen Aus-
rutscher. Als Robert und Klara schon getrennte Schlafzimmer hatten, ist sie auf die Idee gekommen, bei mir
Klavierstunden zu nehmen. Weil sie das für einen ange-
nehmen Zeitvertreib hielt. Aber das Erlernen eines Instru-
ments ist mühsam. Da hat sie schnell wieder das Weite
gesucht. Dennoch ist etwas von ihr geblieben, unser
gemeinsamer Sohn Ludwig. Das Beste, was mir je im
Leben passiert ist. Der Junge hat viel von mir: das Träu-
merische, die Liebe zur Musik und das fehlende Talent
für Geschäfte. Ich habe meinem Bruder daher vorgeschlagen, einen anderen Juniorpartner zu suchen.«

»Aber das hat Ihrem Sohn am allerwenigsten gefallen!«,
rief Lindau. »Er fühlte sich regelrecht abgeschoben!«

»Das ist zu verkraften«, entgegnete Hai. »Kommt Zeit,
kommt Rat.«

»Wie ist das denn zu verstehen?«, fragte Ehrmanns
scharf.

»Na ja, ich lebe ja auch von der Musik. Mein Sohn
hätte bald gelernt, dass Geld und Erfolg nicht zwangs-
läufig glücklich machen. Nur die Arbeit, die man liebt,
stellt uns dauerhaft zufrieden. Die Büroarbeit und die
Geschäfte seines Stiefvaters waren Ludwig verhasst, das
hat er immer wieder gesagt.«

»Warum denkt Ihr Sohn eigentlich, dass Sie ihn an
Ihren Bruder Robert verkauft hätten gegen lebenslanges
Wohnrecht?«, bohrte Ehrmanns nach.

»Behauptet er das? Das ist nicht richtig. Ich habe hier
schon immer kostenfrei gewohnt. Wie hätte ich denn
sonst überleben können?«

»Zurück zu Ihrem Sohn. Wissen Sie, wo er sich am

vergangenen Samstagabend ab halb neun Uhr aufgehalten hat?«

»Soll das heißen, dass Ludwig ein Alibi benötigt?«, rief Heinrich Hai empört. »Der kann keiner Fliege etwas zuleide tun. Er hat sich von Peter hierherfahren lassen, weil er es zu Hause mal wieder nicht ausgehalten hat! Ludwig hat den ganzen Abend mit mir und seiner Freundin verbracht, bis er gegen ein Uhr mit ihr zurückgegangen ist. Die beiden passen wunderbar zusammen. Deshalb dürfen sie sich bei mir treffen, so oft sie wollen.«

Es klopfte.

»Da ist sie!«, rief Hai. »Fragen Sie sie selbst.«

»Guten Abend, Herr Kommissar«, sagte Henriette von Quiring, als sie Ehrmanns am Tisch sitzend entdeckte. Wenn sie erstaunt war, konnte sie es gut verbergen.

Er erwiderte den Gruß. Ohne die Dienstmädchenkleidung sah sie vorteilhafter aus. Ein gelbes Jackenkleid betonte ihr blondes Haar und ihre hübsche Figur.

Wie erwartet bestätigte Fräulein von Quiring nach kurzem Blickkontakt mit Heinrich Hai das Alibi des Immobilienhändlers.

Auf dem Weg zurück nach unten klopfte Ehrmanns mehrmals an die Wohnungstür von Gustav Schänzler. Alles blieb still. »Schade, er ist noch in der Eifel«, murmelte er. »Dann müssen wir uns bis übermorgen gedulden.«

»Jetzt wird Hai sicherlich wieder freigelassen«, vermutete Ehrmanns, als sie zum Kommissariat zurückliefen. »Höchste Zeit, dass Sie nach Hause kommen, Lindau!«

26. Kapitel

Ehrmanns wünschte dem Kutscher seiner Mietdroschke einen guten Abend und entließ ihn.

Ehe es von der nahen Trinitatiskirche neun Uhr schlagen konnte, hatte der Kommissar den Glockenzug des historischen Patrizierhauses betätigt, dessen Wurzeln bis ins 13. Jahrhundert zurückreichten.

»Guten Abend und herzlich willkommen«, hörte er hinter sich eine bekannte Stimme. Konrad Berg, der Hausherr, war zurückgekehrt.

»Nach neun Uhr wird niemandem mehr Einlass gewährt. Das ist eine eiserne Regel der Hausherrin, musst du wissen.«

»Da haben wir ja Glück gehabt«, bemerkte Ehrmanns. Sein alter Kamerad schloss die Tür auf.

Helene Berg freute sich über den bunten Tulpenstrauß. Sie erwies sich als herzliche und aufmerksame Gastgeberin, verfügte über vorzügliche Kochkünste und lachte viel. Ein Frauentyp, bei dem man sich wohlfühlen musste.

Ehrmanns erfuhr bald mehr über die Besitzverhältnisse des ungleichen Paares. Helene hatte das Haus von entfernten, kinderlosen Verwandten geerbt und teilte es seit vielen Jahren mit dem Detektiv. Der ging beruflich seiner nicht sehr einträglichen Leidenschaft nach. Seine Frau schien das nicht zu stören. Sie wirkte glücklich mit ihrem humorvollen, mittellosen Mann.

Konrad Berg wiederum schaute stolz auf das bedeutende Anwesen im Herzen der Kölner Altstadt und auf seine Frau, die ihn zu verwöhnen verstand.

»Jetzt zeige ich dir das Haus«, schlug der Detektiv nach dem Essen vor. »Aber nur bis zum ersten Stock. Das andere ist privat. Helene ist eine geborene Williams«, flüsterte Berg seinem alten Kameraden zu, als seine Frau in die Küche ging. »Sie hält Anteile an dem bekannten Obstbrand. Alle weiblichen Erben haben den gleichen Vornamen. Es gibt mindestens drei Frauenzimmer von der Sorte. Ich habe sie auf einem Familientreffen kennengelernt ...«

Was Ehrmanns sah, beeindruckte ihn sehr. Eine große Empfangshalle, ein geschmackvoll eingerichteter Salon, ein sparsam möbliertes Esszimmer, reich verzierte Kamine, elektrische Beleuchtung. Hier ließ es sich leben! Vor allem die Details interessierten ihn, die dieses Haus von den Villen in der Neustadt unterschieden. Besonders die kunstvollen Fensterpfeiler im Erdgeschoss des Hinterhauses mit ihren gedrehten Säulenfüßen hatten es ihm angetan, vielfältige zierliche und trefflich gearbeitete Steinmetzkunstwerke. Er betrachtete sie näher. Am ersten Sockel der Fensterwand, durch die der Innenhof mit einem Brunnen zu sehen war, konnte er eine männliche Figur mit einem Wappen und der Jahreszahl 1275 erkennen.

»Das soll Gottschalk Overstolz de Busendale sein, dem das Haus in seiner ursprünglichen Form gehörte«, erklärte Berg. »Er begründete einen von fünf Seitenzweigen des führenden Geschlechts innerhalb der Kölner Patrizierfamilien bis zum ausklingenden Mittelalter. Die Overstolzen hatten hier in der Stadt als Bürgermeister,

Schöffen und Ratsmitglieder das Sagen. Sie waren Politiker, Polizisten und Richter in einer Person, nahmen sogar in ihren Häusern Gefangene in Gewahrsam. Aber ich zeige dir noch etwas anderes. Du wirst begeistert sein!«

Sie verließen den hinteren Gebäudetrakt und kehrten ins Treppenhaus zurück. Schon die Treppe zum ersten Stock war eine Sehenswürdigkeit für sich, breit und bequem, mit flachen Stufen und einem eleganten Handlauf aus edlen Hölzern. Die Schweifung in der Mitte der Ganglinie schluckte jedes Geräusch.

»Der vordere Hausteil wurde erst im 16. Jahrhundert gebaut«, bemerkte Konrad Berg mit Blick auf das Prachtstück der ganzen Anlage, ein dralles Blumenmädchen auf dem Podest am Fuße der Treppe. Ihre linke Brust blieb unbedeckt, zur Freude des Detektivs, der kurz darüberstreichelte.

»Das bringt Glück!«, behauptete er mit dreckigem Lachen.

Den Abschluss des Treppenabschnitts bildete ein bärtiger Ritter in voller Rüstung, Wappenschild und aufgestellter Lanze, zu dem ein Knappe auf der anderen Seite der Treppe bewundernd emporschaute.

»Die Waffe ist ja echt!«, bemerkte Ehrmanns.

»Abwarten! Gleich wirst du sehen, woher sie stammt.«

Im ersten Stock durchquerten sie zunächst einen Salon mit einem Lüster und robusten Chippendale-Möbeln, die schon bessere Tage gesehen hatten.

»Mein Arbeitszimmer«, erklärte der Detektiv stolz, als sie den angrenzenden Raum mit düster wirkender Holzvertäfelung und Kassettendecke betraten. Eine riesige Bücherwand füllte die ganze rückwärtige Front aus.

Davor stand ein englischer Sekretär mit der alten Adler 7, die Berg aus seinem Büro in der Marzellenstraße ausgemustert hatte. Verschiedene Stühle unterschiedlicher Stilrichtungen an den Wänden und ein kleiner runder Tisch komplettierten die zusammengewürfelte Einrichtung. Die Holzdielen in dem Raum knarrten bei jedem Schritt. Früher hatte wohl ein Geräusche schluckender Teppich auf ihnen gelegen, wie das helle Rechteck in der Mitte vermuten ließ.

»Ich wusste gar nicht, dass du so belesen bist«, sagte Ehrmanns.

»Einiges habe ich tatsächlich in der Hand gehalten«, behauptete Berg. »William Shakespeares gesammelte Werke sprechen nicht zu mir, aber da gibt es auch Schriften von einer Dame, an der niemand vorbeikommt. Ihr Name ist Jane Austen.«

»Nie gehört«, gab der Kommissar zu.

»Dann wird es aber Zeit«, sagte Berg. Er ging zur Bücherwand und zog zielsicher ein Buch heraus.

»Jane Austen: Stolz und Vorurteil«, entzifferte Ehrmanns.

»Unbedingt lesen!«, befahl der Detektiv. »Dann wirst du die Frauen besser verstehen. Aber jetzt zeige ich dir das, was dich wirklich interessieren wird!«

Erst auf dem Weg in den nächsten Raum bemerkte der Kommissar das Porträt einer Dame im Halbprofil, die versonnen in die Ferne blickte.

»Sie träumt von einem edlen Ritter, der sie auf sein Schloss entführt«, erklärte Berg lächelnd. »Aber ein Patrizier aus dem Geschlecht der Overstolzen ist ebenfalls eine gute Wahl, denkst du nicht auch?«

Etwas an dem Ausdruck der Dargestellten irritierte den Kommissar. Ehe er nochmals zurückgehen konnte, um das Bild näher zu betrachten, winkte ihn sein Gastgeber ungeduldig weiter.

»Da staunst du, nicht wahr?«, bemerkte der Detektiv zufrieden, als sie den nächsten Raum betraten. »So etwas hat selbst die Kölner Polizei noch nicht gesehen!«

Ehrmanns nickte stumm. Er ließ sich auf einem Polsterstuhl mit hohen Armstützen am Ende des Raumes nieder, aus dem eine Staubwolke entwich. Jetzt konnte er die ganze Szenerie auf sich wirken lassen.

Der Saal war voller Waffen: Schusswaffen hinter Glasschränken, Lanzen, Speere und Schwerter an den Wänden, über Kreuz oder fächerförmig angebracht, in deren Mitte dazugehörige Rüstungen, auf Bänken Schilder und Helme. Ausgestopfte Köpfe von Sechs- und Achtendern über den Schränken wiesen auch Laien wie den Kommissar darauf hin, dass es sich bei den Schusswaffen um Jagdgewehre handelte.

Die Wände schmückten fachkundig restaurierte Malereien kämpfender Ritter im Turnier.

Ganz benommen von dem Anblick der vielen Waffen konnte sich Ehrmanns gar nicht richtig auf die anschließenden Gesellschaftsspiele mit dem Ehepaar konzentrieren. Als seine Mietdroschke am späten Abend auf dem Weg zur Altenberger Straße an der Lintgasse vorbeifuhr, fiel ihm ein, dass Greta nicht die versprochenen Karten für den Vortrag über den Kometen gebracht hatte. Da sollte er morgen einmal nachfragen.

Mittwoch,
11. Mai 1910

27. Kapitel

Pünktlich um sieben Uhr saß Ehrmanns mit seinen Mitarbeitern am Frühstückstisch im Kommissariat.

»Ich habe die Vermisstenanzeige von Fräulein Merzfeld in der heutigen Tageszeitung gefunden«, verkündete Lindau stolz. Er schob Ehrmanns die Mittwochsausgabe des Stadt-Reports zu, die er auf seinem Weg zur Dienststelle in der Johannisstraße gekauft hatte. Die Anzeige stand im Kleinanzeigenteil auf Seite neun:

Bekanntmachung
1.000 Mark Belohnung für das Auffinden einer
vermissten Person
Am Samstag, den 23. April 1910, hat sich das Fräulein Adele Merzfeld aus ihrer Wohnung im Kastellsgäßchen 9 zu Cöln entfernt und ist seitdem verschwunden. Es besteht der dringende Verdacht, dass sie an einem unbekannten Ort festgehalten wird oder getötet worden ist.
Die Vermisste ist am 2.12.1889 in Cöln-Nippes geboren, mittelgroß und schlank. Sie hat eine auffällige Zahnlücke zwischen den beiden mittleren oberen Schneidezähnen. Als sie ihre Wohnung verließ, war sie vermutlich bekleidet mit einem grau-schwarz gestreiften Rock, einer weißen Bluse,

einem schwarzen Jackett, schwarzen Schnürschu-
hen und einem schwarzen Hut.
Der Regierungspräsident in Cöln hat für die
Ermittlung des Aufenthaltsorts des Fräuleins
oder für die Beibringung von erheblichen Bewei-
sen zur Überführung der Person, die das Fräu-
lein gefangen hält oder ihren Tod verschuldet hat,
eine Belohnung bis zu 1.000 Mark ausgesetzt. Die
Verteilung der Belohnung behält der Regierungs-
präsident sich unter Ausschließung des Rechtswe-
ges vor.
Es wird ersucht, sachdienliche Angaben bei der
Polizeibehörde zu machen oder hierhin zu den
Akten mitzuteilen.
Cöln, den 9. Mai 1910
Der Untersuchungsrichter III
beim Königlichen Landgericht

»Das Geburtsdatum und den Geburtsort von Fräulein Merzfeld hat die Behörde wohl vom Einwohnermeldeamt, als sie sich dort vor zwei Jahren wegen ihrer neuen Wohnung im Kastellsgäßchen ausweisen musste«, meinte Ehrmanns. »Leider stimmt das, was uns Fräulein Sieberdt über die Eltern des Frauenzimmers berichtet hat. Die Merzfelds sind im Kölner Adressbuch von 1910 nicht aufgeführt. Übrigens – war ein Fräulein Kluge hier?«, fragte er in Bienes Richtung. »Sie wollte ein paar Eintrittskarten für einen Vortrag heute in der Lesegesellschaft vorbeibringen.«

»Das hätte ich Ihnen doch sofort gesagt, Chef!«, rief die Schreiberin empört. »Haben Sie denn mein Zeugnis nicht richtig gelesen? Darin steht etwas von äußerster Zuverlässigkeit oder so ähnlich …«

»Schon gut, Biene«, winkte Ehrmanns ab. Wieder wunderte er sich darüber, dass Greta gar nichts von sich hören ließ. So kannte er sie überhaupt nicht. »Bei einem hieb- und stichfesten Alibi für Samstagabend wird Ludwig Hai heute vom Haftrichter mit Auflagen auf freien Fuß gesetzt, das werden wir erleben«, stellte er nachdenklich fest. »Sein leiblicher Vater Heinrich, seine Freundin Henriette von Quiring, aber auch sein Chauffeur Peter von Quiring werden für ihn aussagen.«

Sein Blick streifte die Wanduhr.

»Zwanzig vor neun Uhr. Jetzt aber an die Arbeit!«

»Jawohl, Chef!«, riefen seine Mitarbeiter im Chor.

Ehrmanns musste widerwillig lächeln. Ein schöner Verein war das hier. Gut, dass der Inspektor nicht mithören konnte!

28. Kapitel

Als Ludwig Hai um elf Uhr den zweiten Verhandlungs-
raum des Justizgebäudes auf dem Appellhofplatz betrat,
wurde er von seinem Vater Heinrich, seiner Freundin
Henriette von Quiring und ihrem Bruder Peter begleitet. Diese drei bestätigten noch einmal sein Alibi für die
ermittelte Todeszeit der beiden Mordopfer von sechs
Uhr bis zehn Uhr am Samstagabend vor dem Haftrichter: Ludwig Hai habe sich am Tag des Doppelmords ab
sechs Uhr abends in Begleitung seines Bediensteten von
Quiring und später bis ein Uhr nachts in der Wohnung
seines leiblichen Vaters Heinrich Hai in der Johannisstraße befunden.

Wieder dieser schnelle Blick Henriettes zum Vater des
Angeklagten vor ihrer eidesstattlichen Aussage, dachte
Ehrmanns. Irgendetwas stimmte hier nicht! Er sollte sich
das Fräulein noch einmal vornehmen.

Nachdem auch sein Chauffeur Peter von Quiring
wiederholte, wo sich der Junior am Mordtag ab sechs
Uhr abends aufgehalten hatte, wurde der junge Hai mit
der Auflage entlassen, sich für weitere Untersuchungen
bereitzuhalten.

»Ich denke, Sie haben ein volles Programm«, stellte
der Inspektor auf der Treppe zum Ausgang fest. »Dann
möchte ich Sie nicht weiter aufhalten. Wir sehen uns
heute Abend.«

Er wollte sich schon verabschieden, als ihm noch etwas einfiel.

»Ach ja, beinahe hätte ich es vergessen! Hier haben Sie eine Abbildung der vermissten Adele Merzfeld. Die geht an jede Polizeidienststelle. Die Qualität lässt zu wünschen übrig, aber man kann das Fräulein deutlich erkennen.«

Ehrmanns und Lindau schauten auf ein lächelndes Frauenzimmer in Schwarz-Weiß, eine »hübsche Person mit einer süßen Zahnlücke«, wie sie der Pförtner des Fernsprechamts passend beschrieben hatte.

Frauenburg verabschiedete sich Richtung Langgasse. Er hatte es nicht weit bis zum Präsidium und wollte seiner Gesundheit zuliebe zu Fuß gehen, wobei ihm das schöne Wetter entgegenkam. Die kühle, trockene Witterung der vergangenen Tage, die nur durch gelegentliche Regenfälle unterbrochen wurde, hatte sich merklich verändert. Es wurde immer wärmer. Dazu blies ein Wind aus südlicher Richtung. Für die Landwirtschaft war das natürlich gar nicht gut. Hoffentlich gab es bald wieder ergiebigen Niederschlag.

Auf der Komödienstraße hielt Ehrmanns eine Droschke an.

»Fast zwölf Uhr«, stellte er fest. »Ich habe noch etwas zu erledigen. Sie, Lindau, begeben sich zurück ins Kommissariat und diktieren Biene einen Bericht über die Verhandlung.«

»Wir sollen doch zusammen ermitteln!«, protestierte der Kriminalschutzmann.

»Papperlapapp!«, knurrte Ehrmanns, während er sich

zum Kutscher begab, dem er das Fahrtziel angab – so leise, dass Lindau unmöglich mithören konnte.

»Wir haben es mit einem skrupellosen Mörder zu tun«, startete der einen letzten Versuch. »Deshalb sollten wir keine Alleingänge ...«

»Sie sind beschäftigt!«, rief Ehrmanns ihm beim Einsteigen mit gefährlichem Unterton zu. »Berichte, Handschriftenvergleiche, Hinweise aus der Bevölkerung zur Vermisstenanzeige von Fräulein Merzfeld. Das verstehe ich unter Arbeitsteilung! Nach meiner Rückkehr sehen wir weiter. Denken Sie auch daran, ausreichend zu essen. Im Brauhaus ›Em Kölsche Boor‹ auf dem Eigelstein gibt es heute Reibekuchen.«

Die Fahrt dauerte nicht lange. Ehrmanns hätte auch zu Fuß gehen können, aber er wollte ein wenig allein sein. Am Ende der Marzellenstraße nahmen sie die Bahnunterführung, bogen dann rechts in die Allerheiligenstraße ab. Noch ein Stück die Domstraße entlang, dann waren sie am Ziel.

Wenig später schlenderte er die Brandenburger Straße entlang, die einen Steinwurf von der Altenberger Straße entfernt ebenfalls zur Johannisstraße führte. Er passierte eine Apotheke und eine Buchhandlung. Hinter einer Fleischerei kam das helle Dreifensterhaus mit dem Balkon auf der Beletage in Sicht, das er zielstrebig ansteuerte.

Ein heller Glockenton kündigte ihn an. Herzlicher konnte die Einladung nicht sein, in die Welt der exotischen Düfte einzutauchen. Wie immer, wenn er das Geschäft betrat, atmete Ehrmanns tief ein. Einen Moment lang war er allein mit den köstlichen Tees aus China, Ceylon, Indien, Japan und neuerdings auch Java, die in runden Dosen auf ihre Käufer warteten.

Ehrmanns lächelte dem zierlichen Fräulein zu, das kurz darauf den Verkaufsraum betrat. Die hellblaue Schürze harmonierte wunderbar mit ihrer hellen, klaren Haut und den blaugrünen Augen. Ihr warmes kupferbraunes Haar hatte sie im Nacken zu einem modernen Kranz geflochten. Im einfallenden Sonnenlicht schimmerte es golden.

»Einen wunderschönen Tag, Herr Kommissar«, begrüßte sie ihn mit einem angedeuteten Knicks. »Was darf es heute sein?«

»Am liebsten eine Komposition, die mich auf angenehme Weise wach hält und beim Nachdenken unterstützt«, wünschte sich Ehrmanns. »Ich vertraue da ganz Ihrem ausgezeichneten Geschmack, Frieda.«

»Vielen Dank, Herr Kommissar.« Das unerwartete Kompliment hatte ein leichtes Rosa auf ihre Wangen gezaubert. »Da hätte ich etwas ganz Neues: einen schwarzen Tee aus Südindien mit Orangenschalen und Orangenöl aus Spanien, Lavendelblüten aus Südfrankreich und natürlichem Bergamotteöl aus Italien. So schmeckt Ihr geliebter Earl Grey fruchtiger und ganz leicht nach Gewürzen.«

Ehrmanns ließ sich von ihrer Leidenschaft für den Tee anstecken.

»Davon probiere ich gerne eine Schale«, meinte er neugierig.

Frieda hatte nicht übertrieben, wie Ehrmanns zehn Minuten später erfreut feststellte, als sich beide an einem der drei Tische gegenüberstanden und den frisch aufgebrühten Tee aus kleinen Schalen schlürften. Der Kommissar betrachtete die goldenen Flecken in der Iris ihrer etwas zu weit auseinanderliegenden Augen, die jetzt nachdenklich auf ihn gerichtet waren.

»Sie werden die Verbrechen aufklären, da bin ich mir sicher«, sagte sie. »Aber passen Sie auf sich auf!«

Ehe Ehrmanns etwas erwidern konnte, riss die Ladenglocke beide aus dem Moment. Ein Trupp Arbeiter schwappte herein, Stammgäste, die sich ihre Mittagspause mit einem belebenden heißen Getränk versüßen wollten. »Dach, *Fröling!*«, riefen sie fröhlich, ehe sie sich an die Tische verteilten und ihre mitgebrachten Brote auspackten.

Doch Frieda ließ sich Zeit. Sie füllte Ehrmanns' Blechdose mit der Teemischung und ein kleines Seidensäckchen mit einem weiteren Inhalt.

»Zitronenmelisse, Hopfen und Rosenblätter«, erklärte sie, als er sie fragend anschaute. »Hilft, wenn man nicht einschlafen kann.«

»Wo haben Sie denn den Chef gelassen?«, fragte Biene erstaunt, als Lindau gegen Viertel nach zwölf im Kommissariat eintraf.

»Der hat mich weggeschickt«, sagte der Sonderermittler säuerlich. »Wir sollen Berichte anfertigen. Ludwig Hai befindet sich wieder in Freiheit ...«

»Weiß ich doch!« Biene legte ihm grinsend ein Schriftstück vor. »Ich habe zusammengefasst, was der Kommissar heute Morgen am Frühstückstisch erzählt hat. Er hat den Richterspruch vorweggenommen, richtig?«

Lindau starrte sie an. »Der Handschriftenvergleich ...«

»Meinen Sie den Schriftvergleich zwischen dem Schulheft von diesem Siegfried Ostheim, das seine Stiefmutter gestern vorbeigebracht hat, und der Widmung in dem Catull?«, fragte Biene. »Schon erledigt! Keine Übereinstimmung!«

»Aha«, sagte Lindau überrascht. »Der Bericht dazu …«

»Auch fertig.« Sie hielt ihm ein zweites Dokument hin. Er nahm es an sich. Ungläubig begann er zu lesen.

»Wollen Sie mich beleidigen?«, setzte Biene nach. »So etwas habe ich jahrelang gemacht! Beide Schriftstücke hier unterschreiben.« Sie zeigte auf das Ende der entsprechenden Seiten.

»Aber ich trage die Verantwortung«, warf Lindau ein.

»Dann machen Sie Ihren Mist doch selbst!«, zeterte sie.

Langsam dämmerte es Lindau, warum Bienes ehemaliger Chef sie nach zwei Jahren entlassen hatte. Vielleicht hatte er es nicht mehr mit ihr ausgehalten? Oder hatte sie etwas entdeckt, was Konrad Berg schaden könnte? Er beschloss, sofort zu unterschreiben und die Schriftstücke später heimlich noch einmal durchzulesen.

»Ich bin beeindruckt«, entfuhr es ihm.

»Da staunen Sie, was?«, sagte Biene zufrieden. »Ich bin eben unentbehrlich! Schnell abzeichnen und dann nichts wie ab zum Eigelstein. Der ›Kölsche Boor‹ hat heute wieder Reibekuchen im Angebot.«

»Einverstanden«, sagte Lindau. »Mir knurrt auch langsam der Magen. Hier habe ich noch ein Bild des vermissten Fräuleins. Legen Sie bitte eine Akte an.«

»Der Eilbote hat den Text der Vermisstenanzeige vorhin vorbeigebracht«, klärte ihn Biene auf. »Er hat gesagt, dass er ihn allen Polizeidienststellen ausliefert, damit die

Beamten Bescheid wissen und ihn aufhängen. Leider war keine Photographie beigefügt.«

Sie nahm eine schmale Akte heraus und legte das Bild dazu. »Hübsche Person«, murmelte sie. »Ein Jammer, wenn ihr etwas passiert ist.«

»Das wollen wir doch nicht hoffen!«

Lindau und Biene fuhren herum. Sie hatten den Kommissar nicht kommen hören.

»Ich habe Hunger«, erklärte der gut gelaunt. »Gehen wir Reibekuchen essen.«

»Prima Idee, Chef!«, rief Biene erfreut.

29. Kapitel

Polizeikommissar Hermann Teichert vom neunundzwanzigsten Polizeirevier kehrte kurz nach ein Uhr von seiner Mittagspause ins Kommissariat in der Lupusstraße 6 zurück, als der Weckruf seines Fernsprechers schrillte. Er hasste es, in seiner Verdauungsphase gestört zu werden. Davon bekam er regelmäßig Sodbrennen.

»Kaiserliche Postagentur Köln-Niehl, Postagent Jansen«, meldete sich der Anrufer.

Niehl! Teichert schwante Übles. Er verfluchte den Tag, an dem er den Posten am Nordrand der Stadt angenommen hatte. Damals konnte er nicht wissen, dass die meisten Lebensmüden, die sich neuerdings aus Angst vor dem Kometen in den Rhein stürzten, bei den Niehler Rheinwiesen angeschwemmt wurden. Hoffentlich musste er nicht schon wieder ausrücken.

»Hören Sie?«, vergewisserte sich der Postagent.

»Ich bin ganz Ohr«, stöhnte der Kommissar. »Lassen Sie mich raten: eine Wasserleiche!«

»Richtig«, bestätigte der Postangestellte. »Der Hund eines Schäfers hat eine männliche Leiche gefunden, in Bauchlage, Kopf unten. Der Tote hat sich wohl im Buschwerk am linken Rheinufer verfangen. Hinter dem Deich unterhalb des Kuhwegs Richtung Niehl. Die Wasserleiche steckt in einer Polizeiuniform!«

»Ach du lieber Gott«, entfuhr es dem Kommissar. Ein

Kollege! Schlimmer hätte es gar nicht kommen können. Aber noch gab es eine Möglichkeit, die Sache abzuwiegeln.

»Weist die Leiche Verletzungen auf?«, fragte er hoffnungsvoll.

»Das weiß ich nicht«, meinte der Postagent. »Der Schäfer hat nichts angefasst und ist direkt in die Agentur gelaufen. Aber schon allein der Umstand, dass es ein Uniformierter ist, macht die Sache kompliziert.«

»Danke«, unterbrach ihn Teichert. »Sagen Sie ihm, dass gleich jemand rauskommt. Es kann allerdings etwas dauern, bis ich einen aufgetrieben habe.«

»Ich drücke Ihnen die Daumen, dass Sie den zuständigen Mann erreichen«, sagte Postagent Jansen und beendete das Telephonat.

Der Kommissar legte auf, um gleich darauf ein Ferngespräch mit Carl Frost in der Lindenburg anzumelden. Er hatte Glück. Der Professor kam an den Apparat. Teichert berichtete ihm von der ungewöhnlichen Wasserleiche. Der Professor stöhnte.

»Sie ahnen nicht, was hier los ist«, rief er. »Wir haben den ganzen Keller voller Leichen, die noch zu obduzieren sind. Sektionen im Akkord. Aber in diesem Fall muss ich wohl kommen. Haben Sie schon Kommissar Ehrmanns in der Altenberger Straße 5 angerufen? Der ist für solche kriminellen Angelegenheiten zuständig.«

»Vielen Dank für den Hinweis. Ich versuche, den Kollegen zu erreichen.«

Im Kommissariat des zweiten Kriminalpolizeibezirks meldete sich niemand. Da musste er sich wohl selbst vor Ort begeben.

Er rief eine Mietdroschke, die ihn über die Amsterdamer Straße an der Flora, der Artilleriekaserne und den städtischen Kläranlagen vorbei bis zum Kuhweg Richtung Rheinauen fuhr.

Die Schafherde war nicht zu übersehen. Zwei Hunde passten auf, der Schäfer befand sich mittendrin. Als der Kommissar auf ihn zukam, zeigte er Richtung Rheinufer.

»Ihr Kollege ist schon da!«, rief er ihm zu. »Hinter dem Deich.«

Teichert freute sich, dass er in einem Atemzug mit dem berühmten Carl Frost genannt wurde, den er noch nie zu Gesicht bekommen hatte.

Die lange, hagere Gestalt des Professors war über ein Bündel gebeugt, das sich beim Näherkommen als die gemeldete Wasserleiche entpuppte. Teichert sah nur die Beine und den Rücken. Der Kopf steckte noch im seichten Uferwasser, das der aufkommende Sturm in Wellen gegen die Büsche trieb.

»Da sind Sie ja!«, rief Frost, der wohl Teicherts Schritte gehört hatte. »Schade, dass Sie Ehrmanns nicht erreicht haben. Dann müssen *Sie* mir jetzt behilflich sein. Wir ziehen den Toten zusammen an Land, sonst wird er uns am Ende wieder in den Rhein gespült.«

Er warf dem Kommissar ein Paar Handschuhe zu.

»Packen Sie da an.«

Er zeigte auf das rechte Bein, während er selbst den linken Unterschenkel der Leiche umfasste.

»Bei drei so kräftig ziehen, wie Sie können. Bloß nicht loslassen.«

Die schwere Leiche konnte nur unter Aufbietung aller Kräfte bewegt werden. Die Männer waren nassgeschwitzt und verschlammt, als sie den Körper endlich aus dem Böschungsbereich herausgezogen hatten. Jetzt lag er wie ein triefender Sack auf der abschüssigen Wiese. Die Hütehunde kamen knurrend näher, wurden aber sofort zurückgepfiffen, damit Frost und Teichert ungestört ihre Arbeit verrichten konnten.

»Wir müssen den Kerl umdrehen«, befahl der Professor. »Ist Ihnen schon einmal eine Wasserleiche untergekommen?«

»Allerdings!«, knurrte der Kommissar. »Öfter, als mir lieb ist.«

Der Schock kam unerwartet, nachdem sie den barhäuptigen Mann auf den Rücken gewälzt hatten. Die Pickelhaube hatte der Rhein längst fortgespült. Sein Gesicht sah entsetzlich aus. Jemand hatte den Wachtmeister grün und blau geschlagen. Manche Stellen seiner aufgedunsenen Haut waren aufgeplatzt.

»Nicht sehr appetitlich anzusehen«, stellte Frost lakonisch fest. »Die Handschellen haben dem armen Kerl auch nichts mehr genutzt. Haben Sie einen Asservatenbeutel dabei?«

»Selbstverständlich«, sagte Teichert nach einem tiefen Seufzer. »Gibt es weitere Fundstücke?«

»Eine Dienstmarke und einen Ausweis vom sechsten Polizeirevier. Hoffentlich ist der Name auf dem welligen Ausweispapier zu lesen.«

Er hielt sich das feuchte Schriftstück dicht vor die Augen. »Wir haben Glück, ich kann es entziffern! Gustav Schänzler, geboren im Mai 1880. Der Kerl ist gerade einmal dreißig Jahre alt geworden.« Er lachte freudlos. »Das ist der Grund, weswegen ich Ihren Beruf niemals ausüben wollte.«

»Obwohl Sie wie ein Ermittler reden, wenn ich mir diese Bemerkung erlauben darf«, stellte Kommissar Teichert fest.

»Ja, man hat doch dauernd mit der Polizei zu tun! Helfen Sie mir bitte, dem Toten die Uniformjacke auszuziehen.«

Als die Arme der Leiche freilagen, entdeckten sie auch hier deutliche Hämatome und Hautrisse, auf den Innenflächen der Hände massive Abschürfungen.

»Solche Verletzungen habe ich an Wasserleichen noch nie gesehen«, sagte Teichert. »Kann es sein, dass sie durch die Kollision mit Schiffen entstanden sind?«

»Das halte ich nicht für sehr wahrscheinlich. Die Art der Blessuren und Hämatome an Händen, Armen und am Kopf sprechen dagegen. Ich glaube, der Wachtmeister ist nicht freiwillig in den Fluss gesprungen. Genaueres kann ich allerdings erst nach der Obduktion sagen.«

Frost und Teichert richteten sich auf. Zwei schwarz gekleidete, kräftige Männer schleppten eine Trage über die Deichkrone.

»Da kommen die Leichenträger«, erklärte der Professor. »Wir können dann auch mit ihnen zurückfahren.«

»Es hat mich gefreut, Sie kennenzulernen«, sagte der Kommissar später bei der Verabschiedung. »Warum sind Sie eigentlich selbst herausgekommen? Sie hätten doch dem Kreisarzt Bescheid sagen können.«

»Das hier ist nichts für Stümper«, meinte Frost trocken.

30. Kapitel

Anna horchte an der Küchentür auf die Schritte, die sich polternd entfernten. »Tschö, Wilhelm«, flüsterte sie ärgerlich. Ihr Ehemann ließ sich neuerdings nur noch zu den Mahlzeiten zu Hause blicken. Offiziell machte er wieder Kundenbesuche, aber Anna hatte schon seit Wochen niemanden mehr in der bequemen Besucherecke sitzen sehen. Jetzt war es an der Zeit, dem schlimmen Brief auf den Grund zu gehen, den sie am Samstagabend in der Schublade ihres Mannes gefunden hatte. Sie schlich auf Zehenspitzen nach unten, obwohl sie sich ganz allein im Haus befand. Siegfried arbeitete bei seinem Freund für die Schule und Wilhelm würde mindestens bis sechs Uhr abends in der Kneipe hocken. Dennoch hatte sie sich eine übertriebene Vorsicht angewöhnt nach all dem, was sie in den letzten Tagen erlebt hatte. Zum Glück hatte sie der Polizei die Toten anonym gemeldet. Ihren Namen hatte sie nicht preisgegeben aus Angst, für den Tod der beiden Personen verantwortlich gemacht zu werden. Sie stand wieder vor dem Schrank. Die mittlere Schublade ließ sich ohne Widerstand herausziehen. Zuoberst lag die Ausgabe des Kölner Stadt-Reports von heute. Seltsam! Seit wann las Wilhelm Zeitung? Neugierig nahm sie die zusammengefaltete Zeitschrift heraus und blätterte sie durch. Auf Seite neun stieß sie auf eine rot markierte Bekanntmachung. Anna fing an zu lesen:

*1.000 Mark Belohnung für das Auffinden einer
vermissten Person
Am Samstag, den 23. April 1910, hat sich das Fräulein Adele Merzfeld aus ihrer Wohnung im Kastellsgäßchen 9 zu Cöln entfernt und ist seitdem
verschwunden. Es besteht der dringende Verdacht,
dass sie an einem unbekannten Ort festgehalten
wird oder getötet worden ist ...*

Sie konnte nicht weiterlesen. Die Buchstaben verschwam-
men vor ihren Augen. Brunhild tot, Adele verschwunden ... Wen traf es als Nächstes?

Bitte, lieber Gott, lass Wilhelm zufällig auf die
Bekanntmachung gestoßen sein ... aber warum hatte er
den Abschnitt rot markiert? Wusste er etwa, wo sich
Adele befand? War er zur Polizei gegangen, um sich die
Belohnung zu verdienen?

Anna schüttelte sich. Nichts als Vermutungen! Sie hatte
Besseres zu tun! Entschlossen griff sie nach dem Brief von
Robert Hai, der unter die Zeitung gerutscht war, legte
die Mittwochsausgabe des Kölner Stadt-Reports gefal-
tet zurück und verließ das Haus.

Das großzügige, moderne Wohn- und Geschäftshaus
in der Schildergasse, in dem Robert Hai seinen Firmen-
sitz angemietet hatte, sollte bestimmt seiner Kundschaft
imponieren. Der Name des Immobilienhändlers prangte
in großen schwarzen Lettern auf einem weißen Emaille-
schild, eingerahmt von einem stilisierten Haus. Darunter
erhielt der geneigte Besucher den Hinweis auf den zweiten Stock, in dem sich der Bürotrakt Hais befand. Die
Haustür ließ sich problemlos aufstoßen.

Anna schwebte auf einer breiten Steintreppe nach oben. Der Weg führte an hohen Portalen vorbei, hinter denen sich ein Juwelier, eine Arztpraxis, ein Optiker und eine Versicherung befanden. Eine feine Adresse hat Robert sich da ausgesucht, dachte sie. Bald stand sie vor seinem Büro, dieses Mal gekennzeichnet durch goldene Buchstaben auf blauem Grund.

Sie zögerte, plötzlich beklommen. Was verbarg sich hinter der Tür? Wie sollte sie vorgehen? Dann straffte sie ihre Schultern. Keine Zeit für Bedenken! Sie musste es schaffen, dass der Nachfolger von Robert ihrem Ehemann einen Teil seiner Schulden erließ, koste es, was es wolle!

Entschlossen klopfte sie an. Keine Reaktion. Lauter! Wieder nichts. Ob niemand da war? Sie packte die Klinke, drückte sie herunter, stieß dagegen – und schrie gellend auf. Flog mehr, als dass sie lief, die Treppe hinab, mit dem Gesicht des Eindringlings vor Augen, der sich am Samstagabend über die Toten gebeugt hatte.

31. Kapitel

»Gehen Sie jetzt nach Hause, Lindau«, sagte Ehrmanns, als sie gegen halb drei nachmittags wieder im Kommissariat ankamen. »Ich erwarte Sie heute Abend um sieben Uhr zurück. Dann können wir uns noch besprechen, bevor wir in die Langgasse fahren.«

Mit der ungewohnten Freizeit sollten Lindaus Überstunden am Abend ausgeglichen werden. Nun würde er seiner ungeliebten Schwiegermutter Ursula Jakobs über den Weg laufen. Die resolute und kräftige Frau in den Fünfzigern wollte heute seine überlastete Ehefrau Berta unterstützen.

Sein Herz schlug schneller, als das Zinshaus in Sicht kam, in dem er mit seiner Familie wohnte. Auf der Straße flogen ihm seine beiden Jüngsten entgegen. Lotte und Peter spielten Nachlaufen mit den Nachbarskindern.

»Wo ist denn die Mama?«, fragte er beiläufig.

»Kuchen backen mit der Oma«, berichtete Lotte eifrig. »Einen Schokoladenkuchen. Bald ist er fertig!«

»Fein! Und was machen Michael und Eva?«

»Schreiben und rechnen. Für den Unterricht. Ich will auch in die Schule gehen«, bettelte Lotte und hängte sich an Lindaus Arm.

»Bald! Nächstes Jahr, wenn der Osterhase dir bunte Eier gebracht hat, wirst du ein Schulkind sein«, vertröstete Lindau sie.

Schade, dass du kein Junge bist, dachte er. Dann könntest du es weit bringen, so ehrgeizig, wie du bist.

Er schaute sich nach seinem Nesthäkchen um. Aber Peter lief längst wieder mit den anderen Kindern um die Wette. Heute Abend würde er todmüde sein und schnell einschlafen.

Jetzt konnte er es nicht länger aufschieben. Solange Ursula Kuchen backte, war sie hoffentlich abgelenkt.

Dann stand er vor seiner Wohnungstür.

Sein Verhältnis zu den Schwiegereltern war angespannt. Sie warfen ihm vor, Berta in ein entbehrungsreiches Leben hineingezogen zu haben. Die Jakobs konnten es nicht verstehen, dass sich ihre einzige Tochter Hals über Kopf in einen völlig mittellosen jungen Mann aus der Unterschicht verliebt hatte. Als sie dahinterkamen, war Berta schon schwanger und musste ihn heiraten. Die Jakobs hielten Liebe als Basis einer Ehe für die größte Dummheit, die man sich nur vorstellen konnte. Dieses Gefühl, eine Täuschung der Sinne, würde schnell verfliegen. Zurück blieb ein arbeitsreiches Leben ohne die Vergnügungen der *besseren Leute*. Arme Menschen mussten auch viel eher sterben, weil sie durch ihr anstrengendes Tagewerk und die Sorgen um ihr tägliches Brot früh krank wurden und keinen tüchtigen Arzt bezahlen konnten. Lindaus spärlicher Verdienst machte es ihm unmöglich, eine größere Wohnung für seine Familie zu mieten und eine Haushilfe für die überlastete Ehefrau einzustellen. Bei seinem unregelmäßigen Dienst fühlte sich Ursula hin und wieder verpflichtet, Berta zu helfen.

Ein Schrei riss ihn aus seinen Gedanken. Der kam von Michael! Was war passiert? Panisch schloss er auf und stürzte in die Küche. Zwei Frauenköpfe drehten sich zu ihm um.

»Franz! Was ist denn los? Warum bist du schon hier?«, fragte Berta erstaunt. Auf ihrer Küchenschürze prangten Spuren der Schokoladenglasur, die sie gerade auf dem Kuchen verteilt hatte.

»Der Schrei ...«, stammelte Lindau verwirrt. »Michael ...«

»Das kennst du doch«, sagte Ursula kopfschüttelnd. »Dein Sohn ist wütend, weil ich einen Rechenfehler in seinen Hausaufgaben entdeckt habe. Er ist kopflos ins Schlafzimmer gestürzt und hat sich unter dem Bett verschanzt.«

Dein Sohn! Wenn Ursula etwas an Michael nicht passte, war er sein Sprössling. Aber sobald die Enkelkinder Ehrgeiz zeigten und Erfolg hatten, gehörte das natürlich zum Erbe der Jakobs!

»Wie geht es dir denn, Berta?«, fragte er seine schwangere Frau. Er ging zu ihr und wollte sie umarmen.

»Vorsicht«, rief Ursula. »Du tust ihr ja weh!«

»Nein, gar nicht«, wehrte seine Frau ab und gab ihm einen Kuss auf den Mund. »Ich fühle mich gut. Besonders in deiner Gegenwart.«

In diesem Moment kam Michael aus dem Schlafzimmer zurück. »Prima, dass du da bist, Vati«, sagte er erfreut. »Kannst du meine Schreibhausaufgaben nachsehen?«

Ursula warf ihm einen Blick zu, der Bände sprach. Er kannte ihre Meinung. Sie vermisste die väterliche Strenge den Kindern gegenüber. Aber solange Berta zu ihm hielt, konnte sie nichts ausrichten. Er lächelte zum ersten Mal an diesem Tag.

32. Kapitel

Um 4.30 Uhr schrillte der Weckruf des Fernsprechgeräts.

»Hier zweiter Kriminalpolizeibezirk, Ehrmanns am Apparat«, leierte er den vorgeschriebenen Spruch herunter.

»Carl Frost«, schallte es zurück. »Schlechte Nachrichten! Vorhin habe ich zusammen mit Kommissar Teichert einen Polizeiwachtmeister bei Niehl aus dem Rhein gezogen. Gustav Schänzler vom sechsten Polizeirevier.«

»Er hat sich bestimmt nicht selbst entleibt«, vermutete Ehrmanns.

»Im Raten bist du unschlagbar, Martin. Schade, dass du den Wachtmeister nicht gesehen hast. Da ist dir etwas entgangen. Aber ihr bekommt die Photographien vom Zustand der Leiche vor der Sektion. Lauter Hämatome und Abschürfungen an Armen, Händen und Kopf, die in dieser Form nicht von Schiffsschrauben oder Verletzungen am Boden des Flusses stammen können und vermutlich auch nicht post mortem entstanden sind. Der bedauernswerte Kerl ist in den Rhein geprügelt worden, das steht fest. Leider ist ihm das Ertrinken nicht erspart geblieben. Das beweist der Schaumpilz, den wir an Mund und Nase gefunden haben. Sein Tod muss irgendwann in der Nacht zu Montag eingetreten sein. Soll ich weitersprechen?«

»Nein, das genügt! Ich möchte lieber nicht so sterben.«

»Oh, da gibt es unangenehmere Todesarten«, dozierte Frost. »Denk nur an das Verbrennen bei lebendigem Leib!«

»Das glaube ich Ihnen aufs Wort, aber hier haben wir es mit einem Ertrunkenen zu tun«, würgte Ehrmanns den Professor ab. »Ich warte nun auf die Photographien der Leiche.«

»Dann wünsche ich dir weiterhin viel Erfolg bei der Mörderjagd«, sagte Frost ironisch. »Bis zum nächsten Mal, Martin.«

»Ging es um den Wachtmeister, den Sie wegen der Morde im Ursulaviertel sprechen wollten?«, fragte Biene neugierig, nachdem Ehrmanns aufgelegt hatte.

»Ja, leider ist das so«, sagte der Kommissar. »Jetzt ist er tot. Er wurde bei Niehl angeschwemmt. Wir fertigen einen Bericht an. Am besten sofort. Danach muss ich die Besprechung mit Lindau vorbereiten, bevor wir in die Langgasse fahren zu dieser Veranstaltung über den Kometen.«

»Oh, meinen Sie etwa den Lichtbilder-Vortrag von Professor Dr. Gravelius, der seit Wochen Stadtgespräch und völlig ausverkauft ist?«, rief Biene begeistert.

»Jawohl«, seufzte Ehrmanns. »Einlass ist erst um Viertel nach acht, aber Inspektor Frauenburg achtet penibel auf Pünktlichkeit.«

»Für mich wäre das keine Pflichtveranstaltung, sondern eine Herzensangelegenheit, neue Erkenntnisse zu dem Kometenschweif zu erhalten, mit denen ich anderen Menschen die Angst vor der Begegnung mit dem Himmelskörper nehmen kann«, erklärte Biene. »Wie gerne hätte ich mir eine Eintrittskarte gesichert, wenn es möglich gewesen wäre.«

»Es sind genug Karten da«, sagte Ehrmanns. »Inspektor Frauenburg hat sie mir persönlich übergeben für meine Mitarbeiter und das übrige Polizeipersonal. Wenn Sie möchten, kann ich Ihnen gerne eine geben.«

»Ach ja, bitte! Da würde ich mich sehr drüber freuen.«

»Wo habe ich sie denn? Bestimmt in der Schreibtischschublade in meinem Büro.«

Er lief dorthin, gefolgt von Biene, und fing an zu kramen. Als Erstes fiel ihm ihr Zeugnis in die Hände. Das musste er ja auch noch wegschließen. Er schaute darauf.

»Etwas daran ist seltsam«, murmelte er.

Die Erkenntnis traf ihn blitzartig: Er hatte das Schriftbild des falschen Abschiedsbriefes von Robert Hai vor Augen! Auf dem Zertifikat von Biene, ausgestellt von ihrem ehemaligen Chef Konrad Berg! Die Abnutzung der häufig gebrauchten Typen a und e und der kaum noch zu erkennende i-Punkt waren in beiden Dokumenten gleich, ganz sicher! Dennoch meinte er, auch einen Unterschied erkannt zu haben: Das Druckbild auf dem Abschiedsschreiben hatte er schwächer in Erinnerung als dasjenige auf Bienes Zeugnis. Lag das daran, dass die Tinte auf dem Farbband fast verbraucht war, oder daran, dass zwei verschiedene Nutzer die Schreiben mit unterschiedlicher Anschlagstärke auf derselben Maschine abgetippt hatten? Das musste er jetzt schnell vor Ort abklären! Das Zeugnis ließ er vorsichtshalber in der Schublade, damit es nicht verlorenging. Den Abgleich mit der Schriftprobe von Konrad Bergs alter Adler 7 könnte er dann später hier im Kommissariat vornehmen.

»Ich muss sofort weg«, sagte er zu Biene. »Denken Sie daran, Lindau eine Notiz zu hinterlassen.« Er schnappte sich seinen Ermittlungskoffer. »Ach so, Sie wollten ja heute Abend mitkommen. Die Eintrittskarten …«

»… habe ich gefunden!« Triumphierend hielt Biene ein Bündel Karten in die Höhe. »Sie befanden sich in *meiner* Schreibtischschublade!«

»Prima«, murmelte der Kommissar, schon auf dem Weg zur Garderobe. Bienes Zeugnis hatte er wieder in seine Schreibtischschublade gelegt. Da war es gut aufgehoben. Später würde er es dann mit seiner Schriftprobe von Bergs Maschine im Filzengraben vergleichen.

»Halt, Chef!«, rief Biene hinter ihm her. »Wollen *Sie* denn keine Karte mitnehmen? Sie kommen bestimmt vorher nicht mehr wieder, wie ich Sie kenne.«

»Oh doch«, sagte Ehrmanns. »Schon allein zum Umziehen. Außerdem muss ich noch mit Lindau besprechen, was wir dem Inspektor nachher erzählen.«

Er zeigte in Richtung seines Büros. »Legen Sie meine Eintrittskarte auf den Schreibtisch.«

Schon nach fünf Uhr! Ein leichter Wind war aufgekommen, der ihm den Staub auf der Straße in die Augen wehte. Er dachte an den Abend. In der Langgasse würde er Greta wiedersehen, da musste er sich vorher unbedingt frisch machen. Er schlug seinen Mantelkragen hoch und setzte sich in Bewegung.

Wenn er Glück hatte, erwischte er in der Marzellenstraße sofort eine Straßenbahn Richtung Neumarkt, die ihn auf schnellstem Wege zur Krebsgasse transportieren könnte. Seine Hoffnung bestätigte sich halbwegs. Nachdem eine Elektrische Richtung Eigelstein weitergefahren war, traf fünf Minuten später die erwartete Linie ein.

Er hatte nur noch gut anderthalb Stunden Zeit. Konrad Berg arbeitete bis sieben Uhr abends, das hatte er ihm am Montag verraten.

Auf der Fahrt zum Präsidium hatte Ehrmanns wieder das Schriftbild von Bienes Zeugnis vor Augen, das der Detektiv noch auf seiner alten Adler 7 geschrieben hatte. Diese Schreibmaschine hatte er gestern Abend bei der Besichtigung von Bergs Haus gesehen. Von ihr wollte er sich einen Probeausdruck sichern. Zuvor musste er allerdings in der Asservatenkammer des Präsidiums noch einmal den gefälschten Abschiedsbrief von Hai begutachten.

Warum war ihm das nicht schon gestern aufgefallen, als Biene ihm ihr Zeugnis gezeigt hatte? Da hatte er noch nicht einmal einen Blick auf das Schriftstück geworfen, es achtlos in seine Schreibtischschublade gelegt. Ein schwerer Fehler, wie sich jetzt herausstellte.

Nie hätte er vermutet, dass sein Kamerad Konrad Berg in eine Mordsache verwickelt sein könnte. Dabei sprach nicht nur Bienes Zeugnis gegen ihn. Als langjähriger Hausdetektiv der steinreichen Familie Hai war er dort ein und aus gegangen und kannte jedes Familienmitglied genau. Vielleicht sogar zu genau? »Ich bin zufrieden mit seiner Arbeit«, hatte Klara Hai am Montag über ihn gesagt. »Fescher Kerl, der Konrad ...« Die grauen Schläfen, die Berg sich vom Barbier hatte einfärben lassen! *So wirkt man seriös und hat bei den Damen mehr Erfolg ...* Hatten die beiden eine Affäre?

Noch etwas hatte Frau Hai bei ihrer Befragung erwähnt: »Robert hält ja nicht mehr viel von Konrad Berg. Er hat sich schon nach einem anderen Detektiv umgesehen ...«

Berg konnte sich auf keinen Fall leisten, diesen Klienten zu verlieren. Sein Büro in der Marzellenstraße war vorsintflutlich ausgestattet, er hatte sein Personal entlassen müssen und lebte im Filzengraben mit seiner reichen Frau Helene. Die war angeblich glücklich mit ihrem edlen Ritter. Aber stimmte das auch? Kam es nie zu Reibereien bei dem ungleichen Paar? Wie fühlte es sich an, wenn man finanziell von seiner Frau abhängig war? Wie sahen die wahren Geschäftsbeziehungen zwischen Robert Hai und Konrad Berg aus?

Um 5.30 Uhr spuckte die Elektrische Ehrmanns vor dem Eingangsportal des Präsidiums aus. Der Portier sah ihn an seiner Loge vorbeihasten.

»Sie haben es aber eilig, Kommissar«, konnte er sich eine Bemerkung nicht verkneifen.

Ehrmanns kümmerte sich nicht um ihn. Immer zwei Stufen auf einmal nehmend rannte er in den zweiten Stock.

»Ich muss den Inspektor sprechen! Sofort!«, rief er in Richtung des Bürovorstehers.

»Der Chef ist außer Haus.« Meulenbach schaute auf seine Taschenuhr. »In zwanzig Minuten wollte er zurück sein.«

»So lange kann ich nicht warten.«

Zwei Stockwerke höher erreichte er das photographische Atelier und die Asservatenkammer.

Hoffentlich ist nicht abgeschlossen, dachte er, als er die Klinke zu dem Areal herunterdrückte. Im Präsidium wollte er ungern einen Dietrich einsetzen, auch wenn das noch so gut zu begründen war und keinerlei Spuren hinterlassen würde.

Gott sei Dank, die Tür bewegte sich. Ehrmanns atmete auf. Der Polizeiphotograph hielt wohl die Verbrecherkartei mit den Lichtbildern für so uninteressant, dass er auf eine Sicherung verzichtet hatte.

Hinter dem Atelier und der Dunkelkammer gab es eine Verbindungstür zur Asservatenkammer. Dort standen oder lagen auf mehreren Regalen beschriftete Kartons, Tüten und Beutel mit gerichtsverwertbaren Beweisen von Straftaten. Nach kurzer Zeit wurde er fündig. »Doppelmord in der Ursulagartenstraße zum Nachteil von Robert Hai und Brunhild Stolte«, stand auf einem Kasten. Darin befanden sich seine Photographien vom Tatort, die Fingerspuren der Toten, der Drohbrief und das gefälschte Abschiedsschreiben.

Ehrmanns zog das Schreiben aus dem beschrifteten Umschlag, entfaltete es, las. Er hatte sich nicht getäuscht. Die Abnutzung der Typen war genau so, wie er es in Erinnerung hatte. Jetzt befand er sich auf der richtigen Fährte, endlich! Er musste so schnell wie möglich zum Filzengraben fahren und eine Schriftprobe als Vergleichsmaterial anfertigen!

Den sperrigen Untersuchungskoffer musste er zurücklassen. Er entnahm ihm einen Beutel, den er sich auf den Rücken binden konnte. Sein Dietrich zum Aufhebeln von Buntbart- und Kastenschlössern musste mit, das gefälschte Abschiedsschreiben als Vergleichsmaterial, mehrere gerollte Seiten seines Notizblocks zum Einspannen in Bergs Adler 7 und zwei kleine Beweistütchen. Natürlich durfte auch sein Systemstock nicht fehlen. So ausgerüstet stieg er gegen sechs Uhr abends in die Elektrische, die ihn bis zum Waidmarkt brachte.

Nun hatte er es nicht mehr weit bis zum Haus des Detektivs. Die Glocke der Trinitatiskirche schlug einmal kurz an. Viertel nach sechs Uhr. Das konnte er schaffen!

Das alte Kastenschloss der Haustür war abgesperrt. Der Dietrich verschaffte ihm nach zwanzig Sekunden Zutritt. Jetzt konnte seine »Mission Schriftbilderkennung« starten.

Der Kommissar durchquerte zielgerichtet die Eingangshalle, ging auf das Treppenhaus zu, stoppte jäh. Hatte er nicht gerade etwas gehört? War da jemand, der ihn beobachtete? Jeden Schritt überwachte? Da, ganz deutlich! Tapsende Geräusche hinter der Wand, durch schmale, unsichtbare Gänge!

Er verharrte wie angewurzelt, wagte nicht zu atmen, lauschte. Sollte er umkehren? Unsinn, weiter! Über die Treppe nach oben schleichen, auf Zehenspitzen, mit offenen Ohren. Auf den Stufen geräuschlos bleiben. Plötzlich, im ersten Stock, ein unbarmherziges Knarren auf alten Holzdielen, bei jedem Schritt! Durch den Salon zum nächsten Raum, ins Arbeitszimmer von Berg. Achtung! Ein kaum hörbares Quietschen hinter der Wand! Unterdrücktes Atmen und nichts zu sehen! ... Bloß nicht bewegen!

Endlich war er am Ziel in dem düsteren Raum. Da stand die alte Adler 7 auf dem englischen Sekretär. Jetzt galt es! Nur die Augen der Dame im Halbprofil beobachteten sein Treiben. Sie waren auf ihn gerichtet, das eine braun, das andere blau, schienen mit ihm zu wandern, merkwürdig lebensecht, geheimnisvoll wie die Mona Lisa im Louvre. Ein Unbehagen überkam ihn.

Er riss sich zusammen, spannte ein Notizblatt in die Schreibmaschine, fing an zu tippen:

»An die Mitglieder der Familie Robert Medard Hai ...«

Er hatte die passende Maschine gefunden!

Ein Geräusch an der Tür ließ ihn zusammenfahren. Der Detektiv kam zurück!

33. Kapitel

Lindau machte sich schon eine Stunde eher auf den Weg in die Altenberger Straße, um seiner übermächtigen Schwiegermutter zu entkommen. Ursula hatte tatsächlich nachgeschaut, ob er einen Fehler in Michaels Hausaufgabenheft übersehen hatte. Da war dem Sonderermittler die Spucke weggeblieben. Was bildete sie sich ein? Hatte er in seiner eigenen Wohnung gar nichts mehr zu sagen? Es brodelte in ihm. Besser, er verließ das häusliche Schlachtfeld!

Die Sonne hatte sich hinter aufziehenden dunklen Wolken versteckt. Die Staubpartikel in der trockenen Luft legten sich als feiner Film auf Lindaus Anzug und Schuhe. Er schwitzte und hustete.

Erwartungsgemäß rümpfte Biene die Nase, als er das Revier betrat.

»Der Chef ist fortgefahren. Bevor er zurückkommt, müssen Sie sich gründlich reinigen, Lindau!«, befahl sie ihm resolut. »Benutzen Sie dazu das Badezimmer im ersten Stock. Anschließend werde ich Sie neu einkleiden. Schließlich geht es heute Abend um das Ansehen meiner Dienststelle! Eile ist geboten. Um sieben Uhr müssen wir damit fertig sein.«

Lindau wunderte sich, was fließendes Wasser und eine anständige Seife bewirken konnten. Er fühlte sich wie neugeboren, als er, notdürftig in ein Badetuch gewickelt, nach zwanzig Minuten wieder herunterkam. Biene hatte derweil seinen Anzug ausgebürstet und ein neues Hemd mitsamt Krawatte und Einstecktuch aus dem Fundus in Ehrmanns Kleiderschrank herausgesucht. Außerdem duftete es verführerisch nach frisch gebrühtem Kaffee und belegten Brötchen, deren Vorrat unerschöpflich zu sein schien. Neben seinem Teller lag ein Bericht.

»Den müssen Sie während des Abendessens lesen«, wies sie ihn an. »Es geht um den Mord an Polizeiwachtmeister Schänzler, der heute bei Niehl aus dem Rhein gezogen wurde. Beeilen Sie sich! Der Kommissar wird bald zurückerwartet.«

Kurz darauf reichte ihr der frisch gereinigte, gesättigte und perfekt gekleidete Lindau bestens informiert das Dokument zurück.

»Wie sehen Sie denn aus?«, rief sie mit gespieltem Entsetzen. »So können Sie sich heute Abend nicht blicken lassen!« Sie zückte ihren Kamm und zog Lindaus Scheitel gestochen scharf nach.

Der Kriminalbeamte wusste, dass Widerstand hier die reinste Energieverschwendung gewesen wäre. Außerdem vertraute er auf Bienes Geschmack. Seine Taschenuhr zeigte fast sieben Uhr an. Der Chef ließ sich aber Zeit!

Dann war die Frist verstrichen. Nichts tat sich. Lindau wurde unruhig. Er schaute zu Biene herüber, in deren Augen er die gleichen Befürchtungen las, die ihn selbst befallen hatten. Da stimmte etwas ganz und gar nicht! Was hatte ihm Ehrmanns noch vor zwei Tagen eingeschärft? »Wenn es in unserem Beruf um Notfälle geht, um Leben und Tod, wünsche ich, sofort informiert zu werden. Ich betone: sofort!«

Eigentlich konnte sich Lindau auf sein Bauchgefühl verlassen, besonders jetzt, weil er von Biene darin bestätigt wurde.

»Der Kommissar ist gegen fünf Uhr Hals über Kopf aufgebrochen. Näheres hat er mir nicht mitgeteilt«, beantwortete die Aushilfsschreiberin die nicht gestellte Frage.

»Wenn Sie mich nicht schnell genug ausfindig machen können, rufen Sie Inspektor Frauenburg im Präsidium an«, erinnerte er sich an den Befehl seines Chefs.

»Wir müssen im Präsidium anrufen!«, rief Lindau aufgeregt. »Sofort!« Er rannte zum Fernsprecher.

»Kriminalpolizeiinspektion Cöln, Emil Meulenbach am Apparat«, tönte ihm wenig später die gelangweilte Stimme des Bürovorstehers entgegen.

»Sonderermittler Lindau vom zweiten Kriminalpolizeibezirk«, meldete er sich ungeduldig. »Verbinden Sie mich sofort mit Inspektor Frauenburg!«

»Wie reden Sie denn mit mir? Nicht in diesem Ton!«, schrie Meulenbach ungehalten. »Ermittler, dass ich nicht lache! Ein kleiner Revierschreiberling sind Sie, sonst gar nichts!«

Lindau musste seine Taktik ändern. »Es geht um Leben und Tod«, sagte er ernst. »Kommissar Ehrmanns ist von einem Einsatz nicht zurückgekehrt. Er sollte längst hier sein!«

»Ach, wirklich?«, äffte der Bürovorsteher Lindaus Tonfall nach. »Vorhin war er doch noch hier.«

»Wann genau?«, fragte Lindau überrascht.

»Lassen Sie mich nachdenken«, sagte Meulenbach gedehnt. Er machte eine Pause.

Gleich legt er auf, dachte Lindau verzweifelt. Aber dann kam doch noch eine Antwort.

»Gegen 17.35 Uhr stürmte der Kommissar das Inspektionsbüro. Er wollte den Inspektor sprechen. Frauenburg war aber nicht da. Er kommt heute gar nicht mehr.«

»Dann bedanke ich mich herzlich für die Auskunft und wünsche noch einen schönen Tag.«

Lindau hatte die Erfahrung gemacht, dass man überhebliche Leute mit übertriebener Freundlichkeit am besten ärgern konnte. Die Reaktion von Meulenbach bestätigte ihn darin. Jetzt war er allerdings noch ratloser als vorher.

»Kommissar Ehrmanns ist vor über einer Stunde im Präsidium gewesen und hat nach dem Inspektor gefragt«, berichtete er Biene. »Die Frage ist, was er von ihm wollte.«

Zum ersten Mal, seit er sie kannte, wusste seine Kollegin keine Antwort.

»Wir müssen nachdenken«, trieb Lindau sie an. »Ist etwas Besonderes passiert, bevor der Chef gegangen ist?«

»Gegen 16.30 Uhr hat Professor Frost angerufen«, berichtete Biene. »Wegen der Wasserleiche, diesem Schänzler.«

»Weiter!«, drängte sie Lindau. »Was ist danach geschehen?«

»Der Chef hat mir die Ergebnisse des Gesprächs mitgeteilt. Darüber sollte ich einen Bericht schreiben«, erinnerte sich Biene. »Was ich ja auch getan habe.«

»Und dann?«, bohrte Lindau nach.

»Danach ging es um den Lichtbilder-Vortrag von Professor Gravelius heute Abend. Er suchte eine Eintrittskarte für mich. In der Schreibtischschublade in seinem Büro fand er sie nicht. Stattdessen zog er mein Zeugnis aus der Schublade, warf einen Blick darauf und murmelte etwas.«

»Haben Sie gehört, was er sagte?«, fragte Lindau atemlos. Sonst musste man ihr doch auch nicht die Würmer aus der Nase ziehen!

»Er sprach sehr leise«, antwortete Biene. »Für mich hörte es sich so an wie ›etwas daran ist seltsam‹.«

»Ich muss mir sofort das Zeugnis ansehen!«, rief Lindau. »Es könnte einen Hinweis enthalten.«

Der Kriminalbeamte stürmte in Ehrmanns Büro. Die Schreibtischschublade war ein merkwürdiger Ort zur Aufbewahrung eines solchen Dokuments. Das sollte bestimmt noch eingeschlossen werden. Was war dem Chef nur daran aufgefallen?

Lindau öffnete die Schublade. Da lag das Zeugnis. Er nahm es heraus, starrte wie hypnotisiert darauf.

»Das gibt es doch nicht!«, rief er. »Dasselbe Schriftbild wie der gefälschte Abschiedsbrief von Robert Hai, den mir der Chef nach dem Auffinden der Leichen in der Ursulagartenstraße gezeigt hat. Da bin ich mir absolut sicher! Die Buchstabenformen, die Abnutzung der Typen ist gleich! Nur der Druck im Brief ist schwächer als hier. Weißt du, was das bedeutet?«

Er hatte in der Aufregung nicht bemerkt, dass er die Schreibkraft duzte. Auch Biene achtete nicht darauf.

»Was denn?«, fragte sie neugierig.

»Das bedeutet, dass der Kommissar die Schreibmaschine gefunden hat, auf der unser Mörder den gefälschten Abschiedsbrief geschrieben hat! Sie gehört demjenigen, der dir das Zeugnis ausgestellt hat! Detektiv Konrad Berg!«

»Ach du je«, rief Biene erschrocken aus. »Glauben Sie wirklich, dass mein ehemaliger Chef alle diese Morde begangen hat?«

»Es sieht ganz danach aus«, bestätigte Lindau.

»Das kann nicht sein«, stammelte Biene. »Dann habe ich ja zwei Jahre bei einem Mörder gearbeitet, ohne es zu merken!«

»Jeder kann zum Schwerverbrecher werden, wenn er in eine Situation gerät, aus der er keinen Ausweg mehr sieht«, sagte Lindau ernst.

»Aber gleich ein Doppelmord!« Biene schüttelte den Kopf.

»Der eine ergibt den anderen.«

»Schrecklich! Wo bin ich nur gelandet?«

»Hier bei uns bist du sicher«, beruhigte sie Lindau. »Wir jagen die Straftäter.«

Plötzlich schien sie zu bemerken, dass sie geduzt wurde. Sie reichte dem Sonderermittler die Hand.

»Eigentlich heiße ich Gerda, aber meine Leute nennen mich Biene. Und du bist der Franz, nicht wahr?«

»Richtig«, bestätigte er. »Wie ich privat gerufen werde, ist geheim.«

Sie grinsten beide. Dann wurde ihnen der Ernst der Lage wieder bewusst.

»Zurück zu unserem Fall«, befahl Lindau. »Der Chef hat das Schriftbild wiedererkannt. Er weiß jetzt, wo er die Schreibmaschine suchen muss. Im Büro von Berg in der Marzellenstraße befindet sich eine brandneue Adler 7, die kann es nicht gewesen sein. Seine alte Maschine, auf der er dein Zeugnis geschrieben hat, steht bei ihm zu Hause. Das hat er dem Chef und mir am Montag in der Detektei gesagt.«

»Oh mein Gott!«, rief Biene. »Er ist sofort dorthin gefahren. Allein! Und er ist nicht zurückgekommen!« Sie schlug die Hand vor den Mund.

»Dabei hat Inspektor Frauenburg ihm verboten, eigenmächtig zu ermitteln, um sich selbst und andere nicht in Gefahr zu bringen«, sagte Lindau, jetzt ebenfalls voller Entsetzen. »Wir müssen handeln! Nichts wie hin – wo wohnt denn dein ehemaliger Chef, Biene?«

»Mit seiner Frau Helene im Filzengraben 12.«

»Wir können nicht mehr warten«, rief Lindau ungeduldig mit Blick auf die große Wanduhr, deren Zeiger unerbittlich weiter vorrückten. »Ich habe noch nie einen preußischen Beamten getroffen, der zwanzig Minuten zu spät gekommen ist! Das Problem ist nur, dass der Inspektor nicht da ist und sein Bürovorsteher Meulenbach ihn abschirmt, selbst wenn er ins Präsidium zurückkehren sollte. In einer guten Stunde beginnt der Vortrag in der Lesegesellschaft, den Frauenburg besucht …«

»Das ist noch ewig hin!« Biene schüttelte so heftig den Kopf, dass ihre Haare verwirbelten. »Willst du etwa so lange hier sitzen bleiben und Däumchen drehen, bis es zu spät ist, Franz? Tu was! Jetzt sofort! Wir wissen doch, wo der Chef sein könnte. Aber geh nicht allein, das könnte zu gefährlich sein.«

»Wer könnte mir denn helfen?« Lindau war ratlos.

»Was fragst du mich? Bin ich etwa Sonderermittlerin?« Biene legte ihre Stirn in Falten.

»Ich hab's!«, rief sie plötzlich. »Kommissar Sommer von nebenan! Der ist zwar kein Kriminalbeamter, kennt sich aber als uniformierter Polizist mit Gewalttätigen bestens aus. Ist er nicht auch mit dem Chef befreundet?«

»Ich weiß nicht«, meinte Lindau zögerlich. »Sommer ist schon am Montag eingesprungen, als Ehrmanns mir frei gegeben hat. Obwohl auch die Uniformierten momentan viel zu tun haben.«

»Aber du gehst auf keinen Fall allein!«, rief Biene energisch. »Nachher kommst du auch noch weg. Das erlaube ich nicht. Vielleicht kann ja dein Freund Arthur Dahlenburg mitkommen.« Gesagt, getan. Lindau verließ im Eiltempo das Kommissariat. 19.30 Uhr! Es galt, keine Zeit mehr zu verlieren.

34. Kapitel

Im Polizeirevier in der Altenberger Straße 3 hockte Polizeischutzmann Arthur Dahlenburg mit Blick auf das Fernsprechgerät an seinem Schreibtisch und blätterte in einem Aktenordner.

»Was machst du denn hier, Franz?«, fragte er den hereinstürmenden Lindau erstaunt. »Seid ihr nicht mit der Aufklärung von Mordfällen beschäftigt?«

»Eben«, rief der Sonderermittler ungeduldig. »Ehrmanns ist verschwunden. Er ist schon über eine halbe Stunde überfällig.«

»Unglaublich!« Dahlenburg riss die Augen auf. »Das ist wirklich merkwürdig. Aber was habe ich damit zu tun?«

»Ich weiß vielleicht, wo er sich befindet, und du musst mitkommen, um ihn da rauszuholen.«

»Das ist unmöglich!«, rief der Polizeischutzmann empört. »Ich riskiere doch keine Abmahnung!«

»Du willst mich also nicht unterstützen«, stellte Lindau enttäuscht fest. Er trippelte nervös auf und ab. »Kommissar Ehrmanns schwebt in Lebensgefahr, das spüre ich. Er ist in den Klauen des Mörders. Viel Zeit hat er nicht mehr.«

»Vielleicht kann euch geholfen werden«, meinte Dahlenburg und sprang auf. »Ich gehe mal zum Chef nach oben.«

»Nein, tu das nicht«, wiegelte Lindau ab, aber der Polizeischutzmann hörte ihn nicht mehr. Wenige Augenblicke später kam er mit Kommissar Sommer in die Dienststube zurück.

»Was höre ich da?«, fragte der Polizeikommissar besorgt. »Ehrmanns ist verschwunden? Das gab es doch noch nie!«

Lindau sah ihn an und wandte sich ab.

»So reden Sie schon, Mann«, rief der Kommissar und schüttelte ihn. »Wo steckt er?«

Der Sonderermittler sah keine andere Möglichkeit, als den beiden Polizeibeamten alles zu erzählen. Sommer presste seine Lippen aufeinander.

»Die Sache ist ernst«, sagte er langsam. »Wir müssen sofort etwas unternehmen.«

Er ging zum Fernsprechgerät und ließ sich mit der Droschken-Anruf-Zentrale verbinden. »Schicken Sie einen Wagen zum vierten Polizeirevier, Altenberger Straße 3!«, rief er in das Gerät. »Sofort! Wir haben einen dringenden Einsatz. Es eilt!«

Er beendete das Ferngespräch, ohne die Antwort abzuwarten. Dann lief er an den Schreibtisch, an dem gerade noch Dahlenburg gesessen hatte, und fingerte einen Schlüssel aus seiner Hosentasche. Er schloss eine schmale Schublade auf, die sich unter der Schreibtischplatte verbarg.

Lindau machte große Augen, als er den Gegenstand sah, den Sommer aus dem Versteck an sich nahm: eine brandneue Browning Selbstladepistole, Modell 1910. Die Waffe, die auch Inspektor Frauenburg für die Durchsuchung von Ludwig Hais Büro mitgenommen hatte.

»Nur zur Sicherheit, falls es gefährlich wird«, erklärte Sommer, als er Lindaus Blick bemerkte.

Wenig später standen sie auf der Straße und hielten Ausschau. »Wann kommt nur die verdammte Droschke?«, zischte Sommer. Ein *Horch*-Automobil näherte sich langsam aus Richtung Domstraße.

»Das ist unser Fahrzeug!«, entschied der Kommissar kurz entschlossen. Er fuhr mit der rechten Hand in seine Manteltasche, holte eine Kelle heraus, klappte sie auf und preschte damit bis zum äußersten Rand des Gehwegs vor. Dabei schwenkte er das Haltesignal an seinem ausgestreckten Arm auf und nieder. Sein Uniformmantel tat ein Übriges. Der *Horch* hielt an.

»Polizeieinsatz!«, schrie Sommer, als der Fahrer das Fenster herunterkurbelte. »Der Wagen ist beschlagnahmt. Sie bringen mich und meinen Kollegen jetzt zum Filzengraben 12, und zwar so schnell wie möglich!«

Er hielt dem erschrockenen Fahrer seine Polizeimarke unter die Nase. Während der sich noch von seinem Schrecken erholte, schwang sich Kommissar Sommer auf den Beifahrersitz und winkte Lindau in den Fond.

Diese Fahrt würde der Besitzer des *Horch* wohl sein Lebtag nicht vergessen. Es ging am Rhein entlang bis zum Fischmarkt, wobei ihnen keine Menschenseele begegnete. Der Sonderermittler staunte, wie schnell sie mit dem Automobil zum Filzengraben gelangten. Nur der Thurnmarkt mit der Hauptmarkthalle und das kleine Stück auf dem Rheinberg lagen noch dazwischen. Dann konnten sie schon rechts abbiegen und waren am Ziel.

»Hier, für Ihren Sondereinsatz.« Sommer reichte dem verdutzten Fahrer fünf Mark.

»Das ist doch zu viel«, stammelte der Mann.

»Nein«, widersprach der Kommissar. »Denken Sie daran, dass Sie zum Schweigen verpflichtet sind. Sie dürfen niemandem von dieser Fahrt erzählen. Sonst können Sie zu einer empfindlichen Gefängnisstrafe verurteilt werden. Vielleicht sperrt man Sie sogar ins Zuchthaus. Mit dem Geld kaufen Sie Ihrer Frau etwas Schönes, dann haben Sie zu Hause keinen Ärger, wenn Sie zu spät zum Abendessen kommen.«

Der Fahrer blieb reglos sitzen und ließ die beiden Polizeibeamten aussteigen.

»Warten Sie mal«, befahl der Kommissar, als sie vor dem Haus standen, und drückte Lindau die Waffe in die Hand. »Ich breche die Tür auf.«

Roch es hier nach Rauch? Der Sonderermittler schnupperte. Ganz schwach nur, aber … Seine Nackenhaare richteten sich auf.

Kommissar Sommer schien nichts Ungewöhnliches zu bemerken. Vielleicht auch deshalb nicht, weil er sich gerade konzentriert mit der Tür beschäftigte. Beim ersten Öffnungsversuch flog sie auf.

»Ich habe doch noch gar nichts gemacht«, murmelte er. »Jemand ist hier herausgelaufen und hat nicht abgesperrt«, sagte er zu Lindau. »Das ist kein gutes Zeichen.«

Sommer nahm die Waffe wieder an sich, was ein erleichtertes Aufatmen Lindaus zur Folge hatte. Er entsicherte sie und begab sich vorsichtig in das Innere des Hauses. Lindau folgte ihm.

In der Eingangshalle war der Brandgeruch um ein Vielfaches intensiver. Feine Rauchschwaden drangen zu ihnen herauf.

»Was ist denn hier los?«, rief der Kommissar entsetzt.
»Es brennt!«

»Der Rauch kommt von unten«, stellte Lindau fest.
»Aus dem Keller. Wir sollten uns dort umschauen.«

»Ich sehe zuerst nach, ob sich Ehrmanns irgendwo im Haus befindet«, beschloss Sommer. »Sie suchen den Weg zum Keller. Wir treffen uns davor.«

Die Schritte des Kommissars entfernten sich. Lindau erschauerte. Jetzt war er auf sich gestellt. »Keine Alleingänge mehr«, hatte der Inspektor ihnen eingeschärft. Vergeblich. Besonders Ehrmanns hatte immer wieder an ungewöhnlichen Orten ermittelt, ohne jemandem Bescheid zu sagen. Nun war er verschwunden. »Wo bist du, Chef?«, flüsterte Lindau, während er den Zugang zum Keller suchte. »Was ist mit dir geschehen?«

35. Kapitel

Das Führungspersonal des preußischen Militärs war daran gewöhnt, bei plötzlich eintretender Gefahr schneller zu sein als der Gegner. »Keine Schrecksekunde mehr! Aktion statt Reaktion«, lautete die Devise. Nur wer dieses Training erfolgreich absolviert hatte, konnte die Konfrontation mit dem Feind überleben.

Das Quietschen von Bergs Bürotür ließ Ehrmanns unwillkürlich zusammenfahren. Nach dem Bruchteil einer Sekunde sprang er auf, fuhr herum, ergriff mit der Rechten den Systemstock, der quer auf der Schreibtischplatte lag. Sein Körper war bereit, gegen den Feind vorzugehen.

Von der Person, die Ehrmanns jetzt gegenüberstand, konnte man das offensichtlich nicht behaupten. Sie stellte ihren Putzeimer und den Besen auf dem Boden ab und starrte ihn aus eisblauen Augen an, überrascht und verunsichert zugleich.

»Die Mutter der gnädigen Frau ist erkrankt«, sagte sie vorsichtig. »Die Herrschaften sind heute Mittag Hals über Kopf zu ihr nach London gefahren. Ich bin hier, um sauber zu machen. Der Herr hat mir nicht gesagt, dass noch jemand im Haus ist …«

Ehrmanns rollte sein Notizblatt mit der Schriftprobe von Bergs Schreibmaschine ein und steckte es in seinen Beutel. Das schmale Gesicht mit den Sommersprossen der Zugehfrau und ihr roter Haarkranz unter dem weißen Häubchen erinnerten ihn an jemanden.

»Kann es sein, dass wir uns schon einmal begegnet sind?«, fragte er, als er sich an ihr vorbei Richtung Ausgang bewegte.

»Sind Sie nicht der Kommissar, der am Montag an meinem Blumenstand den letzten Fliederstrauß gekauft hat?«, antwortete sie mit einer Gegenfrage.

In Ehrmanns' Gedächtnis blitzte die Szene wieder auf. Er musste sich nur die Arbeitskleidung wegdenken und die Blumenverkäuferin stand vor ihm.

»Margarete Zopfel aus der Johannisstraße, wenn ich mich nicht irre«, kramte der Kommissar in seiner Erinnerung. »Ich habe das Jüppche noch einmal wiedergetroffen. Passt er jetzt auf Ihr Baby auf?«

»Im Moment ja«, bestätigte die Blumenfrau mit der zusätzlichen Beschäftigung. »Vorher war eine Freundin da.«

Der Kriminalbeamte wurde ernst. »Sie müssen sofort Ihre Arbeit unterbrechen und nach Hause gehen.«

»Warum denn?«, fragte die Zugehfrau erstaunt. »Ich bin doch noch lange nicht fertig!«

»Das darf ich Ihnen nicht erklären. Es wird hier bald sehr gefährlich werden. Bestimmt wollen Sie nicht, dass Ihnen etwas geschieht. Denken Sie an Ihr Baby.«

»Lassen Sie mich noch eine Kiste Altpapier aus dem Keller holen«, bat Margarete Zopfel. »Die gnädige Frau hat es mir extra aufgetragen. Herr Berg könnte sonst meinen Lohn kürzen.«

Die eisblauen Augen waren jetzt flehentlich auf Ehrmanns gerichtet.

»Aber schnell«, drängte der Kommissar. »Ich komme mit. Und dann nichts wie weg mit Ihnen.«

Margarete Zopfel packte den Putzeimer, den sie auf dem Abort im Flur ausleerte und zusammen mit dem Besen in die Abstellkammer im Parterre stellte. Von dort führten schmale, steile Stufen nach unten, weit unbequemer als der komfortable Aufgang zu der Etage für die Herrschaft.

Die Zugehfrau zog einen Schlüsselbund aus ihrer Schürzentasche und suchte den ältesten Schlüssel heraus, ein handgeschmiedetes Stück. Allerdings war er viel zu klein, um in das Vorderschloss der Kellertür zu passen, das wohl nur als Attrappe gedacht war. Stattdessen öffnete Margarete Zopfel ein drehbares Springschloss, ein Geheimschloss, dessen Abdeckung mit Spiralen aus dünnen, flachen Eisenstäben und gestanzten Blättern und Blüten verziert war.

Die Eisentür ließ sich erstaunlich leicht und geräuschlos aufsperren.

»Herr Berg hat sie erst kürzlich mit Schmieröl behandelt«, erklärte sie und lugte in die Kelleröffnung hinein. »Die Papierkiste ist ziemlich groß und schwer. Könnten Sie mir vielleicht behilflich sein? Sonst dauert es länger.«

»Wenn es sein muss! Wo steht sie denn?«

»Da vorne neben dem Brennholz«, sagte sie und zeigte nach unten, wo Ehrmanns tatsächlich ein paar Meter von der Steintreppe entfernt einen sperrigen Kasten ausmachte. Dahinter lag ein großer Stapel frisch geschlagenes Holz, das Konrad Berg wahrscheinlich am Morgen noch zerkleinert hatte.

Er stieg die Treppe hinunter. Die Luft hatte sich mit Holzstaub angereichert, der bei Ehrmanns ein widerliches Kratzen im Hals auslöste, gefolgt von einem unwiderstehlichen Hustenreiz, der das Atmen erschwerte.

Jetzt stand er vor der Kiste, die er neugierig öffnete. Von wegen Altpapier! Er hatte Observationsberichte vor sich, wahrscheinlich von Altfällen. Der Kommissar schloss den Deckel der Eisenkiste wieder. Er überlegte noch, warum Konrad Berg sich für die Dokumente kein gesichertes Archiv angelegt hatte, als oben mit einem satten Ton die Kellertür zufiel. Schlagartig wurde es düster. Nur durch die vergitterten Luken fiel etwas Licht. War der Zugehfrau die Tür aus der Hand gefallen? Ehrmanns wollte ihr zurufen, sie solle sofort wieder öffnen. Stattdessen wurde er von einem gewaltigen Hustenanfall geschüttelt. Das schwache Tageslicht, das aus den Luken einfiel, wies ihm den Weg nach oben. Er rüttelte am Griff, hämmerte gegen die Tür. Als er zu Atem kam, schrie er sich die Lunge aus dem Leib. Rufen und Husten im Wechsel. Vergeblich. Die schwere Eisentür blieb verschlossen.

Ehrmanns setzte sich auf die oberste Stufe. Hatte Frau Zopfel seine Aufforderung, sofort das Haus zu verlassen, allzu wörtlich genommen? Dann hörte ihn jetzt niemand mehr. Das Ehepaar Berg hatte ja für unbestimmte Zeit die Stadt verlassen. Konnte er sich selbst befreien? Das alte Schloss würde sich mit Sicherheit seinem Dietrich widersetzen und die vergitterten Kellerfenster waren so hoch oben angebracht, dass er sie nicht erreichen konnte.

Was gab es Hilfreiches hier unten? Der Fenster- und Straßenseite gegenüber standen auf zwei Holzstellagen einige Sekt- und Obstbrandflaschen. Und sonst?

Im spärlichen Licht der Luken bewegte er sich durch den gesamten Raum, zwischen mehreren Säulen hindurch. Der Boden war übersät von Holzspänen. Hier müsste dringend gekehrt werden. Hin und wieder gab es Inseln mit Papierresten. Dann war er am anderen Ende angekommen, wo er endgültig gestoppt wurde …

Aber wider Erwarten nicht von einer harten Steinmauer, sondern von einem Wall aufgeschichteter Kartons, der umfiel, als er ihn anstieß. Jetzt hatte er die Wand erreicht. Hier ging es nicht mehr weiter …

Doch! Ein Durchbruch! Hinter einem offenen Holzverschlag begann ein schmaler Gang, der sich jenseits der dicken Mauern fortsetzte und in den Untergrund hinabführte.

Ehrmanns hatte einmal gehört, dass die Kellerräume der mittelalterlichen Häuser der Greven, der Vorsitzenden des Gerichts, zuweilen als Verliese genutzt wurden. Geheime Gänge, die mehrere Keller miteinander verbanden, dienten wohl in kriegerischen Zeiten auch den hohen Herren zur Flucht. Er wusste, dass dem Geschlecht der Overstolzen nicht nur das Haus im Filzengraben gehört hatte, sondern auch das Patrizierhaus in der Rheingasse 8. Die beiden Anwesen lagen sich gegenüber, waren nur durch einen Hof und eine kleine Grünanlage voneinander getrennt. Sein Herz schlug schneller. Bewegte er sich jetzt auf den Keller dieses Hauses zu? Die Richtung stimmte – oder etwa nicht?

Der Kommissar kroch auf allen vieren in den Stollen. Bald war es noch dunkler und beklemmend eng, aber er hatte keine andere Wahl. So gab es vielleicht doch eine geringe Möglichkeit, aus seinem Gefängnis zu entkommen.

Er hatte sich schon ein ganzes Stück durch den Tunnel gezwängt, als hinter ihm die Eisentür zum Keller einen

Spalt weit geöffnet wurde. Ein brennender Putzlappen flog in die mit Holzstaub geschwängerte Kellerluft und löste durch Funkenflug eine gewaltige Verpuffung aus. Die Luft entzündete sich, entfachte ein Feuer, das sich schnell ausbreitete und durch das Holz und Papier reiche Nahrung fand. Unaufhaltsam kroch es auf die Stellagen mit den Spirituosen zu, angetrieben durch die Holzspäne auf dem Steinboden.

Ein Feuerwerk explodierender Sektflaschen ließ Ehrmanns in seinem Stollen zusammenfahren. Ohrenbetäubender Krach hallte von den Kellerwänden wider, als die Flaschen zerplatzten, dann ein Regen von klirrendem Glas. Pechschwarzer, von dunkelroten Flammen durchsetzter Qualm stieg auf, quoll in Schwaden durch den Raum, drang in jede Ritze.

Die Temperatur kletterte schnell nach oben. Mechanisch riss sich Ehrmanns alles vom Leib, was ihn behinderte, den Mantel, das Jackett. Sein Hut und der Systemstock hatten sich längst selbstständig gemacht, waren der gierigen Glut zum Opfer gefallen. Nur den Beutel mit den kostbaren Schriftstücken behielt er auf dem Rücken.

Er hatte jetzt sein Hemd in Streifen gerissen, um Nase und Mund zu bedecken. Als der Gang eine leichte Kurve machte, stieß er mit dem Kopf gegen die raue Wand. Nur direkt über dem Fußboden blieb noch eine kleine rauchfreie Zone übrig. Weiter oben war es unerträglich. Ehrmanns kroch den unebenen Steinboden entlang, weg von dem zischenden, fauchenden Inferno, angetrieben von übermächtigem Überlebenswillen.

Hinter ihm schwebte der verdampfte Alkohol aus den zerborstenen Flaschen als kochend heiße Wolke über allem. Ein Gedanke kam ihm, so ungeheuerlich, dass er es kaum glauben konnte. Wurde er absichtlich hier eingesperrt, weil ihn jemand vernichten wollte? Hatte Margarete Zopfel etwas damit zu tun?

36. Kapitel

Um 19.40 Uhr konnte Biene die Ungewissheit nicht mehr ertragen. Es half alles nichts. Sie musste aktiv werden.

Die Revierschreiberin nahm den Hörer des Fernsprechers ab und verlangte ein Ferngespräch mit der Nummer 74.

»Kriminalpolizeiinspektor Frauenburg«, meldete sich eine energische Stimme.

»Gott sei Dank, du bist da, Onkel Alfred!« Biene fiel ein Stein vom Herzen. »Ich bin es, Gerda von Bienemann. Kommissar Ehrmanns sollte seit einer Dreiviertelstunde hier sein. Kriminalschutzmann Lindau hat herausgefunden, dass sich mein neuer Chef in einem Haus im Filzengraben aufhält, um dort zu ermitteln. Ich befürchte, ihm ist etwas zugestoßen. Kriminalschutzmann Lindau befindet sich mit einem Uniformierten auf dem Weg dorthin.«

»Jetzt mal ganz langsam, Gerda«, befahl Inspektor Frauenburg. »Bitte erkläre mir die Zusammenhänge.«

Das tat Biene. Sie berichtete von der Annahme, dass das Schriftbild des falschen Abschiedsbriefes von Robert Hai höchstwahrscheinlich mit dem ihres Zeugnisses der Detektei Berg & Jäger übereinstimmte. Dann hätte jemand beide Dokumente auf einer alten Adler 7 getippt, die sich ihrer Kenntnis nach im Privathaus des Detektivs befand.

»Ich habe zwei Jahre lang in dieser Auskunftei als Stenotypistin gearbeitet«, berichtete sie weiter. »Deshalb kenne ich die privaten Verhältnisse meines ehemaligen Chefs genau. Mittwochabends unternimmt er immer etwas gemeinsam mit seiner Frau. Sie treffen sich in einem Tanzlokal in der Stadt. Obwohl der Kommissar niemanden angetroffen haben dürfte, ist er noch immer nicht zurück. Er wollte um sieben Uhr abends zu einer Besprechung mit Lindau wieder im Kommissariat sein. Irgendetwas hat sich im Haus des Detektivs zugetragen.«

»Das überzeugt mich, Gerda«, sagte der Inspektor ernst. »Ehrmanns ist noch nie zu spät gekommen. Ich werde sofort mit einem Automobil und zwei Uniformierten dorthin fahren. Wie lautet die genaue Adresse?«

»Filzengraben 12«, antwortete Biene.

»Danke, Gerda. Bitte halte die Stellung im Kommissariat.«

»Selbstverständlich, Onkel Alfred. Auf mich ist Verlass!«

»Weiß ich doch, Mädchen«, murmelte Frauenburg, nachdem er aufgelegt hatte. Er steckte seine Browning Selbstladepistole ein und schickte sich an, im Laufschritt das Büro zu verlassen.

»Sie müssen mich heute Abend bei Professor Gravelius vertreten, Meulenbach«, rief er seinem Bürovorsteher zu. »Ich habe einen dringenden Einsatz im Filzengraben.«

Auf der Straße vor dem Präsidium wartete schon ein *Horch*-Automobil mit zwei Polizeischutzmännern von der Wache, die er angefordert hatte. Er setzte sich neben den Fahrer und gab den Befehl zur Abfahrt.

37. Kapitel

Ehrmanns war ausgebildet worden, um gegen Feinde zu kämpfen, die als solche auffielen. Große, starke Kerle in Uniform, listige, machtgierige Männer mit Schuss- und Stichwaffen oder Betrüger und Diebe jeglicher Art. Man erkannte sie an ihrer Körpersprache, an Blicken und Gesten. Sie sandten Signale aus, die gefährliche Handlungen vorhersehbar machten.

Das Inferno, in dem er sich jetzt befand, hatte er nicht kommen sehen. Er zergrübelte sich das Hirn, wer ihn in diese verzweifelte Situation gebracht haben könnte. Die Zugehfrau? Oder gab es noch eine andere Person im Haus, die sich vor ihm verbarg? Wie auch immer: Der Rückweg war ihm nun versperrt.

Dass von einer stillenden Mutter, einer Madonna, ein solches Verderben ausging, hatte er nicht geahnt. Das erschien so widernatürlich! Gegen diese Gegnerin halfen weder Training noch körperliche Überlegenheit, Berufserfahrung oder eine Waffe.

»Das Geld für die Blumen verdiene ich als Zugehfrau«, hatte sie Ehrmanns erklärt, bei Konrad und Helene Berg, ergänzte er jetzt, während ihre Herrschaft anderweitig beschäftigt war. »Unsere Perle kann in der Zwischenzeit schalten und walten, wie sie will«, hatte der Detektiv verraten. »So einfach kann das Leben sein« – für eine Bedienstete, einen Schatten, der ungesehen seine mör-

derischen Spuren hinterlassen konnte, seine Schatten-
spuren ...

Die Zugehfrau hatte ihn vorhin beim Tippen auf
der Adler 7 beobachtet. Jetzt fiel ihm wieder ein, was
sie am Montag beim Verkauf der Blumen gesagt hatte.
»Wir sind unverschuldet in Not geraten. Mein Mann
war beim Bau. Er ist vor einem Monat vom Gerüst
gestürzt und wenig später im Bürgerhospital gestorben.« Schrecklich, doch was hatte das mit Robert Hai
zu tun? Der wollte das Haus, in dem die Morde verübt
wurden, zu einem Zinshaus aufstocken lassen. Das hatte
ein Zeuge Lindau bei seiner Befragung in der Ursulagartenstraße berichtet. Dann aber musste Hai dieses Vorhaben aufgeben, als einer seiner Arbeiter tödlich verunglückte. Hieß der Zopfel? Wurde die Baustelle nicht
richtig abgesichert? Hatte die Witwe für den Unfalltod
keine angemessene Entschädigung erhalten? Ehrmanns
würde es vielleicht nicht mehr herausfinden, aber der
Text des anonymen Drohbriefs an Hai sprach dafür,
in dem von einer letzten Warnung die Rede war und
dass der Immobilienhändler einer Pflicht nachkommen müsse.

Dennoch konnte er nicht glauben, dass die Blumen-
und Zugehfrau die gesuchte Täterin war. Irgendetwas
passte da nicht zusammen! Hatte die zarte Witwe auch
den Wachtmeister Schänzler in den Rhein geworfen?
Rätsel über Rätsel, die vielleicht nicht mehr gelöst wurden, wenn er hier nicht rechtzeitig herauskam.

In dem engen Tunnel war es stickig und düster. Das
Atmen fiel ihm immer schwerer. Als er wieder hustete
und nach Luft schnappte, riss er sich den Stofffetzen

vom Gesicht. Er kroch ohne Maske weiter, bis es nicht mehr ging.

Plötzlich ertastete er einen länglichen Gegenstand, der sich an den Seiten verdickte. Er fühlte sich an wie ein Knochen. Bald musste er feststellen, dass der Boden mit menschlichen Überresten aller Art bedeckt war. Er befand sich auf einem offenen Gräberfeld! Oder zeugten die Gebeine vom elenden Ende der Gefangenen? Hatten die Overstolzen sie hier verschmachten lassen? Ein Schicksal, das ihm vielleicht auch bevorstand.

Irgendwann fiel ihm auf, dass es heller wurde, aber das kam von hinten, von der Flammenhölle, aus der er sich entfernte. Die Kartons hatten wohl Feuer gefangen, brannten lichterloh – und entwickelten neuen Rauch, der jetzt durch den Gang waberte. Es roch nach verkohltem Holz, Papier und verkochtem Alkohol.

In einer Kurve kam er wieder an einen Verschlag. Das altersschwache Material ließ sich so weit aufbrechen, dass er herauskrabbeln konnte.

Er war tatsächlich in einen anderen Keller gelangt, von dem er nur die Umrisse wahrnahm. Langsam richtete er sich auf, streckte seine schmerzenden Glieder, schüttelte sich, tastete Arme und Beine ab. Prellungen, Blutergüsse und Schrammen überall, dazu rasende Kopfschmerzen!

Gierig füllte er seine Lunge mit dem dringend benötigten Sauerstoff. An dem um seinen Kopf gebundenen Hemdstreifen klebte das geronnene Blut aus seiner Wunde. Einen verrückten Moment lang dachte er daran, was Biene zu dem neuen Gebrauch des perfekt gepflegten Kleidungsstücks sagen würde. Ehrmanns bezweifelte, dass er das je erfahren würde.

Aus dem Gewölbe musste ein Aufgang führen. Aber auch jetzt, als sich seine Augen an die neue Umgebung gewöhnt hatten, konnte er nicht weit sehen.

Am besten, er tastete sich an den Wänden entlang.

Irgendwo befand sich vermutlich ein Durchbruch mit einer gemauerten Treppe, angelegt, um nach oben zu gelangen, ans Licht ...

Der Weg an der rauen, unverputzten Mauer vorbei war beschwerlich. Außerdem fing der Kommissar in dem kühlen Kellergewölbe bald an zu frieren. Er sehnte sich nach seinem Jackett und dem wärmenden Mantel, Kleidungsstücke, die längst ein Raub der Flammen geworden waren.

Nach einer Weile drang ein Glimmen aus dem Schacht, durch den er gekrochen war. Jetzt erfasste er seine neue Umgebung. Schwach nur, aber es reichte aus, um sich zu orientieren.

Er befand sich in einem großen, hohen Gewölbekeller, der von einer Reihe von Säulen gestützt wurde. In einigen Metern Entfernung kam das Ende des Kellers in Sicht – und eine Einbuchtung in der Rückwand. Die Entdeckung ließ ihn schneller und zielgerichteter vorankommen.

Jetzt stand er tatsächlich vor der ersehnten Steintreppe. In seinem Rücken quollen feine Rauchfäden durch den Gang in das Gewölbe, die sich rasch verdichteten. Sie vermischten sich mit der Atemluft, ließen sie dünner und giftiger werden. Der Gestank nach Tod und Verderben ...

Er stieg die Stufen hoch, kam oben an eine Eisentür, nicht ganz so alt wie und kleiner als das Gegenstück, das Margarete Zopfel im Filzengraben aufgeschlossen hatte.

Wenn er gehofft hatte, eine offene Tür vorzufinden, wurde er enttäuscht. Mit seiner verbliebenen Kraft drückte er die Klinke herunter, warf sich dagegen. Nichts rührte sich. Vielleicht klemmte sie, das gab es ja oft bei alten, rostigen Türen …

Es half alles nichts. Sein Fluchtweg blieb versperrt. Diese alten Schlösser konnte man auch nicht mit dem üblichen Werkzeug öffnen. Da wurde der passende handgeschmiedete Schlüssel benötigt.

Eine Hoffnung hatte er noch. Wenn er sich wirklich im Keller des Hauses in der Rheingasse 8 befand, wo die städtische Handelskammer untergebracht war, musste es irgendwo einen Hausmeister geben. Vielleicht hörte der sein Klopfen!

Andererseits war nach sieben Uhr abends die Dienstzeit des Personals beendet. Wer würde sich zu dieser späten Stunde noch in den Untergrund begeben? Ein Blick zurück sagte ihm, dass er sich bald aus seinem Gefängnis befreien musste. Auch wenn es das Feuer nicht bis hierhin schaffte, drohte er an einer Rauchvergiftung zu sterben.

Ehrmanns begann zu klopfen und laut um Hilfe zu rufen, immer wieder, bis zur völligen Erschöpfung. Vergebens. Niemand hörte seine Hilfeschreie, erlöste ihn aus dem Vorhof zur Hölle, auch sein neuer Partner nicht.

»Sind Sie bereit, Franz Lindau Ihr Leben anzuvertrauen?« Der Kommissar hatte die Frage des Inspektors spontan bejaht. Aber nur, weil er seinen ehemaligen Mentor Toni Marsberg verhindern wollte. Im Grunde teilte er die Ansicht seines Chefs, der ihm lieber Marsberg an die Seite stellen wollte.

Ehrmanns hatte niemals mit dieser verzweifelten Situation gerechnet. Deshalb war er trotz der ausdrücklichen Warnung seines Vorgesetzten wieder allein aufgebrochen. Nun war er einer Mörderin begegnet, die Vergeltung suchte für alles, was man ihr angetan hatte – und ihn mit ins Verderben riss.

Er befand sich in einer Falle, wie sie tödlicher nicht sein konnte. Würde ihn ein ehemaliger Volksschüler retten können, der nur einen Abschluss in Kriminalistik vorzuweisen hatte, ohne jede Erfahrung als Ermittler? Ehrmanns musste darauf hoffen – wider besseres Wissen.

38. Kapitel

Der Qualm zeigte Lindau den Weg. Als er die steilen Steinstufen in den Untergrund hinabstieg, sah er, wie der Rauch durch den schmalen Spalt einer alten Eisentür hindurchquoll. Ob Berg seinen eigenen Keller in Brand gesteckt hatte? Unwichtig! Welchen Plan hatte er, wenn Sommer den Kommissar nicht im Haus vorfand? Die Feuerwehr würde viel zu lange brauchen, die Tür zu öffnen und das Feuer zu löschen, um jemanden zu retten, der vielleicht dort unten eingeschlossen war.

Wie gelangte man bloß schnell in den Keller hinein?

Plötzlich fiel es ihm ein. Vor seiner Ausbildung in der Polizeischule hatte er einige Zeit als Hilfsschreiber des Syndikus der städtischen Handelskammer in der Rheingasse 8 gearbeitet. Ein Bediensteter dort hatte ihm verraten, dass er in einem Patrizierhaus der Overstolzen arbeite. Ein weiteres solches Anwesen stände im benachbarten Filzengraben 12 genau gegenüber – da, wo er sich jetzt befand! Man erzählte sich auch, dass beide Häuser durch einen unterirdischen Gang miteinander verbunden wären.

Wenn das stimmte – hatte der Chef diesen Fluchtweg entdeckt? War er so zunächst dem Feuer entkommen? Fraglich, ob er auf der anderen Seite herauskam. Sicherlich war die Kellertür im Haus der Handelskammer abgeschlossen. In diesem Moment packte ihn jemand an der Schulter. Lindau fuhr herum.

»Habe ich Sie erschreckt?«, fragte Kommissar Sommer mit einem amüsierten Lächeln. »Nicht meine Absicht. Oben ist keiner. Das ganze Haus ist leer.«

Der uniformierte Beamte betrachtete stirnrunzelnd den Qualm unter der Eisentür.

»Das sieht nicht gut aus«, stellte er fest. »Wenn Ehrmanns dadrin ist, kommt er nicht mehr lebend heraus.«

»Vielleicht doch«, murmelte Lindau.

»Oben ist ein Fernsprechgerät. Alarmieren Sie die Feuerwehr!«, rief Sommer. »Am besten die am Malzbüchel.«

Aber das hörte Lindau nicht mehr. Er war in Windeseile die Steintreppen hinaufgerannt, ein Ziel vor Augen, das er so schnell wie möglich erreichen musste.

Als er das Haus verließ, hatten sich pechschwarze Wolken zusammengeballt. Bald würde es krachen. Auf dem Rheinberg bog er nach links in die Rheingasse ab.

Hoffentlich hört mich jemand, dachte er, als er wenig später vor dem Patrizierhaus der Handelskammer stand und an der Türglocke zog. Nichts regte sich.

Er wusste noch, dass der Hausmeister Kremer, ein Faktotum mit Zusatzaufgaben als Mann für alle Fälle, hinter dem kleinen Fenster neben dem Lieferanteneingang seine Werkstatt hatte. Bis spät abends pflegte er etwas zu reparieren und im Haus nach dem Rechten zu sehen.

Auch jetzt hörte Lindau es hämmern und feilen. Das Fenster stand offen. Was tun? Rufen half nichts. Der Lärm aus der Werkstatt würde alles übertönen.

Lindau schaute sich um. Sein Blick fiel auf ein paar lose Steinchen, die wohl Kinder beim Spielen vergessen hatten. Er warf eins nach dem anderen in die Fensteröffnung hinein. Vielleicht schlug einer der Steine in der Nähe von Kremer auf. Das Hämmern endete abrupt. Der Hausmeister riss das Fenster ganz auf und steckte seinen mächtigen Schädel heraus.

»Franz!«, schrie er wütend. »Wat fällt dir en? Wat mähste *üvverhaup* he?«

»Was ich hier mache? Lassen Sie mich bitte rein! Ein Notfall!« Er schwitzte vor Erregung.

»Do bes in *Nut* – do ben ich ävver neujeerich. Wat es passeet? Wennste keine jode Jrund häs, mer he *dr Zorteer ze maache,* dann gnad' dir dr Härjott!«

Trotz der angespannten Lage musste Lindau innerlich schmunzeln. Der Hausmeister war noch immer so bärbeißig wie früher. Natürlich hatte Lindau einen guten Grund, das Faktotum zu stören. Und er hatte erreicht, was er wollte: Kremer hatte ihn bemerkt.

Wenig später machte sich jemand an der Lieferantenpforte zu schaffen. Das Faktotum trat heraus.

»Do bes jo klätschnaaß, Franz«, stellte er fest. »Kumm eren.«

Noch auf dem Weg in Kremers Kaschemm, wie der Hausmeister seine Werkstatt nannte, brachte Lindau seine Vermutung vor, dass sein Chef durch einen unterirdischen Gang in den Keller der städtischen Handelskammer geflüchtet sein könnte. Kremer schüttelte mehrmals den Kopf.

»Mer muss nit alles *jläuve,* Franz«, stellte er fest. »Do weiß, dat dat met däm Jeheimjang nor en Jeroch is? Do will dich wer en et Bockshoon jage. Su ne *Schwadronör.* Ävver jeluurt hät do keiner. Ich och nit. Kein *Zick* un och kein *Befell* vum *Baas.*«

Er grinste, aber Lindau war nicht zum Lachen zumute. Auch wenn noch niemand den Geheimgang entdeckt hatte, auch Kremer nicht, gab der Beamte die Hoffnung nicht auf. »In dem Haus gegenüber brennt der Keller!«, rief Lindau. »Auch wenn da unten niemand ist, könnte das Feuer bis hierher kriechen. Wir müssen dringend nachsehen.«

»Vör 'ner Stund ben ich de *Trapp erop un eraf* jelaufe«, entgegnete der Hausmeister. »Do wor alles in Odenung ...«

»Wenn vor einer Stunde da unten noch alles in Ordnung war, kann sich das mittlerweile geändert haben«, meinte Lindau ungeduldig.

»Do häs kein Minutt *Rauh* mih zu waade«, gab Kremer schließlich nach. »Ävver *Fößje vör Fößje!* Ich ben nit mih *flöck op de Bein!*«

Jetzt übertreibt er, dachte Lindau ungeduldig. So langsam ist er doch gar nicht!

Kremer legte den Hammer weg, den er in der Hand gehalten hatte.

»Wo ist denn der Kellerschlüssel?«, versuchte Lindau, das Faktotum in Bewegung zu bringen.

»Im Schlösselschaaf – natörlich!«

Der Hausmeister ging gemessenen Schrittes zu einem Wandschränkchen.

»Do möch ich zom *hellije Antun bedde*: Jev mer dr Schlössel!«, murmelte er vor sich hin, als er das Schränkchen aufschloss.

Kremer mit seinen Nothelfern, dachte Lindau kopfschüttelnd. Der heilige Antonius ließ sich bestimmt nicht befehlen, ihm den Schlüssel auszuhändigen.

Im Inneren des Kastens hingen an diversen Haken die

unterschiedlichsten Schlüssel mit der Kennzeichnung ihrer jeweiligen Funktion.

Auf dem Boden des Spinds lag in einer Vertiefung ein großes, schweres Exemplar barocker Schmiedekunst, das an keinem Haken Halt gefunden hatte.

»Do eße jo«, stellte das Faktotum fest. »Dä nemme ich mer, wann ich winters de *Klütte* erop holle.«

Aha! Kremer hatte den Schlüssel immer benutzt, um im Winter Kohlen aus dem Keller zu holen. Schade, dass er nicht so neugierig gewesen war, nach dem Geheimgang zu schauen.

Der Hausmeister wog das Prachtstück in der Hand. »Kumm ens mit, Franz«, sagte er zu Lindau, der ungeduldig hin und her trippelte.

Der ließ sich das nicht zweimal sagen. Er folgte Kremer abwärts. Sie hatten es nicht weit. Hinter der Werkstatt und der Einzimmerwohnung des Hausmeisters führte eine enge Wendeltreppe nach oben und nach unten.

»Die häste bestemmp nit jesin«, erklärte Kremer dem erstaunten Lindau. »För dat Personal.«

Eine Personaltreppe! Welche Geheimnisse barg das Haus noch? Der Kriminalbeamte schätzte, dass sich der Kellerbereich ungefähr auf der gleichen Ebene wie der des Hauses von Berg befand. Beide Gebäude stammten aus dem 13. Jahrhundert, was die Wahrscheinlichkeit erhöht, dass sie ursprünglich zusammenhingen.

Die Kellertür in der Rheingasse war kleiner und kompakter als die Pforte im Filzengraben. Da! Lindau hielt den Atem an. Ein rasselndes Husten, ein Stöhnen …

»Dahinter ist jemand!«, rief er aufgeregt mit dem Ohr an der Tür. »Schnell, schließen Sie auf!«

Mit fliegenden Fingern fummelte der Hausmeister an dem Schloss herum. Er tat sich sichtlich schwer. Der sperrige Schließmechanismus hatte eine Pflege dringend nötig. Als Lindau schon fürchtete, Kremer könnte den Bart des Schlüssels abbrechen, gelang es dem Hausmeister schließlich, ihn herumzudrehen. Ungeduldig betätigte der Kriminalbeamte die Klinke. Die Tür klemmte.

»Dat ahle Dinge muss ne *öntliche Däu* krijje«, erklärte Kremer sachkundig. Er ließ seinen Worten Taten folgen und versuchte, die Tür durch einen Stoß zu bewegen, aber auch er schaffte es nicht.

»Etwas liegt quer davor«, stöhnte Lindau.

»Dun nit esu perplex, Franz! Pack aan!«, forderte ihn der Hausmeister auf.

Sein Befehl riss Lindau aus seiner Untätigkeit. Gemeinsam gelang es den beiden, das Türblatt zusammen mit dem Widerstand nach innen wegzuschieben. Aus der Öffnung waberte ihnen ein übelriechendes Luftgemisch entgegen.

»Zapperlot!«, rief Kremer zwischen zwei Hustenanfällen. »Dat stink mächtich noh Qualm!«

Aber Lindau ignorierte den Gestank. Da lag eine Kreatur auf dem fast nackten Rücken, die nur noch ganz entfernt an die gepflegte, elegante Erscheinung seines Chefs erinnerte. Sein Kopf war mit einem schmutzigen Stofffetzen umwickelt. An den zotteligen Haarsträhnen, die daraus hervorlugten, klebte ein Gemisch aus Blut und Dreck. Gesicht und Oberkörper waren mit einer schwarzen Rußschicht überzogen. Blutige Schrammen und Prellungen schimmerten hindurch. Die teure Anzughose, an den Knien und Schienbeinen zerschlissen, gab den Blick auf die aufgescheuerte Haut frei. Lindau und Kremer beugten sich zu Ehrmanns herab und schüttelten ihn. Er atmete regelmäßig. Jetzt blinzelte er.

»Chef«, sprach der Sonderermittler ihn an. »Wie geht es Ihnen?« Im gleichen Moment kam ihm seine Frage völlig deplatziert vor.

Die Augen des Liegenden öffneten sich, richteten sich auf ihn. Seine Lippen bewegten sich. »Schön, Sie zu sehen«, flüsterte er. Lindau erahnte den Sinn der Worte mehr, als dass er sie hörte.

Der Hausmeister hatte unterdessen eine Decke und Wasser geholt. Gemeinsam brachten sie Ehrmanns in eine sitzende Position. Lindau stützte ihn, während Kremer ihm ein Glas mit Wasser an die Lippen setzte. Der Kommissar trank einen Schluck, dann nach und nach alles leer.

»*Erus* – nix wie *erus*«, entschied das Faktotum, nachdem Ehrmanns sich etwas stabilisiert hatte. Er warf dem Aufgefundenen die Decke über den spärlich bekleideten Oberkörper. »Stand op«, befahl er. »Mer stütze Se.«

Sie zogen ihn in die Höhe. Seine Beine gaben nach.

»Moment«, murmelte er und ergriff den Stoffbeutel mit den wertvollen Schriftstücken neben sich. »Der muss mit …«

Jeder Schritt schmerzte, aber der Kommissar lebte und konnte sich bewegen.

In seiner bescheidenen Wohnung kochte der Hausmeister erst einmal einen starken Kaffee mit echten Bohnen und reichte Plätzchen dazu. »Vun minger Mutter«, erklärte er.

Das Gebäck von Kremers Mutter schmeckte vorzüglich und das Koffein weckte Ehrmanns' Lebensgeister. Kremer, der ungefähr die Größe des Kommissars hatte, warf ihm ein paar ausgemusterte Kleidungsstücke zu, eine alte, geflickte Arbeitshose, ein Baumwollhemd, eine warme Jacke.

»De *Kledasch* krijjen ich widder«, erklärte der Hausmeister.

»Selbstverständlich bekommen Sie Ihre Kleidungsstücke wieder!«, versicherte ihm Ehrmanns. Er tastete seine zerschlissene Hose ab, atmete auf. Der Schlüssel zum Kommissariat war noch da, ein paar Münzen – und in der anderen Hosentasche kam seine Savonette zum Vorschein, die er zusammen mit der Chatelaine aus seinem Jackett befördert hatte. Jetzt plumpste alles in sein neues Kleidungsstück.

»Vielen Dank. Ich werde mich erkenntlich zeigen.« Ehrmanns' Kräfte kehrten langsam zurück. Zögernd berichtete er dem Sonderermittler, wie er in den Keller gelockt worden war.

»Kremer ruft eine Droschke, die uns zum Filzengraben fährt«, informierte ihn Lindau. »Das ist besser in Ihrem Zustand, Chef. An Ihrer Stelle würde ich mich von einem Arzt untersuchen lassen.«

»Das kommt gar nicht in Frage!«, protestierte der Kommissar energisch. »Mir fehlt nichts.«

Erstaunlich, wie schnell sich der Chef erholt hatte, dachte Lindau. Ob er das auch trainiert hat?

»Wir müssen die Adler 7 im Büro von Berg sichern«, sagte Ehrmanns, schon wieder in der Rolle des Ermittlers, was im seltsamen Kontrast zu seinem Äußeren stand. »Wenn Frau Zopfel die Schreibmaschine in der Zwischenzeit entsorgt haben sollte, habe ich immer noch eine Schriftprobe davon in meinem Beutel. Übrigens –

wie sind Sie auf die Idee gekommen, wo Sie mich finden könnten?«

Jetzt war Lindau an der Reihe, seinem Chef von seinen und Bienes Schlussfolgerungen zu berichten. Ehrmanns hörte ihm zu, schweigend und staunend.

»Dann verdanke ich euch beiden wohl mein Leben«, flüsterte er.

»Wenn Sie demnächst etwas mitteilsamer wären, was Ihre dienstlichen Aktionen angeht, könnten Sie nicht mehr so leicht in Gefahr geraten«, sagte Lindau schnell, um die peinliche Situation zu beenden. Beide atmeten auf, als Kremer ins Zimmer zurückkehrte und ihnen zurief:

»De Droschke steit *drusse!*«

Die Kriminalbeamten machten sich auf den Weg, wobei Ehrmanns sämtliche Hilfe von Lindau und Kremer ablehnte.

»Der Kaffee und die Plätzchen können Tote aufwecken!«, rief er dem Hausmeister zu. »Vielen Dank für alles. Sie hören von mir.«

»Es jot«, winkte Kremer ab.

Der Wind pfiff durch die Gassen und wirbelte alles auf, was nicht niet- und nagelfest war – Vorboten des Unwetters, das die Meteorologen für den Abend vorhergesagt hatten.

Schon von Weitem sahen sie die tonnenschwere Dampfspritze der Feuerwehr vor dem Haus von Helene und Konrad Berg stehen. Mehrere Schläuche führten quer durch die Eingangshalle bis in den Kellerschacht hinunter. Bald würden sicherlich die ersten Wasserstrahlen auf die Kellertür gerichtet werden.

»Ehrmanns! Gott sei Dank, Sie leben! Was machen Sie nur für Sachen!«, rief Inspektor Frauenburg, der vor der Haustür stand. »Und wie sehen Sie aus!«

»Das erkläre ich Ihnen ein anderes Mal«, winkte der Kommissar ab. »Wie kommen die Feuerwehrleute voran?«

»Sie spritzen gerade die Eisentür ab«, erklärte Sommer. Er war in die Eingangshalle geeilt, als er die Stimme des Kriminalbeamten hörte. »Martin, altes Haus! Schön, dich zu sehen! Deine Bekleidung ist allerdings etwas eigenartig.«

Sie umarmten sich. Ehrmanns zuckte unter dem kräftigen Druck zusammen.

»Ich weiß nicht, wo die Kellerschlüssel sind«, sagte der Kriminalkommissar auf Nachfrage seines Vorgesetzten und teilte ihm und Sommer im Schnelldurchgang mit, was Margarete Zopfel über die überstürzte Abreise der Bergs nach London erwähnt hatte.

»Wir sollten einen Blick in den Schlüsselkasten werfen«, meinte Inspektor Frauenburg. »Vielleicht hat die Zugehfrau den Schlüssel zurückgehängt?« Sie fanden ihn auf dem Boden des Kastens in der Abstellkammer.

»Werde ich noch gebraucht?«, fragte Sommer.

»Nein, wir kommen zurecht«, meinte Ehrmanns.

Als der Uniformierte gegangen war, riefen die Feuerwehrmänner von unten hoch, dass sie keinen Schlüssel benötigten. Einer von ihnen hatte versucht, die abgelöschte Kellertür zu öffnen. Er fand sie unverschlossen vor.

Die Feuerwehrleute spritzten jetzt mit drei Schläuchen direkt in die Gluthölle hinein, in der längst alles Brennbare zu Asche verwandelt worden war. Es galt aber, den kochend heißen Boden abzulöschen, ihn wieder begehbar zu machen und die Rauch- und Rußpartikel durch den Wassernebel zu binden und niederzuschlagen.

Als nichts mehr qualmte und glomm, ließ die Löschmannschaft eine Leiter hinab und kletterte hinein. Flackernd geisterten die Sturmlampen der Männer als flüchtige Lichtinseln durch eine Landschaft aus Brandschutt.

Endlich, nach einer Ewigkeit, kam die Entwarnung: »Alles unter Kontrolle! Sie können kommen!«

Der Inspektor und Lindau folgten dem Ruf, ausgestattet mit Gummistiefeln und Petroleumlampen. Ehrmanns musste widerwillig wegen seines lädierten Zustands zurückbleiben.

Ziellos liefen sie durch die Rückstände, die das Feuer übriggelassen hatte. Hinter einer Säule hätte sich Lindau beinahe an einem kantigen Gegenstand gestoßen. Er bückte sich, stellte seine Lampe ab und bemerkte in ihrem Licht eine einfache, rußgeschwärzte Kiste aus gestanztem Eisen ohne Schloss. Sie hatte dem Brand widerstanden. Ein Feuerwehrmann spritzte den Kasten ab und transportierte ihn nach oben. Neugierig beugten sich die Kriminalbeamten darüber, als Lindau den Deckel abhob. Zum Vorschein kamen Berichte über die Observation einer Person.

»Die Unterlagen nehme ich mit ins Präsidium«, entschied Inspektor Frauenburg. »Jetzt müssen wir ganz neu nachdenken.«

39. Kapitel

Nach Tagen der Trockenheit war über Köln ein heftiges Gewitter niedergegangen. Grelle Blitze durchzuckten sekündlich den dunklen Himmel, begleitet von sintflutartigem Regen, der auf das Pflaster der Gassen klatschte und sich dort zu Sturzbächen sammelte.

Anna hatte sich vor dem Unwetter in ihr Bett geflüchtet. Trotz der hochgezogenen Decke hörte sie immer noch den Trommelwirbel des Regens auf den Dachpfannen. Dazwischen entlud sich die elektrische Energie der zusammengeballten Wolkenberge in krachenden Donnerschlägen.

Einen Moment lang wurde es ruhiger. Da, was war das? Ein leises Tapsen vom Flur her, das sich aus Siegfrieds Zimmer in ihre Richtung bewegte. Der Junge konnte es nicht sein, der durfte heute bei seinem Freund übernachten, weil sie noch bis spät gemeinsam für die Schule arbeiten mussten. Und Wilhelm würde mit unüberhörbarem Stampfen die Treppe hinaufpoltern.

Mit einem Ruck fuhr sie hoch. Alles still. Bestimmt eine Sinnestäuschung. Anna atmete durch. Ihre Nerven waren überreizt. Kein Wunder nach diesem furchtbaren Erlebnis in der Ursulagartenstraße und dem heutigen Schock beim Anblick des Mörders in Roberts Büro! Dennoch konnte sie sich nicht überwinden, zur Polizei zu gehen. Alles sprach gegen sie: ihr Verhältnis mit dem

Immobilienhändler, ihre tote Nebenbuhlerin, der Schuldenberg ihres Ehemanns bei der Firma Hai …

Da hörte sie es wieder! Das Geräusch einer schleichenden Katze – aber sie hatten keine Haustiere! Ein Einbrecher! Jemand, der hier eingedrungen war, auf dem Weg, den Siegfried immer nahm. Über das Seil, das vor seinem Fenster in die Tiefe führte.

Anna sprang aus dem Bett, flüchtete sich in den begehbaren Kleiderschrank, zog die Tür hinter sich zu. Ihr Herz hämmerte, sie atmete flach aus dem geöffneten Mund. Ihre Ohren nahmen jedes Geräusch wahr. Die Schlafzimmertür quietschte beim Öffnen. Tapsende Schritte Richtung Bett. Anna zuckte zusammen. Ein gewaltiger Donnerschlag direkt über dem Haus!

Vor Schreck hatte sie nicht sofort bemerkt, dass sich der Schrank knarrend öffnete. Sie kauerte reglos hinter den langen Kleidern. Schockstarre.

In der nächsten Sekunde schnellte Anna hoch, flüchtete nach hinten bis zur rückwärtigen Schrankwand, in die eine Fluchttür zum Flur hin eingelassen war. Sie stieß die Tapetentür von innen auf, rannte durch den Gang, mit nackten Füßen und wehendem Nachthemd. Siegfrieds Tür war angelehnt, das Fenster sperrangelweit offen. Sie hastete durch den Raum, ohne zu überlegen. Draußen erleuchtete ein Blitz die abendliche Szenerie. Anna kletterte auf die Fensterbank, beugte sich weit hinaus, bekam das triefnasse Seil zu fassen, das ihr sofort wieder entglitt. Als es zurückschwang, packte sie mit beiden Händen zu und zog ihren Körper nach. Ihre Füße umklammerten den nassen Strang, die Arme rutschten tiefer, gefolgt von den Beinen.

Plötzlich ein Ruck. Was war los? Sie schaute himmelwärts. Eine schmale, dunkle Gestalt machte sich an dem Seil zu schaffen, an dem sie hing!

Verzweifelt versuchte Anna, schneller hinabzuklettern, dem rettenden Hof entgegen. Sie betete. Bitte, lieber Gott, lass das Seil halten, bis ich unten bin! Dann stürzte sie schreiend ins Nichts.

40. Kapitel

Ehrmanns war gegen seinen Widerstand zur Beobachtung ins Bürgerhospital, auf die Station von Dr. Reuter, eingeliefert worden. Wegen seiner Lage im Mittelteil der drei Krankenhaustrakte wurde das Gebäude auch »Querriegel« genannt. Die Krankensäle und Flure dieses Hauses waren hoffnungslos überbelegt mit den zahlreichen Unfallopfern und verhinderten Selbstmördern.

Der Kommissar lag im Behandlungszimmer von Dr. Reuter auf einer Liege. Seine Wunden hatte der Arzt fachmännisch behandelt und verbunden.

»Hier haben Sie noch eine Kopfschmerztablette«, sagte er und überreichte dem Kommissar eine kleine weiße Pille.

»So schlimm sind meine Schmerzen nicht mehr«, behauptete Ehrmanns. »Ich will ...«

»Nehmen«, verlangte der Kreisarzt und baute sich vor ihm auf. »Ich habe die Verantwortung für Sie übernommen.«

Gehorsam steckte der Kommissar die Tablette in den Mund und schluckte.

Dr. Reuter verabschiedete sich zufrieden in den Feierabend.

Als der Kreisarzt das Zimmer verlassen hatte, spuckte Ehrmanns die Pille wieder aus. Er wickelte sie in sein Taschentuch und versenkte alles zusammen in seiner

Schlafanzugtasche. Das Stöhnen und Jammern der vielen Patienten auf den Fluren drang durch die geschlossene Tür. Hoffentlich konnte er trotzdem endlich einmal ausschlafen!

Der Kommissar lächelte, während er langsam wegdämmerte. Sein letzter Gedanke galt den ängstlichen Gemütern, die in dem heftig wütenden Unwetter am Abend wieder einen willkommenen Anlass zu bizarren Vorstellungen über den nahenden Kometen finden würden.

Plötzlich nahm Ehrmanns eine Bewegung am Fußende seines Feldbetts wahr. Er lag da wie festgewachsen und lauschte. Stille. Da! Unterdrücktes Atmen! Er blinzelte – und sah zwei Pranken, die unaufhaltsam näher kamen. Er wollte sie packen, abwehren, beiseitedrängen. Etwas blitzte auf. Blanker Stahl! Entsetzt starrte er auf die tödliche Klinge, die sich einen Weg zu seinem Hals bahnte. Gleichzeitig beugte sich jemand über sein Lager, legte sich schwer auf seinen Oberkörper, machte ihn unbeweglich wie einen Holzklotz.

Rasiermesserscharfe Dolche bedrohten sein Gesicht. Er wollte schreien, brachte aber nur ein hilfloses Röcheln zustande. Die Angst krallte sich in seinen Eingeweiden fest, lähmte ihm die Beine. Unerbittlich senkten sich die spitzen Klingen nieder, als Ehrmanns endlich erwachte. Es dauerte einige Augenblicke, bis ihm bewusst wurde, dass ihn ein Albtraum heimgesucht hatte.

Aber das Licht der Petroleumlampe blieb ebenso wie der Eindringling. Mit einem Ruck schoss Ehrmanns hoch, packte das rechte Handgelenk seines Gegenübers, drückte zu. Die Spritze landete auf der Bettdecke. Die Schreie der Krankenschwester mit den roten Haaren unter der weißen Haube alarmierten den Polizeiwachtmeister, den Inspektor Frauenburg zum Schutz des Kommissars vor seinem Zimmer postiert hatte.

»Festnehmen«, ordnete der Kriminalbeamte an.

»Warum das denn?«, fragte die Schwester empört. »Ich sollte Ihnen doch nur noch eine Dosis Laudanum injizieren!«

»Wenn das stimmt, fresse ich Ihre Haube«, zischte Ehrmanns. »Außerdem – Dr. Reuter kann das nicht angeordnet haben. Der ist längst gegangen. Er wird mir morgen sagen, was wirklich dadrin ist, Frau Zopfel! Sie verbringen die Nacht in Untersuchungshaft! Wir sehen uns beim Kreuzverhör im Präsidium. Wachtmeister, schaffen Sie mir diese Person aus den Augen!«

Der stämmige Uniformierte packte die heftig protestierende Margarete Zopfel, legte ihr Handschellen an. Ausgestattet mit einem entsprechenden Schreiben verließ der Beamte wenig später mit der Krankenschwester die Station. Dann machte sich auch Ehrmanns in einer Nachtdroschke auf den Weg. Er sehnte sich nach ruhigem, ungestörtem Schlaf in der Altenberger Straße, herbeigezaubert von Fräulein Friedas Teemischung in dem kleinen Seidenbeutel.

Donnerstag,
12. Mai 1910

41. Kapitel

Wie verabredet frühstückte Lindau zu Hause mit Berta und den Kindern einen geschmacklosen Haferbrei und machte sich anschließend daran, die Wohnung Gustav Schänzlers in der Johannisstraße zu durchsuchen. Dabei wurde er von einem uniformierten Schutzmann unterstützt, den Inspektor Frauenburg für diese Aufgabe abgestellt hatte und der sich bestens mit dem Aufhebeln der gängigen Kastenschlösser auskannte.

Die beiden Beamten erwartete eine einfache Behausung, die ebenso wie die von Heinrich Hai aus einem Wohn- und Schlafzimmer und einer kleinen Küche bestand.

Der Wohnbereich wirkte aufgeräumt. Hier lag nichts herum. Auch das Bett hinter einem Vorhang und der Kleiderschrank bargen keine Geheimnisse.

Die Küche nebenan sah aus, als ob sie Schänzler in aller Eile verlassen hatte. Auf dem Küchentisch befand sich ein Kanten Brot, die gelblich flockige Milch in der Tasse daneben verströmte einen üblen säuerlichen Geruch. Lindau bemerkte erfreut, dass es hier eine Spüle mit fließendem Wasser gab. Er wies den Schutzmann an, die Überreste der letzten Mahlzeit seines Kollegen zu entsorgen, während er die Asche im Herd untersuchte. Er schob die oberste Schicht der verbrannten Rückstände weg. Kein Glimmen. Noch mehr Schlacke und darunter etwas Weißes, das nicht dazu passte.

Mit fliegenden Fingern befreite Lindau das Stück Papier von dem schwarzen Staub. Zum Vorschein kam ein von Hand beschrifteter Notizzettel. Brandflecken machten die Botschaft darauf teilweise unleserlich. Er versuchte, den Rest zu entziffern:

Schlag elf... Sonntagabe... marschierst ... Hohen-zollernbrücke ... Treppe ... zur Mitte. Dort ... Geld. Nach dem Lesen verbrennst ... Ofen.

Vorsichtig beschnüffelte der Kriminalbeamte das beschädigte Papier. Er hatte sich nicht getäuscht; ein hauchzarter Duft der würzig-herben Havanna Habanos haftete daran. Die Schrift erkannte Lindau sofort: Sie war identisch mit der Zueignung in dem Gedichtband von Catull an seine Lesbia.

42. Kapitel

»Wie hat Ihnen denn der gestrige Vortrag über den Halleyschen Kometen in der Lesegesellschaft gefallen?«, fragte Ehrmanns den Bürovorsteher Meulenbach, nachdem er sich mit Lindau um Viertel vor zehn Uhr im »Allerheiligsten« zur Besprechung mit Frauenburg eingefunden hatte.

»Selten so gegähnt«, meinte der mit einer wegwerfenden Handbewegung. »Sie haben nichts verpasst. Professor Gravelius hat natürlich den dummen Aberglauben vom Weltuntergang verurteilt. Es sei gar nicht sicher, dass der Schweif des Kometen die Erde überhaupt treffen werde, und wenn doch, wären es nur harmlose Partikel eines Gemischs aus Kohlenwasserstoffen, die sofort in der Erdatmosphäre verglühen. Das Beste war noch, dass der Gewittersturm den langweiligen Vortrag unterbrach, indem er mehrere Fenster aufstieß. Das gab dem guten Professor Gelegenheit, einen regenreichen Sommer zu prophezeien! Zum Schluss hat er uns versichert, dass nichts Schlimmes passieren wird.«

»Na, immerhin etwas«, bemerkte Frauenburg lakonisch. »Dann können Sie sich an die Arbeit begeben, Meulenbach. Gleich wird die Angeklagte Margarete Zopfel für das Kreuzverhör in der aktuellen Mordsache hereingeführt. Sie schreiben das Protokoll.«

Als es dann so weit war und sich Ehrmanns und Margarete Zopfel gegenübersaßen, erschauerte er unter ihrem eisigen Blick. Nichts erinnerte mehr an die freundliche Ausstrahlung der Blumenfrau. Im nächsten Augenblick hatte der Kommissar sich wieder im Griff.

»Sie haben gestern Nacht versucht, mich mit Acetylsalicylsäure umzubringen, nachdem ich wider Erwarten aus dem Keller im Filzengraben gerettet wurde!«

»Wie kommen Sie denn darauf?«, erwiderte die Beschuldigte. »Ich habe Ihnen doch gesagt, dass die Spritze harmloses Laudanum enthielt!«

»Für wie dumm halten Sie mich eigentlich?«, blaffte Ehrmanns sie an. »Ich hatte heute Morgen ein längeres Telephonat mit Dr. Reuter. Er hat die Flüssigkeit in meinem Auftrag untersucht. Gerade eben hat er das Ergebnis fernmündlich im Präsidium bekannt gegeben. Kommen Sie mir jetzt bloß nicht damit, dass Sie nur Aushilfsschwester sind! Zu Beginn Ihrer Tätigkeit im Hospital wurden Sie darauf hingewiesen, dass Sie sich von gefährlichen Substanzen fernzuhalten haben. Dummerweise hat man Ihnen diese Medikamente gezeigt und ihre Wirkung erklärt, unter anderem auch das Adalin in hoher Potenz. Sie wissen, wo sie gelagert werden und wie man der arglosen Oberschwester im Ruheraum den Schlüssel entwenden kann. Natürlich haben Sie erwartet, dass ich wie alle anderen Patienten ruhiggestellt wurde. So hätten Sie vollenden können, was Ihnen im Haus Ihres Arbeitgebers Konrad Berg nicht gelungen ist.«

Margarete Zopfel sah an dem Kommissar vorbei ins Nichts, mit fest aufeinandergepressten Lippen. Ehrmanns kannte diesen Gesichtsausdruck. Die Verdächtige würde schweigen, sosehr er sie auch bedrängte.

Da schaltete sich Lindau ein.

»Ich kann mir nicht vorstellen, dass Sie dem Kommissar aus eigenem Antrieb das Leben nehmen wollten, auch wenn die Tatsachen dafürsprechen«, sagte er sanft. »Sie haben doch ein Baby, das auf Ihre Liebe und Fürsorge angewiesen ist. Da geht man nicht hin und ersticht, vergiftet und verbrennt Menschen! Als vielfacher Familienvater würde ich niemals riskieren, gehenkt oder geköpft zu werden und auf diese Weise meine Kinder im Stich zu lassen, was immer auch geschieht. Sie sind da in etwas hineingeraten, das spüre ich, nehmen jemanden in Schutz. Oder haben Sie eine Dankesschuld abzutragen? Ich glaube, dass Ihr Mittäter Sie ausnutzt. Er versteckt sich hinter Ihnen. Sie müssen uns seinen Namen verraten und berichten, was wirklich geschehen ist. Sonst wächst Ihr Kind ohne Sie auf.«

Die Festgenommene hatte sich zu Lindau gedreht, hatte ihm aufmerksam zugehört. Jetzt füllten sich ihre Augen mit Tränen. Die Kriminalbeamten warteten. Im »Allerheiligsten« drang nur das Ticken der Uhr durch die jäh entstandene Stille.

Endlich fing Margarete Zopfel an zu erzählen, erst stockend und leise, dann immer flüssiger. Sie redete sich die ganze schreckliche Geschichte von der Seele.

Ihr Mann Max war von einem Gerüst auf Robert Hais Baustelle in der Ursulagartenstraße erschlagen worden, das im Schnellverfahren aufgestellt und nicht richtig befestigt worden war. Als mittellose Witwe konnte Margarete gegen die Anwälte des reichen Immobilienhändlers nichts ausrichten, deshalb hatte sie auf einen Rechtsstreit verzichtet.

Stattdessen hatte sie es mit Bitten versucht. Per Fernsprecher, da sie dem Mann nicht gegenübertreten konnte. Sie flehte ihn um eine kleine Entschädigung an, um das Erlassen der Miete. Aber Hai hatte sie ausgelacht, ihr sogar ein unsittliches Angebot gemacht. »Bist bestimmt e lecker Mädche, könntest mir gefallen«, hatte er gesagt. »Ich würde mich auch erkenntlich zeigen …«

Da hatte sie einen unglaublichen Hass auf den Mann bekommen, der ihr den Liebsten und die Grundlage zum Leben genommen hatte. Der wollte noch mehr! Ihren Körper, ihren Stolz, ihre Selbstachtung, einfach alles! Weil er die Macht dazu hatte!

»Das Ungeheuer musste vernichtet werden«, sagte Margarete Zopfel ruhig. »Und mit ihm das, woran sein Herz hing: die Zukunft seines Geschäfts, die Quelle seiner Macht. Eine Freundin hat mir geholfen, als ich mich nach dem Tod von Max traurig und allein in mein winziges Zuhause verkrochen habe. Sie hat mich zu den Treffen von Nora Försters ›Kölner Verein zur Verbesserung der Frauenkleidung‹ mitgenommen. Da habe ich auch zwei Frauen aus dem Umfeld von Hai kennengelernt: seine Prokuristin Brunhild Stolte und seine Geliebte Anna Ostheim.«

»Anna Ostheim?«, ging Lindau dazwischen. »Hat diese Person einen Stiefsohn?«

»Ja, er heißt Siegfried«, bestätigte Margarete Zopfel. »Sie wohnt auf dem Buttermarkt.«

Die Kriminalbeamten schauten sich an. Diese Anna Ostheim mussten sie sich unbedingt vorknöpfen!

»Fahren Sie bitte fort«, forderte sie Lindau auf.

»Dann erzählte mir Brunhild, dass Hai sie zur Teilhaberin seines Immobiliengeschäfts machen wollte, weil sie so tüchtig und obendrein von ihm schwanger war. Ich sagte ihr, dass wir darauf anstoßen müssten. Sie hat mich zu dem Treffen am vergangenen Samstag in das leerstehende Haus eingeladen, wo mein Mann verunglückt ist. Ich habe Hai vorher noch in einem Brief gewarnt ...«

»Mit diesem anonymen Schreiben?« Ehrmanns zeigte ihr das Schriftstück, das der Händler kurz vor seinem Tod erhalten, aber nicht ernst genommen hatte und das seine Familie später der Detektei Berg & Jäger übergeben hatte.

»Ja, dieser Brief ist von mir«, bestätigte Margarete Zopfel.

»Warum haben Sie das Schriftstück denn nicht getippt? Es ist doch sehr mühsam, die Buchstaben einzeln aufzukleben!«

»Ich habe nie gelernt, auf der Schreibmaschine zu schreiben«, gab die Angeklagte zu. »Leider hat Hai überhaupt nicht darauf reagiert. Deshalb bin ich am Samstagnachmittag in die Ursulagartenstraße gekommen. Er wusste nicht, wer ich bin, hat mich dort zum ersten Mal gesehen. Sie haben meinen Schaumwein mit dem Schlafmittel getrunken. Dann bin ich gegangen.«

»Sie haben etwas vergessen«, warf Inspektor Frauenburg ein. »Nachdem die beiden betäubt waren, wurden sie getötet.«

»Nicht durch meine Hand«, flüsterte Margarete Zopfel. »Mein Dienst im Bürgerhospital begann an jenem Samstagabend schon um Viertel vor sechs und dauerte bis nach Mitternacht, weil so viele Patienten der Versorgung bedurften. Ich konnte nur noch mit den beiden anstoßen und sie so betäuben. Erstochen hat sie jemand anders.«

»Wer hat sie dann ermordet?«, fragte Ehrmanns in scharfem Ton.

»Wichtig ist doch, dass ich es nicht gewesen sein kann. Fragen Sie im Hospital nach – ich habe dort pünktlich meinen Dienst angetreten.«

»Das werden wir tun, verlassen Sie sich drauf! Ihr Strafmaß erhöht sich, wenn Sie uns den Namen der Person verschweigen, die den Doppelmord in der Ursulagartenstraße begangen hat. Sicherlich haben Sie mich auch in Konrad Bergs Keller gesperrt und dort Feuer gelegt!«

»Davon weiß ich nichts!«, rief Margarete Zopfel. »Sie haben mir doch befohlen, das Haus so schnell wie möglich zu verlassen! Das habe ich gemacht. Die Kellertür habe ich für Sie aufgelassen.«

»Tun Sie doch nicht so ahnungslos!« Ehrmanns fiel es immer schwerer, sich zu beherrschen. »Im Hospital haben die Gründe für meine Einlieferung bestimmt die Runde gemacht. Warum sonst haben Sie versucht, mich mit der Spritze endgültig aus dem Weg zu räumen? Sie haben doch *gesehen,* dass ich die Schriftprobe von der Adler 7 eingesteckt habe, auf der Sie oder eine zweite Person den falschen Abschiedsbrief von Robert Hai getippt haben. An Ihrer Stelle würde ich sofort den Namen des Verantwortlichen nennen! Sie müssen uns auch mitteilen, wer den Kellerbrand gelegt hat. Sonst gelten Sie als alleinige Täterin.«

Erneutes Schweigen. Ehrmanns' Blick schwenkte unwillkürlich zu Lindau hinüber. Der bemerkte es und verstand.

»Frau Zopfel, jetzt geht es um die Schwere Ihrer

Schuld«, erklärte er geduldig, nachdem er den Augenkontakt mit der Verdächtigen hergestellt hatte. »Sie haben gestanden, dass Sie bei den Verbrechen in der Ursulagartenstraße durch das Ruhigstellen der Opfer an einem Doppelmord beteiligt waren. Nun müssen Sie uns auch noch preisgeben, wer Hai und Stolte erstochen hat, wer Sie zu all Ihren Taten *angestiftet* hat. Dann kann Ihre Strafe milder ausfallen. Und wenn Sie den Brand im Filzengraben nicht selbst gelegt haben, kann man Ihnen dieses Verbrechen überhaupt nicht anlasten. Wie auch immer – Sie müssen uns den Namen dieser Person nennen! Ich beschwöre Sie als Vater: Tun Sie es! Ihrem Kind zuliebe!«

Margarete Zopfel hatte verstanden. Sie nickte unmerklich und brach dann in Tränen aus. Die Kriminalbeamten sahen sich an. Jetzt würden sie es gleich erfahren …

Aber die Angeklagte schüttelte ihren Kopf. »Ich bin verloren. Der Name meines Mittäters wird nicht verraten. Ich habe ihm zu viel zu verdanken.«

Lindau sah sie traurig an. Er spürte, dass er nichts mehr erreichen konnte.

»Was auch immer Margarete Zopfel verbrochen hat – diese zarte Frau kann nicht die Mörderin des Wachtmeisters Gustav Schänzler gewesen sein«, meinte Lindau in der Elektrischen, mit der sie auf schnellstem Wege zur Marzellenstraße fuhren. »Sie hat nicht die Kraft, einen Uniformierten mit Gewalt in den Rhein zu befördern.«

»Wachtmeister Schänzler muss am Samstagabend in der Ursulagartenstraße jemanden gesehen haben«, überlegte Ehrmanns.

»Und wer soll das gewesen sein?«, fragte Lindau.

»Sein Mörder! Ich werde mir in der Dienststelle des sechsten Reviers seine genaue Route beschreiben lassen. Derweil nehmen Sie sich noch einmal die Zeugen in der Ursulagartenstraße vor. Der Inspektor war ja mit Ihrer Sonderausrüstung einverstanden, weil Frau Bunte nur mit Uniformierten redet.« Ehrmanns grinste. »Vielleicht können auch die Gäste des Brauhauses in der Ursulastraße Auskunft geben.«

43. Kapitel

Bald darauf fuhr Lindau mit der Straßenbahn zum Depot der Schutzmannschaft in der Spinnmühlengasse. Dort wurde neben den Stallungen eine Auswahl an Uniformen in allen Größen aufbewahrt. Dem Sonderermittler passte nur die eines Polizeikommissars. Lindau hatte schon als Kind in den Sommerferien bei seinen Verwandten reiten gelernt, die in Poll einen Bauernhof bewirtschafteten.

Wenig später ritt er auf einem gutmütigen Hannoveraner Hengst mit dem Stockmaß von 160 Zentimetern durch die Straßen der Innenstadt Richtung Norden, begleitet von dem Schutzmann Hermann Mühlener.

Vor dem Ursula-Bräu »Em Birbäumche« sprangen die beiden Beamten schneidig ab und machten ihre Pferde an den dafür vorgesehenen Haken fest. Ihre Ankunft sprach sich in Windeseile herum. Der Wirt stürzte persönlich heraus, um den Hannoveranern Wasser und Heu zu bringen und die Polizisten höflich hereinzubitten. An der Theke bot er den beiden Polizeibeamten ein Glas selbst gebrautes Bier an, das sie dankend ablehnten. Stattdessen bat Lindau um Auskunft.

»War ein Polizeiwachtmeister namens Schänzler schon einmal Gast in Ihrer Wirtschaft?«, fragte er den verdutzten Wirt. Der wollte nicht recht mit der Sprache herausrücken.

»Natürlich, Theo!«, riefen die umstehenden Männer. »Das ist doch der nette Schohmächer, der jeden Tag hier sein *Wieß* getrunken hat! Was macht der eigentlich jetzt? Ist hier schon ein paar Tage nicht mehr aufgetaucht …«

Der Wirt wurde knallrot, aber Lindau winkte ab.

»Der Grund seines Kneipenbesuchs interessiert mich nicht. War er denn auch am vergangenen Samstag hier, als man den Halleyschen Kometen so deutlich sehen konnte?«

»Sicher«, bestätigten die Gäste eifrig. »Der ist doch kurz nach zehn Uhr abends hier hereingekommen! Wir sind dann alle in den Garten gelaufen und haben den Himmelskörper eine ganze Zeit lang mit dem Fernglas beobachtet.«

»Bis wann ist er denn geblieben?«

»Um Viertel nach zehn Uhr ist er wohl verschwunden«, meinte ein Gast. »Das weiß ich noch, weil er mir am Eingang entgegenkam, nachdem es die Viertelstunde geschlagen hatte.«

»Hat jemand von Ihnen gesehen, in welche Richtung der Wachtmeister weitergegangen ist?«

»Wir waren alle im Garten und haben abwechselnd durch ein Fernglas zum Himmel geguckt. Aber der Schänzler geht immer Richtung Hunnenrücken, wenn er unser ›Bierbäumche‹ verlässt.«

»Ich danke Ihnen für die Auskünfte«, sagte Lindau höflich. »Begleiten Sie uns bitte nach draußen«, fügte er mit Blick auf den Wirt hinzu.

Das Aufatmen der umstehenden Herren war hörbar; schließlich wusste man nie, was die Polizei im Schilde führte.

»Sehr wohl«, sagte der Wirt, bemüht, seine Erleichterung zu verbergen.

Sie ritten weiter in die Ursulagartenstraße zu Hermine Bunte. Dort wurde ihnen sofort von einer Dame namens Katharina Palm geöffnet, die sich als Hermine Buntes Freundin vorstellte.

»Ist schon wieder was passiert?«, rief Frau Bunte beim Anblick der beiden berittenen Polizisten.

»Keine Sorge«, beruhigte sie Lindau. »Wir haben nur ein paar Fragen an Sie.«

»Ach, dann ist es ja gut«, meinte Hermine. »Herein mit Ihnen! Das Teewasser kocht gleich! Sicher möchten die Herren Schohmächer auch Plätzchen dazu?«

»Da sagen wir nicht Nein«, strahlte Hermann Mühlener begeistert und strich sich über seinen beachtlichen Bauch, auf dem die glänzenden Knöpfe seiner Uniform blinkten. Lindau beeilte sich, ihm beizupflichten. Eine solche Teezeremonie kostete zwar viel Zeit, würde aber die Mitteilungsfreude der Dame erheblich steigern.

Eine halbe Stunde später redeten die vier Personen in Frau Buntes heimeligem Wohnzimmer schon sehr vertraut miteinander. Die Frauenzimmer freuten sich über den regen Zuspruch ihres Gebäcks bei den Polizeibeamten. Endlich war die Zeit für die entscheidenden Fragen gekommen.

»Frau Bunte, denken Sie bitte noch einmal zurück an den vergangenen Samstagabend, als der Komet zum ersten Mal über Köln zu sehen war«, begann Lindau.

»Oh ja! Ich weiß es noch wie heute!«, rief Hermine Bunte. »Ich hatte dich besucht, Katharina, um den Kometen zu beobachten.«

»Ich wohne ein paar Häuser weiter Richtung Eintrachtstraße, im vierten Stock«, erklärte Frau Palm. »Da hatten wir einen weiten Blick auf die Himmelskörper.«

»Donnerwetter«, sagte Lindau.

»Dann wurde ich müde und bin nach Hause gegangen«, fuhr Frau Bunte fort.

»Wann war das genau?«, fragte der Sonderermittler.

»Lassen Sie mich mal nachdenken.« Hermine Bunte legte ihre Stirn in Falten.

»Das muss um Viertel nach zehn gewesen sein«, meldete sich ihre Freundin zu Wort. »Von St. Ursula hatte es die Viertelstunde geschlagen.«

»Richtig! Ich erinnere mich wieder! Auf der Straße kam mir der Schohmächer entgegen. Nichts wie hin, Hermine, hab ich mir gesagt. Jetzt geht es den Saufbrüdern endlich an den Kragen! Die kommen von der Kneipe in der Ursulastraße und machen einen Radau, dass einem die Ohren wegfliegen«, fügte sie erklärend hinzu. »Hämmern gegen die Haustüren, grölen und raufen. Einer ist sogar mal an der Laterne hochgeklettert und hat versucht, das Glas zu zerdeppern …«

»Aus welcher Richtung haben Sie den Wachtmeister kommen sehen?«, unterbrach Lindau ihren Redefluss.

»Natürlich vom Ursulaplatz her, sonst wär er mir doch nicht entgegengelaufen!«

»Das stimmt«, bestätigte Katharina Palm. »Den habe ich auch gesehen. Ich stand am offenen Wohnzimmerfenster und habe aufgepasst, dass Hermine gut nach Hause kommt.«

»Was geschah dann?«, fragte Lindau.

»Das habe ich doch schon Ihrem Kollegen erklärt!«, rief Frau Bunte ungeduldig. »›Schohmächer‹, hab ich gerufen, ›komm mal her! Ich will mich beschweren! Hier in der Straße machen die Betrunkenen noch nach Mitternacht Krach.‹«

»Was hat der Wachtmeister da geantwortet?«, fragte Lindau.

»Der musste mal dringend auf den Abort vom Haus gegenüber«, erklärte Frau Bunte. »Hat mir befohlen, in meine Wohnung zu gehen und auf ihn zu warten. Er würde gleich kommen, um die Beschwerde zu notieren. Aber der Schohmächer kam nicht. Ob der wohl in den Abort gefallen ist, hab ich noch gedacht. Dann bin ich eingeschlafen. Auf dem Chaiselongue.«

»Was halten Sie von der Dame?«, fragte Hermann Mühlener, als sie nach überschwänglichem Dank langsam die Ursulastraße entlangritten. »Ein bisschen sehr durcheinander, das Frauenzimmer, wenn Sie mich fragen. Redet jeden Uniformierten mit Schohmächer an.«

»Nun ja«, sagte Lindau ohne weiteren Kommentar.

»Außerdem hat sie sich in der Zeit vertan. Wenn der Schänzler um Viertel nach zehn aus der Kneipe Richtung Hunnenrücken gegangen ist, kann er nicht gleichzeitig in das Haus in der Ursulagartenstraße marschiert sein.«

»Sie haben vollkommen recht«, bestätigte Lindau.

»Dann haben entweder die Gäste vom ›Birbäumche‹ gelogen oder die alte Frau Bunte hat sich geirrt«, stellte Mühlener fest.

»Wir werden sehen«, entgegnete Lindau.

Der Schutzmann starrte ihn an. »Wie meinen Sie das?«, fragte er verwirrt.

Lindau antwortete nicht. Seine Mission war beendet. Er konnte seinem Chef neue Nachrichten überbringen.

44. Kapitel

Ehrmanns hatte unterdessen das sechste Polizeirevier in der Victoriastraße aufgesucht, das für den Wachdienst im Ursulaviertel zuständig war. Der Leiter des Reviers, Polizeikommissar Hugo Eibel, war in eine Akte vertieft, als Ehrmanns sein Büro betrat.

»Kommissar Ehrmanns! Geht es um meinen ermordeten Polizeiwachtmeister? Schlimme Geschichte!« Er zeigte auf einen Stuhl. »Nehmen Sie doch bitte Platz!«

»Ja und nein«, erklärte der Kriminalbeamte und trat näher. »Ich hätte gerne gewusst, auf welcher Route sich der Wachtmeister in Ihrem Zuständigkeitsbereich am vergangenen Samstag bewegt hat, als der Doppelmord in der Ursulagartenstraße geschah.«

»An dem Tag musste Schänzler einen erkrankten Kollegen vertreten«, erklärte Eibel. »Jede Runde beginnt hier im Polizeirevier. Am Ende der Victoriastraße geht es links ins Ursulakloster, dann ein Stück Eintrachtstraße entlang bis zur Ursulagartenstraße, an deren Ende sich die Wachtmeister über den Ursulaplatz bis zur Grenze unseres Reviers an der Marzellenstraße bewegen. Danach laufen sie weiter durch die Ursulastraße, den Hunnenrücken, den Maria-Ablass-Platz und über die Eintrachtstraße zurück zum Revier. Dort knipsen sie ihre Karte an der Stechuhr ab.«

»Das genügt fürs Erste!«, unterbrach ihn Ehrmanns. »Wie lange dauert denn eine Runde normalerweise?«

»Eine halbe Stunde.« Kommissar Eibel grinste. »Für Schänzler habe ich die Zeit großzügig bemessen, damit er auf ein Bier im Ursulabräu einkehren konnte – bei der Mehrarbeit, verstehen Sie! Dann ist er anschließend schneller gelaufen. Jedenfalls stimmten am Ende die Zeitstempel auf seiner Karte hier im Revier und auf halber Strecke in der Ursulastraße. Warum interessiert Sie der Weg von Schänzler? Hat das etwas mit seiner Ermordung zu tun?«

»Ja, das ist wahrscheinlich so. Um welche Zeit begann denn sein Wachdienst?«

»Am Samstagabend um fünf Minuten vor halb zehn, nach dem Sonnenuntergang. Die letzte Runde drehte er dann in der Dämmerung am Sonntagmorgen ab fünf Minuten vor fünf.«

In der Altenberger Straße traf Ehrmanns Kommissar Sommer.

»Habt ihr euren Mörder gefasst?«, fragte Sommer interessiert.

»Mörderin!«, verbesserte ihn der Kriminalbeamte. »Es war die Zugehfrau von Berg, die auch das Feuer im Keller des Hauses gelegt hat, durch das ich beinahe umgekommen wäre. Danke nochmals, dass du rechtzeitig zur Stelle warst.«

»Das verdankst du deinem Schreiber«, murmelte er.

»Der wird uns bald verlassen. Es ist geplant, dass er ab der nächsten Woche als Kriminalwachtmeister den vierten Bezirk in der Balthasarstraße leitet. Ich habe jetzt eine weibliche Mitarbeiterin, Gerda von Bienemann.«

»Der Weggang von Lindau ist dennoch ein großer Verlust!«

»Besonders, weil ein Mord unaufgeklärt bleibt«, stöhnte Ehrmanns. »Gestern ist der für das Ursulaviertel zuständige Polizeiwachtmeister tot aus dem Rhein gefischt worden. Gustav Schänzler vom sechsten Polizeirevier.«

»Kann ich dir helfen, wenn Lindau weg ist?«, fragte Sommer.

Der Kriminalkommissar überlegte. »Hast du morgen früh Zeit? So gegen acht? Dann geht die Ermittlungsarbeit weiter. Lindau wird nicht mehr dabei sein. Er schaut sich in seiner neuen Dienststelle um.«

»Ja, das wird möglich sein«, meinte Sommer. »Jetzt muss ich mich aber beeilen. Ein Steinmetz in Nippes fertigt einen Findling für das Grab meiner Mutter an. Wir haben noch etwas zu besprechen.«

45. Kapitel

»Nach dem, was wir heute erfahren haben, war der Schohmächer von Frau Bunte mit Sicherheit nicht Gustav Schänzler«, stellte Ehrmanns fest, nachdem er und Lindau aus verschiedenen Richtungen in die Altenberger Straße zurückgekehrt waren. Biene hatte sich angesichts ihrer gestrigen Überstunden einen halben Tag freigenommen. »Wie Kommissar Eibel mir berichtet hat, begann Schänzlers zweite Runde um fünf Minuten vor zehn in der Victoriastraße. Sieben Minuten später hatte er die Ursulagartenstraße schon passiert, und zwar von der Eintrachtstraße in Richtung Ursulaplatz und nicht andersherum, wie Frau Bunte es Ihnen erzählt hat. Um Viertel nach zehn kam er aus der Kneipe in der Ursulastraße und lief weiter zum Hunnenrücken. Pünktlich um fünf vor halb elf hat der Wachtmeister schließlich die Stechuhr in der Victoriastraße betätigt und sich erneut auf den Weg gemacht.«

»Trotzdem ist Frau Bunte um Viertel nach zehn in der Ursulagartenstraße einem Uniformierten begegnet, der anschließend das Mordhaus betreten hat«, warf Lindau ein. »Das hat ihre Freundin Katharina Palm bestätigt. Ich frage mich, wer das war und was er dort wollte.«

»Der Mörder kann es nicht gewesen sein«, stellte Ehrmanns fest. »Nach dem Gutachten von Professor Frost waren Hai und Stolte um diese Zeit schon tot. Die Morde sind zwischen sechs und zehn geschehen. Frost berechnet solche Zeitspannen immer großzügig, somit ist ein Unter- oder Überschreiten des Todeszeitpunkts unwahrscheinlich. Ich zweifle allerdings daran, dass es den uniformierten Schohmächer wirklich gegeben hat. Diese Frau Bunte ist ziemlich sonderbar. Vielleicht verwechselt sie da etwas. Auch Kommissar Sommer von nebenan bezweifelt ihre Glaubwürdigkeit. Was diese Katharina Palm von ihrem Wohnzimmerfenster aus gesehen hat, ist schon interessanter. Wir sollten ihr ein paar Polizeiphotos vorlegen. Vielleicht erkennt sie den Uniformierten darauf.«

»Auf jeden Fall ist es bedauerlich, dass Schänzler uns nicht mehr berichten kann, was er auf seinen Rundgängen am Samstagabend erlebt hat«, meinte Lindau.

»Weil sein Mörder ihn am Sonntagabend auf die unfertige Hohenzollernbrücke gelockt hat«, sagte Ehrmanns mit Blick auf das beschädigte Schriftstück, das Lindau am Morgen aus Schänzlers Ofen geborgen hatte. »Mit Geld. Wahrscheinlich hat der Wachtmeister ihn erpresst. Gestern habe ich gesehen, dass auf der Brücke die Eisenbahnschienen verlegt werden. Der Teer auf dem Fußgängerweg ist aber schon getrocknet. Über den seitlichen Treppenaufgang kann man den gefahrlos betreten, um ungestört dunkle Geschäfte zu verrichten. Nach Anbruch der Dunkelheit ist da kein Mensch.«

»Der ideale Ort, um jemanden niederzuschlagen und in den Rhein zu werfen«, ergänzte Lindau die Überlegungen seines Chefs.

»Der Mörder von Schänzler ist genau informiert«, fasste Ehrmanns zusammen.

»Außerdem ist er Gelegenheitsraucher teurer Zigarren der Marke Havanna Habanos«, fügte Lindau hinzu.

Die Kriminalbeamten schraken zusammen, als es laut an der Tür zum Kommissariat klopfte.

»Endlich ist jemand da«, näselte der Hilfspförtner August Rehard vom Stadtfernsprechamt beim Eintreten. »Gestern so gegen ein Uhr am Mittag war hier alles verrammelt!«

Da waren wir Reibekuchen essen, dachte Ehrmanns. Er wies auf den Besuchertisch. Lindau setzte sich zu ihnen, bewaffnet mit Papier und Bleistift.

»Wissen Sie, normalerweise lese ich den Kölner Stadt-Report nicht, besonders nicht die Suchanzeigen zu vermissten Personen«, begann der Portier. »Aber für Hinweise auf Fräulein Merzfeld gibt es ja eine hohe Belohnung.«

»Haben Sie denn etwas für uns?«, fragte Ehrmanns mit plötzlichem Interesse.

»Was ist mit dem Geld? Es sind doch 1.000 Mark ausgelobt.« Rehard fixierte den Kommissar mit seinen kleinen, gierigen Knopfaugen.

»Unsere Informanten melden wir natürlich dem Untersuchungsrichter III beim Königlichen Landgericht«, versicherte der Kriminalbeamte. »Dort entscheidet man über die Belohnung. Sie sind aber auf jeden Fall verpflichtet, uns Angaben zu machen, wenn Sie etwas wissen.«

»Ist ja gut«, sagte Rehard schnell. »Das gesuchte Fräulein kam gestern Mittag in Begleitung eines Mannes aus dem Polizeirevier nebenan. Die gingen dann auf der anderen Straßenseite Richtung Eigelstein davon. Ärgerlich, dass die Tür des Reviers abgeschlossen war, als ich wenig später dort den Diebstahl meines Fahrrads anzeigen wollte, das ich nur kurz vor der Apotheke an der Ecke abgestellt hatte.«

»Wie sah der Mann denn aus?«, fragte Ehrmanns.

»Etwas jünger und kleiner als Sie, dunkles Haar, gezwirbelter Schnauzer.«

Die Beschreibung passt auf unzählige Kölner, dachte der Kommissar. Laut sagte er: »Danke, Herr Rehard. Sie können gehen. Wir kümmern uns um die Angelegenheit. Wenn Ihr Hinweis zum Erfolg führt, hören Sie von uns.«

Der Pförtner sah ihn zweifelnd an.

»Sie haben uns auf jeden Fall sehr geholfen«, bestätigte Lindau mit einem Lächeln.

Im Nachbarhaus verspeiste Polizeischutzmann Dahlenburg seinen *Halven Hahn*.

»Kommissar Ehrmanns, Franz, was führt euch denn hierher?«, fragte er erstaunt. »Mein Chef ist vor einer Viertelstunde gegangen.«

»War gestern ein Fräulein Adele Merzfeld hier?«, wollte der Kriminalkommissar wissen.

»Wer soll das denn sein? Dieses Frauenzimmer ist mir nicht bekannt.«

»Die sollten Sie aber kennen«, sagte Ehrmanns streng. »Adele Merzfeld wird polizeilich gesucht.«

»Das wusste ich nicht!«, rief Dahlenburg erschrocken.

»Ach ja?«, entfuhr es dem Kommissar. Seine Augen wanderten suchend im Raum umher, blieben schließlich auf dem Schreibtisch von Sommer hängen, wo sich ein Berg von Berichten angehäuft hatte.

»Wir haben bestimmt noch eine amtliche Suchanzeige des Fräuleins übrig«, sagte er dann. »Lindau, gehen Sie mit Dahlenburg nach nebenan und geben Sie ihm das Papier! Es müsste in der Mappe mit den Protokollen von gestern liegen. Wenn nicht, fordern Sie im Inspektionsbüro in der Krebsgasse ein weiteres Exemplar zum Aushängen an!«

Lindau schaute seinen Vorgesetzten erstaunt an.

»Sofort!«, rief Ehrmanns. »Tun Sie, was man Ihnen sagt! Ich bleibe solange hier, falls es Bürgeranfragen gibt.«

»Was ist denn mit deinem Chef los?«, fragte Dahlenburg, als sie sich kurze Zeit später außer Hörweite befanden.

»Er ist schon den ganzen Tag so gereizt«, meinte Lindau. »Das ist aber auch verständlich. Was er gestern Abend in dem brennenden Keller durchmachen musste, hätte wohl keinen von uns kaltgelassen.«

46. Kapitel

»Du musst gleich das Schulheft von Siegfried abholen, das du diesem Lindau vorbeigebracht hast«, befahl Wilhelm Ostheim seiner Frau in einem Ton, der keinen Widerspruch zuließ. »Es ist jetzt fünf Uhr durch, da haben sie es bestimmt geprüft. Der Junge hat gesagt, dass er es morgen in der Schule braucht.«

Anna wurde rot. Ihr Stiefsohn hatte sich bitter beschwert, dass sie ausgerechnet sein Hausaufgabenheft für einen Schriftvergleich ins Kommissariat gebracht hatte.

Sie atmete tief durch. Den Sturz in die Jauchegrube gestern Abend hatte sie ohne schlimme Blessuren überstanden. Danach war sie in Panik die Straße hinuntergerannt und bei Nora Förster gelandet. Die hatte, wieder einmal auf der Flucht vor dem rachsüchtigen Ehemann einer Freundin, in der Friedrich-Wilhelm-Straße ganz in der Nähe eine neue Bleibe gefunden. Hier konnte sich Anna waschen und ihr stinkendes Nachthemd gegen ein älteres Hauskleid von Nora tauschen. Nach über einer Stunde beruhigte sich das Wetter wieder, sodass Anna den Rückweg wagen konnte. Sie hatte Glück: Die Haustür war unverschlossen. In der Küche hatte sie Wilhelm schnarchend vorgefunden, mit dem Oberkörper über der Tischplatte, betäubt vom Alkohol. So konnte sie unbemerkt das Fenster zum Hof fest verschließen und danach ins Schlafzimmer schleichen. Erst Stunden später war ihr Ehemann zu ihr ins Bett gestiegen.

»Nimm dir eine Mietdroschke. Hier hast du Geld.«

Anna zuckte bei der plötzlichen Anrede ihres Gatten zusammen. »Danke«, sagte sie. »So mache ich das.«

Als sie auf dem Weg zum Droschkenhalteplatz auf dem Heumarkt an Wilhelms Eckkneipe vorbeikam, stürmte ein kleiner, drahtiger Mann heraus, der mitten in der Bewegung stoppte und jemandem im Inneren der Wirtschaft zurief:

»Ich muss nur mal eben einen Hausbesuch machen. Kundschaft, verstehst du? Bin gleich wieder zurück!«

Beim Klang dieser heiseren Stimme stellten sich bei Anna die Nackenhaare auf. Reflexartig tauchte sie in einem Pulk von Touristen unter. Sie schauderte.

Das war der Tonfall des Ekelpakets, das sie am Samstagabend vor ihrer Haustür hinterrücks angegriffen hatte, daran bestand kein Zweifel. Im nächsten Moment bekam sie die Bestätigung: Sein linker Arm war verbunden. An der Stelle, wo sie mit dem Messer zugestochen hatte.

Anna fragte sich, warum der Mann sie mit »Hurenweib« beschimpft hatte. Wusste er etwa von ihr und Robert? War das die Kneipenbekanntschaft? Wen meinte er mit »Kundschaft«, die er besuchen wollte? Sie beschloss, ihm zu folgen.

Weit laufen musste sie nicht. Vor ihrem Haus blieb er stehen und klopfte. Er schien schon erwartet zu werden. Die Tür wurde aufgerissen. Von Wilhelm. Beide verschwanden im Inneren.

Anna wartete ein paar Minuten. Ihre Gedanken rasten. Was hatte ihr Mann mit einem solch primitiven Kerl zu schaffen? Das musste sie herausfinden! Sie schloss die Haustür auf und schlüpfte in das Vorhaus.

Dort hielt sich niemand auf. Sie waren wohl nach oben gegangen. Beim Näherkommen hörte sie gedämpfte Stimmen. Anna schlich die Treppe hinauf, lautlos in ihren Turnschuhen. Sie überlegte sich einen Fluchtweg, falls sie einem der Männer unvermutet begegnen würde. Eine Ausrede für das nicht abgeholte Hausheft von Siegfried hatte sie auch parat: Wegen der späten Stunde hatte ihr im Kommissariat keiner mehr geöffnet. Sie würde morgen mit dem patenten Lehrer ihres Stiefsohns sprechen. Der hatte bestimmt Verständnis für die ganze Sache.

Jetzt stand sie direkt hinter der Tür zum Kontor.

»Meine Frau ist bis mindestens sechs Uhr beschäftigt«, sagte Wilhelm gerade. »Sie haben also genau zwanzig Minuten Zeit. Was wollen Sie denn noch von mir?«

»Das wissen Sie doch! Schmerzensgeld!«, zischte die heisere Stimme. »Sehen Sie selbst, was die mit mir angestellt hat. Allein die Arztkosten betragen ja schon zehn Mark.«

»Berufsrisiko«, meinte Wilhelm verächtlich. »Sie sollten meiner Frau nur einen Denkzettel verpassen. Von Anfassen war keine Rede.«

»Sie haben mir verschwiegen, was das für eine Hexe ist«, regte sich die Stimme auf. »Sonst hätte ich den Auftrag niemals angenommen …«

»An Ihrer Stelle würde ich jetzt ganz schnell verschwinden«, forderte Ostheim seinen ungebetenen Gast auf. »Oder wollen Sie der Hexe noch einmal begegnen? Die könnte Sie wiedererkennen und verklagen wegen Ihrer unsittlichen Berührungen. Meine Frau hat Sie mit dem Messer verletzt? Das glaubt Ihnen doch kein Mensch!«

Einen Moment lang herrschte Stille. Anna nutzte die Gelegenheit, um ungesehen aus dem Haus zu schleichen. Fast sechs Uhr, da würde ihr Wilhelm glauben, dass sie vergeblich die Altenberger Straße aufgesucht hatte.

Kaum hatte sie Deckung in der nächsten Toreinfahrt gefunden, kam der Besitzer der heiseren Stimme aus dem Haus gestolpert. Wie ein geprügelter Hund sah er aus. Anna nahm an, dass es sich um eine Art Privatdetektiv handelte. Aber sie konnte nicht vergessen, was Wilhelm vorhin gesagt hatte. Dass der Fremde ihr einen Denkzettel verpassen sollte. Sie hatte ihren Mann gewaltig unterschätzt. In seinem Haus fühlte sie sich nicht mehr sicher. Nora hatte recht: Sie musste der Polizei melden, was in den letzten Tagen geschehen war.

47. Kapitel

»Machen Sie sich fertig, Lindau«, befahl Ehrmanns seinem Kriminalschutzmann, der langsam gar nichts mehr verstand. »Nehmen Sie Papier und Bleistift mit. Ich habe eine Droschke in die Krebsgasse bestellt.«

Lindau wartete auf eine Erklärung, aber sein Chef war nicht ansprechbar, brütete stattdessen vor sich hin und murmelte unverständliches Zeug.

Im Einwohnermeldeamt ging Ehrmanns auf einen der Angestellten zu und forderte »Greven's Adressbuch der Stadt Köln von 1900« aus dem Archiv an – in einem Ton, der keinen Widerspruch duldete. »Notieren Sie«, wies er Lindau nach kurzem, intensivem Suchen an. »Adressbuch 1900, Nippes, Sechzigstraße, linke Seite, Straßenblock zwischen Zonserstraße und Nohlstraße. Haus Nummer 51: Eigentümer Gerhard Sommer, Frisierer, wohnt im ersten Stock. Christian Sommer, Soldat, wohnt im zweiten Stock. Haus Nummer 77: Eigentümer Robert Hai. Hans Merzfeld, Schlosser, wohnt im ersten Stock.«

»Die kannten sich!«, rief Lindau aus. Kein Zweifel: Wer so nah nebeneinander in einem Veedel wohnte wie Christian Sommer und Adele Merzfeld, sich jeden Tag über den Weg lief, zusammen Karneval und andere Festivitäten feierte wie diese beiden Familien, war Teil einer Gemeinschaft.

»Woher wussten Sie …«, stammelte Lindau.

»Nachdem Fräulein Merzfeld und ihr männlicher Begleiter gestern aus dem Kommissariat kamen, fand der Pförtner Rehard die Tür verschlossen vor«, erklärte Ehrmanns. »Wer hatte sie denn abgeschlossen, wenn nicht Kommissar Sommer? Außerdem – keiner seiner Leute trägt einen Schnauzer. Die alte Frau Sommer hatte ein Frisiergeschäft in der Sechzigstraße, das war mir bekannt. Von Ruth Sieberdt haben wir erfahren, dass Fräulein Merzfeld in Nippes groß geworden ist. Im Sechzigviertel an der Bahn. Ihr Vater verfügte als Schlosser über ein bescheidenes Einkommen. Deshalb hatte sich Fräulein Sieberdt gewundert, dass sich die Merzfeld ihre Ausbildung an einer Schule für höhere Töchter leisten konnte, die Voraussetzung für eine Anstellung als Fräulein vom Amt. Wenn wir jetzt wissen, dass Robert Hai der Eigentümer ihrer Wohnung in der Sechzigstraße war, sollten wir oben im Inspektionsbüro bei Friedrich Hai anrufen. Der Junior soll nachschauen, wie die Rechnung der Familie für die Miete in den Jahren um die Jahrhundertwende aussah.«

»Die Merzfelds haben zu keiner Zeit einen Mietzins entrichtet«, resümierte Ehrmanns auf dem Weg durch die Schildergasse und die Obermarspforten Richtung Rhein. »Auch Heinrich Hai hat nachweislich in der Johannisstraße kostenlos gewohnt. Das bedeutet …«

»… dass die Merzfelds auf irgendeine Weise zur Familie Hai gehören müssen«, ergänzte Lindau. »Wenn wir doch Fräulein Merzfeld dazu befragen könnten!«

»Inspektor Frauenburg befürchtet nach wie vor das Schlimmste für das Fräulein«, bemerkte Ehrmanns nachdenklich. »Ich bin jetzt allerdings anderer Meinung.«

Lindau wartete vergeblich auf eine Erklärung für diese kryptische Überlegung seines Chefs, wagte aber keine Nachfrage. Ehrmanns war ungewöhnlich verschlossen. Oder steckten ihm die Ereignisse des gestrigen Abends noch in den Knochen?

In der Hafengasse setzten sie sich auf eine Aussichtsbank und schauten einem Dampfer nach, der seine Fracht am Ende der Fahrt in Koblenz abladen würde. Beide schraken zusammen, als von St. Martin die sechste Stunde eingeläutet wurde.

»Zeit zu gehen!«, erklärte Ehrmanns. »Auf zur Altenberger Straße!«

In der Johannisstraße rief jemand hinter ihnen her:

»Helfen Sie mir, Kommissar! Ich bin in Gefahr! In Lebensgefahr!«

Lindau hatte Mühe, in dem aufgelösten Frauenzimmer die sportliche junge Stiefmutter von Siegfried Ostheim wiederzuerkennen.

»Ich muss eine Aussage machen«, flüsterte Anna mit letzter Kraft.

Freitag,
13. Mai 1910

48. Kapitel

Am nächsten Morgen war Ehrmanns mit Biene allein im Büro. Lindau hatte einen Einsatz außer Haus. Punkt acht Uhr verließ Ehrmanns das Kommissariat. Auf der Straße stieß er auf Kommissar Sommer.

»Wo geht es denn hin?«, fragte der Polizeikommissar neugierig.

»In die Ursulagartenstraße«, antwortete Ehrmanns knapp. »Auf Spurensuche.«

Wenn Sommer sich wunderte, zeigte er es nicht. Sie bewältigten den kurzen Weg in gerade einmal acht Minuten.

»Was machen wir denn hier?«, fragte der Polizeikommissar erstaunt, als Ehrmanns kurzerhand das Mordhaus betrat.

»Das habe ich dir doch vorhin gesagt! Wir suchen nach Spuren der Person, die am Samstagabend beim Betreten dieses Hauses gesehen wurde.«

»Meinst du den Wachtmeister von Frau Bunte? Gab es den denn überhaupt?«

»Ja und nein«, antwortete Ehrmanns. »Gustav Schänzler war am Samstagabend gar nicht auf dem Abort.«

»Aber die alte Frau Bunte …«, begann Sommer.

»… hat uns am Montag gesagt, dass der Wachtmeister hier die englische Toilette benutzen wollte«, setzte der Kriminalbeamte den angefangenen Satz des Polizeikommissars fort. »Nur merkwürdig, dass wir dort keine fremden Fuß- oder Fingerspuren gefunden haben! Dagegen haben wir eine solche Spur an einer ganz anderen Stelle im Haus entdeckt.«

»Wo denn?«

»Hier«, antwortete Ehrmanns und zeigte neben die Eingangstür. »Da ist sie jetzt noch. Du musst nur genau hinschauen.«

Sommer blickte in die angegebene Richtung. Da sah er ihn, den verräterischen gelben Wachstropfen einer Kerze. Er schaute zu dem Kriminalbeamten hinüber.

»Den Tropfen werden wir auf Fingerspuren untersuchen«, erklärte der gerade. »Natürlich haben wir die Abdrücke der Toten gesichert – zum Vergleich.«

»Nicht nötig!«, schrie Sommer, sprang auf die Wachsspur zu und klaubte sie vom Boden auf. Als er sich umdrehte, hatte er seine Waffe in der Hand. Ehrmanns sah direkt in die Mündung einer Browning.

»Willst du mich jetzt erschießen?«, fragte Ehrmanns ruhig.

»Meinst du, ich riskiere, dass ihr Fingerspuren von mir findet?«, fragte Sommer. »Wenn ich wählen muss zwischen dir und mir, dann sollst doch lieber du zur Hölle fahren!«

Er entsicherte seine Waffe, hob sie, zielte. Ein Schuss löste sich.

Sommer schrie auf, die Pistole fiel zu Boden. Inspektor Frauenburg hatte ihm von hinten in den rechten Arm geschossen, den Schussarm.

Nun war es für Ehrmanns ein Leichtes, seinen Kollegen zu fesseln. Hinter dem Inspektor standen zwei bewaffnete Uniformierte und Lindau.

»Die Wachsspur, die du hinterlassen hast, ist längst im Labor«, erklärte der Kriminalbeamte, nachdem er Sommers stark blutenden Arm mit einem provisorischen Druckverband abgebunden hatte. »Darauf ist nur ein verwischter, unbrauchbarer Teilabdruck zu erkennen. Aber auf der inneren Haustürklinke habe ich einen vollständigen rechten Daumenabdruck von dir gesichert. Er ist identisch mit dem auf einer Gesprächsnotiz, die ich gestern von deinem Schreibtisch mitgenommen habe. Ein Zeuge hat beobachtet, wie du am Mittwoch in Begleitung der gesuchten Adele Merzfeld aus dem Kommissariat gekommen bist! Das Mädchen ist deine Geliebte; du hast ihr einen Gedichtband von Catull gewidmet – mit derselben Handschrift, die wir als Unterschrift auf der Gesprächsnotiz gefunden haben. Dein Kontakt mit Fräulein Merzfeld dauert schon länger; mein Mitarbeiter hat im Herd ihrer ehemaligen Wohnung die Überreste einer Havanna Habanos entdeckt. Einen Vorrat dieser teuren, seltenen Zigarrensorte habe ich in deiner Schreibtischschublade gesichert.«

Sommer hatte die Lippen zusammengepresst, atmete schwer durch die Nase.

Er ist fest entschlossen, kein Wort von sich zu geben, dachte Ehrmanns. »Ich betrachte jetzt unsere Befragung von Frau Bunte am Montag mit anderen Augen«, sagte er dann. »Sie hat dich am Mordabend auf der Straße für den zuständigen Wachtmeister Gustav Schänzler gehalten. Seine Uniform sieht ja bis auf die Schulterklappen fast so aus wie deine. Aber um Viertel nach zehn ist der diensthabende Beamte bereits von der Kneipe in der Ursulastraße Richtung Hunnenrücken aufgebrochen. Außerdem verlief seine Route von der Eintrachtstraße her durch die Ursulagartenstraße. Du aber bist andersherum vom Ursulaplatz gekommen, weil das von der Altenberger Straße aus der kürzeste Weg zum Mordhaus ist.«

Sommer starrte vor sich hin, mit schmerzverzerrtem Gesicht und zusammengebissenen Zähnen.

»Du hattest Frau Bunte am Samstagabend abgewimmelt mit dem Versprechen, nach dem angeblichen Gang auf den Abort zu ihr zu kommen. Das hast du eingehalten, nur eben erst zwei Tage später. ›Hauptsache, der Schohmächer ist da. Das wurde aber auch Zeit‹, hat sie zu Beginn unserer Befragung gesagt. Sie verbesserte sich zwar sofort, weil du am Montag freundlicher zu ihr warst als am Tatabend. Aber ihre Freundin Katharina Palm hat dir aus dem Wohnzimmerfenster hinterhergeschaut. Ich wette, dass dich diese Dame auf einem Polizeiphoto wiedererkennen wird!«

Sommer stöhnte. Sein Arm musste höllisch schmerzen.

»Bei unserer Befragung hat Frau Bunte einen verwirrten Eindruck gemacht«, fuhr Ehrmanns fort. »Das hat ihr das Leben gerettet. Ein anderer hatte nicht dieses Glück. Der diensthabende Wachtmeister Gustav Schänzler muss dir bei seiner dritten Runde über den Weg gelaufen sein. Er beschloss dann, dich zu erpressen – warum auch immer. Vielleicht hatte er die Toten gesehen und hielt dich für den Mörder. Er kannte dich von Konferenzen in der zweiten Polizeiinspektion. Du hast ihn jedenfalls auf Sonntag vertröstet, am späten Abend auf die Hohenzollernbrücke gelockt und in den Rhein gestoßen. Pech für dich, dass es hierfür ein Indiz gibt! Schänzler hat die Nachricht mit deiner Handschrift zwar wie von dir gewünscht in den Ofen geschoben, aber sie konnte geborgen und teilweise entziffert werden.«

Sommer schwieg zu all diesen Vorwürfen, obwohl die Beweise so erdrückend waren, dass sie für eine Anklage reichen würden.

»Abführen«, befahl Frauenburg den beiden Uniformierten, als die angeforderte Polizeikutsche eingetroffen war. »Der Polizeiarzt ist schon informiert. Er wird sich sofort um die Schussverletzung des Festgenommenen kümmern.«

Die Kriminalbeamten sahen sich an. Ehrmanns dachte an die häufigen Beschwerden Bienes über die fleckige Klinke der Eingangstür zu seinem Bürotrakt, denen er die Idee zu verdanken hatte, an dieser Stelle im Mordhaus nach Fingerspuren zu suchen. Außerdem erinnerte er sich an den eigenartig herben Geruch von Sommer, der ihm am vergangenen Montag an seinem Kollegen aufgefallen war. Eine Komposition aus Herrenparfüm und Havanna Habanos, wie er jetzt wusste. Der Polizeikommissar musste der Gast gewesen sein, für den Adele Merzfeld bei dem Händler im Kastellsgäßchen den letzten Kuchen gekauft hatte!

Blieb zu klären, was Sommer am Samstagabend in dem Mordhaus zu schaffen gehabt hatte. Frau Bunte hatte ihn um Viertel nach zehn auf der Straße getroffen. Da waren Hai und Stolte schon tot gewesen, das hatte Professor Frost festgestellt. Vielleicht half die Aussage der Person weiter, von der Anna Ostheim ihnen gestern Abend berichtet hatte.

Jetzt aber mussten sie dringend mit der vermissten Adele Merzfeld sprechen. Als langjährige Nachbarin und aktuelle Geliebte Sommers waren ihr sicherlich die Gedanken und Gefühle des Polizeikommissars bekannt. Und Ehrmanns hatte auch eine Idee, wo sie sich aufhalten könnte.

49. Kapitel

Zurück im Kommissariat bestellte Ehrmanns ein Automobil und eilte nach draußen. »Wo bleiben Sie bloß so lange?«, rief er missbilligend, als Lindau ihm eine Minute später folgte. »Da kommt unser Fahrzeug!«

Er lief zu dem *Horch* Phaeton und setzte sich neben den Fahrer. Jetzt war äußerste Eile geboten. Der Kommissar dirigierte den Wagen auf dem kürzesten Weg aus dem Stadtzentrum heraus. Sie fuhren so schnell wie möglich ihrem Ziel entgegen.

In der Sechzigstraße wies Ehrmanns den Fahrer an, das Tempo zu drosseln. Er schaute angestrengt nach links auf die ansteigenden Hausnummern. Jetzt hatten sie die Einmündung der Zonserstraße hinter sich gelassen. »Langsamer!«, schrie Ehrmanns in Richtung des Chauffeurs. »47, 49, 51, stopp!«

Nach dem Bezahlen stürmten die beiden Kriminalbeamten den Salon eines Barbiers im Untergeschoss eines alten Fachwerkhauses.

»Einsatz!«, schrie der Kommissar mit hochgehaltener Dienstmarke. »Lassen Sie uns sofort ins Haus!«

Der Barbier hielt mitten in der Rasur seines Kunden inne und starrte sie mit offenem Mund an. »Ich ... ich habe keinen Schlüssel«, stotterte er nach einer Schrecksekunde. »Nur das Geschäft ist angemietet.«

»Sie halten sich zu unserer Verfügung«, befahl Ehrmanns mit Blick auf die Fernsprechanlage neben dem Eingang. »Falls wir ein Ferngespräch führen müssen.«

Die Beamten hörten nicht mehr, was der Barbier ihnen nachrief. In zwei Minuten hatte der Kommissar die alte Haustür aufgehebelt. Das Treppenhaus mit der schmalen Holztreppe lag im Halbdunkeln. Nur spärlich fiel Tageslicht von einem Fenster weiter oben ein. Wenigstens bot ein Handlauf auf der rechten Seite Halt. Die ausgetretenen Stufen knarrten und ächzten, aber die beiden Beamten achteten nicht darauf.

Am Ende der Treppe standen sie vor einer Wohnungstür, die sich zu ihrer Überraschung öffnen ließ. Vorsichtig stießen sie die Tür weiter auf. Vor ihnen lag eine Wohnstube, voll ausgeleuchtet durch ein Fenster zur Straße hin. Ehrmanns wollte das Zimmer betreten, aber Lindau hielt ihn fest.

»Achtung! Eine Bewegung hinter der Tür!«

Ein schwarzer Blitz schoss an ihnen vorbei die nächste Treppe hinauf.

»Was gibt es denn da oben so Interessantes?«, fragte Ehrmanns halblaut. Einem Bauchgefühl folgend lief er dem Kätzchen nach, dicht gefolgt von Lindau.

Die Katze führte sie auf den Dachboden. Im trüben Licht eines verstaubten Mansardenfensters schoss sie zwischen zwei Frisierstühlen mit defekter Polsterung auf einen wurmstichigen Schrank in der hintersten Ecke des Raumes zu und begann, mit locker hängendem Schwanz und nach vorne gerichteten Ohren an der rechten Tür hochzuspringen.

»Da ist jemand drin«, flüsterte Lindau. »Das Kätzchen will schmusen.«

Die Beamten schlichen näher. Ehrmanns verscheuchte die Katze, riss mit einer abrupten Bewegung die Schranktür auf. Das herausschießende Messer verfehlte ihn um Haaresbreite.

»Aus dem Weg!«

Schreiend sprang ein Frauenzimmer aus dem engen Versteck heraus und stach mit der rechten Hand von unten her gegen Ehrmanns' Bauch. Mit der linken Handkante fing der Kommissar den Arm der Angreiferin ab. Er umklammerte ihre Faust, die er mit einer stetigen Drehbewegung im Halbkreis linksherum schwang. Seine Gegnerin ging zu Boden. Ihre Schmerzensschreie übertönten das Knacken ihres gebrochenen Handgelenks. Trotzdem fesselten die beiden Beamten die Frau an Händen und Füßen und banden ihre Arme und Beine zusammen, sodass sie endgültig bewegungsunfähig war.

Als Ehrmanns ihr ins Gesicht schaute, zuckte er zurück. Ihr schmerzverzerrter Mund legte ihre Zahnlücke im Oberkiefer frei. Ein braunes und ein blaues Auge starrten ihn hasserfüllt an. Es waren die Blicke der Dame auf dem Porträt in Konrad Bergs Arbeitszimmer.

Das Messer war bei der Abwehraktion des Kommissars in hohem Bogen zu Boden gefallen. Ein Jagdmesser mit Hirschhorngriff, auf dem ein Name eingeritzt war: »Schäng«.

50. Kapitel

Als Ehrmanns und Lindau am Nachmittag das Inspektionsbüro im Präsidium betraten, kauerte Wilhelm Ostheim auf einem Arme-Sünder-Stühlchen. Er hatte einen windigen Privatdetektiv namens Gottfried Runge aus Kalk mitgebracht, einen zugewanderten Mann, der sich mühsam mit kleinen Aufträgen über Wasser hielt. Sein linker Arm war verbunden, genau so, wie Anna Ostheim es gestern Abend Ehrmanns im Kommissariat geschildert hatte.

Im Laufe seiner Aussage gab Ostheim an, dass er seine Frau verdächtigt habe, samstagabends während seiner Aufenthalte in der Kneipe einen Liebhaber aufgesucht zu haben. Nachbarn hätten beobachtet, wie sie zu diesen Zeiten das Haus verlassen habe. Er habe daraufhin den Privatdetektiv Gottfried Runge beauftragt, seine Frau zu verfolgen. Der habe seinen Verdacht bestätigt und sollte ihr am Samstag darauf einen Denkzettel verpassen.

»Ich wusste von meinen Observationen in den vergangenen Wochen, wo Frau Ostheim hinwollte«, berichtete der Privatdetektiv. »Also habe ich mich so gegen acht Uhr in der Ursulagartenstraße postiert und auf sie gewartet. Allerdings dauerte das verdammt lange, mehr als zwei Stunden. Sie schauen sich zuerst den Kometen an, habe ich gedacht. Um Viertel nach neun geschah etwas Merkwürdiges: Ein anderes Frauenzimmer betrat das Haus.«

»Haben Sie diese Frau sehen können?«, fragte Inspektor Frauenburg gespannt. Auch Ehrmanns hatte sich vorgebeugt.

»Die kam vorher an mir vorbei. Ein hübsches Mädchen. Schaute stur geradeaus, sonst hätte die mich entdeckt. Ich bin näher herangegangen. Das Haus steht ja ziemlich einsam neben einer Baulücke, wie geschaffen für die Hurerei.«

Er lachte, wurde aber unter den Blicken von Inspektor Frauenburg sofort wieder ernst.

»Für den Ehebruch«, verbesserte er sich schnell. »Ich bin also näher herangeschlichen, sodass ich den Eingang besser sehen konnte. Zum Glück steht eine Laterne auf der gegenüberliegenden Seite, damit die dunkle Ecke notdürftig ausgeleuchtet wird. Hat der schon wieder eine Neue, habe ich gedacht. Das Fräulein kam jedenfalls nicht mehr heraus.«

Ehrmanns und Lindau sahen sich an und grinsten. Bei der Festnahme von Adele Merzfeld hatte sich in der Tasche ihres Jackenkleids ein Schlüsselbund mit zwei Schlüsseln befunden. Einer davon war der Protectorschlüssel für das Gartentörchen in der Mauer des Mordhauses. Den hatte die Mörderin höchstwahrscheinlich ihrem Opfer entwendet, um unerkannt fliehen zu können.

»Ich fand es merkwürdig, dass sich der Liebhaber von der Ostheim nicht blicken ließ«, fuhr Gottfried Runge fort. »Nach ein paar Minuten bin ich in das Haus gegangen, um nachzuschauen, ob der überhaupt schon da war. Da sah ich die Bescherung!«

»Was meinen Sie damit?«, fragte Ehrmanns streng.

»Der lag da mit einem Messer in der Brust neben einem jungen Frauenzimmer! Nicht diejenige, die ich davor gesehen habe. Ein anderes Fräulein.« Die Stimme des Detektivs war zu einem heiseren Krächzen geworden. »Glauben Sie mir, so was hab ich noch nie erlebt!«

»Können Sie sich daran erinnern, ob etwas auf dem Tisch hinter den Leichen lag?«, ging der Kommissar dazwischen.

Runge überlegte, schüttelte schließlich den Kopf. »Nein, da lag nichts drauf, da bin ich mir sicher. Ich bin dann schnell wieder rausgelaufen.«

»Haben Sie trotzdem auf Frau Ostheim gewartet?«, wollte Ehrmanns wissen.

»Dafür wurde ich ja bezahlt. Aber das dauerte. Als ich wieder auf meinem Posten war, kam der Wachtmeister zweimal vorbei. Dann, so um Viertel nach zehn, kam eine *ahl Möhn* aus einem Haus Richtung Eintrachtstraße auf die Straße gelaufen. Wo will die denn so spät noch hin, hab ich überlegt. Da lief die *Möhn* schnurstracks auf einen Uniformierten zu, der ihr entgegenkam.«

»Können Sie beschreiben, wie er aussah?«, wollte Ehrmanns wissen.

»Da muss ich mal nachdenken ... Ach ja, er war etwas kleiner als Sie, hatte dunkle Haare und einen Schnauzer. Mehr konnte ich nicht sehen. Er unterhielt sich kurz mit der *Möhn*. Dann ließ er sie stehen und ging in den Bau, wo die beiden Leichen lagen. Die *Möhn* verschwand im Haus gegenüber. Nach einer guten Viertelstunde kam der Uniformierte wieder heraus – und stieß fast mit dem Wachtmeister zusammen. Die Männer redeten kurz miteinander, dann hatte es der Mann mit der Uniform plötzlich sehr eilig und gab Fersengeld. Dem Wachtmeister kam das wohl merkwürdig vor. Jedenfalls schaute der in dem Haus nach. Als er wieder auf der Straße stand, sah er ziemlich bedröppelt aus. Wer könnte es ihm auch verdenken?«

»Wann ist denn Frau Ostheim aufgetaucht?«, fragte Ehrmanns.

»Sie kam erst gegen Viertel vor elf. Die wird einen gehörigen Schreck kriegen, dachte ich noch, da kam auch schon jemand hinter ihr her. Ziemlich groß, so um die 1,80 Meter. Ich hab mir noch vorgestellt, was jetzt dadrinnen wohl geschehen wird, da kam Frau Ostheim wieder herausgeschossen. Die lief vor dieser Person weg! Kurz darauf folgte ihr der Mann. Die beiden rannten in die andere Richtung, zum Ursulakloster hin. Sonst wären sie direkt an mir vorbeigelaufen. Die waren so schnell, dass ich in eine Droschke steigen musste, um die Ostheim vor ihrem Haus abzupassen, wie mir ihr Ehemann aufgetragen hatte ...«

Er stockte und blickte auf seinen verbundenen Arm. Der Vorfall auf dem Buttermarkt war ihm sichtlich unangenehm.

»Aha«, sagte der Inspektor, was so viel heißen sollte, wie »das kommt davon«. Er schaute in die Runde. »Hat noch jemand eine Frage an den Zeugen?«

Ehrmanns und Lindau verneinten.

»Dann kann jetzt die Festgenommene hereingeführt werden«, befahl Frauenburg einem Wachtmeister.

Kurz darauf erschien die gefesselte Adele Merzfeld in Begleitung zweier Schutzleute. Sie wurde unsanft auf einen bereitstehenden Stuhl gestoßen.

»Erkennen Sie das Frauenzimmer wieder, das Sie am Samstagabend in der Ursulagartenstraße gesehen haben?«, fragte Frauenburg den Privatdetektiv.

»Ja, das ist sie! Ich bin mir ganz sicher«, rief Runge.

»Dann begeben Sie sich jetzt ins Inspektionsbüro zum Unterschreiben Ihrer Aussage«, befahl ihm der Inspektor. »Danach können Sie gehen, müssen aber später Ihre Beobachtungen vor Gericht noch einmal wiederholen. Deshalb dürfen Sie die Stadt vorläufig nicht verlassen.«

51. Kapitel

Nachdem Runge aus dem »Allerheiligsten« verschwunden war, begann das Kreuzverhör mit der Festgenommenen.

»Sie haben am Samstagabend zwei Personen mit nur drei Stichen getötet«, stellte Inspektor Frauenburg fest. »Leugnen ist zwecklos. Ihre Fingerspuren befinden sich auf der Tatwaffe. Übrigens hat Ihre Mittäterin Margarete Zopfel bereits gestanden, dass sie die Opfer ruhiggestellt hat. Für die Tatzeit hat sie ein Alibi, ebenso wie Ihr Freund Christian Sommer. Bevor Sie am Samstagabend kurz vor zehn Uhr bei ihm aufgetaucht sind, befand sich der Polizist die ganze Zeit mit einem Mitarbeiter im Kommissariat. Sie sehen, ein umfassendes Geständnis ist die einzige Voraussetzung für eine Strafmilderung, falls das überhaupt möglich ist.«

Adele Merzfelds Gesicht blieb regungslos.

»Außerdem wollten Sie einen Kriminalbeamten erstechen«, fuhr der Inspektor mit der Anklage fort. »Nachdem Sie es nicht geschafft hatten, ihn im Keller des Hauses Filzengraben 12 zu verbrennen.«

»Am Mittwochabend haben Sie mich in Bergs Arbeitszimmer beobachtet, als ich eine Schriftprobe auf der Adler 7 angefertigt habe«, stellte Ehrmanns fest. »Durch zwei Gucklöcher hindurch. Die hat wohl früher eine Hausdame anbringen lassen, getarnt durch ein Porträt, um ihr

Personal unbemerkt überwachen zu können. Ich habe Sie an Ihren zwei unterschiedlichen Augenfarben erkannt.«

Die Angeklagte reagierte mit einem hasserfüllten Blick in seine Richtung.

»Sie wussten, dass der Kommissar sich in dem Keller befand«, donnerte der Inspektor. »Am Mittwoch haben Sie Ihrer Freundin Margarete Zopfel beim Saubermachen geholfen. Als der Kriminalbeamte kam, hielten Sie sich im Hintergrund auf. Dumm nur, dass Detektiv Berg Sie schon im Visier hatte! Er wusste von Ihrem Unterschlupf bei verschiedenen Freundinnen und schließlich bei Frau Zopfel. Es existieren Observationsprotokolle des Detektivs, wie Margarete Zopfel Ihnen verraten hatte. Deshalb sind Sie sicherheitshalber in das leere Haus Ihres Liebhabers Sommer in der Sechzigstraße geflüchtet. Aber früher oder später hätte sich Berg die Belohnung abgeholt. Das ahnten Sie und beschlossen, die Protokolle zu vernichten. Am Mittwochabend bot sich eine günstige Gelegenheit dazu: Das Ehepaar Berg war abwesend. Pech für Sie, dass sich die brisanten Papiere in einem feuerfesten Eisenkasten befanden, den wir bergen konnten.«

Adele Merzfeld zog es vor zu schweigen.

»Möchten Sie wissen, wann ich zum ersten Mal stutzig geworden bin?«, fragte Ehrmanns. »Bei einem Gespräch mit Fräulein Löwe, Ihrer ehemaligen Vorgesetzten, die Sie für die neue Stelle als Aufseherin vorgesehen hatte. Sie besäßen eine natürliche Autorität, Ihr Wort hätte Gewicht, sagte uns die Aufsichtsperson. Allerdings würde eine solch starke Persönlichkeit niemals heulend davonlaufen nach dem dummen Streit mit einer verflossenen Freundin, meinen Sie nicht auch? Es sei denn, sie will ihre Umgebung bewusst über ihre wahren Absichten täuschen. Genau das aber ist Ihnen gelungen! Fräulein Löwe und der Händler im Kastellsgäßchen gaben übereinstimmend Ihrer zänkischen damaligen Mitbewohnerin und Kollegin Ruth Sieberdt die Schuld an dem Zerwürfnis. Vordergründig ging es dabei um die Stelle als Aufseherin. In Wirklichkeit aber haben Sie den Streit provoziert, um einen Grund für den Auszug aus der gemeinsamen Wohnung und Ihr späteres Untertauchen vorzutäuschen. Nun konnten Sie ungestört den Besucher empfangen, der Ihnen bei Ihren Plänen behilflich war.«

»Wir haben den Band von Catull beschlagnahmt, den Sie im Brauhaus ›Im Hirschen‹ liegengelassen haben«, bemerkte Lindau. »Er ist Ihnen gewidmet. Der Urheber der Handschrift ist nicht der Schüler Siegfried Ostheim, sondern Ihr anderer Verehrer, Polizeikommissar Christian Sommer.«

Adele Merzfeld blickte gelangweilt an Lindau vorbei ins Leere.

Ehrmanns fuhr mit seinen Überlegungen fort.

»Um die Polizei zu täuschen, kamen Ihnen die schwarzen Narzissen sehr gelegen, die Fräulein Sieberdt vor die Tür Ihrer neuen Wohnung im Kastellsgäßchen gelegt hat. Mit denen sollten Sie ja endgültig vertrieben werden. Da hatten Sie einen genialen Einfall. Sie packten ein Sträußchen dieser Totenblumen in Ihren Koffer, den Sie bewusst für die Polizei zurückließen. Den Rest legten Sie in die Hand der erstochenen Brunhild Stolte, um uns glauben zu machen, dass Sie ebenfalls einem perfiden Mörder zum Opfer gefallen wären. Durch dieses Täuschungsmanöver haben wir tatsächlich lange Zeit ein Phantom gejagt!«

Konnte es sein, dass ein stolzes Lächeln über das Gesicht der Merzfeld huschte? Auch eine Reaktion, dachte Ehrmanns.

»Bei den Menschen, die mit Ihnen Kontakt hatten, sollte der Eindruck entstehen, dass Sie eine andere, eine viel schwächere Person sind als in Wahrheit, ein Schatten Ihrer selbst«, schlussfolgerte der Kommissar. »Sie lernten Margarete Zopfel kennen, boten Ihre Hilfe bei der Betreuung ihres Kindes an, schürten ihren Hass auf Robert Hai, führten sie in die Frauengemeinschaft um Nora Förster ein. Weil Frau Zopfel als Hilfskrankenschwester an Betäubungsmittel herankam, zum Beispiel an Adalin! Schließlich erfuhr Ihre neue Freundin durch Sie, dass Brunhild Stolte die Prokuristin des Immobilienhändlers war und Anna Ostheim seine Affäre.«

Fräulein Merzfeld verzog die Mundwinkel.

»Jetzt zu Ihrem Motiv, Hai zu vernichten.« Ehrmanns starrte die Angeklagte an, bereit, auch die geringste Regung wahrzunehmen. »Wir haben herausgefunden, dass Ihre Eltern in der Sechzigstraße dem Eigentümer Robert Hai keinen Mietzins zahlen mussten. Darauf hat der Immobilienhändler nur bei Familienmitgliedern verzichtet. Deshalb haben wir heute Mittag den Pastor der Lutherkirche in Nippes nach Ihrem Taufschein von 1889 gefragt.«

»Als Mutter war ein Fräulein Maria Anna Bensbach eingetragen, der Vater fehlt«, referierte Lindau. »Da schickte uns der Pastor zum alten Jilles, der zu der Zeit Kirchendiener in der Lutherkirche war. ›Weiß doch jeder, dass die Marjän mit dem Robert Hai ein *Fisternöllche* hatte‹, meinte der Jilles schmunzelnd. Das musste wohl zu Karneval 1889 gewesen sein, denn neun Monate später kamen Sie zur Welt. Der Schlosser Hans Merzfeld, der sich auf gut Kölsch ›Schäng‹ nannte, hat die Marjän dann geehelicht, erzählte der Jilles weiter. Weil der Hai sie umsonst wohnen ließ. Aber die Pänz im Veedel haben immer *Fisternöll* hinter Ihnen hergerufen. Da sind Sie ganz wütend geworden und haben wild um sich geschlagen, bis niemand mehr gewagt hat, Sie zu beschimpfen. Mit zwölf Jahren sind Sie dann von Robert Hai in das Internat des privaten Mädchengymnasiums in der Kölner Innenstadt geschickt worden. Ab da hat man in Nippes nichts mehr von Ihnen gehört.«

Einen Moment lang war es ganz still im »Allerheiligsten«, bis Ehrmanns erneut das Wort ergriff.

»Ihr leiblicher Vater hat nie versucht, Sie kennenzulernen, hat sich immer mit Geld freigekauft. Sei's drum, Sie kamen auch ohne ihn zurecht! Dann aber haben Sie in Nora Försters ›Kölner Verein zur Verbesserung der Frauenkleidung‹ Brunhild Stolte kennengelernt. Die hatte sich plötzlich damit gebrüstet, dass ihr Liebhaber Robert Hai sie zur Prokuristin machen wollte. Weil sie so tüchtig war und überdies sein Kind erwartete. Was für eine schreiende Ungerechtigkeit! Ihre Mutter und Sie wurden beschimpft und verstoßen, aber diese junge hübsche ›Hor‹ gewann jetzt alles, was Ihnen als Hais Erstgeborene zustand! Brunhild Stolte sollte gleich mit Hai sterben, das überhebliche Weibsbild, mitsamt ihrer Brut, die Ihren reichen leiblichen Vater einmal beerben würde.«

Ein Schatten fiel auf Adele Merzfelds Gesicht.

Es arbeitet in ihr, dachte Ehrmanns. Laut sagte er: »Kommen wir jetzt zum eigentlichen Tatgeschehen in der Ursulagartenstraße. Sie haben zwei Personen mit nur drei Stichen gezielt getötet. Die Mordwaffe mit dem eingeritzten Namen ›Schäng‹ haben Sie nicht entfernt, weil Sie glaubten, dass Sie niemand damit in Verbindung bringen könnte. Ihre Eltern waren ja schon seit längerer Zeit verstorben. Im Kölner Adressbuch von diesem Jahr gibt es daher keinen Schäng Merzfeld mehr. Aber wir haben ihn dennoch gefunden: in einer älteren Ausgabe von 1900! Mit einem ähnlichen Jagdmesser haben Sie mich dann später in der Sechzigstraße angegriffen. Das ist nicht so einfach. Wir haben uns erkundigt. Ihr Stiefvater Schäng Merzfeld war Jagdgehilfe im Königsforst. Wollen Sie nicht berichten, was Sie als Kind gesehen und gelernt haben und wie Sie an seine Messer gekommen sind?«

»Ich fordere Sie dringend auf, endlich zur Wahrheitsfindung beizutragen«, schaltete sich der Inspektor ein. »Sonst wird Ihnen alles, was geschehen ist, allein angelastet. Wenn Sie die Wahrheit gestehen, kann das vielleicht noch ein wenig helfen.«

»Sie haben recht, mein Stiefvater war Jagdgehilfe«, entschied sich Adele Merzfeld schließlich doch zu einer Äußerung. »Ich habe ihm oft geholfen, angeschossene oder gefangene Tiere zu töten und zu zerlegen. Nach seinem Tod habe ich seine Messer geerbt.«

Sie berichtete das in einem völlig emotionslosen Erzählton. Das Vernichten schien etwas Normales für sie zu sein, ganz gleich, um welches Lebewesen es sich handelte.

»Wir haben einen Abschiedsbrief am Tatort gefunden«, sagte Ehrmanns. »Den haben Sie auf Bergs Adler 7 geschrieben.«

»Das war Berg selbst«, behauptete die Angeklagte trotzig.

»Oh nein!«, schrie Ehrmanns. »Wir besitzen ein Dokument von ihm, das er auf dieser Maschine geschrieben hat. Nur das Schriftbild auf beiden Papieren ist gleich. Bergs Anschlag sieht aber ganz anders aus. Viel kräftiger und gleichmäßiger. Und kommen Sie jetzt bloß nicht auf die Idee, den Abschiedsbrief Ihrer Freundin Margarete Zopfel in die Schuhe zu schieben. Die hat noch nie auf einer Schreibmaschine getippt. Allerdings hat Frau Zopfel Ihnen die Vorlage für die gefälschte Unterschrift von Robert Hai gegeben. Die konnten Sie ganz einfach von dem Mietvertrag Ihrer Freundin kopieren.«

Er hatte den Drohbrief von der Zopfel mit den aufgeklebten Buchstaben aus der Zeitung noch ganz genau vor Augen. Ehrmanns atmete tief durch. Er ärgerte sich über seinen eigenen Fehler. Wie konnte er nur seinen ehemaligen Kameraden Konrad Berg verdächtigen? Das Farbband der Adler 7 in dessen Privathaus war keineswegs abgenutzt, wie ihm seine Schriftprobe vor Ort deutlich machte. Die unterschiedliche Anschlagstärke der Maschinenschriften auf Bienes Zeugnis und auf dem gefälschten Abschiedsschreiben lag demnach eindeutig daran, dass hier zwei verschiedene Personen am Werk gewesen waren. Den letzten Beweis würde eine Probe der verdächtigen Merzfeld auf dieser Maschine liefern, da war sich Ehrmanns sicher. Ein Segen, dass sich der gute Konrad immer noch in England aufhielt und nichts davon mitbekommen hatte! Über den verheerenden Zustand seines Kellers würde er sich früh genug ärgern müssen.

»Die Toten sollten wie Selbstmörder erscheinen«, fuhr er in gemäßigtem Tonfall fort. »Den Brief haben Sie auf der Schreibmaschine von Konrad Berg im Filzengraben geschrieben, als Sie Margarete Zopfel dort beim Saubermachen geholfen haben. Ihre eigene Maschine war ja wegen des gerissenen Farbbands nicht mehr zu gebrauchen. Den Abschiedsbrief hatten Sie am Samstagabend dummerweise irgendwo liegen lassen, wahrscheinlich bei Margarete Zopfel in der Johannisstraße. Den hat dann Ihr Freund Christian Sommer für Sie am Tatort hinterlegt, weil Sie es nicht mehr riskieren wollten, dorthin zurückzukehren.«

Ehrmanns schauderte. Anders als Margarete Zopfel zeigte dieses Fräulein nicht den Hauch einer menschlichen Regung. Die Morde ließen sie vollkommen kalt. Er vermutete sogar, dass sie ihren Liebhaber bewusst zum Tatort geschickt hatte, damit er für den Mörder gehalten wurde, wenn ihn jemand erwischte. Wie hatte sie nur die Menschen für sich einnehmen können? Das würde ihm ein ewiges Rätsel bleiben!

»Kommen wir zum Schluss zu Anna Ostheim«, forderte sie der Inspektor auf. »Die hatten Sie doch auch in Frau Försters Frauenzirkel kennengelernt.«

»Der wollte ich einen gehörigen Schrecken einjagen, der Hor!«, rief Adele Merzfeld jetzt ohne jede Zurückhaltung. »Aber töten wollte ich sie nicht. Sie sollte in die Jauchegrube fallen, damit sie so stinkt wie das, was sie verbrochen hat.«

Nun braucht Frau Ostheim vor niemandem mehr Angst zu haben, dachte Ehrmanns, als die Angeklagte abgeführt wurde. Auch nicht vor dem angeblichen Mörder, der sie verfolgt hatte. Das war Ludwig Hai gewesen, der wegen des Drohbriefs am Samstagabend in der Ursulagartenstraße nach seinem Adoptivvater schauen wollte. Das hatte er heute endlich zugegeben, nachdem Ehrmanns ihm versichert hatte, dass er als Mörder nicht infrage kam.

Anna Ostheim hätte besser daran getan, sofort zu ihnen zu kommen. Immerhin hatte sie am Montagmorgen fernmündlich die Leichenfunde in der Ursulagartenstraße gemeldet, wenn auch anonym. So konnten sie rechtzeitig mit den Ermittlungen beginnen. Wer weiß, wann man den Doppelmord sonst entdeckt hätte!

Samstag,
14. Mai 1910

52. Kapitel

»… deshalb wird uns Lindau am Montag verlassen und seinen Dienst als Aushilfsleiter des vierten Kriminalpolizeibezirks in der Balthasarstraße antreten«, beendete Ehrmanns nach dem letzten gemeinsamen Frühstück seinen Bericht für Biene, damit sich alle auf dem gleichen Wissensstand befanden. »Nach einer Probezeit wird er dort den dauerhaft erkrankten Kollegen ersetzen. Heute Nachmittag wird er zum Kriminalwachtmeister befördert.«

»Schade, dass ich bald gehen muss, Chef«, sagte Lindau mit aufrichtigem Bedauern. »Am Ende waren wir drei so gut aufeinander eingespielt.«

»Das soll auch in Zukunft so bleiben«, meinte Ehrmanns.

»Einverstanden, Chef! Sie werden mich ja als Mentor in meinem neuen Amt begleiten.«

»Bald bin ich nicht mehr Ihr Vorgesetzter, Lindau«, korrigierte ihn der Kommissar. »Diese Zeiten sind vorbei!«

»Wer sind Sie denn dann, Chef … äh … ich meine …«

»Martin«, sagte Ehrmanns. »Ich heiße Martin, Franz!«

Einen Moment lang sahen sich die drei Personen am Frühstückstisch an.

»In Ordnung, Martin«, bekräftigte Lindau. »Schließlich kommt man einmal pro Tag zu seinem Mentor, um sich beraten zu lassen.«

»Eben«, meinte Biene. »Am besten geschieht das morgens beim Frühstück. Dann musst du mir nicht noch einmal alles erzählen, Franz.«

»Du bist nicht mehr für mich zuständig«, erwiderte Lindau. »In der Balthasarstraße habe ich einen eigenen Schreiber, Kriminalschutzmann Hermann Jeschka.«

»Ach, den alten Esel kannst du vergessen, Franz«, winkte Biene ab.

»Woher willst du das denn wissen?«, fragte Lindau empört.

»Man hört so einiges in Kollegenkreisen«, deutete sie geheimnisvoll an.

Der Sonderermittler wollte widersprechen, aber Ehrmanns winkte ab.

»Schluss damit!«, rief er energisch. »Wir haben noch Berichte zu schreiben. Außerdem müssen wir pünktlich zum Kreuzverhör von Sommer im Präsidium sein, bevor Franz am Nachmittag seine Urkunde erhält.«

»Jawohl, Martin!«, sagte Lindau folgsam. So ganz konnte er die gewohnte Rangordnung noch nicht verlassen.

Das Verhör von Sommer fand bei seinem Vorgesetzten in der zweiten Polizeiinspektion statt. Ehrmanns und Lindau waren ebenso wie Kriminalinspektor Frauenburg als Zeugen geladen.

Hermine Bunte, Katharina Palm und Privatdetektiv Runge hatten Sommer eindeutig als die Person in Uniform wiedererkannt, die am Samstagabend um Viertel nach zehn in der Ursulagartenstraße aufgetaucht und dann in das Mordhaus gegangen war. Für Stirnrunzeln sorgte lediglich, dass die Damen Sommer als »Schohmächer« bezeichnet hatten.

Den Abdruck seines Daumens auf dem Türgriff des Mordhauses wertete der Richter als weiteren Beweis dafür, dass Sommer zur fraglichen Zeit dort gewesen sein musste. Er hatte geholfen, die Morde zu vertuschen, und war damit zum Mittäter geworden.

Für den Mord an Polizeiwachtmeister Gustav Schänzler konnten die Ermittler den Notizzettel vorweisen, den Lindau in der Wohnung des Wachtmeisters in der Johannisstraße gefunden hatte. Die Tatzeit am Sonntagabend stimmte mit dem Obduktionsergebnis von Professor Frost überein.

Unter der Wucht der aufgeführten Aussagen und Beweise gestand der Polizeikommissar schließlich die ganze traurige Wahrheit. Er hatte Adele Merzfeld vor einiger Zeit bei einem Fahrradunfall zufällig wiedergetroffen und sich Hals über Kopf in die junge Dame verliebt. Später hatte er sie dann mehrmals in ihrer Wohnung besucht und ihr zum Zeichen seiner Liebe das Catullbändchen mit der Widmung geschenkt. Schließlich hatte er ihr geholfen, ihre Mordtaten zu vertuschen. Die hatte sie ihm als Totschlag verkauft, als Mord im Affekt. Danach hatte er sich den Wachtmeister vom Hals geschafft, der versucht hatte, ihn zu erpressen.

Tragisch, dass Schänzler sterben musste für eine Liebe, die sich nicht erfüllen wird, dachte Ehrmanns traurig.

53. Kapitel

Nach den Regenfällen der vergangenen Tage war der Himmel mit dem Halleyschen Kometen an diesem späten Samstagabend sternenklar. In weniger als einer Woche würde sein Rendezvous mit der Erde stattfinden.

Ehrmanns saß auf einem Poller in der Hafengasse und schaute gedankenverloren auf den Fluss. Nie hätte er gedacht, dass Christian Sommer, sein Kollege und Freund, zu solchen Taten fähig war. Auch die Ereignisse am Mittwochabend erschienen ihm jetzt in einem anderen Licht. Sommer wollte ihn vermutlich gar nicht aus dem brennenden Keller im Filzengraben retten, sondern sich nur vergewissern, dass er zu diesem Zeitpunkt keinen Verdacht gegen ihn hegte. Ehrmanns schauderte. Er hatte erlebt, was blinde Liebe aus einem Menschen machen konnte.

Margarete Zopfel hatte er nur oberflächlich gekannt. Daher berührten ihn ihre Taten nicht persönlich, obwohl sie als Mittäterin ebenso verwerflich gehandelt hatte.

Hinter all diesen Morden aber steckte eine äußerst raffinierte Frau: Adele Merzfeld, die auch er zunächst für das Opfer eines unbekannten Täters gehalten hatte, die aber in Wirklichkeit die Zuneigung von Margarete Zopfel und die Verliebtheit von Christian Sommer ausgenutzt hatte. Sie war die Anstifterin im Verborgenen.

Allerdings hatte sich hier auch eine alte Wahrheit bestätigt: Den perfekten Mord gab es nicht! Kein Mensch konnte an alles denken. Fräulein Merzfelds entscheidender Fehler war es gewesen, Ehrmanns in der Sechzigstraße mit einem der Jagdmesser ihres Vaters anzugreifen, der gleichen Waffe, die sie bei dem Doppelmord in der Ursulagartenstraße benutzt hatte.

Nun aber, wo sich Adele Merzfeld gleichsam selbst verraten hatte, würde sie bestimmt zur Höchststrafe verurteilt werden.

Die Mordfälle waren geklärt, die Täter überführt und weggesperrt. Er könnte zufrieden sein, wenn ihn nicht dieses beunruhigende Gefühl wegen Greta beschäftigen würde. Warum hatte er seit ihrem gemeinsamen Abend am Montag nichts mehr von ihr gehört? Sie wollte doch Karten für den Vortrag von Professor Gravelius vorbeibringen! Was hatte sie ihm wirklich sagen wollen mit ihrer Bemerkung, dass man nie wissen könne, was zwischen Himmel und Erde alles passiert? Es sollte theatralisch klingen, ein Sich-lustig-Machen über den Aberglauben der Menschen im Zusammenhang mit der Erscheinung des Kometen. Aber Ehrmanns hatte noch etwas anderes herausgehört: einen ernsten Unterton, ein leichtes Zittern ihrer Stimme, eine unbewusste Vorahnung …

Er sprang kurz entschlossen auf, lief durch die Hafengasse zurück Richtung Badeanstalt. Als er am Buttermarkt und Fischmarkt vorbei in die Lintgasse stürmte, wäre er fast mit Markus Schönebeck zusammengestoßen. Der Chefredakteur des Kölner Stadt-Reports sah verzweifelt aus.

»Haben Sie Greta gesehen?«, rief er Ehrmanns zu. »Sie ist spurlos verschwunden!«

Nachwort

Köln war schon immer meine Lieblingsstadt. Besonders fasziniert hat mich die späte Kaiserzeit nach dem Abriss der Stadtmauer, als sich die Metropole am Rhein rasant zur pulsierenden Großstadt entwickelt hat.

Wie lebte es sich in Köln am Ende der Kaiserzeit? Wie erging es vor allem den Frauen? Wo wohnten und arbeiteten die Menschen, wie funktionierte ihr Zusammenleben in dieser fröhlichen Stadt am Rhein?

Auf alle diese Fragen fand ich eine erste Antwort in dem fundierten Geschichtswerk von Thomas Mergel »Köln im Kaiserreich«. Ich erfuhr, dass diese spannende Zeit in keinster Weise mit dem Bild der »Belle Époque« übereinstimmt, das ich mir vorgestellt hatte. Das weckte mein Interesse, tiefer in diese Epoche einzutauchen. Ich entdeckte Berichte von Zeitzeugen, vor allem von der Massenhysterie und den vermehrten Selbstmorden aus Angst vor dem Halleyschen Kometen. Informativ waren auch Beschreibungen der damaligen Wohnsituation, die Geschichte der Kölner Polizei, die Schilderung eines Journalisten über die »Kölner Kneipen im Wandel der Zeit« und schließlich online das »Greven's Adressbuch von Köln und Umgebung 1910«. Zusammen mit der ebenfalls online eingestellten Tageszeitung »Kölner Local-Anzeiger« gewann ich eine realistische Vorstellung von Köln kurz vor dem Ersten Weltkrieg und damit auch das Setting für einen historischen Kriminalroman.

Im Roman habe ich mich mit der Schreibweise »Köln« auf die Seite der liberalen Stadtväter gestellt, während die preußische Zentralregierung im amtlichen Schriftverkehr bis Anfang 1919 an der Schreibung »Cöln« festhielt.

Seit 1905 hatten die Kölner ihre Stadtfläche durch die »Neustadt« auf das Doppelte erweitert. Die großzügige, moderne Bebauung umschloss nun ringförmig das alte Stadtgebiet und ließ Köln zusammen mit der Eingemeindung umliegender Städte nach Berlin zur größten Stadt Preußens anwachsen. Nach der Stadterweiterung wanderten vermögende Bürger in die besseren Viertel ab. Die Arbeiter, kleinen Angestellten und Beamten blieben in den unkomfortablen, winzigen Altstadtwohnungen zurück, ständig auf der Suche nach einer günstigeren Unterkunft.

Die im Roman genannten Gaststätten wurden im Zweiten Weltkrieg zerstört. Nur das Traditionshaus »Em Kölsche Boor« auf dem Eigelstein bietet immer noch traditionelle Gerichte zum obergärigen Bier an, dem »Wieß«, das erst ab 1918 seinen Markennamen »Kölsch« erhielt.

Die Keller der beiden Patrizierhäuser im Filzengraben 12 und in der Rheingasse 8 waren tatsächlich durch einen geheimen Gang miteinander verbunden, in dem Gebeine ehemaliger Gefangener gefunden wurden. Das Anwesen Rheingasse 8 beherbergte 1910 die städtische Handelskammer. Das kriegszerstörte Haus wurde wiederaufgebaut und ist heute als »Overstolzenhaus« bekannt. Das Haus Filzengraben 12, nach der Jahrhundertwende ein vierstöckiges Wohn- und Geschäftshaus, ist im Zweiten Weltkrieg untergegangen.

Im Deutschen Kaiserreich war die Polizei militärisch ausgerichtet. Die Führungsspitze der sechs Kriminalpolizeibezirke und dreißig Polizeireviere rekrutierte sich zum großen Teil aus Angehörigen der Armee.

1910 gab es in Köln noch keine rechtsmedizinische Abteilung in einer Krankenanstalt. Im Kölner Adressbuch sind lediglich ein vereidigter Gerichtsarzt und zwei Kreisärzte aufgeführt. Ob die Kreisärzte Sektionen durchführen konnten, ist nicht bekannt. Wohl aber gehörte das Obduzieren zum täglichen Geschäft des Pathologischen Institutsleiters Prof. Jores, dem historischen Vorbild für Prof. Frost, und seiner vier Assistenzärzte in dem damals hochmodernen, 1908 eröffneten Großkrankenhaus auf der Lindenburg. Wegen der guten Ausstattung des Instituts mit eigenem Gebäude, Seziersaal und Beerdigungshaus habe ich im Roman Prof. Frost und seinen Assistenzärzten eine Doppelfunktion zugeteilt: Als Pathologen untersuchen sie die Todesursachen von verstorbenen Patienten und als vereidigte Gerichtsärzte obduzieren sie gewaltsam Getötete im Dienst der Aufklärung von Verbrechen. Erst 1971 erhielt Köln am Melatengürtel ein eigenes Institut für Rechtsmedizin mit Lehrbetrieb.

Der Fokus im Roman liegt auf der Perspektive der Frauen, ihrer privaten und gesellschaftlichen Stellung und ihrer Schicksale.

Die Figur der Gerda von Bienemann habe ich erfunden. Sie ist Pionierin, denn Frauen wurden erst nach dem Ersten Weltkrieg in den Polizeidienst aufgenommen.

Im Gegensatz hierzu arbeiteten 1910 im Vermittlungs-saal des Kaiserlichen Stadtfernsprechamts nur weibli-che, unverheiratete Kräfte. Die gebildeten jungen Frauen hatten dort die ursprünglich männliche Belegschaft ver-drängt, weil sie äußerst kostengünstig, zuverlässig und fleißig ihre anstrengende Arbeit verrichteten.

In der sozialen Hierarchie standen alleinstehende Frauen, Witwen und Alleinerziehende am Ende der Rang-ordnung. Sie mussten oft mehrere gering bezahlte Stellen annehmen, um ihren Lebensunterhalt zu bestreiten, und waren dennoch auf die Vermietung von Schlafstellen und auf Unterstützung durch die Beginen angewiesen. Viele von ihnen strebten wie Anna Ostheim und Ruth Sieberdt durch Heirat in eine gesicherte Position.

Der »Verein zur Verbesserung der Frauenkleidung« unter Vorsitz eines Sanitätsrats ist historisch. Else Wir-minghaus als zweite Vorsitzende und Clara Sander als Schriftführerin berieten interessierte Kölnerinnen, verlie-hen Schnittmuster zur Herstellung von Reformkleidung und gaben vierteljährlich die illustrierte Zeitschrift »Die neue Frauenkleidung« heraus.

Die kämpferische Frauengruppe um Nora Förster ist dagegen reine Fiktion.

Ebenfalls erfunden sind die schwarzen Narzissen als Teil eines Totenrituals.

Kleines Glossar für Imis

ahl Möhn – alte Frau

Ähzezupp – Erbensuppe

Baas – Chef, Meister, Wirt

bedde – beten

Befell – Befehl

Däu – Stoß

Deiwel – Teufel

Desch – Tisch

drusse – draußen

dr Zorteer maache – stören

erop un eraf – rauf und runter

erus – heraus

Fisternöll – heimliches Verhältnis

Fleere – Flieder

flöck op de Bein – gut zu Fuß

Fößje vör Fößje – ganz langsam

Fröling – Fräulein

Halve Hahn – knusprig gebackenes Röggelchen (Doppelbrötchen aus Roggenmehl) mit einer Scheibe Holländer Käse

Här – Herr

Horch – ein von August Horch in Ehrenfeld entwickeltes Automobil. Der spätere Markenname ist »Audi«.

Horeminsch – Hurenweib

Imi – nicht in Köln geboren

Jäl Blom – Hahnenfuß

jesinn – gesehen

jläuve – glauben

Jrosche – Groschen

kapeet – verstanden

Kledasch – Kleidung

Klütte – Bricketts

Köbes – Bierkellner

lihre – lernen

Minsch – Mensch

Novend – guten Abend

Nut – Not

öntlich – gehörig, tüchtig

opjepass – aufgepasst

Pläsier – Freude

Rauh – Ruhe

Schwadronör – Schwätzer

Stemm – Stimme

Trapp – Treppe

üvverhaup – überhaupt

vertredde – vertreten

wedde – wetten

Weetschaff – Wirtschaft

Wieß – obergäriges Bier

Zick – Zeit

Danksagung

Auf meiner Zeitreise durch das aufstrebende Köln zur Kaiserzeit haben mich viele hilfreiche Menschen begleitet.

Mein Mann Klaus Goslich und meine Freundin Helmi Heinen waren meine allerersten Lektoren, kritisch und ermutigend zugleich. Danke für eure mühevolle Arbeit am Text und die vielen Ratschläge!

Kurt Baltus verdanke ich den Hinweis auf das digitalisierte Adressbuch 1910 für Köln und Umgebung vom Greven Verlag mit wertvollen Informationen, ohne die ich diesen Kriminalroman nicht hätte schreiben können.

Sibille Alizey, Elisabeth Arnold, Karl-Heinz Grebe, Maria Hünerbein, Anna-Lena Mohr und Uwe Zinnow haben dem fertigen Manuskript neue Impulse gegeben und mich vor fachlichen Fehlern bewahrt. Danke auch für eure aufmunternden Worte in unproduktiven Zeiten!

Die beiden »kölsche Junge« Karl-Heinz Grebe und Heiner Schwarz haben für die Korrektur der »kölsche Sproch« gesorgt und mit neuen Wendungen zu einem ursprünglichen Spracherlebnis beigetragen. Ich als »Imi« habe viel von euch gelernt!

Freundlich, geduldig, kompetent: So hat mich das Team vom Gmeiner-Verlag auf dem langen Weg vom Manuskript bis zum fertigen Buch begleitet. Ganz besonders bedanke ich mich bei meiner Lektorin Teresa Storkenmaier für ihre fachkundige und motivierende Beratung!

Peter Gerdes
Fiese Friesen 3 –
Inselmorde zwischen Ebbe und Blut
Kriminalroman
256 Seiten, 12,5 x 20,5 cm,
Paperback
ISBN 978-3-8392-0589-1

Morden, wo es am schönsten ist! Nämlich auf den
Ostfriesischen Inseln. Wo andere Urlaub machen
und sich vom Stress des Alltags erholen, haben fiese
Friesen Böses im Sinn. Sie organisieren tödliche
Bootstouren, rächen sich noch nach Jahren für Misse-
taten und Mobbing, planen Entführungen, tauschen
heimtückisch die Rollen und sorgen handgreiflich
für Ruhe. Von wegen friedvolles Urlaubsidyll! Ost-
friesland kann nicht nur unglaublich malerisch sein,
sondern auch extrem spannend – und mörderisch.

GMEINER SPANNUNG

WWW.GMEINER-VERLAG.DE
Wir machen's spannend